U0108301

托馬斯·摩爾

現代名著譯叢㊴

托馬斯·摩爾

R. W. Chambers著·梁懷德

東西文化交流基金會審稿小組校

關於本書

十六世紀初，《烏托邦》問世後，不知有多少人為作者的構思與意念神迷不已，數百年來聲譽不曾稍墜，一直是舉世知名的經典之作。二十世紀中葉，英國學者錢伯斯（Raymond W. Chambers）為該書的作者立傳，以高度的人文主義觀、典雅暢達的文筆寫下了摩爾的一生。如今這部傳記透過譯筆呈現在中國人的眼前。

「東西文化交流基金會」（1985年成立於加拿大）對於能以這本譯作作為它發展文化交流的開路先鋒，感到十分滿意。為什麼呢？因為在我們的心目中，論西方現代「思想」及「生活」，西方近代人物裡，沒有人比摩爾更適合列於我們譯書系列的首席地位。

摩爾身為英王亨利八世的掌璽大臣、地位崇高的大法官、伊拉斯默斯友人中的翹楚，以豐富的著作，也以自己一生為典範，開啟了「現代」之門。論著作，《烏托邦》最叫人愛不釋手；論生平，他一生心繫同胞的需要，忠執於自己的宗教原則，並深覺應該與國家及同胞分享他的這種信念。智慧使他寧死不

背棄原則；信仰讓他敞開心靈，迎向「啟示之神」（God of Revelation）和祂的教會、迎向那超越的生命境界。時至今日，在那塊他曾飽受苦難的土地上的英國人，對他的懷念與愛戴仍是有增無減。從他在獄中寫的作品《論受難》（*The Treatise on the Passion*）中，可以窺見他深刻的靈修經驗，他的同代及後代漸漸也從此體驗出他從容就義的精神源頭、他對神恩的倚賴與信任。

為摩爾立傳的人很多，或寫其聖潔生活，或寫其殉道事蹟。如今我們呈現給讀者的這部傳記，對表揚他的偉大，可說功不可沒。這書凸顯他的文化素養與人文精神，藉此一探其更深一層的生命原則。作者錢伯斯以莎士比亞戲劇形式來架構整部傳記，分五幕完成。摩爾的生命雖以悲劇終，卻傳出希望的訊息，並肯定人類更高的價值——足以叫我們為其生、為其死的價值：因此他對基督教所賦有的「展望」作了見證。

中華文化也不乏這類典範：人文主義特質、文化素養、忠貞的氣節以及對人類更高價值的執著。或許摩爾要在遠東尋找知音，並非難事；他的命運也許能激發此間人們的同情與感佩吧！

我們所選擇的傳記作家錢伯斯，是圖書館學家兼古英語專家；他筆下表現的高度史學精神和人文哲學風格，可能有些出人意表。想來當初他之所以受摩爾吸引，是本著對首批近代英語作家的好奇心使然；也許後來他對摩爾衷心折服，不僅因為自己透過著作的字裡行間體認、細辨了這一代聖哲的本來面目，也因為四個世紀以來多少攻擊摩爾的苛評，在他對摩爾生平及著作的銳眼分析徹照下，發覺若非十足令人難以忍受，也極不

公平。然而，錢伯斯沒有選擇為摩爾辯白一途，祇是平實寫來，信實述完，讓心目中的英雄自己現身說法。他的這種作風，也正是從摩爾身上習得的——仁厚的精神、政治家風範、信德的楷模。

遍觀這部審慎考證之下的作品，隨處可見作者在靜觀默想中分潤了摩爾的見解與抉擇，並不時加上幾筆自己的慧見，字字珠璣。到了末篇，錢伯斯才把「劇」中人物一一置於適當的觀察角下，細細評估；他沒有披上博學大儒的袍子說教，卻不著痕跡地點出了這齣「活劇」發人深省的教訓。讀者若是用心閱讀，一路讀來，到了末篇就能夠了悟摩爾對西方的意義、摩爾對歐洲歷史和使命所具有的洞察力與遠見，說不定還藉此意會摩爾傳遞給東方的訊息。希望如此！因為此刻東方正將目光投注於西方，為自身的進步尋求新力量。摩爾彷彿告訴東方：瞧！你們眼中所見的西方，並非全是裨益與成就，歐洲還有一個更偉大的訊息要給你們，絕不在強權與財富的貪婪上！摩爾（我）正是為這偉大的訊息而死的！巧取強奪的貪婪之路並不能引人走向自由與進步啊！四個世紀以來，歐洲土地上大小征戰不斷，加上新近兩次世界大戰，不正是最佳明證嗎？每次戰後留下的，祇是毀跡斑斑，祇有恨意難捺，而舊仇祇能蓄成新恨！學校裡的歷史課本往往祇陳述一個又一個悲劇性的史實，可能未必與讀者分享一種清醒嚴肅的智慧史觀吧！

摩爾教導我們：凡此種種並非不可避免。他為心中的真理與信念而生、而死。摩爾的追隨者——許多在英國、在全歐，繼而遍及全世界——也畢生遵循這些真理與信念。其中最容易

讓天下人接受的信念之一，便是摩爾所主張的面對國家，人有
「個人的良心自由」；但他絕對不主張人有權利做煽動叛亂的
言論或行動，有權利製造無政府的混亂狀態——這是摩爾的信
念之二。第二項信念與第一項信念同等重要，知其一不能不知
其二，至今兩者往往被視為同一信念。在此，摩爾邀我們對他
的「自由」信念再做一番省思。

另外，更重要、更基本的是要了解：摩爾是歐洲文明與文
化的承傳人。這脈文明、這脈文化，不僅貫穿全歐，也貫穿英
國本身；它是在「基督教世界」（Christendom）裡成長的，而
在它成長之際，歐洲各國均為「基督教世界」的一分子，結合
在一個大共同體之內，涵化於同一文明、同一文化之中。從來
沒有任何一洲的民族像基督教的歐洲那樣，文化果實豐碩得讓
他們急於到海外去與人分享。沒想到劫掠隨之而至！原本為與
人分享文化及宗教果實而出航的理想被推翻了，取代的是海外
拓殖大賽與帝國擴張大競技。歐洲歷史由是有了不幸的複雜「情
意」。文化並未單獨旅行，可惜！

不管怎麼說，摩爾仍是在信仰裡找到人生原則的。沒有觀
照這個基本事實，就無法對他的歷史角色、他的著作、他的價
值觀、他的抉擇……，作真切的解釋。錢伯斯沒有擺出說教面
孔，而是以史學家和文化人的立場點出這個事實，也正因如此，
訊息傳達得更有力。摩爾的宗教信念是：教會（天主教會）是
神意建立的，他為這個信仰而犧牲生命。沒有這樣的信仰，歐
洲就不會有「基督教世界」的存在，就不可能有倫理道德觀的
提昇，也不會有修院制度的發展與大小教堂的林立，遑論藝術

與音樂、科學與思想在兼容並蓄的大文化裡蓬勃茁壯！為什麼？因為這脈文化建基於信仰之上，它相信至高無上的造物主、它相信至高神帶給人類的訊息。這是個兼容並蓄的文化：它不強制，祇求散布；它不劃地自限，但求澤及普世；它不封閉，而是敞開大門，迎納遙遠的人。沒聽說過基督教國家受限於自己的信仰，或受信仰所驅而征戰的，若是如此，當事國已經喪失了它身為基督信徒的意義了。

錢伯斯再三強調，當年歐洲的三位年輕人——英王亨利八世、法王方濟一世、西班牙國王查理五世——原本可以克紹箕裘，將他們共同的文化遺產帶進「近代」，然而反倒選擇了註定毀滅的命途！第二次大戰後，如果錢伯斯還活著的話，一定會注意到：在這世界悲劇發生後，三位偉大的歐洲基督徒——德人阿德諾（Konrad Adenauer）、義人德．加斯貝利（De Gasperi, Alcide）、法人莫內（Jean Monnet）——以他們的理想與基督人文觀，幫助戰後的世界重整自己、定好方向、再復生機。祇有世人的貪婪與短視，才能把他們的目標與工作成果毀於一旦。在東方，蔣介石與「協約國」的幾位偉大領袖攜手合作，參與戰後種種復建計畫，一齊為人性的提升而努力！

這些夢想也正是摩爾的夢想，更是根植於他內心深處的信念，他不惜以死為證。他知道：不違背自己的信念絕非背棄他的君主，因為君主也該依循與他相同的信念而活！不如此，國家社稷百姓蒼生以及他本人都沒有前途可言！

在此，我們請了東西方各一位學者為本書作序：

一、〈千秋人傑〉

——Rev. Germain Marc'hadour

二、〈涵泳儒家風範的摩爾〉

——陳文團教授

千秋人傑

　　歐洲人當中，最堪勝任與東方進行文化交流者，除摩爾外，實不作第二人想。下列幾項事實足可證明他無遠弗屆的吸引力：以馬來文寫的摩爾長篇傳記已經發表；自1929年起，摩爾的《烏托邦》已有三種日文譯本問世，總銷售量超過一百萬份；弗烈德・辛涅曼（Fred Zinnemann）所著的《良相佐國》（*A Man for All Seasons*，譯者按：原文應譯作《千秋人傑》）在東方廣受讚譽。在所有的十六世紀歐洲人文主義者當中，對歐洲以外國家最感興趣的，其過於摩爾。在他的英文著作裡，屢屢提及新發現的國家與其人民；他的《烏托邦》亦屬遊歷見聞錄，書中所談的島國，在地理上與自己的國家互相對蹠，在文化上亦與他本國的風土人情迥然不同。

　　摩爾對當今西方的影響之巨，也由下列幾項事實顯露出來：在1945年間，摩爾作品還找不出一本夠得上水準的版本，想出版一份專研摩爾的學報或專刊根本不可能；然而，二次大戰後，研究摩爾的專著竟增加一倍以上。固然，戰前已有以此名目成立的基金會，有助於獎勵，及提昇對他的研究水準；而錢伯斯

（Raymond W. Chambers）在這方面實至名歸，貢獻至大。早在1935年教會尊摩爾為聖人之後，他就成了眾人敬禮的對象。二次大戰使摩爾黯然晦迹數年之久，不過，從一方面看，戰爭著實延緩了眾人對這位英國英雄的再度發現；從另一方面看，引發此次大戰的獨裁國家，卻在無形中勾起了人們對於正道直行之士的懷念，懷念他們剔透的心靈與沛然的正氣——足以禦強權、抗暴君；也懷念那些寧可喪命也不願喪失個人「存在之理由」（raisons de vivre）的人中豪傑。由是，戰後德國以聖多默・摩爾為主保的教堂，不知凡幾；基督的子民欲藉此作為補贖，因為他們在戰時對納粹意識形態的抗拒，遠不如摩爾當年對亨利八世的抗爭來得堅定。

波特（Bolt）的戲劇與辛涅曼（Zinnemann）的電影成功的理由之一在於刻劃得恰如其分。劇中的摩爾是個因良心異議者、一個審慎的殉道者，他以言辭維護真理——願意和顏悅色地講道理，也準備以鮮血喊出真理（譯註：殉道）。就憑他這種對「自我」、「人格獨立」與「責任感」的堅定自覺，絲毫不退讓，摩爾，這位千秋人傑恰恰是「應時人傑」。我們所處的這個時代，種種跋扈的勢力——無所不管的政府，以及左右民意的大眾傳播——在在使個人有受制或受窒之虞。

也正因這是個變動的時代，事事皆變，急遽而劇烈的變，摩爾確然應乎此時之需。因為，在摩爾所處的時代裡，地理新發現與古典（即基督之前的）文化的再發現，撼動了西方基督教世界歷久不變的理論基礎，同時也造成了一種氣氛。在當時那種氣氛下，沒有哪件事聽來是荒唐可笑的。烏托邦的故事被

當做實情報導；正統信仰持續了幾個世紀之久後，異端邪說竟紛紛而起。再加上印刷術的推波助瀾，以往的聽覺上的——說的文化，一變而為視覺的——看的、讀的溝通形式。今天這個時代又何嘗不然？當世界的界線不斷地往後移，而「深層心理學」（depth-psychology）探入人類的靈魂，勘測早先未知的領域時，人們已打算接受不可思議的一切了。

轉變期的特徵是：不平衡。當舊的平衡逐漸瓦解，新的平衡不可能在一夜之間取而代之。摩爾處於當時那種心智一片混亂的時代環境裡，從未迷失自己的方向。在《烏托邦》一書中他寫道：葡萄牙的水手們把磁針、指南針引入烏托邦。這點極具象徵意義，象徵摩爾本人一生堅守自己的行動方針；海市蜃樓的幻境欺惑不了他，堅定不移的信念之星只引領著他，對天主始終如一的信仰支持著他。身為教「內」改革人士，摩爾欲換新歐洲文化與精神浴池中的水，而沒有將池中的嬰兒隨著舊水一併丟棄（譯註：摩爾欲「汰粕存菁」，而不願「玉石俱焚」）。新觀念、新事物固然嚇不倒摩爾，他牢牢固守著基本的原則與信條；摩爾的胸中殿宇，是建基於磐石之上的。反觀今日這個混亂的時代：沒有任何價值標準是神聖不可侵犯的，所有的信條與德行都要遭到挑戰。因而西方人在尋找堅實不變的陸標、堅定不移的北辰以及像摩爾那樣的典範——富創造力、有迎接變化的氣度胸襟，同時又能證明自己（套句波特的話）如巨巖之不移。

西方在「懷疑大師」（masters of doubt）如佛洛伊德（Freud）和尼采（Nietzsche）強而有力的衝擊之下，至今猶搖晃不止；

西方現在需要「肯定大師」。當初比拉多（Pilate）錯把真理當神話，問道：「什麼是真理？」如今大家卻問：「真理在哪兒？」摩爾深信真理所特有的、與生俱來的生命力──「真理的力量」（*Veri vis*）──如他在《烏托邦》一書中所寫的。此外，他也深信：祇要假以時日、予以適當的時機，真理自會出現，是擋都擋不住的。因為，永遠是「時間」在「考驗真理」（*Time tries truth*）：這是「多默．摩爾之友」（*amici Thomae Mori*）會社的座右銘，也是他自己的話，反映了摩爾信賴真理必勝的樂觀態度。

我們這個世紀，不僅是個人反抗「壓力團體」下達命令的世紀，也是個殉道者的世紀。最近這六十年來，為宗教理由以身相殉的人士，多過以往任一個世紀。教會予以殊榮、紀念他們時，非天主教徒也欣然同慶。為了表達犧牲成仁的殉道理念（the idea of martyrdom），人們或在教堂裡設立聖壇（如坎特伯利大教堂Canterbury Cathedral）；或在教堂玻璃窗上畫設圖案（如撒爾斯伯利大教堂Salisbury Cathedral）。這些實踐殉道理念的現代鬥士，分別代表不同的宗教信仰，不全是基督徒：例如甘地、馬丁．路德．金恩、桃樂西．戴（Dorothy Day）、奧斯卡．羅米羅（Oscar Romero）、泰特斯．布蘭馬（Titus Brandsma）、伊迪．史丹（Edith Stein）與戴瑞克．潘霍華（Dietrich Bonhoeffer）。

然而，托馬斯．摩爾的殉道別有一種非凡的特質。因為，摩爾有充分的理由可以脫逃叛國的死罪：他的中產階級環境；他的「公民哲學」（civil philosophy）主張：避免正面衝突，

兩害相權取其輕者而容忍之；他總是根據信念而對立法者抱著寬容的態度；他不愛特立獨行；還有他的家族關係和家庭責任。再說，他並未企求倚恃教宗的權威以渡過難關，不像教宗碧岳九世（Pius Ⅸ）在位時，贊成教宗有絕對權力的人士，以武力護衛教宗的國。摩爾從小到大一直以為「大公會議」的權力高過教宗，直到1527至1533年的危機——英王亨利八世為了「離婚」而自任對英國教會有絕對的權威——才促使摩爾研究這個議題，終而得到結論：教宗的職權乃是神所授予的（譯註：教會是耶穌基督建立的；祂授予第一任教宗伯鐸（Peter）權柄，教宗在教會內始有神權。因此，摩爾並非為一己之見而喪命，而是為了徹徹底底的信仰而犧牲；也就是說，他深信：羅馬教宗在教會內的首席權乃是出於基督的旨意，所以唯有神職人員堪當教會之首，非神職人員如國王者是斷斷不行的。

差異極大的各種文化、不同的歷史及神話，彼此不容易涵化；不過，一個具有踏實而兼容並蓄的人格，且自身是一個大公性人物，則容易與人溝通自己的文化。兩位偉大的藝術家為摩爾繪像：伊拉斯默斯（Erasmus）在連續四封信裡描述摩爾的外貌、心靈與習慣；賀爾班（Holbein）則在四幅畫裡寫真神形。後代的人由此熟悉他的形貌，即使在千古之後與他神交默談，亦不是難事。此外，摩爾早在他的時代裡活出了現代生命的幾個特徵：他在都市裡長大，進了大學，成為專業人士，參與國家決策過程，曾成家，督導孩子的課業；曾為公事，或休閒而出國旅遊。

時至今日，構成報紙頭條新聞的種種問題，也還不出當年

摩爾在《烏托邦》裡一一提出的那些問題。《烏托邦》是社會病情的診斷書,也是提供可能補救辦法的通風口,因此,它可算是政治辯論的鼻祖。《烏托邦》也是理想聯邦的實驗小模型;烏托邦內沒有戰爭、不平等,也沒有無知與貧窮。它對窮人的關懷——用梵諦岡第二屆大公會議的話,窮人是列為「優先考慮」的——並非僅僅產生慷慨大方的慈善計畫,它確實引發對窮人的實際照顧,這樣為摩爾贏得了「窮人最好的朋友」的美譽。

摩爾最吸引人的地方、他獨一無二的偉大之處也許在於:他善於在自身內調處看似互相抵觸的幾項特質,即「靜觀」與「行動」兼顧;「努力」與「祈禱」融為一體;「夢想」與「實踐」兼而有之。摩爾在峭直深刻中融入了幽默感;他講究紀律,也具熱心腸;他用歡樂的語氣談論嚴肅的話題;雖然日理萬機,卻未因此而犧牲天倫之樂。他是個談吐風雅的外交家,也是個言辭犀利的辯士;他是典型的中產階級人士,也是克己苦修的人,甚至是神祕主義者。在巴黎鑄造的摩爾紀念牌上刻著:審慎的單純(*prudens simplicitas*),可謂絕佳的詮釋,因為摩爾這個人集鴿的純真與蛇的機警於一身。他的聖善正是他完整的人格所達到的圓滿之境。

Rev. Germain Marc'hadour

涵泳儒家風範的托馬斯・摩爾

　　《論語》是最常被儒學者討論的經典之作之一。「君子」此主題主導該書的整個內容，君子所表現的正是人文主義的精神寫照。此外，「君子」亦於《中庸》中被視為儒家的教育目標。儒家所以如此看重「君子」，乃因「君子」被後來學者釋為最完美無缺且理想的人。「君子」誠、仁、和，且博文約禮，致力教育與政事。簡言之，「君子」是人之典範，誠如孔子所言：

> 子曰：「『君子』食無求飽，居無求安；敏於事
> 而慎於言；就有道而正焉；可謂好學也已。」（
> 《論語・學而篇》）

孔子爾後，「君子」造就了中國的教育；中國教育也塑造了「君子」。迄今，「君子」是儒家文化中最令人欽羨的成品。

　　然而，君子自始迄今總未受到禮遇，秦始皇的「焚書坑儒」，晚近的「文化大革命」將君子群集於勞改營中加以折磨，毛澤東則將其貶為腐敗之封建社會下的產物，而天安門廣場對知識分子與學生之大屠殺已清楚的說明：「君子」已不再受歡迎，

必須被棄之如敝屣。然而事實上，統治者亦無需訴諸暴力槍殺他們，這樣是膚淺而愚蠢的。不過，今天在自由社會中，「君子」似已衰亡。原因是，我們在這世界上已不再尋求「君子」做為典範。取代君子的是成功的商人、大企業家、運動選手或低俗音樂等新偶像、強力之政者及擁有最新型武器之強者；或者揮霍無度的偶像化男人；沈迷於上流社會中，口中啜飲著香檳，開著飛快的車等不勝枚舉。這些男人經常出現於電視的螢光幕上而胡言亂語，也受好萊塢製片之青睞。今天，我們的教育目的不再是教人成為一個理想的君子，而是導向如此的物質世界。國內新學院的設置也多偏於商工及消費性方面。人性的墮落敗壞，商人階級的抬頭及其勢力之高漲，對知識分子之貌視等，在在確定「君子已亡」之事實。四百年前，耶穌會教士利瑪竇把科技引進中國的同時，發現了君子的崇高理想。他自己試著作個君子，以商業名詞言之，他已做了很多有關以商業易君子的交易。他知道君子是能代表耶穌基督的最佳形象，他毫不遲疑的宣稱儒教能領導基督教。其言不差矣！所有的人，包括西方與我們，成為君子的第一步便是必須遵循君子的理想而為之。再者，即指具聖哲特性，擁有孔子所稱之「內聖外王」特質者。

然而，利瑪竇之言，於今天也未必全是對的，因為他未預見中國是如何放棄君子而追求成為當代商人的過程。更重要的，他並未發現權力與君子之意識型態掛鈎的危險性。儒者把君子選為意識型態的模本時，他們已把君子轉成為其服務的工具。如此，他們忽視了他們正自掘墳墓的事實。事實上，孔子本人

亦堅稱，君子並非為階級（尤其是統治階級）的利益服務，而是為所有人類服務；君子不是一種工具，而是人生的終極目的；君子不僅統攝政者或教者的身體，而且是社會的繩墨與良知。他宛若觀念論者，也宛若個預言家。他更像個殉道者。他勇敢的站起來抗拒非正義、暴力與自私。簡言之，他完全無條件的為人類與人生的理想而奉獻。

問題不在於我們是否需要這等人，雖然，我們的確非常需要他們，但是，問題在於我們有否此等人？儒者的誇張並不能使君子復甦。我們所需要的是具有君子之德之真實而正直的人。我們在托馬斯‧摩爾身上發現了此種文質彬彬之政者與治者的特質。摩爾是誠、仁、信統攝於一身的人，亦是慈愛、真實、憐憫而有物有則者，其為真理、自由與道義所做的奉獻，即明白的證明他正是我們所要找尋之人。

托馬斯‧摩爾的作品譯成中文，這不僅代表一種文化的交流，更有助於孔子主張的宣揚與中國固有道德之恢復，轉化非人性的社會為一個充滿人性的社會。

陳文團　臺大哲學系教授

除了感謝兩位寫序的學者，我們也要向譯者梁懷德先生及校稿人許思孟神父、賴顯邦先生、劉若韶先生與沈佳莉小姐致上由衷的謝意。

「東西文化交流基金會」成立以來，不論在準備工作上或

是推展工作方面，都得感謝諸贊助人的支持，沒有他們的幫助，譯書計畫無法進行，這本譯作不可能誕生，而等著陸續登場的「倫理」、「教育」、「宗教思想」、「傳記」、「哲學及社會學」、「文學與藝術」各系列譯作也就遲遲不能與讀者見面了。

聯經出版公司歡迎並接納了我們的第一本譯作，這是「基金會」的榮幸。與您，親愛的讀者，分享這部作品，是我們的福氣！

東西文化交流基金會會長
馬森（Rev. Pierre Masson, O. P. D. Th.）

作者簡介

　　窮二十五年心力為摩爾作傳的錢伯斯（Chambers, Raymond Wilson）是聲譽卓著的傳記大家。1874年11月12日誕生於英國約克郡的史戴克森鎮（Staxton），畢業於倫敦「大學學院」（University College, London），1912年獲授文學博士學位，在1901年到1922年間掌管該校圖書館，表現極為出色。

　　錢伯斯醉心古英國文學，浸淫日久，漸漸注意到了摩爾以拉丁文及中古英文寫成的諸多著作，由是潛心研究，日益精熟乃至有獨到的見解。

　　他致力於古代著作的編纂工作，並出版各類傑出的作品，知名的有：《維茲》（*Widsith,* 1912）、《貝奧武甫》（*Beowulf,* 1921）、《羅馬征服前的英格蘭》（*England before the Roman Conquest,* 1916）、《貝德》（*Bede,* 19～）、《人之征服不了的心靈》（*Man's Unconquerable Mind,* 1939）、《英國各大學的英語教學》（*The Teaching of English in the Universities of England*）。此外，給歷史評論寫文章，在1901至1903年間出版六巨冊伯納斯（Berners）所譯《夫洛瓦沙編年史》（*The Chronicles of Froissart*, 6V., 1901-3），並協助蒲勒德（Pollard）完成《「摩爾爵士」戲劇中的莎士比亞手筆》（*Shakespeare's Hand in the Play of Sir Thomas More*, 1923）。

　　早在1929年，錢伯斯發表自己對摩爾的研究心得後，便立即名揚學界。然而，這部讓他投注二十五年心血於研究、考據、搜證、構思與撰文的鉅著，則遲至1935年才問世；巧的是，這一年正好是摩爾殉道四百周年，而天主教會也在這一年尊摩爾為聖人。

　　除了著書、研究之外，錢伯斯也在美國舉行學術（演講會）。第一次大戰期間，他在比利時參與「紅十字會」的服務工作。第二次大戰期間，他避居並執教於英國的艾伯瑞斯特威芙（Aberystwith），誨人不倦，不知老之已至，於1942年逝世該地。

　　儘管身為英國國教的一員，錢伯斯對摩爾的機智、摩爾的幽默，都能深刻地體味欣賞，甚至對摩爾本人，還流露出一份如握如晤的真摯情感。他透過筆端，呈現在世人眼前的，不僅是個執一而終的天主教徒、一個對文化貢獻甚多的著作者、一位法學家兼外交官，而且還是個富有正義感、對窮困者充滿愛心並廣受愛戴的一代偉人。全書以莎士比亞風格一氣呵成，寫至摩爾在斷頭臺前的凜然數語：「我是國王的臣僕，但以作天主的僕人為先。」氣勢之磅礴，筆鋒之凌利，直逼其前輩。

　　在當代諸多的摩爾傳中，錢伯斯這部作品因其文學價值、科學精神、歷史考證之翔實，以及他筆端所透出的悲憫情懷，全書蘊含的精深智慧……，稱得上是領袖群倫！

馬森（Rev. Pierre Masson, O. P. D. Th.）

目 次

緒　論

一、關於緒論

費爾丁（Fielding）在他長達十八冊的小說《湯姆・瓊斯》（*Tom Jones*）的每冊之前加上了緒論，他自己稱之為「前序」，解釋說目的在方便讀者，就如戲劇的序幕在方便觀眾一樣。然而，不是人人都得看序幕或讀「前序」的；他可以騰出這十五分鐘時間多享受晚餐，而《湯姆・瓊斯》的讀者大可從第四或五頁讀起。但我卻希望讀者諸君耐心一點，不要漏去本書的這一章。

寫述托馬斯・摩爾的生平並非易事，連伊拉斯默斯（Erasmus）也說在描寫摩爾多方面的性格時力有未逮。如果連這位明敏的大師寫來也覺吃力，近代傳記作家又何敢輕於從事？

因此，踏上探索摩爾一生的途徑之前，先來一番勘測，對讀者對作者都不無裨益吧！

幾星期後，整個英語系世界及其他地區，與摩爾有相同信仰的人，將紀念聖托馬斯・摩爾逝世四百周年；摩爾為這信仰備嘗苦難，對與他持有相同信仰的人們，摩爾的生命與死亡的

意義相當明顯；然而，對那些不屬於這一羊棧的人，摩爾的生命與死亡又是怎麼一回事呢？

本書的目的就是要解答這問題，並要指出摩爾不單是殉道聖徒，也是歐洲偉大的政治家。他深具遠見，卻為當日自私的獨裁者所忽視。他的言行、他的痛苦，一一基於他一生恆久不渝的謹守原則。摩爾雖被殺害，他的原則終必奏凱，否則，歐洲文明將陷於萬劫不復。

不少處理摩爾生平事蹟的英國大史學家卻持剛好相反的見解，他們推崇摩爾視死如歸的英雄氣概，讚賞他家庭生活的美滿，而一直否定他政治思想的前後一致。然而，對傅律德（Froude）、阿克頓（Acton）、祈禮頓（Creighton）、林西（Lindsay）、薛尼李（Sidney Lee）等史學家（尚在世的不算在內）的論斷，我們可從摩爾本人的著作，從熟悉他的人的紀錄中求得反證。

本序論的目的就是要給這些紀錄作詳細的說明，並衡量它們的價值。

二、托馬斯・摩爾與蘇格拉底

最早為摩爾作傳的是尼古拉・哈斯菲爾（Nicholas Harpsfield）。他把心目中的英雄描寫為「高貴的、基督化的新蘇格拉底」，極明顯地將摩爾與蘇格拉底相提並論。摩爾去世後三年，蒲爾（Reginald Pole，後來升為總主教），也同樣把摩爾比擬為蘇格拉底。三年前，我們當代的古典學家湯姆森（Thompson）論及蘇格拉底時，稱他為「古代的人上人」，說「好像冥冥中安排了他的一生和摩爾相似；氣質相仿，命運亦然」[1]，近四百年間，強調摩爾和蘇格拉底相似的學者不知凡幾。

摩爾和蘇格拉底不同的地方則在摩爾是個作家。雖然他的部分著作已經散佚，但留下來可供參考的仍舊不少；儘管除了他的著作外，沒有其他資料可給我們什麼線索，但藉著這些著作，一部詳盡的摩爾傳還是可以寫成的。

有關摩爾的二手資料來自認識他的人，他們覺得必須盡可能把有關他的言行、性格一一記錄下來；正如認識蘇格拉底或聖五傷方濟（St. Francis of Assisi）的人要把他們心中英雄的言行記下來。摩爾和蘇格拉底都是青年的朋友，這些青年免不了彼此傳達他們這位朋友的事蹟。自然，這樣的輾轉相傳難免部分失實；再加上意外、疏忽，以致最接近摩爾生活、思想的記錄都可能散失不全。不過儘管如此，資料仍是足夠的。因此，即使沒有摩爾的著作，單靠朋友的追憶，還是可以寫成一部可觀的摩爾傳記。

我們既然擁有傳聞和著作兩方面的資料，寫出的傳記應當極接近真相吧？讀聖五傷方濟傳的人可以明白，儘管遺下的只是片言隻字，對了解聖人的行誼仍是相當重要的資料。因為無論怎樣簡短、怎樣微小，只要真是他寫的，都有助於我們對傳記主人翁的了解。聖方濟的著作雖然只有幾頁，卻給了我們線

---

[1] J.A.K.湯姆森（J.A K. Thomson），《伊拉斯默斯在英國》（*Erasmus in England; Bibliothek Warburg, Vorträge*, 1930-1），頁79。

索，使我們得以判斷、辨別他的朋友和弟子留下的某些相當牴
悟的記載。他作的小詩〈太陽兄弟之讚歌〉（ Canticle of Brother
Sun ）不是已給了我們一道洞察他心智的靈光嗎？有關摩爾的著
作是那樣豐富，寫得又是那樣詳細真切，能給的幫助自然也大。
只要把摩爾的朋友所記的，和他本人親自寫下的一一比較，自
然不難見到真相而為之驚奇不已。

　　這也是摩爾和蘇格拉底最顯著的差別：在《理想國》一書
中所提出的理念，到底有多少是出自這位歷史上的蘇格拉底呢？
我們不得而知。《烏托邦》（ Utopia ）則是摩爾本人的作品。
我們或許可以懷疑柏拉圖（ Plato ）留下的《辯解》（ Apology ）
是否是蘇格拉底在法官面前親口說的話。〈托馬斯・摩爾爵士
的自白書〉（ The Apology of Sir Thomas More ）則是摩爾心底
的話。摩爾受審時，在場的人寫下了報告書，記錄了他面對法
官時所說的一切。我們將這些報告和摩爾在長期監禁中寫的文
字比較（這些獄中記錄當時也許沒有人知道其存在，甚至連寫
報告書的人，最低限度在寫報告時也不知道它的存在），會發
現摩爾在倫敦塔中寫下的文字和他在法官前所說的十分脗合。
因此，這些紀錄可說是絕對真確的。

　　我們又可將柏拉圖的《紀烈度》（ Crito ）和摩爾與女兒的
對話比較，看出二人最相同與最相異之處。在這些對話中，摩
爾和蘇格拉底一樣，道出了自己不可避免一死的理由。讀《紀
烈度》的人，一定曾經懷疑這歷史人物蘇格拉底是否真的在死
前兩日清晨在雅典監獄中說過那驚人的話。我們甚至會懷疑，
紀烈度是否真的去見過蘇格拉底，告訴他越獄計畫已籌備妥當。

可是從摩爾和他女兒的對話，我們可以看到一些在文字上無與
倫比的東西，摩爾與女兒的辯論內容是父女中一人立時記下，
或由二人共同記下的。從摩爾口中，我們可知道，他只要說幾
個字，就可免於一死，而他不肯這樣做的原因何在。

　　由此看來，有關摩爾生平的資料是十分真確而有分量的。
但史學家對他一生的定義，和他言行的一貫，甚為困惑。他們
對他的生命的意義有不同的見對，而根本就否定他言行的一貫。
現在，我們暫且放下這些引起爭論的地方不提，留待日後故事
發展下去時，才隨時逐一討論。在此，先從一項摩爾和蘇格拉
底二人共有的特徵——反諷——之中，找出「部分的」解釋。

　　摩爾和蘇格拉底是有史以來最偉大的諷刺大師（難怪二人
都為另一諷刺大師史威夫特〔Jonathan Swift〕所仰慕。而史氏
是不輕讚許他人的）。摩爾喜歡用幽默方式道出心底至深的信
念，而以嚴肅的態度去說出最狂野的笑話。這種「人生如戲」
的歡樂性格正是他朋友們見到最顯著的特徵。而他在自己的作
品中，也記述過一位朋友對他說：「你想表示愉快時，總是面
帶愁容，使人懷疑你到底在開玩笑，還是當真的。[②]」

　　就是因為這些特徵，史書上記錄兩人死前的說話都有點相
似；兩人都誠懇地談論著重要的問題。蘇格拉底在獄中侃侃而
談；摩爾則在倫敦塔內時而談論，時而寫作；甚至在刑架上也
有話說。解決了嚴肅的問題之後，兩人都以不太嚴肅的態度與

②《托馬斯・摩爾爵士全集》（ *The Works of Sir Thomas More; London,
　1557* ），頁127。以下簡稱《全集》（ *Works* ）。

世界告別。蘇格拉底（被控對諸神不敬）喝過了鴆酒，人家用布蓋著他的臉，他卻把布扯過一旁，請求道：「紀烈度，我們欠埃斯古拉匹烏斯（Aesculapius）一隻公雞[3]，千萬別忘記償還才好！」紀烈度和眾人等待他最後更富啟發的遺訓，落了個空，蘇格拉底不再開口。

摩爾（被控叛逆）把頭放在刑架上時吩咐劊子手慢下來，讓他把鬍子撥放一旁，說鬍子沒有犯什麼大逆罪。於是近代一位沒有同情心的編年史家說摩爾用嘲弄的態度結束他的生命。而摩爾的國人也認為，聰明人絕不該把才智，甚至死亡，和他們所謂「奚落和嘲弄」混在一起。同樣地，蘇格拉底同時期的一般碌碌之輩也對他的作為大惑不解。因此儘管我們有不少摩爾的著作有利於了解他的生平；但另一方面，這些作品也可以誤導我們，除非我們能注意到摩爾一向賦有的反諷特徵。

三、摩爾的著作

替摩爾作傳的人，可從他寫的或收到的拉丁文及英文的書信中得到最重要的指引。這些書信為數約三百封——準確數目視乎我們對構成一封信的觀念而定。最初幾封拉丁文信是他和

---

[3]見1776年版，克里沙卡·摩爾（Cresacre More）所著《托馬斯·摩爾爵士傳》（*The Life of Sir Thomas More*），頁275。又見惠比利（Whibley）輯，荷爾（Hall）撰，《編年史》（*Chronicle, II*），頁266。

博士之士的來往函扎。從這些函扎中，我們可以見到十六世紀初青年學者摩爾的肖像④。摩爾在還不滿三十歲時開始用英文寫信，第一封寫給喬哀斯・李（Joyeuce Leigh），把《若望・碧古斯傳》（Life of John Picus）獻給她。喬氏是摩爾好友愛德華・李主教（Archbishop Edward Leigh）的妹妹，是位阿爾基（Aldgate）的加辣會修女，而在摩爾首次出使布魯日斯（Bruges）——與《烏托邦》的起頭有關的那次出使——期間，開始把書信結集。現存的包括寫給亨利八世、寫給胡爾西（Wolsey），以及克倫威爾（Cromwell），討論國事的函札。拉丁文書信大多寫給國外學者，尤以伊拉斯默斯為最。還有英文信十二通及拉丁文信一通，是摩爾被囚倫敦塔時寫給友人的，更具歷史價值，因為他寫這些信時一心只想給少數朋友傳閱，並沒有想到日後要發表或讓人公開閱讀。

　　雖然摩爾的英文和拉丁文都非常流暢，但早年及中年作品多用拉丁文，大部分英文著作則是死前七年間寫成。

　　摩爾的拉丁文諷刺詩約在他四十歲時印行，但我們從伊拉斯默斯的作品中猜測，詩集中大部分是他年輕時的作品⑤　從

---

④翻譯摩爾的拉丁文信函時，我（錢伯士）用的是現代英語，而且多半是通俗英語；這樣一來，讀者就不難分辨何者為摩爾的英文信函（由十六世紀古英語寫成），何者為迻譯過的拉丁文信函。摩爾與伊拉斯默斯通信，當然全用拉丁文，因為伊氏對任何一種現代（近代）語言均一竅不通。

⑤參考史提普頓（Stapleton）著《摩爾傳》（Vita Thomae Mori）第一章，頁158。

這些詩篇，我們可以較深入的認識熱愛文學的青年摩爾，《烏托邦》又使我們更了解他的思想。從他早年翻譯魯西安（Lucian）的作品中，以及用拉丁文和路德（Luther）辯論中，我們又可看到他的拉丁文在遣詞用字方面，好得有如俗語所說的「罵人不帶髒字」。

他的大部分英文作品全賴外甥賴斯提爾（William Rastell）小心保管才得以保留。賴氏沒有像其他青年一般真正在摩爾家中住過，但對他的思想極其了解。摩爾的英文散文及生前已出版的書籍，全由賴氏印行，共約一百餘萬字⑥。他辭去掌璽大臣的職位後，仍沒有終止寫作生涯，而賴氏亦繼續印行他的著作。在摩爾辭職後四個月，賴氏為自己保留了一條後路，獲得特准加入和摩爾同屬的「林肯法律協會」，此後一年多，甥舅二人和異端人士的論戰無時或已。摩爾撰文，賴氏印行。而賴氏在印刊摩爾作品之餘，更印行有關法律的重要著作。可是出版商的工作越來越危險，賴氏終於在摩爾被囚倫敦塔時，決定完全放棄印行有關法律的文件，但對舅父的著作仍舊十分關注。他希望有一天事情會有轉機，因此，日後寫信給瑪利皇后，一

---

⑥摩爾用韻文寫成的短篇小說《警官如何成修士》（*How a sergeaunt wolde lerne to be a frere*）約於1516年由諾泰利（Julian Notary）印行。《若望 · 碧古斯傳》（*Life of John Picus, Earl of Mirandola*）的英譯本則由威廉 · 賴斯提爾之父若望 · 賴斯提爾印行，該書顯然為和德（W. de Worde）（見烈特〔Reed〕所著《早期都鐸戲劇》(*Early Tudor Drama*)，頁8）所盜印。否則，威廉 · 賴斯提爾似為摩爾在世時獨家印行其英文著作之人。

開始便急促地一口氣這樣寫道：

> 至尊至慈之后，竊惟臣舅托馬斯・摩爾勛爵、騎士、掌璽大
> 臣，睿智聖善，辯才無礙，學識宏富、德高行潔，具見於其
> 卷帙浩繁之英文著作，詞章秀美之詩篇之中、世人無出其右
> 者；其作品應為任一勤奮好學、渴求真知之國人所珍藏與研
> 讀；不唯得知英語之流暢與典麗，亦可領略基督公教〔天主
> 教〕信仰之真道。

接著，他又「顧及」他舅父未出版或已出版而卷數不多的
作品，可能「終有一天部分散失甚至完全湮沒不存，成為後人
的損失」；於是盡量搜集；

> ……以及同類文字（以往若干顛沛歲月中，由臣謹慎蒐集，
> 妥為保存），現已收集成冊……時維一五五七年四月末日

這些輝煌的結集（以後援引時通稱《1557全集》）保存了
無數可能已散失的資料。結集內容包括摩爾少年時代的詩；摩
爾手抄《理察三世史》（ *History of Richard* III ）的正本（收在
葛拉夫頓〔 Grafton 〕編年史版本的，賴氏認為文字句法多被改
動）；以及《萬民四末》（ *Four Last Things* ）的殘本。而和異
端人士論辯的文字，一寫好已收在賴氏所印的精裝初版中。這
樣，後人即使不能從當時印製的論辯文字本身找得資料以應所
需，仍可從《1557全集》中找得以前從未印行的《丁達爾駁論
》（ *Confutation of Tyndale* ）第九冊的殘本。至於要從摩爾的
全部寫作（包括《烏托邦》）去了解他的一生，賴氏的功勞實

在無可衡量。他保存了他舅父在倫敦塔內寫的書稿、函札。固
然，沒有了他，摩爾的部分著作仍舊可能留存至今。例如摩爾
下獄時，在書頁空白之處寫下禱文的那本書，就落在丹比伯爵
（Earl of Denbigh）手裡。但摩爾剛死後不久的一段時間內，
任何人藏有他的著作，不管是已印或未印的，只要是涉及國王
的，都可能招致殺身之禍。而摩爾在塔內寫的一切，往往暗示
（有時甚至明示）與國王有關的問題。摩爾的女兒瑪嘉烈
（Margaret）也曾被提到衙門去，控以藏有父親未印行的文稿，
意圖刊印出版之罪，又被控以保有父親的頭顱作聖髑。她答辯
說保留父親的頭顱目的是要好好埋葬，免得淪為海魚的食糧。
至於文稿，除了一些親密的私人函札，她差不多沒有父親手寫
的文章。她又懇求准許保有這些信件，作為個人的紀念品和安
慰。那時候，儘管在那無法無天的苦日中，對婦女仍是比較寬
容的，摩爾的信件因而得以保留。瑪嘉烈被釋回家（或經短期
監禁被釋）⑦。這些可導致殺身之禍的文件顯然交到賴氏手中，
由他及時帶到國外。我們能知有關摩爾殉道的事蹟，賴、瑪二
人實功不可沒。

　　我們儘管擁有摩爾豐盛偉大的著作，但這些珍貴的資料本
身就是史學上的難題，一個研究十六世紀英國史特有的難題。
當代偉大史學家蒲勒德（Pollard）就寫道：「十六世紀史料浩
瀚如此，沒有人能以有生之年掌握全部。⑧」

---

⑦史提普頓，《摩爾傳》，第二十章，頁359；克里沙卡·摩爾，《
　摩爾傳》，頁281。史氏未提及囚禁之事，克里沙卡·摩爾則提到。

　　因此，甚至單就專研摩爾著作而言，也沒有人能完全了解，或以同樣了解的心情去研讀它。例如專門研究《烏托邦》的社會主義者考茨基（Kautsky）對摩爾死前數日寫下的禱文就有這樣的看法：除了「盲信」和對宗教「入迷」的文字外，看不到什麼別的。而這些「盲信」和「入迷」，「只能引起人對病理方面的興趣」⑨。而部分人一想到摩爾的殉道形象，就忽視了《烏托邦》的價值，好像摩爾寫《烏托邦》不外是娛悅同道的人文主義者的狂想曲。然而，摩爾一生的全部意義在於他既是殉道者，也是個樂觀的學者，他在歡樂融融的氣氛和心情下寫了《烏托邦》。固然，我們可以稱《烏托邦》為狂想曲，但我們可以從一個人的狂想去了解他的為人，正如可以從他嚴肅的一面去了解他。在評估摩爾性格時，衡量《烏托邦》的方法應該和衡量《論基督的受難》的方法不同，但不容忽視其中任何一本。時至今日，兩者相較，《烏托邦》對世界的影響實在無可估量，它用當時的國際語——拉丁文——寫成，在摩爾去世後二十年之內，已繙譯成德、義、法及荷文，而大英博物館蒐藏的雖不算齊全，也有八十四個版本和譯本。另一方面，摩爾的神修著作雖日漸流通，但《論基督的受難》自1557年初版刊行後，就一直不曾重印。

　　因此，要將摩爾傳的作者分類，就要看他們著重從摩爾的那一類著作去描繪他的性格了。

---

⑧蒲勒德（A. F. Pollard），《克藍馬傳》（Cranmer），頁5。
⑨考茨基，《托馬斯・摩爾》（Thomas More），1980，頁156。

四、函札與文件

在論述為摩爾寫傳的作者之前，應先參考《亨利八世統治
期間國內外函札與文件》（*Letters and Papers, Foreign and
Domestic, of the Reign of Henry VIII*）[10] 這一部重要文獻提要。
該書由檔案局出版，先後由布魯亞（Brewer）及葛德納（James
Gairdner）擔任編輯，亨利八世朝代一切重要人物的生平資料
都包括在裡面。《亨利八世傳》的作者蒲勒德說提要所根據的
全部檔案，「是英國古今內外任何一朝的史料結集」[11]。布魯
亞任主編時，為每一卷作了導論，而這導論的本身就是該朝代
的詳盡歷史。其後，葛德納繼任主編，每卷卷首仍寫導論，但
奉命撰寫得較簡潔。葛德納本人則耐心探索研究，歷時五十年，
寫成了《羅勒地與宗教改革史》（*Lollardy and the Reformation*）
一書。他對摩爾的生平事蹟花盡心血。從來沒有一個寫摩爾傳
的人像他那樣深入徹底。甚至盧巴（Roper）、哈斯菲爾、史提
普頓（Stapleton）、及碧烈節（Bridgett）等也比不上他。

---

⑩以下徵引簡稱《函札與文件》（*L. P.*），與1830至1852年間出版的
　《亨利八世的政府文件》（*State Papers of Henry VIII*）有別。《
　政府文件》是經過選擇後全文印行，而《函札與文件》祇是摘要。
⑪蒲勒德，《亨利八世傳》（*Henry VIII*），頁Vii。

五、摩爾傳的作者

　　最初刊行的兩本摩爾傳是在摩爾生前寫成的。《烏托邦》問世後，外國學者紛紛注意起它的作者來，1519年，伊拉斯默斯寫了一篇有關摩爾生平及性格的文章交給赫頓（Ulrich von Hutten）。伊氏那時與摩爾已有二十年交情，寫來極其親密。文章在同年發表，摩爾似乎沒有反對伊氏把兩人這種親密感情公諸於世。正因為滲入了私人感情的寫法，讀來更覺有特殊價值。

　　第二篇小傳是摩爾自撰的墓誌銘，原本打算刻在徹爾斯聖堂（Chelsea Church）基地的墓碑上，但命運安排他的骸骨不葬在這裡。這小傳不外像今日的《名人錄》，是名人本身希望要世人知道有關他自己的某些事罷了。

六、威廉・盧巴

　　威廉・盧巴著的七十頁八開本《摩爾傳》大抵是英國語文中最完備的摩爾小傳，他自述撰寫因由道：

> 一如伊拉斯默斯所親見，曾任英國掌璽大臣、騎士之托馬斯・摩爾爵士，德高行潔，良心無瑕，勝似白雪，兼具天使般智慧，精熟法學，廣涉各門知識，乃英國境內前無古人、後無來者之偉人，堪為世人永遠懷念。鄙人威廉・盧巴，忝以翁婿關係，得以晨昏共處垂十六年餘，相知者無逾余也。傳述

其一生事蹟，實乃鄙人之責。然日月逾邁，當年不少顯著而不應遺忘之事，亦因荒疏與漫長歲月而不能記憶矣。

但盧巴這本小冊，一般人往往高估了它的歷史價值而忽視了它的文學價值。他們忘記了它記載的最後一件事蹟已是二十多年前的舊事。不少事項盧巴本人根本不在場，未嘗親自目睹，但對話經他巧妙潤飾後，人物栩栩如生，有如莎翁筆下的名角。摩爾的妻子雅麗絲夫人生動活潑，不下於莎翁筆下的魁格萊太太（Mistress Quickly），而所用的驚嘆語「我的老天爺，這是什麼年頭！」竟如出一轍。據盧巴所載，雅麗絲夫人在丈夫被禁後一段時期取得許可證去探望，老實不客氣地說：

> 「唉！唉！我的老天爺，這是什麼年頭！我真搞不通你一向聰明蓋世，如今卻扮了呆子的角色，你本來可以深蒙國王和樞密院的寵渥，自由自在生活，只要你像主教和國內最博學的人一樣做就是了。而你甘心蹲在這汙穢的小牢房裡，與鼠輩為伍！你在徹爾斯有房產、豪華大宅、又有玉籍、藝苑、果園及一切美好必需品，有妻兒為伴，好好過日子。我想來想去，總想不通你究竟中了什麼邪，喜歡留在這裡！」
>
> 他靜聽了一會，帶著愉快的面容對她說：「我的好太太！請你告訴我一件事！」
>
> 「告訴你什麼事？」
>
> 「這裡，」他說：「和我們老家的房子離天堂不是一樣近嗎？」雅麗絲夫人可不喜歡這樣的談話，嘆道：
>
> 「啊！老天爺！我的老天爺！」

「怎麼樣？太太！難道不對嗎？」

「啊！我的天啊！我的老天爺啊！難道你一輩子也不打算離開這裡嗎？」

「咳！太太！如果真的要這樣，那也沒有什麼不對吧！因為我不覺得那房子和它裡面的東西有什麼值得我留戀、令我高興的事。我敢保證，若我埋在地下，七年再回去，難免會被人把我撐出來，說我白撞，房子不是我的。一眨眼就忘記了它的主人的房子，又有什麼要稀罕啦！」[12]。

為什麼英國文學研究者不曾想到這類對白值得注意呢？大抵他們認為這是歷史，與想像文學沒有關連而忽視了它們吧？但這段對白無可否認含有高度的想像力。自然，盧巴的記載證實了摩爾曾和妻子在獄中會面。可是，亨利八世時代，倫敦塔沒有裝上「國王的耳目」，像司各特（Sir Walter Scott）在《尼高爾的財富》（*The Fortunes of Nigel*）中所說的，英王詹姆士一世躲藏起來，偷聽囚犯的談話。詹姆士怎樣做也好，盧巴卻不能得到獄卒的許可，躲在監獄的暗角偷偷記下摩爾和夫人的對話。他寫的這段探監記錄，一定是靠回憶起二十多年前摩爾夫人回家時，一段雜亂無章的談話寫成的。現在，讓我們試試把二十多年前，由一個既忿怒又擔憂，不曉得自己說了什麼的女人轉述的對話寫下來，就知道效果如何了。再者，若將對

<hr>

[12]盧巴（Roper），《托馬斯•摩爾爵士傳》（*The Life of Sir Thomas More,* 1935），頁82-4。

話全照字面去解釋，對雅麗絲夫人是極其不公平的。她不是個開始時勇敢大聲指摘，過後又噤若寒蟬的人。盧巴也像他的繼岳母一般，在同一屋簷下「住了十六年多」。這段對話是其來有目的。他是在寧靜中回憶起當日而湧起的情感之下寫成。如華滋華斯（Wordsworth）所主張，優美而富於想像的文學應該是這樣。

摩爾死後，雅麗絲夫人和盧巴發生了爭執。夫人甚至指摘盧巴「侵占了她部分的生活費」[13]，但二人後來和解了，因此我們無需懷疑盧巴對夫人有惡意。而摩爾本人的著作中，對夫人每一細節的描繪也證明了這一點。若盧巴懂得模仿他的岳母，一定是從他的岳父中學來的吧？總之，在摩爾的著作中，不時有一位不知名的女士，而這女士無疑是雅麗絲夫人。例如，摩爾在獄中撰寫神修敬禮時，也描述了與一位偉大夫人片段的談話。那夫人出於善心，探訪獄中某位囚犯：

> 她在一所還算不錯，最低限度相當堅牢的房間內會見那人，看到他用草蓆把牆角和四週墊得暖暖的，以保持健康，因而甚覺寬心和安慰。但其他大小不如意的事又使她難過萬分，最叫她悲傷的是每天夜裡，牢房的門一定緊緊鎖上，把他關在裡面。她說：「如果把我這樣地鎖起來，我準會窒息死啦！」

---

[13]檔案處文獻（Depositions in Chancery），C.24/52，盧巴與羅登對訟案（Roper V. Royden）；檔案處訴訟狀（Pleadings in Chancery），C.3. 153/I。這些資料出處承施遜教授（Prof. C. J. Sisson）提供，我深表謝意。

聽了她這話，犯人心裡覺得好笑，但可不敢笑出聲來，也不敢說半句話，因為他非常敬重她的慈悲為懷。但禁不住暗笑起來，為什麼？因他清楚夫人自己每天晚上總從裡面把門窗緊緊鎖好，整夜不打開來。⑭

那犯人的生活得以維持，是出於她的慈心。在致克倫威爾的信中，夫人談到每週的用度：「為了要支付丈夫的膳宿和僕役的薪金，為了維持家計而又別無賺錢之道，只得變賣我的私房。⑮

摩爾自己的話證實了盧巴的描述。這些描述可以說加強了摩爾著作的重要，也可以說是核對作傳者的資料，盧巴本人卻絕少引用這些話，因為他本身有足夠的知識去寫他的小書。然而儘管與摩爾的關係親密如是，記述的時候卻故意保持一段距離，好像並不十分了解這個因懷念而日益敬仰的人似的。正因如此，儘管把摩爾寫得完美無瑕，也沒有引起我們通常對那些完美無缺，要我們尊敬的人所懷的反感。盧巴不自覺地流露他天真而謙遜的性格，鬆弛了我們反感的程度。在英王為了婚姻的緣故與教會發生衝突之前，盧巴因英國有一位熱愛天主教如亨利的君王及臣子同在一信仰下團結一致而替摩爾慶幸。摩爾

---

⑭《全集》（1557），頁1247。

⑮侯華（Howard, L.），《書信集》（*Collection of Letters*, 1756），i，頁272；比較摩爾夫人呈國王之陳情書的副本，見亞倫道（Arundel）手稿152，300b以後。

承認了這一點，但預言了不祥之兆，盧巴極不以為然，但摩爾堅持自己的看法，卻沒有道出原因（大抵他連對盧巴也沒有自由指出原因），盧巴自然大為不滿，終於忍不住對岳父提出質問：

> 我說：「喂！老先生，我敢發誓，你說的盡是一派胡言。」（我對他說了這樣冒犯的話，但願上天不要責罰才好。）他聽了，知道我在生氣，連忙快樂地對我說：「咳，盧巴，我的孩子，不是這樣的，不是這樣的。」我和他同室共處，朝夕交談已十六年多了，從沒見過他發怒。

盧巴自始至終沒有完全了解摩爾的想法。當他們一起乘船到林白芙途中，盧巴知道，在那裡摩爾將要被迫宣誓贊同英王離婚合法，摩爾沉默了一會，低聲對盧巴說：「盧巴我兒，感謝上主，這一仗我贏了。」「他指的是什麼，」盧巴說：「那時我一點也不明白，但又不想表示自己不懂事，便答道：『對！我也很高興！』」這就是記錄下來的，他們二人最後的幾句話。自此，盧巴沒有再出現。在監獄的十五個月中，只有盧巴的妻子用說話、書信去安慰她父親。

盧巴寫《摩爾傳》的時候，一直保持著十分恭謹的態度，撰寫時他的妻子已下世十多年，但他始終不曾提到自己和摩爾父女的親密關係。他從不曾忘記女和婿的分別。這種忠誠的態度使我們相信盧巴說話是真確的，儘管不少實際措辭往往是他自己日後重新組織出來的。

於此，我們見到故事的四位主角——摩爾和夫人，盧巴夫婦，縱橫相互的影響，而故事的背景是世俗、肉身和亨利八世。

世俗：以諾福克公爵（Duke of Norfolk）為代表；他到徹爾斯
與摩爾共進晚餐時，看到他身穿歌詠團的短白袍在經樓上唱歌，
大為驚異，挽著他的手走向大宅時抗議說：「哎喲！勳爵大人！
你是天主的人啦！你竟成了聖堂裡的小職員啦！真丟王上的臉！」
摩爾回答說：國王亨利不會認為服侍天主是對他不敬。至於肉
身，要以安‧葆林王后（Queen Anne Boleyn）為代表，她是摩
爾的死敵，以吵鬧、哀求叫亨利八世不再信任他，而摩爾對她
一直只有憐憫，因為他看到，不久之後，她的靈魂將陷於難以
言喻的災禍之中。至於國王亨利八世，在這些軼聞下，也並不
見得像個君主。盧巴不敢過分直接地對已故的國王、當今王后
的父親有什麼不利的評論。我們只能從字裡行間，驚鴻一瞥看
到亨利八世，在一次餐會後，在徹爾斯花園中散步時，他用臂
彎圍著摩爾的頸項；而重點也是摩爾在事後說的話：「要是我
這頭顱能為他換得法國的一座堡壘，他定然不惜把它送掉。」

　　所有為摩爾寫傳的人，在記述他種種聖德之餘，都沒有忘
記他有預言的天賦。

　　盧巴固然可以把徹爾斯大宅當年的景象一一記錄下來，而
這一點對研究摩爾生平也是重要的資料；但我們不能完全以他
所寫《摩爾傳》當作時、地和人的絕對可靠證件，因為事隔二
三十年後，一個人的記憶力可能產生極大變化。盧巴也不是像
包斯維爾（Boswell）那樣曾有系統地寫下札記；他也不是史學
家，以各種文件考證他的回憶錄。要記錄，盧巴在小傳的開頭
一再為自己記憶不詳而抱歉。他不但忘記不少應該記下的事，
甚至在記下的事情中也有不少混淆，尤以關於年代的錯漏最為

顯著。人若單靠自己的記憶，在時間上又差不多歷經了一世代
之久，錯誤是必然的。盧巴的記錄中，二三處錯誤甚為明顯，
例如關於摩爾陞遷：

> 韋斯頓（Weston）先生逝世，財政大臣一缺空出，王上不經
> 商討，自動命摩爾勛爵充任。

其實，該職位是副財政大臣，當時由諾福克公爵擔任，不
久又由諾氏的兒子繼任。摩爾從未擔任財政大臣的職務。這是
個相當不小心的錯誤。再者，理察‧韋斯頓不是先於摩爾任副
財政大臣，而是在他之後（雖不是緊接摩爾之後），逝世日期
比盧巴所記的年月晚二十一年，比摩爾多活七年。而韋斯頓勛
爵一直活到做了摩爾的孫子托馬斯‧摩爾的教父，那是祖父被
斬後三年。四分之一世紀以來，韋斯頓一直是朝廷上最顯赫的
人物，幾乎沒有一項官方儀式不在場的。連他的獨子方濟爵士
（Sir Francis）因被控與安‧葆林王后有染而被斬首之日，韋氏
也隨侍在英王之側。讀者當然可以想到盧巴與韋氏相當熟諗，
然而盧巴在韋氏死後十多年才撰寫《摩爾傳》。時間可能把一
切都縮短了距離。盧巴記得韋氏充任過與摩爾同一的職位，因
此隨手把他的名字誤植了若望‧吉提勛爵（John Cutte）；他才
是摩爾繼他之後擔任的副財政大臣。盧巴大抵對吉氏曾任此職
的印象不深而造成這錯誤。在以後的敘述中，類似的錯誤屢屢
出現，但他是個絕對忠實的作者，所犯錯誤並非故意是無可置
疑的。

七、尼古拉・哈斯菲爾

　　盧巴大抵像都鐸（Tudor）時代的紳士一般，記下的札記只想供友儕傳閱，並沒有想到要印行發表。事實上，摩爾死後差不多一百年，盧巴撰寫的傳記方告刊行。在瑪麗王后統治期間，盧巴把撰傳的工作親自交給一位青年朋友尼古拉・哈斯菲爾，並且把自己的札記也一併交給了他，這本傳記無疑是打算交給印刷廠印行的，目的就像歐陸方面的霍克斯（Foxe）所寫的《殉道聖人傳》（Book of Martyrs）一般，是一道宣言。可是瑪麗王后駕崩，印刷工作迫得停頓，直至當今的三年前才由希治閣博士（Dr. Elsie Hitchock）以八部著名的手稿編成的傳記，印成第一版出書。六十年前阿克頓勳爵曾抱怨十五位寫摩爾傳的人中沒有一位是根據手稿撰寫成書。如今希治閣博士孜孜不倦校勘手稿，實在功不可沒。

　　哈斯菲爾是學者，虔信過人，愛德華六世在位時，他因極力護衛信仰而流亡國外，伊利莎白一世統治期間又慘受十二年監禁之苦，直至1574年8月底才與弟弟一同獲得保釋，出獄後「由於既老且病，一直居住在森麻實郡的溫泉區」，但健康已受損不堪，次年底病歿。他一生對教會的忠誠，實不應被忽視遺忘。

　　若望及尼古拉・哈斯菲爾兄弟倆都是值得注意的人物。他們是瑪麗王后統治下天主教復興的中流砥柱。兩人皆為天主教的副主教（兩人身分是執事）。若望是優秀的古典學者，牛津大學第一位希臘文講座教授，尼古拉則是法典學家、神學家和

歷史學家。在被囚的疲憊歲月中，以拉丁文散文體撰寫英國教
會史自娛。他的弟弟若望則以拉丁韻文撰寫較短的歷史文獻。
尼古拉的《摩爾傳》是偉大的著作，是第一本用英文寫成的正
傳。卡雲迪殊（Cavendish）寫的《胡爾西傳》可能比他早幾個
月寫成，但不外像盧巴的《摩爾傳》一般，是個富於敘述天才
的人寫下的個人回憶錄罷了。尼古拉是用英文撰寫一部正式傳
記的第一人。他遍搜摩爾用以寫自敘的零碎資料；繙譯及組織
伊拉斯默斯書信中有關摩爾的敘述，以及當日歐陸有關摩爾受
審的記載而寫成。值得注意，尼古拉的《摩爾傳》在史料的設
計和編排方面都非常完美且有分量。它採用的史料大部分至今
仍在各地留存。因此它在文學方面的價值比在史學方面的價值
更能引起我們的興趣。尼古拉本身對摩爾的認識也增加了故事
的分量。這裡且摘引兩段，以闡明盧巴所提的一段事實。

　　盧巴說摩爾辭去掌璽大臣職位後，英國的主教們及修院院
長們知道摩爾並非富有，募集了一筆金錢，以報答他撰文維護
天主教會的辛勞，但摩爾分文不取。那時候的景況怎樣拮据，
可從尼古拉的報導得見一二：

　　　　他……因缺乏燃料，迫得每晚睡前，在大廳燃燒一大堆乾草，
　　　　使妻兒及自己得以取暖，上床時臥房都沒得生火取暖。

　　我們可以想像，摩爾夫人在燃燒著徹爾斯山地取來的荒草
的火爐旁，一面顫抖，一面憶述丈夫如何拒絕接受一筆使他們
生活能過得舒服一點的金錢。

　　還有另一則驚人的故事也全憑哈氏道出，詳細內容以後慢

慢再說，這裡只先談談威廉・盧巴。大約在他與瑪嘉烈・摩爾結婚的一段時期內，他荒於祈禱和克己，精神渙散，認為除了自德國來的道理外，別無真理，於是加入了路德派。我們可以想像，他在摩爾宅中怎樣使人尷尬。因為加入路德派必定是「他各種荒唐行為中最令摩爾痛心疾首的事」。經過一番爭辯無效，摩爾不再和他理論，轉而為他祈禱，祈禱卻證明有效。

哈氏在傳記中不遺餘力地大書特書這件事之餘，意猶未足，更在〈獻給盧巴〉一章中再舊事重提，說摩爾怎樣把盧巴「從異論的驚濤駭浪中拯救出來」。哈氏更技巧地對盧巴供給資料表示謝意說：「我要獻給你一份禮物，我不想說是從你的豬欄中選來的小豬（這樣說未免太不雅了），讓我說是自你花園中採摘束紮好的美麗花環吧！」

哈氏所述盧巴改宗的故事，使我們對盧巴的回憶錄有新的啟發：哈氏書中的盧巴，比他回憶錄著作中的盧巴更有獨立判斷能力，不是個死板的人，不是個墨守繩規，不去探討事情的另一面的人。盧巴和蒲爾顯然是除了摩爾之外哈氏最接近的人，而他在自己的歷史著作中毫不容情地敘述有關兩人的事蹟，甚至涉及二人也希望忘記的事跡，這自然是他誠實之處。

然而，若說盧巴改宗的故事使我們更進一步了解盧巴的個性，毋寧說它使我們更深一層認識摩爾來得貼切。十六年來，這個曾經是個問題青年的盧巴和摩爾同室共處，而從未見過他發怒。

至於像阿克頓勳爵說：「哈斯菲爾幾乎引用了盧巴《摩爾傳》中每一件事情，卻沒有引用他錯誤的地方」，那就未免是

溢美之辭了。盧巴犯錯的地方，哈氏也跟著錯。阿克頓稱讚哈氏的歷史著作坦率和節制，則更有道理。「他是最早研究教會史的史學家之一，他的腦中自自然然地充滿歷史的態度，許多宗教爭論點成了他討論的事實。」哈氏連亨利八世也不想深責。他貶斥亨利最嚴厲的話是：「他斬掉了聖伯鐸的首級，把它放在自己的肩上，令人不忍卒睹。⑯」儘管他心中充滿怒惱，但在瑪麗王朝得勢之日，或在被囚的痛苦中，也都沒有表現出當日某些伊利莎白王朝的難民所特有的極端怨恨。

八、威廉 · 賴斯提爾和難民

　　另一本《摩爾傳》由摩爾的外甥威廉·賴斯提爾執筆。賴氏的作品遠不如哈斯菲爾溫和。他的職業前文已約略提及。賴氏在1557年近五十時是出色的律師，印行了舅父摩爾的英文著作全集。瑪麗王后在位的最後幾週，他升為最高法官。伊利莎白即位四年後，她的宗教主張傾向新教。賴氏眼見恢復舊教（天主教）勢力無望，和幾位摩爾的老友逃往海外，旅居魯汶（Louvain）。這次再度逃亡的難民，便沒有回國了。女王御用法官逃亡，自然是非法行為，家產被判充公，自不在話下。特別委員會在市政府大堂處理清查這位大主教死硬派的財物時，開了一張清單。日後A. W.列特（A. W. Reed）教授妥為利用，

---

⑯在《虛假的離婚》（*Pretended Divorce*）中，哈斯菲爾比在《摩爾傳》（*Life of More*）中對亨利批評得更嚴厲，但仍能善自約束。

塑出了賴斯提爾法官的形象。

　　賴氏第一次逃亡之前，已和摩爾視如己出的養女溫妮斐列
（Winifred）結婚。第二次逃亡中，溫氏死於國外。賴氏在瑪麗
王后登位奉命回國前，把妻子安葬在魯汶的聖伯鐸堂內。他就
任林肯法學協會法官時最先做的事，就是重修協會內小堂的祭
台，並向委員會取得許可，每次彌撒都為溫妮斐列及她的親友
祈禱。再度流亡魯汶兩年半後，賴氏本人也病逝，葬於亡妻墓
旁⑰。賴氏死後十六年，林肯法學協會正式下令取消為溫氏及
親友祈禱的承諾，認為是愚昧的「令人討厭和迷信」的行為。

　　賴氏的《摩爾傳》找不到印刷商出版，甚至在逃亡國外的
難民中也很少人知道它的存在。其實它是一本傑作，足以稱為
摩爾的《生平與時代》。不過這書有一缺點，作者似乎復述了
一段年代不可能、又令人討厭的故事。那故事說亨利八世是安·
葆林的父親。自亨利與安結婚後，這種誹謗在歐陸甚囂塵上。
可是，賴氏應該清楚事情的真相，不應把流言當作一回事。固
然，賴氏和盧巴或哈斯菲爾不同，他對亨利八世極為鄙視。安·
葆林的姊姊曾是亨利的情婦，這種淫亂情形已經夠糟了，亨利
並不曾否認；但他認真地否認與安的母親有染⑱，既賴氏實在
無需一再重述。這樣的一述再述，不免影響他的信用。這種失

---

⑰A.W.烈特（A.W. Reed），《早期都鐸戲劇》（*Early Tudor Drama*），
　　頁85-93。

⑱傅洛摩頓爵士（Sir George Throgmorton）對亨利提及詳情的信現
　　存於檔案局（Record Office）。參看布魯亞（Brewer）為《函札與
　　文件》所撰序言第四頁。

實的記載更使我們對他的作品提高警覺，知道他一涉及亨利就非常尖刻而懷有偏見。他敘述費雪死時，就說了這樣的一句話：「我認為國王亨利在這方面比我們所知的任何土耳其人或暴君都殘忍。」

　　部分賴氏的《摩爾傳》已經佚亡了，剩下的片段殘章主要是關於費雪及加杜仙修會（Carthusian）修士受審及被殺的情形，也有小部分關於摩爾的寶貴資料，現今保存在「大英博物館」中[19]。這些篇章是從賴氏的《摩爾傳》中抄錄出來。在伊利莎白時代初期從比利時運至英國，在英國天主教圈中傳閱，作為編寫《費雪傳》的資料。

　　這些作品在賴氏逝世期間非常流行[20]。我們本來以為從這些殘篇斷章中只能找到一點流亡者的心聲，一些難民文學的抽樣本。相反，卻見到當年佳作的部分，內裡深情的敘述，與重組對白的能力並不遜於盧巴或卡雲迪殊的《胡爾西傳》。盧巴及卡雲迪殊的作品中沒有舉出日期，所敘事實又往往難以和我們所知的日期配合。賴氏片段的《摩爾傳》中卻列舉了不少人名、地名和日期，這是英文傳記中至今難以比美的[21]，雖然賴氏的敘述中不少是他處從未記錄的材料，但在計算時日和名稱

---

[19] 見亞倫道手稿152。

[20] 1565年，英國公教徒在國外印行了十六本書籍，其中十三本在安特衛普（Antwerp）出版。

[21] 最接近的是摩爾的《理察三世傳》，其中摩爾留下了一個空位，以填上待考的年月日期，但他不曾填上。

時，我們仍能核對它的準確程度，因為加杜仙修會的修士、費雪，以至摩爾受審的日期，都有官方紀錄可稽。雖然這些官方紀錄文件不會引起我們的興趣，但供給事實的骨架，就是靠這些名字和時日。一般人會以為經過四分一世紀的時日，賴氏撰寫起來一定混亂而不準確，可是事實證明並非如此。原因大概是他當年作了筆記。費雪和摩爾受審的當年，賴氏正是林肯法律協會的學生，有最好的機會、最好的理由把當年轟動一時的審訊妥為記錄，留作日後參考。這是任何法科學生都可理解的。審訊摩爾時，賴氏大抵在場。他自己也曾表示費雪受刑時他在場。

　　認識到賴氏《摩爾傳》斷章殘篇的價值後，自然惋惜失去的其他部分。從傳記的第三冊第七十七章記述摩爾的頭顱掛在倫敦橋的情形，我們可推測原書的篇幅。如前文所述，賴氏雖然和摩爾緊密合作，卻未曾在摩爾大宅中住過；但那並不是說盧巴的資料比他多。因為和他一起逃亡的岳父母瑪嘉烈和若望・克來孟（Margaret and John Clement）也像盧巴一般分享過摩爾的家庭之樂，賴氏有許多間接的機會得到有關他舅父的資料。他的《摩爾傳》一定是半世紀以來最優秀的英文版本，日後才有方濟・培根（Francis Bacon）的《亨利七世傳》及車伯利勳爵（Lord Herbert of Cherbury）的《亨利八世傳》。但這兩本書的原始史料價值是不能望其項背的[22]。

---

[22] 賴斯提爾的《摩爾傳》殘篇，如今收在希治閣（Dr.E.V. Hit-chcock）編輯、英國古籍學會（Early English Text Society）出版的哈斯菲爾所著《摩爾傳》的附錄上。

　　以盧巴的重組對話功力，本可以寫成媲美法國文壇上的回憶錄，但他只安於給我們寫下薄薄的一小本，約略展示他的撰寫才能。賴氏寫得相當詳細，可惜大部分遺失了。我深信，若命運安排這些苦苦用功得來的著作只能保存片斷，摩爾一定希望留下的是紀念和他一同受苦的同伴，而不是紀念他自己的。

　　這時，摩爾的朋友們期待著重返深愛的故國及教區，已日漸老去，終於客死他鄉。威廉 · 賴斯提爾首先謝世，接著是克來孟及摩爾多年的老秘書哈里斯（Harris），稍後是才智橫溢的戲劇大師若翰 · 希梧（John Heywood），他是摩爾的甥女，喬安 · 賴斯提爾（Joan Rastell）的丈夫。1544年，希梧和一群忠貞之士被判刑，其中還有徹爾斯聖堂的本堂神父若翰 · 勒基（John Larke），可是被判刑之後，希梧又反悔，認為殉道的桂冠不是他的，於是亨利赦免了他。伊利莎白即位不久，希梧離開英國，以後一直沒有回國。摩爾死後四十多年後，他臨終悔罪，告解神父安慰他不要老記掛著自己的過失，其中最主要的自然是沒有「在適當的時候」毅然接受死亡。那仁慈的神父一再喃喃地說：「肉體是軟弱的，肉體是軟弱的……」這位寫了許多齣瘋狂劇本的大師最後遺言是：「你是在責備天主沒有造我成為魚吧？」他沒有效法心中的英雄摩爾以身殉道，最少也該效法他臨終時樂觀的精神才是。那是摩爾堅信最正確的心態。

　　自希梧逝世以後，除了桃樂賽（Dorothy Colly），再沒有一位摩爾的摯友留存在世。桃樂賽是瑪嘉烈 · 盧巴的女僕；也是摩爾秘書哈里斯的妻子。五十三年前，她曾一次又一次到獄中安慰摩爾。摩爾在最後一封信也寫道：「……我尤其喜愛桃

樂賽，求你善待她。」她是處理摩爾身後事的三位忠信婦女之一。

這時，年邁的桃樂賽流亡在竇艾（Douai）。她是保存有關摩爾事蹟的最後一人了。她一次又一次地講述摩爾的故事[23]。她從亡夫手中承受了不少摩爾的函札和文件。她把這些寶貴的遺物視為聖髑般妥為珍藏，不時撫摸翻閱，紙張已因年湮日遠而發黃殘缺了。把它交給托馬斯‧史提普頓，對她不啻是個大大的克己犧牲。

九、托馬斯‧史提普頓

托馬斯‧傅勒（Thomas Fuller）說，羅馬天主教徒認為史提普頓生於摩爾被殺的同年同月，「好像上天有意安排，掉下了橡實，好代替倒下的橡樹」。史提普頓說摩爾的聲譽和殉道是他童年時與友儕的談話資料，也是他們得到啟發的題材[24]。他在瑪麗王朝時本是個受俸的教士，伊利莉白即位後不久，境況大不如前，他終於逃到荷蘭，用拉丁文及英文撰作，與新教徒展開論辯，正如哈斯菲爾繼承了摩爾一般，他繼續哈氏未竟之業。他的工作相當成功，難怪傅勒說人們認為樞機的地位被雅倫得著而不是他，是出人意表的事。傅勒又說，有人又覺得史氏的辯才遠不如雅倫的實際行動。政治家的一點兒活動，已夠得上書生寫得手也酸的卷帙。亙古以來，在取決的競賽上，

---

[23]史提普頓，《摩爾傳》，第二十章，頁358。

[24]同上，頁360。

實際的政策總能輕易地擊敗書生之見的[25]。

　史氏的英文優美典雅，是一代宗師。從他繙譯貝德（Bede）的《教會史》（*Ecclesiastical History*）可見一斑。遺憾的是，他童年時對摩爾的熱忱，以及日後有機會和摩爾的朋友相往還時，都沒能導致他用英文把《摩爾傳》寫出來。尤其遺憾的是，他遲不寫、早不寫，卻在伊利莉白與舊教爭辯最烈時才寫出拉丁文版本，在1588年西班牙無敵艦隊大敗時才出版。那時他的記憶已日漸不如，昔日流亡之士告訴他的一切已不再清晰。然而，他畢竟把回憶記下，正如他自己說，時不我與，再不寫出來，這些值得紀念的東西可能將與死亡一同湮沒。

　史氏寫的《摩爾傳》有兩大史料來源：一是桃樂賽交與的文件，一是半世紀來不斷聽到的軼事。我們今日能有這些史料，史氏功不可沒。哈斯菲爾的《摩爾傳》在了解當日的背景方面也給了他不少幫助。

　史氏窮四十年辛勞，保存摩爾的史料，卻不為他本國人重視。他們甚至忽視他著的《摩爾傳》。此書在竇艾、巴黎、科隆（Cologne）、法蘭克福（Frankfort）、萊比錫（Leipzig）及格勒茲（Graz）出版，最近又有法文及西班牙文譯本，卻從沒有在英國出版，直至最近七年才有夏列特（Mgr. Hallett）翻譯的英文版本。

---

[25]見傅勒（Fuller）所著《英倫俊傑》（*Worthies*,1811），Ⅱ，頁398。

十、魯・巴與克里沙卡・摩爾

英國人這種忽視，促成日後作傳人利用史氏的資料用英文寫成最少三本摩爾傳：第一本已散失，只留下一頁在牛津大學圖書館[26]。第二本由一個名叫魯・巴的人在1599年寫成，最少有八本手稿面世[27]。據魯・巴形容，自己的《摩爾傳》使下筆千言的史提普頓困乏，使博學的哈斯菲爾糊塗，使辯才無礙的蒲爾噤若寒蟬。他的傳記固然沒有加入多少新資料，只是根據盧巴和哈斯菲爾傳下來的意見，再加上史提普頓所寫的流亡者傳來的一切，但他以最完善的形式寫出了這一本，因此，可說是最好的一本《摩爾傳》。作者不只是繙譯和編輯，又善於講故事，能把史提普頓寫的軼事，從枯燥乏味的拉丁文繙譯成熟練高雅的伊利莎白一世時代英文。在拉丁文中，史氏敘述摩爾在赴刑途中與溫徹斯特（Winchester）人講話的故事已經夠感人了，魯・巴的《摩爾傳》中，以都鐸式英文娓娓道來，更是舉世不可多得的故事：

---

[26] 手稿，羅路（Rawl），D. 923，見261以下。

[27] 希治閣博士正在為英國古籍學會編印「魯・巴」《摩爾傳》的評論，取材於八種手稿的結集，但仍以藍白斯（Lambeth）手稿為底本。華笑華斯（Wordsworth）的《教會傳記》（*Ecclesiastical Biography*）第二卷重印時，亦用此手稿。

……他走過時，巧遇舊識溫徹斯特人。

此人一度陷於苦惱絕望中不能自拔，朋友把他帶到當時任掌璽大臣的摩爾面前。摩爾見他可憐，對他慰勉有加，卻無甚功效，於是轉而為他祈禱，熱切祈求全能上主解除他的心疾。上主果然允其所求。自此，那人心中一有不快，便找摩爾傾吐，苦惱絕望再不困擾他。自摩爾被囚後，他呼救無門，誘惑隨而再來，甚至比前更甚。他於是終日憂心忡忡無法自拔。

知道摩爾被判刑，他連忙從溫徹斯特趕來，決意在他就刑前見他最後一面，求他指點，看看效果如何。因此，守在路旁，一俟摩爾經過，便從人中衝出，大聲喊道：「摩爾君！還認得我嗎？看老天分上，可憐我吧！我那老毛病又發作了。」摩爾爵士答道：「當然記得，你且安心回家，我祈禱時定然不會忘記你，而你也要記得我才好。」

自此以後，那人至死不再為愁苦失望所誘。

第三本傳記由摩爾曾孫克里沙卡・摩爾寫成。

盧巴是個實事求是的人，史提普頓和克氏講起故事來繪影繪聲，帶有奇蹟般的口氣，而奇蹟之中有時帶著悲哀的色調。例如史氏敘述摩爾受死的那天，瑪嘉烈・摩爾去逐個聖堂為父親祈禱布施。來到倫敦塔領父親遺體時，已一貧如洗，連買壽衣的錢也沒有了，於是女僕桃樂賽跑到衣店，議好價錢，假裝掏錢包，看看店主會不會相信她，把衣服賒給她。那知錢包中竟不多不少，有她需要的數目。桃樂賽相信那是奇蹟；在流亡

的歲月中，一再證實那筆錢絕對來自奇蹟[28]。

　　有時候，他們還用若是摩爾本人聽了也會莞爾的幽默方式敘述。據說希梧把摩爾的一顆牙齒遺給兒子查斯伯（Jasper）及艾利士（Ellis）。二人都想得到那顆牙，就在那時候，牙齒分裂為二，二人驚歎不已[29]。

　　由於不斷增訂，摩爾曾孫手上的傳記已增至三百多頁的八開本，而且不斷重印。因此，史學家及傳記家都比較喜歡徵引它而不大採用其他資料。然而，由於亨利八世抄去摩爾家族全部文件，克氏稱之為「奪去一切證據」，因此無論怎樣增添，也沒有新資料了。克氏寫的傳記是司圖亞特（Stuart）王朝的結集，哈氏的卻是都鐸王時的產品，但寫得不及哈氏。克里沙卡屢次想增添史料，都沒成功。

十一、值得商榷的軼事

　　摩爾的高瞻遠矚是時人所共知的，有人甚至譽之為先知。但這美譽也意味著危險的成分。因為故事一再傳諸於口，說的人又往往禁不住渲染一番，使故事更為動聽，而這樣的增添，自然難免出錯。克里沙卡如此，史提普頓何獨不然。史氏個人和摩爾沒有親自接觸，除了年老的桃樂賽外，又沒有與摩爾熟悉的人在寫作時予以指導，故所選的軼事，定然不盡是最好的。

---

[28] 見史提普頓，《摩爾傳》，第二十章，頁358。
[29] 克里沙卡・摩爾，《摩爾傳》（1726），頁304。

克氏為了要描寫得更出神入化，不免加插了精心描述得近乎滑稽的笑話，以及其他毫無根據的幽默軼事[30]。史氏提到自己在寫傳時遇到有疑惑的軼聞時就棄而不用。但連那些他記錄的，而克氏及其他人又一再重述的，也似乎仍有令人難以置信的地方，例如有關剪絡的一段[31]：

據說，一個法官很不同情被扒的人，認為是因為太多人不小心，才有那麼多扒手出現。為了證明法官不對，摩爾事先約好新閘（Newgate）一位扒手頭，假裝有機密報告法官，乘機把他的錢包扒去，得手後示意摩爾。摩爾於是又提議為某慈善目標籌款。這時法官發覺錢包已失，而自己在升堂時錢包明明在身。於是摩爾命扒手把錢包交還，扒手獲判無罪。

史氏和克氏似乎都不覺得引誘人用玩笑方式犯罪而又以赦免作為獎賞是嚴重的。這故事在《托馬斯 · 摩爾爵士》話劇中以幽默、戲劇化方式寫出，劇本在伊利莎白時代，介於史提普頓與克里沙卡之間的年代寫成。劇作者不責備摩爾的玩笑，倒相當理解扒手的驚惶失措。摩爾提示向法官下手時，他答道：

> 法官大人，不要難為我吧！
> 要知道，我嚴肅的朋友們，
> 可看不慣這一套。
> 況且，人所共知，你是全英國最聰明的人，

---

[30] 《摩爾傳》，第十三章，頁286。

[31] 同上，第十三章，頁286-8（原書頁碼誤植為246）；克里沙卡 · 摩爾，《摩爾傳》（1726），頁87。

你高深莫測，我招架不來。

我求求你！法官大人！

別毀了我一生[32]！

　　魯·巴把這故事寫得十分精采，內容其實是譯自史氏的原文，但把不人道的地方改動一下，寫成：「剪綹當時並不常見，也不像今日被視作嚴重的罪行……」「他把扒手教訓一頓後說：『我深信你從此改過自新，並以行動證明。現在我以朋友立場幫助你，但你得把你詭譎的手法表演給我看』。[33]」

　　固然，我們不能以今日的感覺去衡量當日的事，否則對故事的真相不免反感。不過，在摩爾本人的著作中，卻發現這故事可疑之處。他在《萬民四末論》中寫道：

　　　記得一次在新聞見到一個在法庭上偷去法官錢包的扒手。此人第二天便要問吊。問他為什麼要做這傻事，那可憐的傢伙明知自己不久便要死去，答道：「做一天法官錢包的主人，死也甘心。」我深信，儘管我們對他的作為大惑不解，其實，我們自己不時同樣做而不自知[34]。

　　接著，摩爾繼續談到有些人一腳已踏進了墳墓，還不斷追尋不義之財，好像自己還有百年壽命似的。

---

[32] 格里（W. W. Greg）編，《托馬斯·摩爾爵士》劇本第169至175行。

[33] 《教會傳記》，Ⅱ，頁98-9。

[34] 《全集》（1557），欄93。

如果摩爾自己促成這事，他會不會事後說得那麼嚴重，而在另一個類似的故事中，又說得那麼滑稽可笑呢？讀者應自下判斷。本人卻認為，儘管故事在十六世紀末期在倫敦及海外流亡的忠貞分子之中相當流行，但真確成分並不高。

由此可見，故事多麼容易衍生出來；一件摩爾認為可怖的事，而其他人卻視為笑話。從摩爾的文字中看來，似乎事情發生時他也在場，甚至可能是他親自盤問那扒手。故事輾轉相傳，摩爾給塑成了主角，自然是因為他有好說笑話的聲譽所致。

可是，儘管史氏的《摩爾傳》中收入不少值得懷疑、甚或顯然是虛構的故事，並不表示他記下的軼事盡不可信。許多時候，史氏提出軼事的出處，有時我們自己得到獨立的證據。例如我們有兩個理由相信溫徹斯特人在摩爾赴刑場時向他求助：第一是摩爾臨死前在刑台上說的話可能是有感於該事而發。第二個更有分量的原因是瑪嘉烈·克來孟當日在場。只要史氏不是採自荷爾（Hall）的《編年史》（Chronicle），而是來自克來孟的敘述，我們都有理由相信。

史氏的資料有時得自摩爾忠心的祕書若望·哈里斯，有時得自摩爾的女忠僕桃樂賽。史氏提引出處的方式本來不俗，可是當我們遇到一些不甚清楚它的出處，又或當他好像只引述虔敬的人或流亡者有關摩爾的零碎軼事時，還是採取存疑的態度為佳，因為單說「資料得自史提普頓」還不夠，還要看看史提普頓得自誰人。

十七世紀有關摩爾的零碎軼事由於眾口相傳，說不上出處，最多只算是指十七世紀的人相信摩爾是怎樣的人的資料。固然

這也是個有用的資料，但由方濟・培根、亨利・庇湛（Henry Peacham），或若望・歐比利（John Aubrey）講述的軼事，在某些情形下可能並不真實。例如培根的《箴言》（*Apophthegms*）寫道：

> 摩爾起初只有女兒，妻子一直祈求希望得一個兒子。後來果得一男，但那孩子生來頭腦簡單，摩爾爵士對妻子說：「你一直祈求有男孩，如今他果真終其一生只是個男孩罷了。」

若望・摩爾的母親死時，他只三歲，她斷不可能因兒子表現幼稚而受責難。這軼事大抵只可說是少年的若望是遲鈍而笨拙的傳說，而這傳說也沒有足夠的證據。

十二、伊利莎白時代有關摩爾爵士的劇本

《托馬斯・摩爾爵士》的歷史劇是一群伊利莎白時代戲劇家的傑作。莎士比亞可能是其中一員。以傳記來說，可說沒有任何價值，因為若沒有旁的資料證明，這些戲劇可說沒有什麼有力的事實。它用過荷爾的《編年史》有關摩爾的事實，也改正了荷爾的某些錯誤。除此之外，劇中有什麼採自盧巴或史提普頓，以及根據倫敦傳說至何種程度，就很難說了。

有一點相當重要，這戲劇刻畫了摩爾的大概形象，反映了當日倫敦人的意見。儘管倫敦已成為新教徒居多的城市，但在他們心中，摩爾仍是英雄。在十六世紀末期，他仍是1521年倫敦人心中的那個摩爾，「是這城中人的好朋友」。

從莎士比亞的歷史劇,可以看出伊利莎白時代有關歷史的
戲劇都算不上公正無偏。莎翁的戲劇涉及「玫瑰戰爭」時期的
歷史,所根據的都是先後被約克郡人、蘭開斯特郡人(Lancas-
trian)、都鐸時代的人及勃艮地人(Burgundian)的偏見渲染
過的資料。可是《托馬斯‧摩爾爵士》既展示了它主人翁的英
雄行為,而這英雄又和同時代的宣傳相反,一定是其來有自的。
自亨利八世至伊利莎白一世以來(瑪麗王后短暫的五年除外)
摩爾的聲望一直受攻擊。然而儘管霍克斯的殘忍、荷爾的嘲諷
著作一再出現,都不曾令倫敦劇作家減少對摩爾的尊敬,因為
摩爾的形象是英國人自始自終的理想——一個政治家應該是無
畏的、爽直的、誠實的、富同情心而且充滿幽默感的。雖然劇
中幽默方面有點過火,但那是劇作家娛樂觀眾的責任。

這齣戲最值得注意的地方是摩爾溫柔的一面。劇作者以荷
爾的《編年史》為藍本,但特意捨棄那位編年史家以黨派分野
的尖刻所描繪的形象——憤世嫉俗嘲弄的形象。荷爾描寫摩爾
甚至在倫敦塔門受刑前也不忘嘲弄:

> 一個可憐的婦人請求他公開承認在任時有些關於她的證據(他
> 被囚後她不能取得),使她可以得回它們,否則她的案子便
> 不得了結。

據荷爾說,摩爾認為除了諷刺的話外,沒有什麼可說,於
是答道:

> 好太太!請忍耐忍耐!因為王上對我還不錯,甚至在現在這
> 半小時內也要免去我一切公務,他自己會親自幫助你[35]。

以下是劇作家描繪的景象：

> 婦人：如今，好心的老爺，看基督分上，救救我！把文件發
> 　　　還吧！這與我名譽攸關啊！
> 摩爾：怎麼？我的老顧客，你也在這裡？
> 唉！可憐的小傻瓜！我承認，我確有過關於你的文件，可是
> 王上拿走了一切，要親自處理這事。因此，好夫人，向他投
> 訴吧！
> 我幫不了忙，
> 你得原諒我啊！
> 婦人：好啊！好心的人！我的靈魂為你而悲傷。
> 再見了，我們窮人的好朋友[36]。

　　伊利莎白時代的劇作家故意這樣改動，意義十分明顯，這
是倫敦人心中的摩爾形象。他們不在乎他的背景，也不管他的
宗教觀點。在他們看來，他是個公正的法官。他的誠實、他的
精明、他的急智、他的幽默，成了他們心目中的以最短時間內
解決難題的理想人選，是這好爭訟世代的天降異人，是倫敦劇
作家心中的

　　窮人最好的朋友。

　　因此，儘管劇中滿是失實得使人心驚膽跳的事實及日期，

---

[35]惠比利編，荷爾《編年史》，卷二，頁265。
[36]同上，卷二，1638-48年。

這古老的劇本仍是關於摩爾的文字之中的重要一件，因為它反映了他死後半世紀倫敦市民對他的看法。一個人的真正品德，和他同鄉共市的人看得最清楚。

　　他可能是這樣，也可能是那樣，

　　他們愛他恨他，因為他是他[37]。

---

[37]吉卜林（Rudyard Kipling），*Puck of Pook's Hill*。

第一幕
倫敦法律學院時代的青年律師
（1478-1509）

一、父與子

本故事由一位十五世紀的倫敦人開始。他是個規行矩步，有條有理的人。以他的這種脾性，在適當的時間自然會登上事業的巔峰。而現在他正經歷著許多男人經驗過的，一生最滿意的事。因此，他及時用當日倫敦商人仍然流行的拉丁文（雖然日漸傾向於英文）記下那件事：

> 備忘：聖母取潔瞻禮後之週五晨二、三時間，若望‧摩爾氏得一男，名為多默摩爾。時維愛德華四世在位第十七年。

這一段備忘錄本來已記載得十分簡潔得體，但若望並不就此擱筆，他覺得行文有欠準確，過一段時日後，又加上「即2月7日」。而愛德華四世在位第十七年的聖母取潔瞻禮後的星期五並不是7日而是6日。這錯誤直至七十多年前才被修正。這發現是重要的，因為由於摩爾的曾孫紀里沙卡‧摩爾在文件上的錯誤，使人一直以為摩爾生於1480年，這年份使人覺得摩爾少年

時早熟得令人難以理解。而不幸的是，若望・摩爾的備忘錄在差不多四個世紀後才收在《札記與詰難》（*Notes and Queries*）中印行①。他稍後補上的一行跟在原文之後印出，好像二者是同等重要一般。於是，我們不知道若望・摩爾到底弄錯了年、月、日，還是弄錯了星期。一直以來，長篇大論的考證，討論托馬斯摩爾究竟是生於1477年2月7日、1478年2月6日，還是1480年2月7日。然而若早有人像烈特教授（A. W. Reed）那般孜孜不倦遍尋摩爾及與他有關的人的資料，這些筆墨大概可以省去吧？

　　若望・摩爾的備忘錄如今藏在劍橋三一學院圖書館內②。他的記載十分清楚：兒子生於1478年2月6日。他日後補上一行時，可能記不清聖母取潔後的星期五是月的那一天而寫上了7日。一個像他那樣條理分明的人，似乎不可能在記錄一件重要事件時寫錯了年份。若在年初的幾天寫錯還可以，但在2月才寫錯似乎沒有多大可能。因此，除非日後有更周全的證據，否則目前似乎可以確定摩爾生於1478年2月6日。

　　愛德華四世在位第十七年，英國開始有第一本由印刷術印成的書。若望・摩爾所有的書全是手抄本。他就在如今擺在我眼前的手抄本上，寫下了備忘錄。這抄寫整齊的《不列顛君王史》（*History of the Kings of Britain*）作者是蒙茅斯人淇奧斐利（Geoffrey of Monmouth），是一本最不可靠的英國帝王野史，在十二世紀時是一本暢銷書，一直至十五世紀還相當流行。

---

①1868年10月17、31日，11月7日，第四期卷二，頁365、422、449。
②手稿O. 2、21。

手抄本還包含別的東西，如醫藥常識、人死後靈魂的去處等等，
在書本後幾頁的空白上，若望寫上他的家庭史。

備忘錄第一條記錄如下：

> 備忘：主日，聖馬爾谷瞻禮前夕，若望・摩爾氏與托馬斯・
> 格蘭加先生令媛伊尼絲（Agnes）小姐在倫敦市郊聖翟爾斯
> 堂（St. Giles）成婚，時維愛德華四世在位第十四年。

結婚日期是1474年4月24日。聖翟爾斯堂也就是當年奧利佛・
克倫威爾（Oliver Cromwell）結婚的聖堂，以及詩人米爾頓
（Milton）埋骨之所。這聖堂雖是倫敦大火之後僅存的幾間聖
堂之一，若望・摩爾當年結婚的建築物已在另一場大火中燒毀，
今日的聖堂與當年的建築完全不同。

摩爾的外祖父托馬斯・格蘭加（Thomas Granger）是倫敦
的成功人物，摩爾大抵依襲了外祖父的教名。格氏於1503年11
月11日被升為警務處長，據薛尼・李的《國家名人傳記辭典》
（*Dictionary of National Biography*）記載，他在若望・摩爾被
升為高級律師後兩日的慶祝會上逝世。那時若望已是五十開外
的成功律師，托馬斯・摩爾也已年屆二十五，年輕有為，考取
律師執照，在法尼和爾法律協會（Furnivall's Inn）任講師有年，
人稱為「少摩」，當日自然也參加了宴會。祖父托馬斯・格蘭
加在宴會中猝然長逝，對摩爾父子，不啻是古訓「記得人皆有
死」（*Memento Mori*）的又一驗證。摩爾的心情與他撰《〈萬
民四末》及他將要寫出的《悲傷的哀歎》（*Rueful Lamentation*）
時心情彷彿，可是儘管摩爾一生坎坷，這還未算不幸事之一。

但據史陶（*Stowe*）的《編年史》（*Chronicle*）所記，托馬斯・
格蘭加不是「死於」（died）1503年11月13日，而是「參與」
（dined）13日的飲宴，那天是他當選為警長後兩天，他應當在
市政宴會上作主人才是，由於日期衝突，他要參加一個更重要
的皇家公宴。由十位新上任的高級法官作主人，而他的女婿是
其中之一，「死」和「食」想是手民之誤。薛尼・李記載如下：

> *11月13日*，林白斯市（Lambeth）坎特伯里總主教府邸內舉
> 行宴會，王上及各貴族參與其盛。同日，新任倫敦市警務處
> 長托馬斯・格蘭加在王上掌璽大臣男爵前宣誓效忠。稍後隨
> 市長參與上述宴會，因而省卻宴請市長、市議會議員及其他
> 市中望族。該宴會為十位博學之士，新近受任為高級法官所
> 設。十位法官名單為……若望・摩爾。[3]

若小心搜求倫敦市紀錄，定然可找出更多有關托馬斯・格
蘭加的資料。但現在他參與祝賀女婿升官的宴會而又同時省掉
宴客費用之時，我們暫且放下他不提，並把托馬斯・摩爾教名
的來由擱在一旁，轉談給他姓氏的祖先。

他們都是倫敦富有人家，卻沒有什麼顯赫家世。托馬斯・
摩爾在他自撰預備放在徹爾斯聖堂墓地的墓碑上的小傳中，形
容自己並非出身名門望族，而是殷實之家。摩爾被殺後，法國
學者尼古拉斯・波旁（Nicholas Bourbon）抨擊並貶斥摩爾[4]，

---

③《英國編年史》（*Chronicles of England*，1580），頁876。
④*Nugarum Lib. V*, Carmen cxiii, Lugduni，1538。

說他出身不明。但換一角度看，若是摩爾出身不明，波旁早已明白指出，無需轉彎抹角了，波旁是亨利八世的佞臣，畫家賀爾賓把他在溫莎宮內的肖像畫得殊不令人有好感，其為人可想而知。他的抨擊是一篇夾著拉丁文和希臘文的宣傳八股，旨在還擊歐陸人文主義者對摩爾之死的不滿。值得注意的是，波旁除攻擊摩爾父親族的出身外，沒有其他可以攻擊。近代的研究尋幽發微，在「林肯法律協會」的「黑皮書」中，找出老若望・摩爾，即托馬斯・摩爾的祖父早年暗淡的歲月。他出身協會侍役，漸次升為總管，總理一切侍役及來往賬目。在1470年亨利六世復辟的短暫期間，他的名字不時出現。他因忠於職務，獲准加入協會，成為會員。1489年及1495年間，更任講師⑤。

托馬斯的父親若望繼承父業，也從侍役做起。他有三個子女，長女喬安生於1475年3月11日。與一名叫理察・史達華頓（Richard Staverton）的富人結婚⑥，她在摩爾被殺多年後才去世，死時六十七歲。她的遺囑執行人是摩爾的青年好友之一，戲劇家若翰・希活（John Heywood），他日後娶摩爾的甥女喬安・賴斯提爾（Joan Rastell）⑦。

若望的長子就是本書的主人翁托馬斯・摩爾。如上文所述，

⑤兩位若望・摩爾事業的詳情見於霍斯（Foss）的《英國法官》（*Judges of England*，1857），頁191-203。

⑥長老法庭資料庫（Repertory of the Court of Aldermen），1519年8月18日（卷四，186以下；卷五，142以下）；1520年9月13日（卷四，63b以下）。

⑦烈特，《早期都鐸戲劇》，頁84、202等。

他生於1478年2月6日。接著是次女雅加達（Agatha），生於1479
年1月31日。關於雅加達我們所知不詳，大抵早年夭折。都鐸時
代的家庭通常相當龐大，但又因死亡率高而逐漸縮小。1480年
6月6日，次子若望・摩爾出生，他只活到三十多歲。他寫得一
手好字，大抵還作過長兄托馬斯的秘書。伊拉斯默斯從劍橋寫
信來，抱怨大學中人書法太差，沒有人能替他抄寫稿件；請受
信人替他抄寫，如果這樣做不方便，可否與托馬斯・摩爾聯絡，
請他的令弟代為抄寫⑧。這就是有關若望・摩爾的最後記載。
1481年9月3日，幼子愛德華出世，生平不詳。最後，1483年9月
22日，幼女伊利莎白出世。她和鼎鼎大名的都鐸人物若望・賴
斯提爾結婚。賴氏既是律師，又是出版家，更是戲劇家、冒險
家和軍事工程師，以及日後的美洲殖民者，他們的兒子就是威
廉・賴斯提爾，律師和出版家，日後是法官，是《摩爾傳》的
作者及《摩爾全集》的編輯。

　　這位記下了他人口漸增的家庭的父親，到底是何許人呢？
真是頗不容易描繪的畫像。大約在1527年，畫家賀爾班給他們
父子繪了一張肖像。若望和托馬斯・摩爾並排而坐。這時他已
七十六歲，因此應該是1451年出生，結婚時應該大約二十三歲；
托馬斯出世時他大約二十七歲。正如像中所見，老法官面容慈
藹、精明、幽默。他大約在六十六歲時出任普通上訴法官。至

---

⑧1511年11月27日，雅倫（P.S. et H.M. Allen）所校《鹿特丹的伊拉
　斯默斯信札》（*Opus Epistolarum Des. Erasmi Roterodami*），卷
　一，246號。

於他何時受封為爵士，則不得而知。托馬斯・摩爾在他自撰的
墓誌銘上，藉機提及父親的嘉言懿行。一位早期作傳者就根據
了孝子的話，寫出了與賀爾班繪像吻合的小傳：

> 先生德高行潔，秉性仁厚而富同情，待人處事誠懇正直。天
> 性良善外，又具和藹可親、樂觀愉快、泰然自若之精神[9]。

法官若望有一本滿載優良判案先例的書（並非他自己編撰）。
外孫威廉・賴斯提爾法官編撰的《條目冊》（*Book of Entries*）
部分資料就是採自該書。《條目冊》日後成了有名的法律參考
書籍。別人記起法官若望，並不因為他有過任何驚天動地的法
律裁決，而是他兩個有關婚配的名言；兒子托馬斯正式把它記
錄在案。名言之一是：婚姻是個「冒險的選擇」，正如「要手
伸進放滿蛇、鱔的布袋裡，盲目去摸鱔，比例是蛇七鱔一」[10]。
法官若望結過四次婚，他最後一次伸手進袋時總有七十歲吧？
那麼他前三次摸得的一定是鱔，否則，絕不會說出另一名言：
「聽人抱怨太太刁蠻，說自己娶了一個悍婦（*shrew*）時，他總
會笑嘻嘻地說那人毀壞自己妻子的聲譽，因為世上只有一個賢
妻（*shrewd wife*），而人人都以為自己娶得了她。[11]」

根據記錄，伊尼絲・格蘭加是若望的妻子，但次序如何，
是他第幾位妻子，沒有詳細記載。亦未曾聽過摩爾有異母兄弟

---

[9]哈斯菲爾《摩爾傳》，頁9。

[10]1557年版《全集》，頁165。

[11]哈斯菲爾，《摩爾傳》，頁9-10，參照《全集》（1557），頁233。

姊妹的記錄。伊拉斯默斯1519年在信上說托馬斯對他兩個繼母十分好。兩年後,伊氏再發表這信時,法官若望第四次結婚。托馬斯·摩爾十分讚許這門婚事,說他繼母是個前所未見的好女人⑫。若望這次再婚,對德行不如摩爾的人可能是個考驗,因為摩爾這位繼母在他死後九年才去世,使他承受不到父家的遺產。從公職退休後,他常常自詡能安貧樂道,認為貧窮是可貴的。他又說:「我繼母有生之日,我求上主賜她長壽健康。⑬」摩爾的財產被充公時,他的繼母仍保有若望·摩爾在赫福特郡(Hertfordshire)北綿斯(North Mimms)的產業房舍。她逝世前不久,亨利八世盛怒之下沒收了一切,直至瑪麗王后登位,才恢復摩爾家族產權,曾孫克里沙卡才正式承繼一切。

　　若望·摩爾在跛子閘(Cripplegate)城內的牛奶街或城外的聖翟爾斯教堂的堂區內養兒育女,一切不幸仍未發生時,已發生了一件事,使童稚的摩爾畢生難忘:

> 愛德華駕崩的那夜,一個名叫米素布魯克(Mistlebrook)的人在清晨之前匆匆來到跛子閘外紅十字街(Redcross Street)波地埃(Pottier)家中。波氏匆匆把他迎進屋裡,他於是低聲告訴波氏國王駕崩的消息。波氏說:「我敢打賭,我的主人葛勞斯特公爵(Duke of Gloucester)要成為國王。」他為

---

⑫雅倫,《伊拉斯默斯信札》,卷四,999號,頁19。比較《雜錄》
　　(*Farrago, 1519*),頁333與《書信集》(*Epistole ad diversos, 1521*),
　　頁435。

⑬《自白書》(*Apology*),見《全集》(1557),頁867。

什麼會這樣想呢？是由於幫助他[14]，知道他的計畫呢？還是在別的地方有這跡象？很難說。總之，他似乎不是無中生有地隨便說說的[15]。

這段事實見於英文版《理察三世史》（ *History of Richard III* ）中。可是在拉丁文版中顯然加添了不少細節。好像作者記得有人偷聽了這事，覆述給他父親似的。那時還沒有人懷疑任何人對年輕的太子有叛逆的企圖。《理察三世史》英文版和拉丁文版都出自摩爾一人。因此可以推想五歲又兩個月的聰明的摩爾一定是被他父親聽了神秘說話吃驚的神態嚇著，因而留下非常深刻的印象，日後才完全明白種種跡象的真相。

摩爾父子一生緊密合作。他身為掌璽大臣時，往往喜歡在西敏寺（ Westminster ）法庭跪在父親跟前，求他祝福他的一切工作[16]。

若望法官有幸在兒子大禍臨頭之前逝世。老法官去世後，摩爾覺得也是給自己撰寫墓誌銘的時候[17]。

---

[14] 原文為古英文 being toward him，譯成現代英文，即 in personal attendance upon him，「隨侍左右」的意思。

[15]《全集》（ 1557 ），頁37-8。

[16] 史提普頓，《摩爾傳》，第一章，頁156。

[17] 若望·摩爾的遺囑經證明立於1530年12月5日（ Somerset House, Jankyn, f.24 ）。該遺囑是一份有趣的文件，內容囑咐為愛德華四世的靈魂祈禱。

二、十五世紀的城市學生

摩爾從小在聖安多尼（St. Antony）拉丁文學校受教育。那
是倫敦首屈一指的學校，能與它齊名的只有愛嘉的聖多馬斯（St.
Thomas of Acre）學校，該校早已與「牟沙公司」（Mercers
Company）聯合。後來「科列特基金會」（Colet Foundation）
創辦的聖保祿學校（St. Paul's School）又和這兩間學校分庭抗
禮。聖安多尼學校位於針線街（Threadneedle），已有兩個半世
紀歷史，先後由亨利六世及愛德華四世賜款興建。雖然日後因
年代湮遠而傾圮，但總算培育了兩位總主教。摩爾之日，校長
是尼古拉斯 • 荷爾特（Nicholas Holt）——不是我們日後提到
的摩爾的友人若望 • 荷爾特氏。

十五世紀及十六世紀初，倫敦教育主要在於培育學生用拉
丁文辯論。在摩爾的著作中，處處可見他愛辯的特性。這種特
性根植於他幼年時代。若望 • 史陶（John Stowe）在詹姆士一
世登基時發表的《倫敦概覽》（ Survey of London ）中，對當日
辯論之風敘述如下：

> 學生辯論文法法則的風氣一直流傳至今。記得我還是學生時，
> 每年聖巴爾多祿茂宗徒（St. Bartholomew the Apostle）瞻禮
> 前夕，幾間文法學校的學者們齊集在史美菲特（Smithfield）
> 的修院所屬的巴爾多祿茂堂廣場上，站在樹下築好的高台上
> 展開辯論，直至被對方擊敗才退下來。

史陶又提到，聖安多尼學校參加的學生往往成績最好、得獎最多。與它齊名的聖保祿學校對這項競爭大抵不甚熱烈，因為校長科列特在校規上並不鼓勵：「我不希望學生作鬥雞、勝利遊行或參加聖巴爾多祿茂廣場上的辯論，因為那只是喧鬧及浪費時間的玩意。」

修院解散後，辯論比賽隨之結束，但學生的好辯精神並沒有低減：

> 儘管不再鼓勵（辯論），聖保祿的學生總愛稱聖安多尼的學生為「安多尼豬」，對方則稱他們為「保祿鴿」。因為許多鴿子都在聖保祿堂的屋頂繁殖出來，而聖安多尼的圖像往往有一隻豬跟著他。

因此，雖然正式的辯論會已取締，兩校學生仍然記得以前的競爭，有一段相當長的時間，兩校學生在街上相遇，還是互相煽動，展開辯論挑戰。

> 從辯論而衍發至文法詰難，而口角而動武。這時，書包滿街，拳腳齊飛，阻塞街巷，騷擾行人，好不討厭！這場長期風雨直至聖安多尼學校傾塌才告終止。

學生和以前差不多一樣，但史陶所記當年混戰，一定和摩爾身處的環境不同。印刷術已出現，書本不再是手抄本。而摩爾當年的聖安多尼學校書本之短缺，班上學生人數之眾多，是我們今日難以想像的。「早期課本的扉頁多印有木刻圖畫，學生像今日印度學童一般，圍著教師，課室面積極小，學生以靠

近書桌或坐在地上為最好的座位。」二十年後，在印刷較英國發達的日爾曼（Germany）聽說也只是教師才有印好的書本。「上課時教師讀課文，指出它的意義，解釋討論一番，然後再朗誦幾行課文，加上標點，解釋一些幾乎使人不能明白的簡寫，再慢慢讀出，使全班一百多學生都能一字不漏地記錄下來。對教師，對學生都真是費神的工作。[18]」

課本短缺也不盡是不好的，學生們事事都得依賴記憶，因此訓練出驚人的記憶力，令今日的學生瞠目。他們也不會像今日的學生因課程繁雜而分心。他們學習的目的是能讀能寫，能以拉丁文辯論。記得多年前一位老派教師在教育研討會上討論選課問題，覺得不耐煩，衝口而出說：「只要學生不喜歡，教什麼都沒有關係。」十五世紀時代的學生，在上他們不喜歡的課目時還是規規矩矩學習的。

摩爾在倫敦塔的著作中，有一段寫當日倫敦學生生活，寫得活靈活現。這段文字中，摩爾又說到負責精神領導的人沒有好好地勸告一些大人物，警告他們固執己見只是自趨滅亡。他所指的自然是亨利八世以及一些對惡勢力俯首聽命的教士。他們離開自己的職責，幫助國王反對他這個藉藉無名的世俗人。這本來是個痛心疾首的話題，但在這痛苦時刻，摩爾仍不忘他諷刺本色：

---

[18]雅倫（P.S. Allen），《伊拉斯默斯之時代》（*The Age of Erasmus*，1914），頁35-6。

在這情形下，他們巧妙地對待他，就如一些母親對兒子一般：兒子早上不肯起來，懶洋洋地賴在床上；好不容易終於起來了，又哭鬧著說賴得太久，已經遲了，怕回去老師責罰。她終於告訴他說時間還早，他不會遲到，一面吩咐他說：「好孩子！帶著牛油麵包上學去吧！我會親自替你向老師求情，老師保證不會打你。」於是，把他歡天喜地打發出門，只要不看見他在面前哭，他到學校怎樣難過，老師怎樣處罰，她不大理會了[19]。

三、服侍掌璽大臣

摩爾童年的另一階段更多采多姿。他大約十二歲時離開聖安多尼學校。同時

因著父親的請求，獲准在博學睿智的摩頓樞機（Cardinal Morton）門下受業。那時他年幼，又從未學過演戲，在聖誕劇上演時，竟插在演員中臨時扮演一個角色，演得頭頭是道，吸引了全場觀眾的注意。樞機十分欣賞他的急智，常在飲宴中向其他貴族提及，說「這個在席上侍候的孩子，將來一定非池中物，你們等著瞧吧！」[20]

---

[19]《安慰的對話》（*Dialogue of Comfort*），見《全集》（1557），頁1156。

[20]盧巴，《摩爾傳》，頁5。

當日這種易子而教的習尚是往古尚武風俗的遺緒。出身良好家庭的孩子在達官貴人宅邸中受訓為僮僕。這段時期內，英國似乎比歐陸更盛行，因而引起外國人的批評：

> 英國人貪戀享受，從他們對待孩子中可見。孩子一到七歲，最多九歲，不論男女，都得送到別人家中，勞苦服役……很少孩子能逃過這種命運。因為父母不管如何富足，都把孩子送出，然後收留別人的孩子在自己家中。

一位義大利外交家向威尼斯報導1500年左右英國的這種風俗，他對之極為反感：

> 問他們為什麼要這樣做，大都回答目的在使孩子學得更好的儀態。其實，在我看來，是為了方便自己過得更舒服。人家的孩子服侍，比自己的孩子服侍會更好更週到。此外，英國人是享受主義者、天性貪婪，沉溺於精美的享受，卻只給童僕最粗糙的麵包、啤酒及一星期焗好的凍肉。固然食物是足夠的，但若把孩子留在身邊，就得讓他們的享用和自己一樣了。[21]

可是，據司各特爵士（Sir Walter Scott）在他的《騎士制度論》（*Essay on Chivalry*）中，談到在貴族府邸服役的紳士侍役，認為是個高明的制度，「貴族青年必須做一些低賤的工

---

[21]《英倫島記》（*A Relation of the Island of England*），司尼德（C. A. Sneyd）譯（London: Camden Society, 1847），頁24-5。

作，而又不以低下的身分去做」。但這種習俗日漸式微，因為
除非那富人十分注意僮僕的行為，否則他會在不大斯文的同伴
中學到壞習慣。讀過班莊生（Ben Jonson）的讀者，可能記得
其中一個角色對有關這樣的服役認為是：

> ⋯⋯以最高貴的方式
> 學習古籍文法、武術、優美的儀態
> 談吐、文明習尚，
> 以及一切紳士的裝飾，
> 培育我們的青年。

　　另一角色卻抗議說，情願親手吊死自己的孩子，也不「把
他放在這種危險的生活中」[22]。
　　這制度如何暫且不提，但摩爾絕對從這方面得到好處。他
的任務是掌握十五世紀禮儀書上解釋的禮儀細節法則，而在摩
頓的宅第中，他有機會觀察朝野內外大人物的儀表、風度。摩
頓尚未當上樞機主教，已是坎特伯里大主教，又是掌璽大臣。
從盧巴的文字及摩爾自己的記述，可見他緊緊留意著若望‧摩
爾交託給他的孩子。
　　摩頓逝世十六年後，摩爾對故主表示敬意，在《烏托邦》
中描寫旅行家拉斐爾‧西婁岱（Raphael Hythlodaye）對彼得‧
翟爾斯（Peter Giles）及摩爾講述他旅行及訪問摩頓主教的情形：

---

[22]《新法律協會》（*The New Inn*），第一幕，第一景。

　　彼得君，讓我告訴你（因為摩爾君已知道我將要說什麼），
他受人尊敬是因為他有遠見及德行，而不是因為他有權威，
他身材中等，雖然年邁力衰，但腰背挺拔，顏容威而不怒，
交接斯文而誠懇，可謂天生哲人。他不時以說些略微粗魯的
言詞為樂，無傷大雅地讓來訪的人知道何者是機智，何者是
勇敢精神。而人的德行應和天性配合，因此，這種言談絕不
帶有半點不智，而是他極以為樂的。在公眾事務上，他又自
然而然地表現出恰如其分的態度，他有淵博的法律知識，無
比的機智，驚人的記憶……於是，在極危險中，他得到不少
有關世界的經驗，而在這種情形下得到的經驗是不易忘卻的。㉓

　　關於摩爾在大主教的聖誕餐宴上走進演員中臨時創出自己
的角色的那件事上，最近有一項新發現，給人新的啟發。

　　十六年前，這最早的世俗劇整個英文本在扶連特（Flint）
㉔ 的鄉村大宅中出現過，當時只引起某學者對它短短一瞥，隨
看隨忘了。後來被以重金購贈加利福尼亞州的杭定頓圖書館
（Huntington Library），負責斥資購買的那位百萬富翁以可佩
的公益精神，立刻製造副本讓學者參考。這個名為《傅爾更斯
與盧克絲》（*Fulgens and Lucrece*）的劇本由摩頓樞機的小聖
堂神師亨利密特和（Henry Medwall）神父編寫。密氏是英語話
劇的始創人。寫時大抵準備為聖誕演出，時間約為摩爾入摩頓

㉓《烏托邦》（*Utopia*），勒普頓（Lupton）編，頁41-3。
㉔莫斯定堂（Mostyn Hall）。1919年3月售於Sotheby's。

府後六年，劇本日後由摩爾妹婿賴斯提爾（John Rastell）出版。值得注意的是，序幕由兩位少年擔任，A向來賓表示歡迎，B宣布戲開始，並講述劇情大意。戲開始時，敗德的貴族和德行高潔的平民都爭取盧克絲（Lucrece）的愛，B插入演員中，扮演貴族康尼里烏斯（Cornelius）的隨從。A扮演平民法敏尼斯（Flaminius）的隨從。劇情發展下去，兩個主人追求女主角，兩僮僕也追求婢女，A和B顯然都是職業演員，劇作者特別替他們寫了對白，可是臨時插入演員中扮演一個角色，似乎是當時相當流行的特色，又沒有人能像摩爾一般，能夠不需準備即興演出的。因此，凡是插入扮演的角色，對白都是預先寫好的，總之，摩爾確實演過這聖誕劇，而英文戲劇中主要橋段和喜劇式的暗橋段互相交替穿插，成了當時英國戲劇的習慣，直至莎士比亞時代才定型。

摩爾大抵在摩頓的訓練下學得了美好的儀態，但他的舉止雖然優美，卻不是騎士制度時代的儀態。十四世紀仍然盛行而有勢力的騎士氣慨，在十六世紀時已蕩然無存了。即使最崇拜摩爾的人，也不以為他會像喬叟（Chaucer）筆下的騎士，是個

一生不會出言不遜的人。

亨利八世時代，沒有一個英國人的儀表可以達到傅華沙（Froissart）筆下的騎士標準；也沒有人能及喬叟同時代一位無名士筆下的《高文爵士與綠騎士》（*Sir Gawayne and the Green Knight*）的標準。在故事中，高文爵士有超人的冷靜和異乎常人的技巧。朗格蘭與喬叟都認為騎士制度仍是偉大的理想。可

是，時至十六世紀，制度已告終結。亨利八世仍熱中騎士服飾，但騎士精神已暫時從英國生活中消失是由不得他不承認的。（是暫時消失，因為騎士精神永存不死。）

在摩爾身上，我們看不到那吸引古今的浪漫迷人的騎士色彩，但在平凡而實際的品德上，他是無人可與比擬的。摩爾的父親藏書不多，他決不忽視父親手邊任何書籍，一定讀過淇奧斐利（Geoffrey of Monmouth）的《歷史》有關亞瑟王的故事，可是亞瑟王給他的印象不深刻，所謂「圓桌武士」對他也沒有什麼意義。他永不能像史賓塞（Spenser）把他在朝廷上遇到的人看作與亞瑟王共同出入、交談的武士，也不能像聖五傷方濟那樣，把查理曼大帝（Charlemange）及他的近衛如羅蘭（Roland）、丹麥人奧支亞（Ogier the Dane）看成與天主的聖者及殉道者相等。然而，儘管沒有絲毫騎士氣質，他的表現總是莊重而有教養，從容自若地廁身於都鐸王朝初期的世俗人士中，他與諾福克公爵把臂同遊，甚至在徹爾斯，國王把手搭在他肩上討論事務時，他不亢不卑。摩爾自幼有機會學習大人物的行儀。就像史威夫特自幼被威廉潭普爵士（Sir William Temple）派去體驗不列顛憲法的複雜觀念，從而日後灌輸給荷蘭王威廉三世一般。從摩、史二人的著作中，不難看到他們因為自己是凡人而不是神，卻被重任加身的感受。不過，年輕的摩爾對自己的地位看得極其清楚而不含糊。他不像史威夫特那樣以自己身兼友僕而侷促不安。他自知是個侍候人飲食的小子。日後摩爾與內政大臣克倫威爾發生爭執，正如史威夫特也與內相若望（Secretary St. John）展開辯論。摩爾在信中告訴女兒瑪嘉烈，

而史威夫特也把一切告訴史提拉（Stella）：「相信我對內相說的一番話是對的吧？可記得威廉潭普爵士不大高興時，我多麼痛苦不安，他真是大煞風景！」可是我們絕不會想像摩爾說同樣的話。摩頓不高興時，摩爾懂得用急智和勇敢去應付，摩爾總是充滿自信的；在刑台上，他清楚地知道對每一個人應該說什麼：對法官，樂觀言笑；對劊子手，溫言鼓勵（好伙伴，提起精神啊！）；對自己，尊重；對國王，盡忠；更高的忠心服從則歸於天主。在摩爾身上，絕沒有半點同時代的英國人——甚至出身最高貴的人，常有的盛氣凌人與卑躬屈節。摩爾的雍容自若，連有英國王家血統的貴族也望塵莫及。當時的國王推行有系統的屠殺，有王族血統者仍然為數不少。（亨利八世從廣泛的範圍內選擇他各個妻子，但她們全是愛德華一世的後裔，因此，據系譜學家說：「她們與獨斷的君王處於表兄弟姊妹或堂兄弟姊妹的關係。」[25]）有王族血統，許多時是尷尬的，有時甚至招致殺身之禍。貴族的頭顱輕輕地放在頸上，搖搖欲墜，一不小心說錯一個字眼，它就掉下來。然而摩爾出身卑微，絕不足以引起疑竇，他之所以在斷頭台上結束生命，是他經過慎重考慮，從容就義的。他也像這些貴族般受過良好教育訓練，他一定聽過總主教在進餐時用拉丁文或英文與人交談的內容，使他和王室中任何同齡孩子一般耳通目靈。

在那粗野的世代，送高帽子蔚然成風，送出的高帽要品優

---

[25] 喬治・費雪（George Fisher），《英國史入門》（*Key to the History of England*, 1832），表解十七。

質精㉖——奉承的話要用優雅的英語說出來，用優雅的拉丁語
則更佳。摩爾有優雅的風度，並不是說他不能說出阿諛的話，
只是他不願說。

四、牛津學生

　　為了使摩爾有更高的學識，摩頓在他十四歲左右時把他送
到牛津去。十五世紀時代，牛津建築之美令人心醉，它的生活
則是民主而刻苦，一如中世以還。喬叟筆下的牛津教士是當日
的典型：

> 他的馬瘦瘠如犁耙，
> 他自己也不見得好多少，
> 上衣正是捉襟見肘。

　　窮苦的學生有掌璽大臣蓋印的執照，可以名正言順的行乞。
牛津的窮學生往往帶著蔴袋和錢包，在富人門前唱歌討錢㉗。
在摩爾的青年時代，真正勤奮的牛津學生的日常生活是：早上
五時至六時在小堂祈禱；六時至十時讀書；之後是午餐，食物
包括主菜四人分吃一小塊牛肉，副食只是湯和麥片。餐後繼續

㉖雅倫，《伊拉斯默斯之時代》（1914），頁132：「那個時代的品
　味喜歡把奶油塗得厚厚的，伊拉斯默斯塗的且是最上等的奶油。」
㉗哈斯菲爾，《摩爾傳》，頁144。哈氏為牛津大學校友，「牛津窮
　苦學者」是他所加的資料。見下文，頁67。

溫習至五時，然後是晚餐，食物和午餐差不多，之後又繼續自
修至九時或十時。學生們因為室內沒有生火，必需走路或跑步
半小時，使雙腳暖和才去睡覺[28]。因為父親沒有給他什麼幫助，
摩爾窮得要命，如果不是向父親要，連補皮鞋的錢也沒有了。
他日後常常談及父親的嚴苛，並說父親做得對，認為那是「他
少年時不曉得奢侈生活，也不會把金錢花在不正當的用途上的
最好訓練」。換句話說，他除了讀書，沒有什麼好想[29]。值得
注意的一點是：受這樣嚴格訓練的大學生，通常都只是十四五
歲的孩子。

　　摩爾在牛津時，到底隸屬那一學院或宿舍，一直是引起爭
論的話題，據說是坎特伯里學院[30]。既然是坎特伯里大主教送
摩爾到牛津，進入該學院也是順理成章的事。今日基督堂中的
坎特伯里方庭就是當年坎特伯里學院的舊址，它是本篤會
（Benedictines）的會院，也是研究希臘語文的地方。在摩爾之
前三十年，坎特伯里修士威廉‧施齡（William Selling）被派到
此地求學，某年休假，到義大利旅行，帶回了不少希臘文手抄
本。傳記家說摩爾在牛津時學過相當多希臘文及拉丁文[31]。他
的拉丁文相當流暢，但希臘文是否在牛津學成，就不大清楚了。

---

[28] 利威爾（Lever），《1550年，保祿十字場上之講道》（*Sermon preached at Pauls Cross, 1550; 1870*），亞柏（Arber）編，頁122。

[29] 史提普頓，《摩爾傳》，第一章，頁156。

[30] 克里沙卡‧摩爾，《摩爾傳》（1726），頁9。

[31] 盧巴，《摩爾傳》，頁5；比較史提普頓，《摩爾傳》，第一章，頁155。

但當時已知道希臘文，是毫無疑問的。摩爾入大學前，格羅辛（Grocyn）已從義大利深造完畢回到牛津，摩爾可能向他學過。不過直至他離開牛津後七年，在倫敦學法律時，他才提到自己認真地學希臘文。當時格羅辛、林那嘉（Linacre）和科列特（Colet）被稱為「牛津改革者」。因此，有人畫了一幅相當美麗而富想像的畫；這三位教授和年僅十五歲的摩爾一同研習拉丁文[32]。其實，他們是後來在倫敦時才成為好朋友的。稱他們為「倫敦改革者」似乎比稱「牛津改革者」更貼切。

五、新法律協會與林肯法律協會

在牛津不到兩年[33]，摩爾「為了學習國家法典章法律，進入『新法律協會』（New Inn），順利完成學業，之後獲准進入『林肯法律協會』，藉著很少的津貼，繼續攻讀法律，終於獲得律師名銜」[34]。但我們可不要以為摩爾的大學生涯被嚴厲的父親所控制，把他

> 從蘆葦間
> 有節奏的賽舟歡樂中

---

[32] 施邦（Seebohm），《牛津改革者》（ *The Oxford Reformers* ），頁25。

[33] 哈斯菲爾，《摩爾傳》，頁12。

[34] 盧巴，《摩爾傳》，頁5。

轉向

　　喧鬧的法庭
　　塵埃滿蓋的法律書堆中

　　倫敦，是系出名門、野心勃勃的青年最理想的成長地，伊拉斯默斯說到倫敦，認為「英國人心中，以能在這著名的城市出生和受教育為最大的榮譽」[35]，劍橋和牛津只是想領聖職的人受教育的地方。望子成龍的父親總以把兒子送到倫敦四個法律協會之一為目的。因此，在當日亨利八世大事改革的國會的下議院中，亦只有三四人受過今日所謂正規大學教育。其中一人是編年史學家愛德華・荷爾。他和摩爾一樣，做法律學學生之前受過大學教育[36]。其他大部分對公眾事務有興趣的人都直接入法律協會。「事實上，法律協會和今日的大學相似，有法律教授、頒授高等法院律師與皇家高級律師資格，與大學頒授學士、碩士、博士學位相同。而每人成為高等法院律師之前，必須經過考試、辯護論文[37]。」

　　從物質觀點看來，從牛津轉到倫敦是從民主的貧乏生活轉到貴族的舒適與安逸生活。辭去掌璽大臣職位以後，摩爾向女兒講述逐漸發迹的經過，並暗示日後生活進程可能走反方向：

---

[35]《書信集》（ *Epist. Opus;* Basel: 1538 ），頁1071。

[36] A. F.蒲勒德撰，1932年10月1日《泰晤士報》（ *The Times* ）。

[37] 麥堅陀殊（ Mackintosh ），《托馬斯・摩爾爵士傳》（ *Life of Sir Thomas More* ），頁19。

他說：「我在牛津，在大法官法協會（Inn of Chancery）、在林肯法律協會及皇家法庭受教育，從最低微的地位漸升至最高。然而，我現今每年收入只一百磅，因此今後若要一同居住，便得共同負擔生活費了。我提議最好暫時不要立刻把生活水準降到最低點，因此，先不要降到牛津或新法律協會時的伙食，而暫時從林肯法律協會時的伙食開始，這是不少地位高、收入好的人的生活；若第一年不能維持，則降到新法律協會的伙食，那是一般人的生活；若仍超出我們能力所及，就降到牛津時期的伙食好了，那是我們嚴肅博學的祖先過慣的生活[38]。

可是，除了行乞之外，摩爾再想不到比牛津更低的生活水平了，因此他寫道：

我們仍可提著包袱，一起去行乞度日，也許得有心人可憐，施捨多少，我們又可以在人家門前唱《聖母經》（*Salve Regina*），這樣，我們仍能互相作伴，快樂地生活。

上文所提的「新法律協會」已成陳跡，因為它日後被拆，改建新廈，但那自然是摩爾逝世後很久的事。

摩爾十八歲生日後不久，便夠資格加入林肯法律協會。在他父親請求下，他「獲免四次休庭期」[39]。同時，也因著若望·

---

[38] 盧巴，《摩爾傳》，頁53-4。

[39] 日期為1496年2月12日；《林肯法律協會黑皮書》（*The Black Books of Lincoln's Inn*），第二冊。

摩爾的請求，理查‧史達華頓同樣獲准加入。史達華頓就是上
文所提及摩爾姊姊喬安的丈夫。摩爾當年加入的林肯法律協會
和今日完全不同，唯有四年前才裝修竣工的大禮堂還保持當年
景象。世代以來，這大禮堂可謂歷盡滄桑，近日經大舉修葺後，
許多屬於考古學方面的裝飾得以恢復，在在表現出都鐸時代的
建築風貌，紅磚與藍黑磚及白石煥然一新，幾乎與當年打動了
年輕摩爾的心那種景象相同。

　　在林肯法律協會中，摩爾在父執輩的關注下專心向學，可
是入會後三年多，發生了一件足以令他在學習上分神且令老摩
爾深為擔心的事——伊拉斯默斯在1499年第一次訪英國。

六、伊拉斯默斯在英國

　　畫家賀爾賓以超人的技巧，畫出伊拉斯默斯老成持重的容
貌，使人覺得要想像老法官摩爾年輕時的神態還可以，要想像
他卻似乎不大可能，因為看著賀爾賓的摩爾法官畫像，沒有人
不會看出他有過年輕的歲月；伊拉斯默斯則好像全然忘卻青年
的日子了。「他纖巧的手，一本正經的外貌，使人覺得他是個
從老處女眾多的家族長大的人。[40]」畫家更意味著他生性謹慎
果決，和人類的冥頑對抗了四分一世紀，還要繼續不怠地奮鬥
下去，絕不會成為暴君或極端主義者的工具或犧牲品但他倦容
滿面。

---

[40]林西（Lindsay），《宗教改革》（*Reformation*），Ⅰ，頁177。

伊拉斯默斯在十五世紀末來到英國時可能仍不足三十三歲，甚至不足三十歲。出生日期不詳，是他一生中不斷要對抗的許多不幸事件之一。他是個私生子。更不堪的是，他父親生他的時候可能已是教士。今日修道人對守貞潔的意見和十六世紀時的看法不同；其實，當日的意見也不一致。摩爾在他的《對話》（Dialogue）中，指出在倫敦有人相信（固然是錯的）威爾斯的教士可以有妻子。摩爾反駁道：「實情是，某些注意不到的地方，這種失檢的行為是有的，但也產生不少害處。[41]」而在荒僻地區的歐陸國家，情形可能也會這樣。就如伊拉斯默斯的前輩學者魯道夫・阿格利克拉（Rudolf Agricola）也是教士的兒子，那教士被選為一所修女學院的院長的當天，信差從家中跑來報告他兒子魯道夫已誕生，校長喊道：「今天真是大好吉日，我復為人父。[42]」

伊拉斯默斯少年時父母雙亡，監護人軟硬兼施要他進修院。他並沒有聖召，因此一直不情不願。這些不幸的際遇一直如影隨形地跟著他，直至中年時教宗寬免了他的神職，才解除了煩惱。但特赦的同年，剛巧是教廷和馬丁路德發生爭執最烈之時，使他晚年心境痛苦不堪，破壞他的工作和希望。伊拉斯默斯可說是一生煩惱不絕。

他在哥達（Gouda）附近的史泰因（Steyn）的奧斯丁修會初學院（Priory of Augustinian Canons）過了幾年不愉快的生

---

[41]《全集》（1557），頁231。

[42]P. S.雅倫，《伊拉斯默斯之時代》，頁14。

活，後來做了康布雷主教（Cambrai）的祕書，總算是比較自由的日子。後來又請假到巴黎大學進修，並以教書講學為生，但一直提心吊膽，怕被召回修院去。

伊氏的學生之一是英國貴族孟達哉（Mountjoy），他日後是亨利王子的導師。孟氏一生對他幫忙很大，只要經濟許可，總設法資助他。孟氏年紀很輕，但已經結婚。他在巴黎求學時，年輕的妻子就住在父親威廉西（William Say）家中。1499年夏天，孟達哉偕同伊氏回英國，當時大抵住在赫福特郡威廉西爵士家中[43]。

威廉西是摩爾的家庭朋友，摩爾大抵因此而認識伊氏。關於二人會面，有一頗為有趣的故事。據說二人本來素不相識，某日在市長餐會上相遇，都被對方才智懾服，不約而同驚歎道：「你若不是摩爾就不是人了！」「你若不是伊拉斯默斯就是魔鬼了！」故事固然不一定真確，但二人友誼的最初記錄引人入勝。據說，一天，摩爾把相當膽怯的伊拉斯默斯突然帶到少年儲君亨利八世面前，目的可能是為他引介一位日後能幫助他的人；也可能是故意捉狹地看看腼腆的伊氏如何應付這場面。伊氏不像摩爾有機會在大國的大臣家中學得禮儀。伊氏的表現如何？他二十多年後寫道：

> 客居孟達哉家中時[44]，托馬斯·摩爾來訪，同散步至鄉村[45]。
> 該處為除長子阿瑟（Arthur）外，所有皇族孩童受教育之所。

---

[43]雅倫（P. S. & H. M. Allen），《伊拉斯默斯信札》，卷一，103號。

進入大廳，則見各皇族及孟達哉之隨從均已齊集。兒童中有
亨利王子，時年九歲，已具皇族風範，神情俊朗，彬彬有禮。
其右為瑪嘉烈，年約十一[46]，日後與蘇格蘭王詹姆士結婚。
其左為四歲之瑪麗・愛民特（Edmund）則尚在襁褓中。摩
爾與友人晏諾德（Arnold）向亨利（現任國王）行禮，並呈
文章一篇。我因事先不知要朝見王族，無禮可送，只得答應
日後補送。私下頗怨摩爾不事先提醒。尤其在亨利用餐時，
差人送來字條，命寫數行，更覺難堪。返寓後，雖睽違多時
之詩神繆斯不情不願，亦不得不於三天內成詩一首。

該詩是首歌頌亨利七世、他的子女及王國的詩[47]。

伊拉斯默斯十分欣賞英國的鄉居生活。他寫給巴黎的朋友，
能言善道的人文主義者兼詩人弗斯特士（Faustus Andrelinus）
說：「我們在英國的進展不錯，你以往認識的伊拉斯默斯可說
士別三日刮目相看，不再是最蹩腳的騎師，而是相當熟馴的朝
臣了。在宮廷中總算應對自然得體，知道何時鞠躬行禮，何時
雍容微笑，無拘無束，從容自若。你若是聰明的，就趕快飛來

---

[44] 孟達哉大抵在格林威治附近居住，參看尼古拉（F. M. Nichols）整
理的《伊拉斯默斯書信集》（*The Epistles of Erasmus*），倫敦1901
至17年版，卷一，頁200。

[45] 艾爾威（Eltham）。當年二氏相會之大禮堂今日仍在，堂頂木造蓋
子宏偉如昔。

[46] 事實上，當時亨利八歲多，瑪格烈不足十歲。

[47] 雅倫，《伊拉斯默斯信札》，卷一，1號，頁6。

吧！至於你若為風濕病所擾，更是非來不可。若你看過大不列
顛醉人的風物，你會求達德勒斯（Daedalus）給你做一雙羽翼
了。」接著他又繼續談到不少外國訪客也談及的英國風俗——
用親吻打招呼：

> 此處單提不少吸引人的事之一，就是這裡有的是溫柔慈愛、
> 容貌秀麗的少女。你會希望她們是你的繆斯女神。這裡更有
> 一種讚之不足的風俗，無論你到那裡，人們都會親吻你；你
> 告別時，用吻來送你；你回敬時，人家又回吻你。人見面時
> 吻個不停，分別時復吻個不休。總之，那裡有人集會，那裡
> 就滿是親吻；甚至只要你一轉身，便都滿是親吻。噢！弗斯
> 特士！只要你嚐過那輕柔、那透著清香的吻，你會希望自動
> 流放到這裡來，不是像梭倫（Solon）那樣流放十年，而是終
> 身都留在英國[48]。

可是，伊拉斯默斯本來就是個十分認真的人，這次訪問英
國自然不會覺得輕鬆愉快；旅英期間，他得一時住在貴族階級
贊助人的鄉居，一時又住在城市內；大部分時間則消磨在牛津。
〔著名史家〕吉朋（Gibbon）曾譏諷地說伊氏在牛津學得希臘
文，卻以所學在劍橋講授[49]。關於這一點，近代學者一直未能
找到合理的解說來證明吉朋的話。一些英國學者可能給伊氏磨
鍊改進了他的希臘文，但這些學者當時是否在牛津，難以證明。

---

[48] 同上，卷一，103號。

[49] 吉朋（Edward, Gibbon），《羅馬帝國衰亡史》，LXVI，註解

從伊氏手稿中，可知他認真研習希臘文是第一次訪英後的事[50]。在牛津期間，確實受過科列特影響卻是事實。

科列特不像伊拉斯默斯那樣生活坎坷，事業又遲遲不能發展。他早已達到伊氏未能實現的種種雄心和理想，並在義大利求學遊歷多年。伊氏這期間是否影響了他，並沒有線索可尋；而他對伊氏的影響是無可估計的。許多傳記都提到科氏的友誼，「絕對影響了他那多方面思想的轉向」[51]。

覽閱伊氏早期書信時，我們不由不對他和科列特、摩爾二人的友誼，以及他在這次訪英後所產生的轉變留下深刻印象。雖然伊氏註定成為歷史上的偉人，他生命中這段時期的發展是緩慢的。他有生以來第一次交上和自己有同樣才具的人。科氏和他年齡相若，摩爾則比他小。二人都比他發展得快。伊氏一生幸運，有無數忠信慷慨的朋友。翻閱他的信札時，會看到一些他那時代的偉大人物的名字，卻沒有比他與科、摩二人更豐盛的友誼。

結識摩爾及科列特之前，伊氏只是個和藹友善、沒有目標、也沒有多少朋友的青年學者。訪英之前，友儕中最出名的不外是蘇格蘭人貝西（Hector Boyse）[52]，日後亞伯丁（Aberdeen）英王學院的院長。貝西為人雖風趣，卻難與伊氏匹儔。他在所寫的《蘇格蘭史》中，把伊氏的名字捧得高高的，放在扉頁。

---

[50]雅倫，《伊拉斯默斯信札》，卷一，1號，頁8。

[51]許勝嘉（Huizinga），《伊拉斯默斯》（*Erasmus*, 1924），頁37。

[52]雅倫，《伊拉斯默斯信札》，卷一，47號（1495年11月8日）。

但和科列特交往，使他發現了自己的終身事業，與摩爾的友誼則維持最久。伊氏到牛津後仍繼續給摩爾寫信，摩爾現存於世的通信就是以伊拉斯默斯的一封信為開始[53]。伊氏還寫了不少其他信，但都已散失。摩爾一定是忙於研習法律，沒有回信，於是伊氏巧妙措詞，說洪喬有誤——信差不小心或不忠，把信丟了，他沒收到回信絕不是摩爾之過。因此，伊氏寫給摩爾，要求他不單寫一封信，而是寫一大綑信；說摩爾是「性情最良善，又是我深信最愛我的人」。自此以後，儘管二人性格不同，伊拉斯默斯也並非脾氣好的人，但他對摩爾的信念始終沒有動搖。三十六年後，摩爾被害的消息傳至巴塞爾（Basel）時，伊拉斯默斯在工作、疾病及失望交侵下，困頓不已，在將告出版的書上逐一提及亡友的名字：「首先是坎特伯里大主教威廉·華咸（William Warham），其次是孟達哉，羅徹斯特（Rochester）的費雪，最後是英國掌璽大臣托馬斯·摩爾，他的靈魂潔白勝雪，他的天才在英國前無古人——而且將是後無來者的，雖然英國是才智之母。[54]」幾天後，他寫給友人道：「摩爾死，我覺得自己也好像隨之而死去了，因為我們二人只共有一個靈魂。[55]」自此伊拉斯默斯纏綿牀第，一年後自己也離開這個他稱之為「狂喧」的世界而得到解脫。

---

[53] 同上，卷一，114號（1499年10月28日）。

[54] 《論如何講道》或《訓道篇》（*De ratione concionandi*或*Ecclesiastes*; Basel：1535）。

[55] 1535年8月31日。

然而，在1499年間，伊拉斯默斯的終身事業展現眼前。但他並不急於從事，他要先作一番妥當準備才開始。這正足以證明他是個天降大任的偉人。這時，科列特在牛津講授《聖保祿書信》，他希望伊氏能夠和他一同在牛津安頓下來，講授拉丁詩或《舊約聖經》。伊氏給科列特的信中不時流露某種略感厭煩的感覺。在與摩爾的交往中，沒有任何厭煩的表示。伊氏答謝科列特的邀請，稱讚他的工作是重建神學的舊有尊嚴和光輝；希望自己有朝一日也能從事這種工作，可是目前還不夠資格。科氏回答說早已料到他有此一著，又抱怨說自己十分失望。伊氏直率地告訴他，他應該責怪自己才是，因為「不是我使你失望，而是你自己叫自己失望。我絕沒有答應你，或暗示你什麼，只是把我的實情告訴你，而你不相信。」接著又說他不久便要回巴黎去㊶。

雖然伊拉斯默斯沒有直說，但言外之意是，他的希臘文必須比科氏及自己目前的程度更好，才勝任這件科氏要他做、而他自己也想做的事。

年底之前，伊氏回到倫敦，寫信給舊日學生羅拔・費雪（Robert Fisher），他是日後與摩爾一同受難的羅徹斯特主教若望・費雪的親戚。羅拔當時在義大利修博士學位，而義大利是伊氏認為文化水平最高的國家，認為它的牆壁都比我們這裡的人有學問。於是，英國人預料羅拔回英國時不單有豐富法律知識，也能說流利的拉丁語及希臘語。伊氏也說，要不是不能

㊶雅倫，《伊拉斯默斯信札》，卷一，108號。

拒絕像孟達哉這樣的朋友英國之行的邀請，他自己可能已去了義大利：

> 你會說：「那麼，你喜歡我們英國嗎？」親愛的羅拔，請相信我，我一生從未有過比留在這裡更稱心的事。英國的氣候怡人而有益身心。我交到不少善心的人，接觸到不少學問，這些學問不是陳腔濫調、淺薄的學問；而是深入、準確古老的拉丁文及希臘文。這一切使我不再那麼渴望到義大利去了。我只是想去看看，我聽到好友科列特講話就好像聽到柏拉圖講話。而又有誰不驚異於格羅辛的淵博通識？又有誰比林那嘉的判斷準確深刻？在創造物中，有什麼比天才橫溢的摩爾更和善、更甘美而愉快？我寫了這一大堆名字，為的是要告訴你，這國家的學識正在蓬勃滋長，所產生的豐盛果實隨處可見。你應盡速回來才是。
>
> 匆匆不盡　伊拉斯默斯於倫敦。㊼

　　值得注意，摩爾當時年不足二十二歲，而能與年長的前輩並列。另一方面，伊氏寫這些，是對英國人讚美英國。由此可知他是非常受歡迎的。伊氏並沒有提及他的主人亨利吝嗇小器。愛德華四世時代，有一條古老的法令，暫時禁止本國或外國金、銀幣出口。這法令由亨利第七繼續執行。儘管摩爾和孟達哉向他保證，只要帶的不是當日英國流通的錢幣便可，伊氏也一再聲明他身上的金錢並非從英國賺來，也並非在英國接受的禮物，

㊼同上，卷一，118號（1499年12月5日）。

而是從國外帶入。但稅關人員毫不通情，他帶的二十鎊，除六個「天使幣」（二鎊），統統給充公去了。

伊氏所受的打擊，遠非金錢可以衡量。他已認清自己的終身事業，而在展開重建真正神學地位的工作之先，必須有足夠時間去研讀。如今希望頓因金錢損失而粉碎，因此不斷申訴所受的傷害，甚至多年後仍常常提及這事，因為說得多了，使我也因而學得一條當日英國法令⑱。

原來這是一條當時任何人都可以考查的法令⑲。列禁的包括「任何國家、任何地方及統治者的錢幣」。摩爾所給的資料相當錯誤。伊氏沒有得到法律界朋友正確的指點，實在是件頗為尷尬的事。老摩爾知道了可能會說，皆因法律書讀得不夠，花太多精神念希臘文之故。總之，無論如何，他帶著那麼多錢幣旅行實在不智。據他自己記載，儘管帶著充公所餘的二鎊錢，在巴黎也幾乎遭暗殺⑳。十六世紀初，信用匯票比親自攜帶現金安全得多。這筆錢幣伊氏若能小心處理，較之今日的外國訪問學者更容易免於被稅。

自從這事發生以後，他一覺得英國或英人對他不公，就自然地不滿起來。不過，他雖惱恨，卻從沒有責怪摩爾。他讓他

---

⑱同上，卷一，1號，頁16：1523年1月30日，《夜讀錄》（*Catalogue of Lucubrations*）。

⑲亨利七世，標題23。參看《王國成文法》（*Statutes of the Realm*），卷二，頁543。

⑳雅倫，《伊拉斯默斯信札》，卷一，119號。比較尼古拉，《伊拉斯默斯書信集》，卷一，頁277。

的英國朋友及恩人知道自己的遭遇，也清清楚楚表示希望他們設法給點補償。但他在知道可能會傳聞去的場合中小心說話，因為他覺得英國朋友比失去的金錢重要。一位朋友向孟達哉報告，說伊氏談到科列特的博學和摩爾的可愛時簡直滔滔不絕，他又說：「至於你，最優秀的孟達哉，他把你形容得連我也要像他一般愛慕你了，他愛你比愛自己的眼睛更甚呢！⑥ 」

伊氏返抵巴黎時患病發燒。休息期間，以寫作自娛，編輯了一本諺語以及普通引文集。這是他生命中第一件盛事。他日後繼續增訂，並發行了增訂本。這書在他生前已印行了六十版，起初他不知道要獻給誰人，後來決定獻給孟達哉，以表示他對英國友人沒有嫌隙。又為這原因，在書上加上了當年隨同摩爾初訪愛爾咸（Eltham）王家育兒室後寫成的，讚美亨利七世和他子女的詩。

自此以後，他集中精神準備進行他認為是自己一生的事業——重建神學。但著手之前，他決定先把希臘文的根基打好。他寫道：「我學得希臘文實在太難了，我沒有時間，沒有錢買書及交學費，而在所有困難中，我實在難以維生。這就是書生生涯了。⑥ 」

現在，我們暫且讓他留在巴黎苦讀奮鬥掙扎，待五年後重返倫敦，與友人重敘時，再與讀者見面。

---

⑥ 雅倫，《伊拉斯默斯信札》，卷一，120號：1500年2月詹姆士·巴特（James Batt）致孟達哉書。

⑥ 雅倫，《伊拉斯默斯信札》，卷一，123號。

七、教會？法律？何去何從

伊拉斯默斯已找到他終身事業奮鬥的目標了，較年輕的摩爾卻仍舊躊躇不決。他在「林肯法律協會」繼續修業，在法尼和爾法律協會任了三年多講師。法尼和爾法律協會今日已不存在，我們如今記得的建築不外是十九世紀初的遺蹟。當年狄更斯就在這裡寫成了《匹克威克》（*Pickwick*）一書。甚至建築的前身也不是當年摩爾的所在了。

他沒有照父親的意願專攻法律，而在法律和聖職之間猶疑不決。「他在倫敦的加爾特修道院（Charterhouse）內潛心祈禱敬禮，為期四年之久。」盧巴說他住在修院內，「盡一個忙碌的青年法律生所能，虔誠地過著修道生活，只是沒有發修道的聖願而已。[63]」固然，這種雙重生活是絕對不可能的，但據近代的加爾特會修士說：「限制訪客及十日退省的會規，在當年並不是絕對嚴格的。[64]」史提普頓說，摩爾曾想過加入聖方濟修會[65]。

三十五年後，摩爾和費雪反對英王亨利八世奪取教會財產時，提到的就是倫敦的加爾特修道院及格林威治（Greenwich）

---

[63]盧巴，《摩爾傳》，頁6。

[64]亨德瑞克斯（Hendriks），《倫敦卡爾特修院》（*The London Charterhouse*），頁65。

[65]史提普頓，《摩爾傳》，第二章，頁161。

的方濟修院（Observant Franciscans）。1535年摩爾目擊修士披枷帶鎖從倫敦塔步行到泰本（Tyburn）的刑場上，卻以「新郎結婚時一般的喜悅」從容就義。被害的修士大多是較年輕的，並不是當年與摩爾一同在院內參與敬禮的會士。

我們不要像一般傳記作者一般，把摩爾對「人文主義的熱忱」和他的「宗教熱忱」看作兩種截然不同的情愫。其實它們二者是同一的方向與願望。是容易於融合的，但和老摩爾為他安排的律師生涯無法輕易協調。律師的生活就像日後培根（Bacon）所說「吸去太多時間」的東西。摩爾博學的友儕如科列特、格羅辛、林那嘉、伊拉斯默斯都是神職界中人。摩爾正式考慮修道生活是與威廉‧李梨（William Lily）一同學習希臘文之時。李梨比摩爾年長十歲，有當日一般學者所羨慕的條件，既是牛津畢業，又到過耶路撒冷朝聖。他從羅德島上的難民中學到希臘文，又到過羅馬求學。二人都有志學希臘文及修道生活，可謂志同道合，因此友誼日增。而希臘文及修道又是重建神學地位的目標的一部分。

摩爾、伊拉斯默斯以及他們的友儕所謂「重建神學」到底是怎麼一回事？伊拉斯默斯致科列特的信中，討論到這個問題和科氏在牛津講授《聖保祿書信》的關係。科氏講授《致格林多人前書》及《致羅馬人書》的講辭在四百年後的今日才在劍橋印行。這些講辭雖深奧難讀，卻是了解科列特脫離中世紀精神，進入文藝復興時期的重要線索。

中世紀的學者以聖經中的寓言為生活的指南。他們對「四樞德」（Four Cardinal Virtues）及「七罪宗」（Seven Deadly

Sins）熟悉得如數家珍。翻閱任何一本中世紀文學，都會看到有
關「七罪宗」的作品。在喬叟的作品中，在《農夫皮雅士》中，
在神修手冊及諷喻詩中，處處可見。

中世紀的人就是因為太熟悉寓言教訓，往往從一段最普通
的敘述中設法演繹出一些嚴肅的教訓，而不能讀出原文中最簡
單的內容。提到寓言教訓，在解釋聖經中自然容易找到。比如，
一位安格魯撒克遜（Anglo-Saxon）的宣道者，講述舒芭后（Queen
of Sheba）去見撒落滿王時，就把這兩個君王比喻為教會與基督，
女王是教會，她帶來黃金、玉石、香料。黃金象徵真信仰，香
料象徵祈禱的氣息，玉石則象徵善行和美德的光輝。這些珍寶
由駱駝馱來，駱駝代表異教人，他們因貪婪而變成駝背，因罪
惡而變成畸形，被教會感化而引至耶路撒冷。過於熱中於寓言
教訓，往往使人對聖經淺顯的含義也視而不見。講道的人將「牛
耕田，驢子在牛身旁吃草」，解為教士們辛勤工作，在俗人則
遊食於牧場。他們並沒有意思要把信眾貶作驢子，只是奇怪的
生理狀態成了虛構的討論的根據。天主把祂的奧祕隱藏起來，
又可比作獅子的習慣。獅子知道獵人會藉沙上的足跡跟蹤，於
是故意搖擺尾巴，把足跡撥亂。某人死後，皮膚仍然保持彈性，
可能又引申出一番理論來。正如摩爾少年時說過，如今長大了
又被人記起的一番話：「這類東西功用之多，差不多可以把公
羊放進篩子裡，擠出牛奶來[66] 」

---

[66] 佩斯（Pace），《教理的果實》（*De fructu qui ex doctrina percipitur;*
Basel: 1517），頁83。

科列特的評論與寓言的傳統分道揚鑣。他覺得聖保祿的書信並不是一連串的謎語、演繹，而是一個真實的人的真實書簡，他要發掘這個人想說的一切。他承認，《舊約聖經》往往適合不照字面的意思去解釋。演繹某些段落，如〈創世紀〉之類篇章時，他又表現出開放而廣闊的胸襟、堅持不能照字面去解釋。這種自由廣闊的態度，甚至在〔十九世紀〕的維多利亞時代，也沒有多少教士講解〈創世紀〉的第一章時敢像十五世紀的科列特那樣提出來。

新約方面，科列特主張，除了明確地提出比喻之外，「其餘一切，都是照著表面的意（義）解釋，絕不是字在此而義在彼，所說的就是事情本身的意思，完全是字義明顯的。[67]」

科列特協助伊拉斯默斯找出了一條新的途徑，而在這方面，以伊拉斯默斯的學養，註定要勝過他。科氏對大部分中世紀學術感到不耐，認為「那是日後盲目的世代中，世人輕率地寫出的猥褻與濫亂的文字。稱之為塗鴉似乎更為適合」。他希望完全掃除、摒棄這些所謂學術，回復到教會初期教父如聖熱羅尼莫（St. Jerome）、聖安博羅思（St. Ambrose）、聖奧古斯丁等的著作，以及精心鑽研聖經本身的原文。然而，伊氏比科列特看得更透徹，他認為，要做這種實際的研究，最重要的是有正確的版本，以及這種版本原用的文字。

於是，他利用印刷術作工具，不辭勞苦地將教父們正確的

---

[67] 勒普頓（J. H. Lurton）編譯，《論聖統制》（*Treatises on the Hierarchies,* 1869），頁107。

版本盡量交到許多人手中。這是科列特從沒有想過的。他更大‧
的雄心是印製希臘原文《新約》版本及拉丁文意譯本，希望藉
此使人從第四世紀拉丁文譯本的樊籠中釋放出來。

十七年前，他自以為仍不夠資格參加牛津工作，懇辭高氏
之邀。如今，終於能把自己研究的成果──希臘文《新約》獻
給科列特。而科氏也有容人的雅量，以最高的美譽加諸伊氏。
科氏那時可謂百感交集，既傷自己沒有學希臘文，說「沒有了
它，我們是虛無的」；又為摯友能傳揚真光而喜[68]。

那時候，希臘文是新的宗教教育和新的科學教育的鑰匙。
因此，摩爾在倫敦加爾特修院與教士一起的幾年嚴肅的神修生
活中，埋首研讀希臘文。這時期內，他寫了第一封信給荷爾特
（John Holt）[69]。荷氏大抵是幾年前出版了名為《孩子的牛奶
》（*Lac Puerorum*）的文法書的作者。這書的前言及後跋有摩
爾的讚語，出版年份肯定在1500年之前，因為它是獻給摩頓樞
機的。大量印製的版本是日後的事；早期課本被翻閱得破爛不
堪，實在司空慣見。荷爾特的這本書能逃過被毀的厄運而保存，
是少之又少的例子，若不是唯一，也是極少數的幾本了。這書
大抵印於1497年，由此看來，似乎摩爾在十九歲時，名字已見
於冊頁上，這是十五世紀罕見的事。

摩爾致書荷爾特的日期可以考訂得相當準確，因為信中提

---

[68] 雅倫，《伊拉斯默斯信札》，卷二，423號。

[69] 大英博物館亞倫道手稿249，85b以下，印本（相當失確）見於《安
格利亞》（*Anglia*, 1891-92），十四，頁498-9。

及亞拉岡（Aragon）的嘉芙蓮（Catherine）入倫敦與阿瑟王子結婚（1501年11月12日）的情景。摩爾對她的西班牙近衛極為輕視。寫道：「若你見到他們，定會忍俊不禁，他們簡直像一隊從地獄出來的魔鬼。」對嘉芙蓮則極盡讚賞，說她是「人見人愛的可人兒」，身上具備了一切美女的條件，「願這宗最著名的婚姻是幸福的，並且是英國的佳兆」。摩爾對嘉芙蓮自始至終崇敬有加。三十三年後繫獄時，告訴審訊的法官說，就是因為自己對她不渝的崇敬，他們要他的血。在這件事情上，以及其他許多事情上，摩爾可說是在這不斷變動的世界中保持不變。

他在信中又繼續寫道：「你大概會問我，我的學習進展如何呢？一切可說好得無以復加，我現在已放棄了拉丁文，轉而學習希臘文。格羅辛是我的老師。」格氏與摩爾這時都在倫敦，格氏被任為在倫敦市公會大廳（London Guildhall）附近的老楞佐堂（St. Lawrence Jewry）的堂區神父。

格氏在他漫長教學的生涯中，只留下小小的著作紀錄。在今日這個以著作衡量一個人的學術成就的世代，格氏好像在默默地譴責我們，因為他留下的只是一封只有一頁信紙的短簡，及數行有關一位女士以雪球擲他的詩句：其拉丁文可譯為：

> 茱莉亞向我扔雪球，如今我知道，
> 茱莉亞扔出的，
> 雪中可能有火。

後代批評家認為，除非二人的行為極端不檢，否則茱莉亞斷不會對一位神父做出這樣不敬的行為來。因此，傅勒（Fuller）

在他的《英倫俊傑》（ *Worthies of England* ）中，相當清楚地
記下這事。其實這兩行詩句原集自波華（Beauvais）手稿蒐藏，
而這藏品約在第九、十世紀集成，因此斷然不是十五世紀格氏
的手筆⑦（相信讀者諸君也會像我一樣為這消息而覺高興吧），
為了使聖潔的格羅辛神父免於捲入被頑皮而冒失的女子扔雪球
的是非圈，只好忍痛把他留於後世的一半作品取消了。這是非
格氏本人是無從申訴的，因為他當日無權禁止人日後把作品誤
歸為他所作。

　　在同一信中，摩爾談到在格氏門下受業的情形；也談到格
氏在聖保祿堂講授狄奧尼修斯（Dionysius）的《天使品級》
（ *Celestial Hierarchies* ）。中古時代的人堅信這書的作者是《
宗徒大事錄》（ *Acts of the Apostles* ）中提及的狄奧尼修斯
（Dionysius the Areopagite）。格氏在研究過程中發現作者另
有其人，並為文解釋。這是一篇劃時代的「高級校讎」學的作
品，因為狄氏的作品差不多和《聖經》一般有分量。

　　在這段時期內，格氏請摩爾在他所牧守的聖老楞佐堂中講
授聖奧古斯丁的《天主之城》（ *City of God* ）。這些演講內容
近於歷史及哲學方面的見解，而不是有關神學的——其中部分
內容可能日後在《烏托邦》中批評社會弊端時具體地用上了。
總之，他的演講比格氏在聖保祿堂的演講更吸引人。摩爾當時
年僅二十三，而敢面對成熟的神職界演講，實在膽量十足。據

---

⑦《拉丁詩文集》（ *Anthologia Latina,* 1906 ），卷一，篇二，睿思
　（A. Riese）編；706號，出自Isidor Bellovacensi, 九世紀，現已佚失。

伊拉斯默斯記載，許多人湧來聽他。哈斯菲爾也認為摩爾能講
解這部艱深的作品是十分難得的，而當日神職界能容納世俗人
的雅量也值得讚揚。他寫道：

> 聖奧古斯丁的《天主之城》是世人公認深奧的作品，即使博
> 學之士亦不容易明白或完全深入了解。沒有相當神學及世俗
> 的知識，或思想不成熟的人更不能公開向人解釋及誦讀。摩
> 爾君年紀輕輕，且終日為法學研究所羈，竟能在聖老楞佐堂
> 宣讀並解說此書，並得到聽眾極大推許和仰慕。博學多謀的
> 格羅辛君……及倫敦市中其他大人物也常常光臨聆聽。[71]

這期間，摩爾更兼隨林那嘉學希臘文。今天，我們有各種
翻譯，又可多方面從古希臘遺產中累增知識，很難明白十六世
紀初希臘文如何是開啟《新約》和一切偉大文學作品及科學的
鑰匙。林那嘉的興趣在醫學及科學，而他不朽的事功在於牛津
及劍橋擔任醫學教授，以及協助創辦皇家醫學院（Royal College
of Physicians）。摩爾參加了林氏講授亞里斯多德（Aristotle）
的《氣象學》（*Meteorologica*）[72]。這課程大抵在倫敦開授，
因為倫敦當時是學者雲集之地。

當我們稱上述的一群人為「人文主義者」，或照當時十六
世紀的名稱，稱他們的學問為「新學」（The New Learning）
時，應小心避免混淆。「人文主義」一詞，狹義來說，單指研

---

[71]哈斯菲爾，《摩爾傳》，頁13-4。

[72]致多普（Dorpium），《夜讀錄》（*Lucubrationes*, 1563），頁417。

究古典拉丁文及希臘文；廣義方面，則指一種思想行為的體系，只專注有關人類興趣而不理睬神聖旨趣。固然，十六世紀學者中，有些既是廣義同時也是狹義的人文主義者，林那嘉可能只專注於醫學方面的知識，卻忽視了靈魂方面的知識。據說，他這位飽受聖職訓練的神職人員，在晚年第一次翻開《新約》，剛巧翻至〈山中聖訓〉的一段，以無比驚異的心情讀了三章〈瑪竇福音〉，禁不住喊道：「這不是福音？要不，就是我們不是基督徒。」他不想再深入默想自己算不算得上基督徒這回事，把《聖經》扔了，繼續埋首他的醫學研究[73]。這故事固然未必是真的，而林那嘉也只是少數的例子之一。因為那時大部分英國人文主義者都深深牽涉於神學。因此，本書提到「人文主義者」一詞時，是指古典之學，並不引申到有否涉及超乎人類興趣以外的問題。

「新學」原指古典之學，尤其指當日新近介紹來的希臘文，但也可用以表示宗教改革時代的新道理。二者顯然並無關連；一個人可以專注研究希臘文學而不固守路德派或喀爾文派的教理，也不要搗毀聖堂內的聖像。不過，仍有部分死硬派神學家不信任希臘學問，認為柏拉圖是異教徒，希臘教會則是與天主教會分裂的教派。這些古老學派的頑固分子把研究希臘文版本的《聖經》看作異論、是誓反教（Protestant）。這已經相當不智了，更甚的是，連近代史學批評家們也重覆他們的錯誤，一

---

[73] 翟基（Cheke），《希臘文語音學》（ *De pronuntiatione Graecae linguae;* Basel: 1555），頁282。

直沿用「新學」一詞，而沒有對讀者及對自己交代清楚是指那一方面。例如薛尼‧李認為，摩爾設法同時推廣舊教及新的學術是嚴重的估計錯誤，缺乏前後一貫。他的見解是值得商榷的。若「新學」是指誓反教信條，摩爾絕不會推廣它；若說「新學」是希臘學問，那麼，為什麼作天主教徒兼希臘學者是缺乏一致，而作誓反教徒兼希臘學者卻不是呢？

然而，即使說摩爾所學不能前後一貫，我們也不得不驚服他既能研習法律，同時也能在修院處虔修；既研讀古代教父學問，同時在沒有名師（如司各特）指導下，又能學好希臘文。答案之一是他有驚人的靈活腦筋，可在一瞬間記下一個句子。摩爾的同學記述他這方面的能力說：「任何人都要將字或詞組合成句子，唯獨摩爾，他有超人的文法技巧，尤其在閱讀希臘文方面更是無人能及[24]。」此外，摩爾每天只需極少睡眠，羅拔‧路易‧史帝文遜（Robert Louis Stevenson）說一位日本學者把蚊子收在袖管裡，好叫自己不致睡著[25]。摩爾則穿上粗毛的內衣，睡硬板床，頭枕硬木幹，每天只睡四五小時[26]。

伊拉斯默斯說，老摩爾是個正直不苟的人，在各方面可說是明白事理的，唯獨不能接納兒子研習希臘文及哲學。他可能

---

[24] 佩斯，《教理的果實》，頁82。

（譯按：本段「在沒有名師如列度爾和司各特的指導下」原文是（ without a Liddell and Scott to help him；列度爾和司各特為十九世紀希臘文大師。）

[25] 吉田宙次郎。

[26] 史揆普頓，《摩爾傳》，第二章，頁161。

不知道兒子有驚人的能力應付多門學問，因而漸感不安，認為
應該出面干涉，於是藉斷絕經濟供給以收阻嚇之效。他自己本
身精於英國法律，眼見兒子似乎不想繼承衣缽，大為震怒，幾
乎要與他斷絕關係。在伊拉斯默斯看來可「學習英國法律絕不
可能算是真學問。但在英國，人人都看重在法學上成功的人；
法律是飛黃騰達的最佳途徑，大部分貴族階層的人都是從法律
界中選拔出來的，而一個資深律師的長成必須經過多年的辛勞
苦讀。儘管摩爾能力過人，能鑽研更高深學問，也難免會害怕
這種苦讀。不過，經過不少學校試習後，他成了優秀的法律界
人。即使當日以全神研習的同學，也沒有人能比得上他[77]。」

伊氏繼續談到摩爾用其他嚴格的作為考驗自己。他幾乎進
了修院，但又不能打消成家的願望。

就因為這些伊拉斯默斯衷心稱許的考驗和自我省察，摩爾
對曾許下獨身願又放棄的人十分不諒解，對他們既忿怒又輕視。
摩爾對他們的感覺就如一個精忠的軍人，對那些接受了危險任
務又臨陣退縮的志願軍的感覺。

摩爾是個感情極為強烈的人，伊拉斯默斯說到他早年的愛
情故事，所用的詞句可見摩爾青年時代的行為不是完美無瑕的
[78]。摩爾本人也不反對它在歐洲的書冊上一版又一版地登出來。
他對整個歐洲表示他對異端邪說由衷的忿怒，但對持異端的人
如盧巴或葛連尼烏斯（Grinaeus）卻又有禮而忍耐——這些只

---

[77] 雅倫，《伊拉斯默斯信札》，卷四，999號，頁17。
[78] 同上。

有小心考察他的私生活才能見到。他磨練自己的特徵之一是那
「馴服他肉身」的「粗毛內衣」。這是只有他的神師和給他洗
衣服的女兒才知道的祕密。雅麗絲夫人時常不曉得他的衣服送
到那裡去洗濯。這件衣服至今仍保留，在故事發展下去時不時
出現，讓我們有機會一窺它的面貌。我們也不能看到摩爾憂鬱
地回顧昔日他因成家而捨棄的理想，晚年時他曾多次表示，要
不是為了妻兒，他會重過修道生活[79]。

　　就在摩爾放棄了修道心意，要安頓下來，過婚姻生活的同
時，另一位和他一般熱誠的青年做了一件令家人和朋友震驚的
事——放下了一切，成了奧古斯丁會會士（Augustinian Eremite）。
他解釋這樣做的原因是他對自己懷疑[80]。這位鼎鼎大名的人物
姓路德名馬丁（Martin Luther）。幾年後，他們還沒有認識對
方之前，已處於對立的地步了。

八、國會議員中的「黃口小兒」

　　摩爾在還沒有成為有家室的人之前，還要給父親惹下不少
麻煩。

　　1504年，國會召集會議。摩爾被選為議員之一。他究竟屬
於什麼選區，並沒有詳細記錄下來。國會召集是由於兩件事：
其一是阿瑟王子突然去世，其二是瑪嘉烈公主的婚事。阿瑟王

---

[79] 見本書下頁。

[80] 林西，《宗教改革》（1909），卷一，頁197-8。

子和亞拉岡的嘉芙蓮結婚，是摩爾極表贊同的，如今這門婚事
因王子之死而悲劇收場，於是國王〔亨利七世〕按照古老風俗，
就像《國會名冊》（ *Rolls of Parliament* ）中所說的，得到「兩
項合理資助」；首先是追封已故阿瑟王子為騎士；另一資助是
長女許配給蘇格蘭王。但從《國會名冊》中，可見國會發生財
政困難；最後國王迫得只接受四萬鎊津貼，而經過詳細考慮後，
認為應寬容大度，體恤民困，減收該筆款項的四分之一[81]。根
據盧巴記載，好斂的亨利最初認為合理的數目是減收五分之一
〔原著此處作十五分之三〕。令國王這次失望的主要原因是由
於托馬斯・摩爾從中反對。

> 此合理反對，使國王之要求完全推翻，於是國會中國王私人
> 諮議之一，名泰勒（ Tyler ）者，乃向國王報訊，說國會中一
> 黃口小兒使國王之計畫失敗。國王於是深懷憤恨，非報復不
> 能洩心頭之忿，乃藉細故與老摩爾爭執，繫之於倫敦塔，直
> 至其繳付罰金一百鎊[82]。

看了托馬斯・摩爾在倫敦塔中留下的虔修默想禱文，真希
望知道三十年前，老摩爾被關在這裡時，對兒子魯莽的行徑有
什麼感想，可惜見不到現存的文字記錄。

---

[81]《議會名冊》（ *Rot. Parl.* ），VI，頁532-42。
[82]盧巴，《摩爾傳》，頁7-8。

九、拉丁文著作：書信與詩集

有關摩爾用拉丁文寫的書信與詩集，除了半世紀後盧巴所給的資料外，便沒有別的了。這話雖有點誇張，但摩爾的來往書信的確十分少。摩爾三十歲、亨利八世登位之前，他的書信只有三四封，而第三封幾乎可以斷定是寫於出任區議員的那年秋天[83]。由於信上日期只寫月與日，沒有寫年份（這段時期內通常都是這樣），因此不能絕對肯定它的年份。該信寫給科列特。科氏似乎新近被委任為聖保祿學院院長而未正式就任[84]。科氏在國內其他地方還擔任其他聖職，當時並不在倫敦。摩爾在法庭上碰見科氏的僕人，便寫信給他，說看到他的僕人並不表示他已回到城中，感到十分遺憾；並說城市是個令人憎厭的地方——只為世俗、肉身及魔鬼服務，城中只有果餅店、魚販、肉商、廚師、小販及賣雞鴨的人，難怪他喜歡鄉村而遠離城市了。不過，無論怎樣，也要來到鄰近需要他牧職的史達尼（Stepney）（科氏是史達尼諸聖堂〔All Saints Church〕的主任司鐸。「有鶇鳥、果園與農夫」的鄉林附近是他父親亨利·科列特爵士的家，名叫「大宅」[85]）。摩爾寫這信的目的，在邀請他到聖保

---

[83] 1504年10月23日。見史提普頓，《摩爾傳》，第二章，頁163。

[84] 勒普頓（Lurton），《科列特傳》（Colet, 1909），頁120註、141註、145註、229。

[85] 同上，頁118。

祿堂講道，因為人人都翹首以待新院長重臨。有人推測，可能倫敦人早聞科列特是個出名的講道師，如今院長已離職多時，往羅馬述職，科氏理應填此空缺。

摩爾在信末寫道：「你不在身邊的此刻，格羅辛是我生活的導師（科氏與格氏顯然是摩爾的神師），林那嘉是我學業的導師（摩爾此時大抵仍努力學希臘文），李梨則是我最親密的朋友。我閑時都和他們在一起。」

威廉・李梨是格羅辛的教子。若干年後，科氏創辦聖保祿學校，委任李梨為講師，摩爾和李氏共同將希臘文集中的嘉言雋語譯成拉丁文。摩爾的詩集則直至他四十歲才告印行成集。據伊拉斯默斯說，詩集大部分是很久以前寫的，其中還有不少是他的少作[86]。詩集的第一部分是他和李梨的譯文，先以希臘文原文印出，然後是二人的詮釋。第二部分是他自己的作品，其中不乏對暴君的描繪，厭惡之情溢於言表，而表現方式是他日後作臣僕時不用。他把暴君大大諷刺一番，又說那是死神要列為最低層的人物；還有那經過小心遴選才被委任，而日後又最不勝任的主教，也是諷刺的對象；此外，還有不少個別的人物都被他諷刺一番。有人甚至認為，他的詩集是他自傳的素材[87]。其中最動人的一篇是寫給一個名叫伊利莎白的女子，這位伊利莎白小姐是何許人，相信若非摩爾這首詩，我們連她的名

---

[86]雅倫，《伊拉斯默斯之信札》，卷四，1093號。

[87]馬斯敦（Marsden），《托馬斯・摩爾之友人》（*Philomorus*, 1878），頁28。

字也不知道。他們相戀時摩爾十六歲，她小他兩歲。四分之一世紀後二人重逢，他寫了一首詩喚回記憶裡他們中斷了的初戀：

> 昔日不同的命運使我們分離，
> 今朝重逢，令我狂喜，
> 你無咎無尤地盜去我生命中柔美
> 的歲月，而我，
> 當年晶瑩的心，往昔純潔的愛
> 於今猶在，
> 若榮譽不能保持它純潔，
> 歲月將要使它無瑕。
> 啊！願賜我們二十五年後終得
> 重聚的諸神
> 賞我再過二十五年後，
> 身體健康，好能
> 像昔日一般。
> 祝你快活延年[88]。

然而，另一次二十五年期再度轉滿之前，摩爾已死於斷頭台。

---

[88] 若摩爾當時是十六歲，大抵於1494年初見該少女，而於二十五年後，即1919年，與她重逢。烈特教授向我指出，這些日期吻合；此詩不見於1518年初版的詩集，是1520年再版時加入。此詩之英譯出於總（執事）胡令威（Archdeacon Wrangham）之手。

十、「閒暇四趣」

伊拉斯默斯提到摩爾青年曾撰寫短劇，也親自演出。沒有
人知道這些短劇到底是用英文還是拉丁文寫成。可是他年輕時
作為消遣而用英文寫成的四件作品至今保留。第一件是一齣警
長扮修士的鬧劇。劇終的結語是：「歡迎！歡迎！現在讓我們
同聲歡呼吧！」從這句話看來，戲劇是用以歡迎參與筵席的客
人。烈特教授認為可能是1503年為皇家高級律師就職而作，而
老摩爾若望當時正是新就任的高級律師之一，全劇是警世的詩，
含義是要人謹守其業：

> 帽子商人談哲學，
> 一知半解；
> 販夫走卒讀神學，
> 首尾難諧。

故事是說一個省吃儉用的人死後留給兒子一百鎊，兒子把
錢花光，又向朋友多借些錢，又花掉。為了避免被拘捕，稱病
躲在朋友家中，警長為了要拿他，扮了修士去搜查。

> 於是，他冒充修士，
> 改頭換面，不叫人曉知，
> 垂首、默坐、言談、外表
> 無一不虔誠尚似。
> 然而，然而只要在鏡子面前，

他總要

細細端詳，

好勝的心卜卜跳個不已

要看看自己扮得如何維肖維妙。

警長藉口要給人神修方面的指導而得進入屋內，可是在捉拿犯人時露出了身分，於是屋中的婦女都向他衝去，要把他趕走，並且輕蔑地說：「給我們告訴市長大人去吧！」警長的職責是捉拿欠債人，自然是市長的屬下，每年都要向他們宣誓效忠。上文提過，他們都參加高級律師的宴會，雖然詩中的警長和若望・摩爾的高級律師（Sergeant at Law）是完全不同的人物，而任何倒楣的警長都可套用在這故事裡。

第二件作品是詩，描寫若望・摩爾倫敦宅第的內景。他構想父親家中掛著一幅精美的布畫，畫著九項史實，每一史實上詩句記述，其中八幅是喬叟式詩句。記述他童年時代玩陀螺是第一幅；第二幅是由少年變為「成人」，而第三幅是「成人」被愛神丘比特（Cupid）戰勝。

如今，你這個以前看不起孩子的人

　將再變為小孩而成了我的奴隸。

接著是，「睿智與謹慎」的年代，之後是死亡戰勝老年、名譽戰勝死亡、時間戰勝名譽、永恆戰勝時間。第九幅上畫了詩人坐在椅上，用拉丁文寫出警世的道德教訓。

摩爾的第三首詩是詠歎伊利莎白王后之死。她是愛德華四

世（Edward Ⅳ）的長女，嫁與亨利七世為后，使紅玫瑰與白玫瑰兩黨合一。1503年2月難產而死，據說是因長子阿瑟夭折，哀傷過度，健康受損。全詩藉垂死的王后之口唱出哀歌，詩中充滿歷史典故。亨利七世在列治文（Richmond）的建築，及在西敏寺剛開始建的小堂都在詩中出現：

> 何處是我們的堡壘？何處是我們的
> 塔樓？
> 美麗的列治文，不久將離我而去。
> 我親愛的王上，
> 你西敏寺價值連城的建築，
> 我將永不能見！
> 讓我祈求全能的上主，
> 賜你和你的子女得到啟導。
> 看！殿宇已建，那是我長眠之地！

全詩用喬叟式的七行詩體寫成，一而再，再而三的將最後一句延長至十二音節。摩爾似乎預見了史賓塞句式的效果[89]。

最後，是摩爾所寫預算放入《命運之書》（*Book of Fortune*）首頁的詩句，目的在增加這種集體遊戲的文藝氣息。《命運之書》是藉投擲骰子，領帶問卜的人走過滿是君王、哲學家、星

---

[89] 薛尼・李（Sidney Lee）注意到摩爾的「音步效果預示了史賓塞的藝術手法」。見《偉大的英國人》（*Great Englishmen*; 1904），頁59。

辰、精靈、天文學家的迷宮。最後，由天文學家講出那問卜者
的命運⑨。

十一、若望·碧古斯傳

　　據摩爾的曾孫克里沙卡·摩爾紀錄，摩爾決定結婚時，曾
按一位特出的世俗人米蘭都拉伯爵（Earl of Mirandula）若望·
碧古斯的生平，自己設計了一種生活方式。這時是碧古斯死後
約十年，又是他外甥若望·方濟（John Francis）印行了他的傳
記作為他作品的簡介後八年。摩爾著手把這傳記翻譯出來。碧
氏對摩爾的吸引力可想而知。碧氏是偉大的學者，又是個偉大
的平信徒；他在英年早逝之前已渴望度修道會士的生活。

　　據說，在法拉拉（Ferrara）一果園中，他突然對若望·方
濟吐露：「我侄，我要對你說一件事，但你得替我守祕密才好。
我寫完了某些書後，要把財產留下送給窮人，然後赤足走遍世
界每個城堡去傳播基督。⑨」後來他把要加入道明會（Dominican）
的心願告訴了道明會會士薩伏那諾拉（Savonarola）。可是壯志
未酬，突然在佛羅倫斯逝世，死時虔誠熱心，年僅三十二。但
薩氏對碧古斯聖善的一生並不完全滿意。他以南歐人那種虔誠
起來近乎兇惡的特有性格，在「佛羅倫斯的首要教堂的講道台

---

⑨烈特在《摩爾全集》的導言中，對此有詳盡的解釋，見1931年版，
　第一冊，頁17。

⑨1557年版《全集》，頁8。

上」，宣講碧古氏是個「體態纖柔的人」，害怕講道會士刻苦
辛勞的生活，所以一直畏縮不前；又說兩年以來，他曾多次警
告他，若再這樣懶洋洋地，不積極地侍奉天主，定要遭受處罰；
又說他知道碧古氏如今正為此而在煉獄中被處罰。私底下，薩
氏又告訴友人：碧氏死後曾顯現給他，全身著火，並告訴他就
是為了上述過失，才在煉獄中如此受罰[92]。

　　摩爾認為自己不適合過修道生活，卻選了碧古氏的傳記和
碧古氏著作中的幾篇，作為新年禮物送給喬哀斯·莉（Joyeuce
Leigh）。這作法實在具有幽默的意味，因為喬氏是倫敦市郊加
辣會（Poor Clares）的修女，一家是摩爾的老友，和摩爾一樣，
都是華布祿克（Walbrook）的聖斯德望（St. Stephen）堂區教
友。其兄弟愛德華李（Edward Leigh）是聖職人員，擔任王家
的國外使節。他日後與摩爾有過爭論。愛德華李認為伊拉斯默
斯是個過分大膽的革新者，不時攻擊伊氏，摩爾自然挺身為友
人辯護[93]。自然，這些爭論都相當友善。而且摩爾在信內曾技
巧地表示，若日後伊氏攻擊愛德華李任何一本著作，他將會為
李氏辯護。後來，摩爾繼胡爾西出任掌璽大臣，愛德華李則繼
胡爾西約克郡總主教之位。李氏雖然是正統派，卻不反對亨利
八世。他儘管極不情願，仍屈服在亨利的權謀下，有時甚至合
力遊說摩爾，勸他讓少。這些事發生在送新年禮物後三十年，

---

[92] 同上，頁10。

[93] 1519年5月，見《人文主義者書信集》（*Epistolae aliquot Eruditorum*；
Antwerp, 1520）。

這時喬哀斯修女大抵已不在人世。她母親也加入了這修會，不久也去世了，葬於修院的詠經所內。修院被解散充公時，再沒有喬氏的消息。她大抵也沒能活到目睹母親的墓穴被毀，以及她當年參與敬禮的詠經所被改為軍火庫。摩爾當年放棄修道志願，抉擇俗世生活時，從沒有想到會發生這些事的。他把他的第一本書獻給這位獻身修道的朋友——「他那真正摯愛的基督內的姊妹」：

> 我摯愛的姊妹，長久以來，在新年之始，朋友間有互相饋贈的風俗，目的在證明相互間的友誼與情愛，並且表示在幸福的新年伊始，互相祝福和期望，能夠繼續保持幸福，直至一年終結。

摩爾接著說，這些禮物通常是食物及衣服。不用說，這種禮物對一個隱居的修女自然不適合，他繼續說：

> 可是，基督徒的愛情與友誼應該屬於精神上而非肉體上的⋯⋯因此，我親愛的姊妹，在幸福的新年伊始，我給你送上這份禮物，以作我對你的情誼與熱忱的明證，祝你喜樂常在，靈魂上的恩賜與德行日增。別人的禮物是表示他們希望摯友得到世俗的財富，我的禮物象徵聖善上的富足。[94]

《碧古斯傳》由摩爾的妹婿若望•賴斯提爾負責印行，後來被溫健•迪•和德（Wynkyn de Worde）盜印。兩種版本都沒有

---

[94]《全集》（1557），頁1。

註明日期。日後賴若望的兒子威廉·賴斯提爾將翻譯日期訂為
1510年；但這大抵是他父親印行此書的日期。我們又可根據家
族傳說[95]，說這書在1510年之前五年寫成。當時摩爾已放棄修
道的意念，正追求他的妻小。

十二、巴克勒斯伯里的新居

下面是盧巴記述摩爾追求妻子的情形：

> 雅息士郡（Essex）的高爾特（Colt）君常請他到府中去，高
> 君有三位千金，她們言談坦誠、品德高尚，使摩爾傾慕不已，
> 於是常到他家中走動。他本來鍾情於二小姐，認為二小姐最
> 漂亮而合心意，但想到大小姐眼看妹妹比她先出嫁，必定感
> 到難過和羞愧，不禁由憐憫轉而喜愛，不久就和她結了婚。

盧巴未明言的「住在雅息士郡的高爾特」，其實就是萊登
（Roydon）附近尼特堂（Netherhall）的若望·高爾特[96]。今
日的萊登堂區仍有高氏家族的基地，墓碑上滿是族人的名字的
銅牌。若望·高爾特結婚兩次，摩爾的妻子是高家十八名子女
之一。尼特堂的殘跡於今可見，護城河、關塔，以及由藍色圖

---

[95] 亦見於烈特的《早期都鐸戲劇》，頁2、8、73、74。
[96] 克里沙卡·摩爾的《摩爾傳》誤以「新堂」（New Hall）為「尼特
堂」（Netherhall）。此誤最近由雅倫博士（P. S. Allen）之寶貴文
章而得澄清。該文刊於《泰晤士報文藝增刊》（*Times Literary*

案、石飾暗紅磚砌成的殘垣仍歷歷在目。

　　盧巴說摩爾和妻子住在倫敦的巴克勒斯伯里（Bucklersbury）。伊拉斯默斯訪英國時，摩爾剛巧攜同年輕的新娘來到倫敦。伊氏在英國逗留了一年，發覺大部分朋友在倫敦定居，於是寫信給以前修院的長上，說他來到倫敦不是為金錢而是為學問：「倫敦有五六位精通拉丁文、希臘文的學者，他們造詣精湛，我以為即使在義大利也無人能及，而他們全都對我有幫助。[97]」

　　若干後，伊拉斯默斯講了一個有關一對新婚夫婦的故事，雖然沒有指明是誰，但故事中不少語句在別的地方是指摩爾夫人的，可見故事與摩爾有關[98]。故事說一個絕頂聰明極端機智的人，娶一年僅十七的妻子。她婚前一直過著閒散的鄉居生活，教育程度不高，平日談話對象只是家中女僕。丈夫一心教育她，要培養對書本及音樂的興趣。為使她學習，「要她把聽到的講道詞覆述出來」。妻子哭著不肯，說這樣不如死去算了。最後，機靈的丈夫提議帶她回娘家，她高高興興跟著去了，丈夫把煩惱告訴丈人。老丈人說：「用你做丈夫的權，好好打她一頓吧。」

Supplement），1918年12月26日，頁654。雅倫博士又顯示了伊拉斯默斯的《對話錄》（Colloquies）可能提供的啟示。參閱G.R.F.高爾特（G.R.F. Colt）所撰《高爾特系譜與歷史》（History and Genealogy of the Colts, 1887）。

[97]雅倫，《伊拉斯默斯信札》，卷一，185號。

[98]伊拉斯默斯記述摩爾教導他鄉村姑娘式的妻子以音樂及文學（見雅倫《伊拉斯默斯之信札》卷四，999號），口吻幾乎與《對話錄》中〈侷促的妻子〉（The Uneasy Wife）相同。

「我知道我有權，但還是請你用父親的權吧！」丈人是個聰明的演員，假裝非常生氣，妻子嚇得躲在丈夫腳下。於是二人擁抱親吻，和好如初。

雅倫博士則說了下面的故事：

> 第一年的婚姻生活對這年僅十七歲的新娘並不好過。整天困在城市的橫街窄巷及大宅院中；她渴望回到翠綠的田野及老家。比她年長十歲的丈夫也不見得快樂。但理智叫他不要跟隨當時的陋習向妻子動粗，而在二人心靈未曾相印之前，仍盡力做她的教師。一個夏天的早晨，二人一同策馬前往雅息士郡。當年，夏天是狩獵的季節，二人神采飛揚、興致勃勃馳騁於綠野，經過華爾咸（Waltham）的大聖堂；這時馬兒剛繞過小山路，使人感到空寧。她坐在馬鞍後的座墊上，瞇著眼睛，從他肩後第一次看到尼特堂的景象，心中充滿無比的快樂，久久不能忘去。摩爾，他日後寫自己的墓誌銘，說她的夫人是「我鍾愛的小妻子」（chará uxorcula），而二人共度的歲月是溫暖的。[99]

伊拉斯默斯還說了一些其他故事，都可說是與若望 · 高爾特及摩爾翁婿有關的笑話（翁婿倆都是高明的演員）。也許就是因為這些笑話，年輕的夫人明白博學的丈夫並不是個不苟言笑的嚴肅人物。

摩爾和伊拉斯默斯分手後五年，二人對希臘文都已有了把

---

[99]《泰晤士報文藝增刊》，1918年12月26日，頁654。

握。此時伊氏正準備將希臘文《新約聖經》譯本公諸於世。同時，尤里庇底斯的劇本剛在威尼斯問世[100]。這一定是當年轟動一時的事情，因此伊拉斯默斯把其中一個劇本《赫谷芭》（ *Hecuba* ）繙譯成拉丁文。伊氏與格羅辛同到藍白芙坎特伯里大主教華咸府邸晚餐時，把譯文帶去，餐後獻給大主教。大主教私下給了賞錢。二人離開時，格羅辛問：「賞了多少？」伊氏表示失望，並問格式，大主教究竟是太吝嗇，還是太窮，還是認為作品不夠分量？格氏解釋說主教並不明白這是一份只獻給他個人的榮譽；以為像伊氏這樣一位流浪學者，在遊歐陸時，定把譯文獻給一人又一人。伊拉斯默斯生氣了，後來印行《赫谷芭》和《伊菲姬妮亞》（ *Iphigeneia* ）兩譯本，都獻給大主教，並附一信。說這譯本只是些練習，以作日後更大努力的準備。大主教領受了盛情，自此成了他最得力的朋友之一。

這期間，摩爾和伊拉斯默斯都忙於繙譯魯西安的一些作品。摩爾把譯文獻給亨利七世的祕書陸疇（ Ruthall ）。陸氏有「明智王子」之稱[101]。伊氏則把譯文獻給溫徹斯特的霍克斯主教的座堂神父之一魏福特（ Richard Whitford ）[102]。魏福特是伊氏及摩爾的好友，常稱他們是「孿生兄弟」。可是好景不常，摩、伊二人終因環境而分手，伊氏得到一個延擱已久的往遊義大利的機會，被聘到義大利作亨利七世義籍御醫的兒子的導師。摩

---

[100]阿爾度斯（ Aldus ），1503年。這是尤里庇底斯（ Euripides ）劇本之初版，雖然某些個別劇本在早些時候已出版。

[101]尼可拉，Ⅰ，190號。

[102]雅倫，《伊拉斯默斯之信札》，卷一，191號。

爾此時則發現，亨利七世對他當年在議會的行為仍懷恨在心，
為之震驚。他一次偶然探訪繼摩頓之後為國王顧問的霍克斯主
教。霍氏答應「若摩爾由他支配」，定會為他說情，重新取得
國王的寵幸，後來相談之下，摩爾猜測主教是要他懺悔當年曾
反對國王。摩爾於是辭別主教，走訪好友魏福特。以下是盧巴
的敘述：

> （他）和熟朋友魏福特君交談起來，魏君當時是那主教的座
> 堂神父，日後做了錫安（Sion）會神父。摩氏告訴他（剛才）
> 主教對他說的一番話，徵求他（魏）給自己出主意。魏君告
> 訴他，為愛天主緣故，不要聽那主教的勸告。因為「為國王
> 服務並不等於忠心到連讓自己父親死也贊同啊！」於是，摩
> 爾爵士不再回去見主教。若不是國王不久便去世，他會逃亡
> 海外，因為想到國王對他心懷憤恨，留在英國是危險的。[103]

魏福特可能過分誇張了危險的程度，但下面的故事誇張的
成分更重。據說，惡名昭彰的恩普森（Empson）和達德利
（Dudley）在國王面前扇風點火，使摩爾有真正的殺身之禍。
後來，達德利自己也難逃劫數。他在受刑前告訴摩爾，若他當
年向國王認錯，頭顱也一定保不住的[104]。

正如摩爾的曾孫說，一個年輕人，身為一群兒女所累，而
又處於這種情況下，是相當痛苦的。摩爾的長女瑪嘉烈大約生

---

[103] 盧巴，《摩爾傳》，頁8。
[104] 史提普頓，《摩爾傳》，第三章，頁181。

於1505年，次女伊利莎白生於1506，三女塞西莉（Cecily）生於1507，獨子若望生於1508或09年。1508年間，摩爾曾訪巴黎大學及魯汶大學[105]，可能是準備流亡國外。

恩普森和達德利的歪曲事實是整個國家的夢魘，如一位褊袒亨利七世的近代史學家說：

> 這不合理又歪曲實情的行為使貴族忿恨，使卑下的人反抗，窮人哀歎，講道的人在聖保祿廣場（Paul's Cross）或別的地方大聲疾呼、斥責，但他們絕不悔改[106]。

1509年4月22日，亨利七世逝世，摩爾也放下心頭大石。次日，在號角齊鳴之下，亨利八世宣布即位，舉國歡騰。

---

[105]《夜讀》，Basel，1563，頁376。

[106]荷爾（Hall），《國王亨利七世》（*Kyng Henry the vii*），lix，左面。

第二幕

摩爾追尋烏托邦(1509-1517)

一、天人共慶

　　摩爾在亨利七世專制王權下過著怎樣戰戰兢兢的生活，從他在亨利八世加冕所作的賀詞得見一斑。那賀詞讀來使人覺得他像驟然從噩夢中醒過來，面對堅強而尊貴的朋友一般。他說：暴政從此銷聲匿跡、自由與法治將由年輕的國王恢復；他讚美年僅十八的幼主兼具運動家的魄力與女性的柔美。這話並沒有阿諛之意，因為駐英的外國觀察家們也有同樣的感覺。亨利的面孔既有少女的細緻，又有男性之美，摩爾想到阿基里斯（Achilles）男扮女裝的傳奇，而這高貴外表下的高貴心靈更是魅力十足！摩爾又道，像這樣一位既受哲學薰陶，又有九位文藝繆斯女神滋育的君王，還有什麼辦不到的事呢？接著，他列舉新主祖先的德行：亨利七世的審慎（三年前在致獻魯西安談話錄的譯文給前任國王的祕書陸疇時，摩爾談過先王的審慎，至今仍認為如此）；祖母瑪嘉烈王太后（Lady Margaret）的虔誠；母親約克郡主伊利莎白（Elizabeth of York）甘甜的慈愛，六年前摩爾

曾悼唁她的謝世；祖父愛德華四世的高貴心靈，摩爾極敬佩這
位驍勇善戰的國王，在他的《理察三世史》中對愛德華四世的
描寫，極盡讚許之辭。而後，摩爾又談到嘉芙蓮王后（Queen
Catherine），把她比做希臘史詩中最忠實的妻子阿爾塞士蒂絲
（Alcestis）和潘妮洛碧（Penelope），其勇敢的心志，堪受這
位偉大男人的讚美與至死不渝的耿耿忠心。可是偉大的人也可
能是差勁的預言者；結束頌詩時，摩爾殷殷祝禱嘉芙蓮與國王
的子孫世世代代永存不替，他以歡欣的詩句一行又一行地讚美
下去；好似一個弓箭手，射中的是他不是有意要射的鵠的。今
日我們在大英博物館看到飾著紅白玫瑰的精美手抄本[1]，幾乎
可以肯定是當年摩爾呈獻給亨利的那一本。

　　當時人人都說著同樣的話，儘管不全以如許高雅的詩句出
之。當日的英格蘭「被稱為黃金世界，繁富的恩寵充溢在這國
度內」[2]。孟達兹寫信給老師伊拉斯默斯，請他從羅馬返英：

> 天上歡笑，人間喜樂；乳蜜瓊漿四處流溢。貪婪之人遠離斯
> 土。我王不追尋黃金、寶石與礦藏，一心嚮往德行、光榮與
> 不朽。從他最近所言，即可略見此賢君一二；他說願自己益
> 加博學多聞。我告訴他：「我們寄望於您者並非如此，而是
> 希望您培育與鼓勵俊彥之士。」他說：「那自然，無俊才學
> 人，生活不成其為生活。」

---

①卡頓圖書館（Cotton）手稿，Titus D. iv。
②卡雲迪殊（Cavendish），《胡爾西傳》（ *Life of Wolsey*；1899），
　艾里斯（Ellis）編，頁13。

孟達哉告訴疾病纏身，情緒低落的伊拉斯默斯說，愁苦的日子已過，曙光再現，「快來見見這位賢君吧！他定會對你說：『請接受我們的財帛，作我們最偉大的哲人吧！』③」

伊拉斯默斯以前的贊助人坎特伯里大主教華咸氏也極力支持這項邀請④，於是伊拉斯默斯返回英國。

此時的伊氏與十年前初抵英倫時摩爾所見的一文不名的窮學者已判若兩人。他在義大利住了一段時日，成了世界知名之士，與葛廉曼尼樞機（Cardinal Grimani）平起平坐，並受其挽留在羅馬發展。「可是」伊氏說：「當我告訴他，英國國王派人相邀時，他便不再勉強了。⑤」

他騎馬從阿爾卑斯山進入瑞士時，想到不久將要見到老友摩爾，不禁天才頓發。摩爾的名字希臘文是Moros，即英文「愚人」，他忽然覺得是十分奇妙的反諷，就在騎馬的當兒，構想出《愚人頌》（ Moria, or Moriae Encomium, Praise of Folly ）一書。這書日後成為他著作中最享盛名的一本。他一抵英國，便到摩爾家中，這時他的下腰正痛得厲害，而書籍又未運到，不能真正工作，因此在七日之內寫成了《愚人頌》。書成，獻給摩爾，在獻辭上說到靈感來自馬背上。日後，他說是摩爾催他寫出來的，有如逼駱駝跳舞。

---

③雅倫，《伊拉斯默斯信札》，卷一，215號。

④同上，214號。

⑤《伊拉斯默斯全集》（ Opera Omnia；Leyden：1703），李‧克萊（ Le Clerc ）編，第三冊，1374、1375。

　　《愚人頌》是人文主義者公然譴責當日的邪惡與愚行的代表作，儘管今日讀它的人不多，卻是一本有塑造歷史之功的書籍。又，儘管這書是在摩爾家中，因摩爾鼓勵而寫成，但我們決不可誤以為它的神髓就是摩爾家中的神髓。摩爾和伊拉斯默斯是兩個截然不同的人物。摩爾對與自己全然不同的人能獻出全部友誼，是他獨特之處。二人氣質上的差異，在於他們的歷史背景。在這段輕鬆自由談笑的日子中，二人可能用幾乎同樣的話譏蔑無知或不道德的修道士，但摩爾是經過多方考驗，深思熟慮之後，認為自己不適合修道生活而放棄的。他仍十分嚮往那種生活，他對修道制度和生活的看法，與硬被人關進修道院，幾經艱辛才獲豁免的伊拉斯默斯自然不同。伊氏在《愚人頌》，摩爾在《烏托邦》中，對戰爭的憎惡雖然幾乎用了同樣的措詞，但細辨之下，伊氏是個無國籍、居無定所的流浪學人，逍遙自在，足跡遍歐洲，是個絕對的和平主義者，認為愛國主義者愚不可及。他曾在不知不覺間引起了摩爾和一位法國學者的爭辯。就是因為他不明白為什麼兩個人文主義者「竟會」為自己深愛的國家爭吵起來。然而，摩爾既熱愛英國，也深愛歐洲，今日我們回看他怎樣努力設法使這兩種愛融和調協，實在遠比伊氏那種只是反面的否定戰爭更具啟發和幫助。摩爾痛恨戰爭，痛恨亨利或胡爾西無休止的野心所引發的毫無意義的戰爭使他深愛的祖國飽受摧殘。他和自私的「孤立主義者」是絕對相反的。

　　摩爾反對當代的人企圖把伊氏在《愚人頌》裡的觀點想成他的觀點。他維護好友的看法，但也有自己的個性與主見。丁

達爾曾就《愚人頌》為例，說摩爾已變得與前不同，摩爾回信
說他絕不贊成對國家不敬。

> 《愚人頌》中沒有這個意思，即使有，也不見得是我的想法。
> 它出自另一人之手，盡管此人是我的摯友（但也不能代表我
> 的思想）⑥。

伊拉斯默斯1509年在摩爾家中撰寫《愚人頌》，至1511年
4月間離開摩爾家，帶著稿本到巴黎付印的一段時間，沒有露面，
大抵仍在英國，不過，住在那裡，做些什麼，沒有記錄下來。
以他平日那麼勤於寫信，數以千計的函札中竟沒有片紙隻字是
那段時間寫的，正如雅倫博士說：「若換上別人，我們幾乎可
以推測他已被關進牢裡了。⑦」那自然是不可能發生的事。他
可能大部分時間和摩爾在一起，但這段時間正是摩爾與少妻幼
子共處的寶貴時間。伊拉斯默斯沒有留下任何紀錄，而在摩爾
的傳記中，也只有林肯法律協會⑧的枯燥紀錄：1510年「彌額
爾節」被邀入1511年秋季講師席，接著是1515年為「封齋期（四
旬期）講師」。另一補充的史料是《倫敦市民事法庭諮議會會
刊》⑨的枯燥檔案，內裡記載摩爾1510年3月被選為倫敦市助
理司法處長。如盧巴所記，年輕的摩爾律師這時的事業蒸蒸日

---

⑥《全集》（1557），頁422。

⑦P.S.雅倫，《伊拉斯默斯之時代》，頁143。

⑧《林肯法協黑皮書》，第三冊，頁36。

⑨《倫敦市民事法庭諮議會會刊》，卷二，頁118b以下。

上[10]。

（正如我聽他自己說）憑著他這職位和學識，可以輕易獲得
年薪四百鎊可觀的數目，因為全國王家法庭內，沒有一件重
要的案件不經由他過目處理，給予意見的[11]。

副司法處處長的職位是重要的。市長和司法處長沒有什麼
法律經驗，而副司法處長是供司法處長諮詢，向他提供意見的
法律上永久任用官員。部分判決則由司法部長給法庭任命的法
官決定[12]。伊拉斯默斯日後記載說，那職位雖高，工作卻不多，
法庭只每星期四上午開庭一次：

摩爾處理的案件最多，也最廉正，他通常減收訴訟當事人的
費用，控方辯方各三司令，不得超過此數，因此成為倫敦市
中眾人周知的大人物[13]。

---

[10]我列出《黑皮書》與「城市記錄」（City Records）所收錄的摩爾
種種活動；見哈斯菲爾《摩爾傳》，頁307、312-14。傑伊小姐（Miss
Winifred Jay）協助查閱「城市記錄」，我非常感激。

[11]盧巴，《摩爾傳》，頁8-9。

[12]霍斯（Foss），《英國的法官》（*Judges of England*；1857），頁
209。

[13]雅倫，《伊拉斯默斯信札》，卷四，999號，頁20。

二、亨利的英國

在我們等待伊拉斯默斯在本書再度出現，向我們報導摩爾及他的家人的許多親密情形的此刻，或許可以提出一個問題，以了解稍後要讀到的一切。透過伊氏的觀察，我們看到的摩爾和他的英國。至於亨利八世繼位後的英國，在外國學者看來，又是怎樣的一個國家呢？

切里尼（Benvenuto Cellini）在他聳人聽聞的自傳中，記述自己如何幾乎往訪英國的事蹟。據說，被亨利雇去設計耗資極鉅的西敏寺的托里賈尼（Torrigiani）回義大利後，不斷談到自己在那些「英國畜牲」中的偉大事蹟，而此行目的在物色能幹的青年帶回英國，以助他一臂之力。他本來可以帶切里尼同往，可惜托氏年輕時曾擊敗藝術大師米開蘭基羅，又膽敢隨處吹噓一番，切氏只好和這位曾損壞米大師神聖形象的人劃清界限，而托氏唯有隻身到英國云云。這事說來未免可惜，若切氏在英國，說不定會告訴我們一些有趣的是是非非，甚至有關摩爾的故事。這樣一來，摩爾無可非議的形象或者會被他損壞，那將是為摩爾寫傳的人不得不適應的最大難題了。

當時，米開蘭基羅約比摩爾長三歲；威尼斯油畫大師提香（Titian）、喬爾喬涅（Giorgione）等可能比摩爾長一歲，而拉斐爾（Raphael）比摩爾少五歲。同代的英國人沒有誰可以和這些大師抗衡。詩學方面，阿里奧斯托（Ariosto）大約比摩爾長四歲。英國也沒有什麼像樣的詩人。喬叟已埋骨西敏寺一世

紀之久，偉大的詩人仍未誕生。

然而，我們凝視托里賈尼在西敏寺的工程，再環視珍藏其內的其他都鐸時代的哥德式傑作，不難看出，那位義大利人將英國人斷為「畜牲」，未免一竿子打翻一船人。

當時的英國，遍境皆是巨匠。吉普林（Rudyard Kipling）以其天才的識力，洞見了歷史的這一面；他在自己的書中，將兩位同在西敏寺內設計聖堂的大師作了個對照：一位是英國人郝爾（Hal）；另一位是義大利人班尼德托（Benedetto）；托里賈尼帶班尼德托至英以取代切里尼。

同一時期，牛津和劍橋建起了無數學院。沒有一個站在「英王學院聖堂」內的人會覺得興建此類教堂的是「畜牲」。

> 他們夢想的不是就這麼建成
> 可以毀壞的家，而是
> 在驚恐的時刻，
> 在屈辱的思緒下，可以尋得
> 庇護之所。

能夠產生這種東西的英國顯然不僅是文明的國家，也是富裕的土地。英國的財富與美麗，是十六世紀初吸引外國訪客的主要二因。今日我們正在這些美麗的殘蹟仍未全部失去之前設法保留。今天，英國人到威尼斯去，所見是各種顏色組合的啟示。很少人理會，大約在1500年間，一位威尼斯大使的秘書來到英國，被散築各地的宏偉大教堂及裡面金碧輝煌的富麗迷住，把英國形容為滿目怡人的起伏山巒和河谷，縱目所見是令人神

往的林木原野、水泉、耕地。英國人口稀少，但財富的比例是
其他歐陸國家之冠。主要是土地肥沃、錫與羊毛輸出量大。他
在倫敦見到家家戶戶羅列雜陳的銀器擺設和用品，驚奇不已：

> 在通往聖保祿堂的一條街上，就有五十二家銀器店，擺滿了
> 大大小小的銀器。將米蘭、羅馬、威尼斯、佛羅倫斯的銀器
> 加起來，也不及倫敦所見的輝煌……聖堂裡的珍寶更能展現
> 出它們的財富，因為全國沒有一座聖堂會寒微到連十字架、
> 燭台、乳香爐、銀爵、銀盤都沒有的；也沒有一間行乞修會
> 院窮得沒有上述的銀器……閣下因此可想像富有的本篤會、
> 加杜仙會、熙篤會的會院是怎樣輝煌富麗了。

他又指出，除了坎特伯里的聖托馬斯聖壇外，世界沒有任
何聖壇之美可以凌駕西敏寺內「懺悔者」愛德華一世的聖壇。
他又說，即使到了英國的心臟地區，也可見到美麗絕倫的會院[14]。

因此，我們不免要偏袒英國，認為她可與義大利及歐陸一
些國家抗衡。英國在十六世紀初，亨利八世登基初期，繪畫和
詩方面固然不及部分歐陸國家，也不及義大利，然而她有偉大
的技藝學校——石刻、木刻、彩色玻璃、金工等，而可媲美歐
陸國家的本國學者實在不少。歐陸特出的人文主義者，如伊拉
斯默斯，年少的比維斯（Vives）及布地（Budé），前兩位都渴
望留居英國，二人與摩爾合作，說不定可以在十六世紀的歷史

----

[14] 《英倫島記》（London：Camdon Society, 1847），司尼德（C.A.
Sneyd）譯，特別參閱頁29、30、41、42。

舞台上重演八世紀的某些風貌：英國成了歐陸學術的中心，各國難民雲集英國，再從而把學問傳給飽受戰禍的歐洲。

這時候，英國的繪畫雕刻，儘管遜於歐陸諸國，但在建築、工藝和學術方面卻有輝煌的成績。此外，詩學也漸漸復甦。十五世紀戰禍頻仍之際，英國的詩被摒棄於皇室之外，流傳在鄉間的舞曲和民歌之中，現又在宮廷出現，並綴以由懷亞特（Wyatt）與其弟子舒里（Surrey）引進的義大利詩風。而自阿佛列王（King Alfred）以至中世紀以還，一直處於不穩定地位的英國散文，如今都得到肯定，把一度取代了它的法文、拉丁文迫退一旁。就以英國三位最有影響力的大師摩爾、丁達爾、克藍馬而言，他們也精曉其他語文，以無比學術熱忱，為英國散文作了最大貢獻，而不像伊拉斯默斯衹精曉拉丁文，對其他語文不甚在行。

今日我們很難理解亨利八世統治初年充滿希望的景況如何令人神往，而後半期又如何叫人徹底失望。亨利去世之前，搗碎了燒融了一切曾使那「威尼斯外交家」看得目瞪口呆的藝術瑰寶——即使有些幸能逃過劫數，也任令荒蕪不堪。站在亨利七世在西敏寺造建的小聖堂及劍橋的「英王學院」的小堂內，我們禁不住會問，英國何時才能再建出這樣美的作品來。

由於這種蓄意破壞，當日英國的藝術作品多半被毀，英國全境的技藝發展也因而陷於停滯狀態；有些藝術品（如美麗的多彩花紋瓷磚）受到相當嚴重的毀壞。

亨利八世在摧毀文物的同時，一方面也進行某古典學者所謂「扼阻人文主義發展」的種種捕殺行動：殺戮了最博學的修士雷諾士（Reynolds）；害死了學養最好的非神職人士摩爾；

殘殺了英國贊助學風最力的費雪；嚇走了謹慎小心的伊拉斯默斯；監禁後驅逐比維斯；制服了胡爾西；囚禁懷亞特，若非懷氏因嚇得魂魄俱喪而俯首，亨利八世早已下毒手了，不過，懷氏在向他低頭後幾個月便離開人世；舒里倒是堅持到底、不肯屈服，於是被處決；克藍馬本身深信，處在這樣多變不定的世界裡，唯一確定之責便是附和國王、屈從王命（他曾一度想勸服摩爾）。結果，他不但保住性命，而且活到握著亨利的手，眼見國王駕崩。

又試想想昔日與摩爾的眷屬以及在摩爾家中出入的青年學者如瑪嘉烈・盧巴，瑪嘉烈・棘斯（Margaret Gigs）、若望・克來孟、若望・哈里斯、威廉・古奈爾（William Gunnell）、尼古拉斯・克拉哲（Nicholas Kratzer）等，與歐洲最偉大的學者書信時相往還；又有他們不時來訪。英國要到什麼時候，才能再有這般的盛況呢？

亨利八世是歐洲歷史中破壞得最多美好、最有希望的東西的人，而不少英國人竟仰慕他這一點！對愛好運動的英國人來說，大抵任何破紀錄的事都是值得仰慕的吧？若是這一切的破壞出自狂妄無知的反對偶像崇拜者之手，固然已難以理喻，更何況亨利對建築、音樂、詩歌、學術都有相當的品味和技巧，而竟有這種行為，真是令人費解。

走筆至此，伊拉斯默斯再度出現，打破了我們對這四分之一世紀之後將要發生的事的戚然沉思。

三、「鷹嘴惡婦」

伊拉斯默斯生而有幸，不必見到未來的一切。1511年4月10日，他在往巴黎將《愚人頌》付印途中，從都化（Dover）寫信給阿蒙尼奧（Andrew Ammonio）說：「請提醒摩爾，留在我房中的書是要還給科列特的。⑮」伊、阿二人同住摩爾家中，阿氏是義大利人，一心要來英國碰碰運氣，後來做了國王的拉丁文秘書。他似乎曾在孟達哉家中服務，當年孟氏請伊拉斯默斯來英的信大抵由他執筆，由此阿與伊書信往還不絕。從二人函札中，可知摩爾和他好客的家人不少事情。1511年4月，阿氏寫給伊拉斯默斯道：「我們摯愛的摩爾和他仁慈的夫人想到你時，沒有一刻不為你祈禱，他們全家都很好。⑯」數月後，摩爾夫人病危時，伊氏正在劍橋，大抵應費雪主教的邀請，在劍橋教授希臘文對摩爾的疏於寫信表示諒解：「其實，以他目前的處境，我們還要怨他怠於寫信，實在不近人情。⑰」摩爾當時正為準備婚事而忙得焦頭爛額，心情之沉重不下於莎翁筆下的哈姆雷特。

費雪和摩爾被殺後，加杜仙會的鮑治神父（Fr. John Bouge）在「這悲哀憂苦的時刻」寫信安慰一位出身高的女士，勸她避

---

⑮雅倫，《伊拉斯默斯信札》，卷一，218號（1511年4月10日）。

⑯同上，卷一，221號（1511年5月19日）。

⑰同上，卷一，228號（1511年9月16日）。

免犯法及討論這些麻煩的事情，接著又提到自己在劍橋與費雪同念大學及作研究的友誼；然後談到摩爾：

> 他是我在倫敦時的教友，我曾替他兩個孩子付洗，我主持他第一位妻子的葬禮。月後的某一主日深夜，他帶著結婚許可證來見我，要求不經過任何聖堂公佈，要在下一星期一結婚。據我所知，這位夫人至今仍在世。
>
> 摩爾君是我的神子，從他的告解中，可見他是個純正、潔淨、勤學、慎重、虔誠的人。在世俗人中，我從未見過像他那樣博學多聞的人，法律、美術、神學，無不精湛。他又是個嚴肅凝重的、偉大的君子，是英國王議會的首腦人物。他又是個清心寡欲、善於節制飲食的人。

鮑治神父繼續談到摩爾的虔誠。他告訴嘉芙蓮夫人（Dame Katherine Manne）摩爾常穿著用粗毛做成的內衣，並囑夫人「對這事守秘密」，說雅麗絲夫人奇怪他的內衣在那裡洗濯；雅麗絲夫人甚至請摩爾的告解神師出面干涉這事；

> 夫人希望我勸他除下那件又硬又粗糙的毛衣，然而，那是經過好一段時日，差不多十二個月，她才曉得那件「磨練」他的血肉的毛衣的事，因為血跡呈現在他的襯衣之上[18]。

關於雅麗絲夫人，有人說過不少不中聽的話。她是倫敦商

---

[18] 檔案局。全信刊於《英國史學評論》（*English Historical Review*；1892），卷七，頁713-5。我補上了兩三個原文漏掉的單字。

人米道頓（John Middleton）的遺孀，丈夫兩年前去世，與摩爾結婚時已不年輕，和摩爾婚後未生子女。她與前夫所生女兒雅麗絲在摩爾家撫養長大。有關她的事蹟，容後再述。如伊拉斯默斯所說，摩爾再婚主要是讓孩子有母親照料。摩爾也常常不諱言雅麗絲「不是一顆明珠，也不是麗姝」。伊氏讚她是個勤奮的主婦[19]。

摩爾傳作者之一哈斯菲爾根據伊氏的著作及摩爾本人口述[20]，說她雖然「年紀不輕，愚而且魯，但摩爾深深愛著她」。

> 她既是這樣的一個人，為了省時和方便，他技巧地訓練她、塑造她，二人得以和諧地生活在一起，他又提到要她學彈琴和唱歌，每天晚上回家後便考核她練習的情形。這位可憐的妻子向丈夫坦白，請他不要氣惱：「因為這些日子來，我冷靜的頭腦不知那裡去了。」經過這次輕鬆而自負的談話後，她的行為證明她有了改進。摩爾逐漸漸了解她而喜歡她了，而他的子女和其他人也喜歡她。

> 摩爾本人也往往以這類談話「回敬」她，摩爾見她費盡心思來束起頭髮，好讓前額看起來寬廣。又見她不惜代價束腰，只為博取纖腰寬額的讚美，便對她說：「太太啊！天主不叫你下地獄也就罷了！這是你自己甘願的，多吃點苦頭吧！」

[19]雅倫，《伊拉斯默斯信札》，卷四，999號，頁19。
[20]哈斯菲爾，《摩爾傳》，頁93-4。參較1557年版《全集》，頁1184、1203。

朋友們，像伊拉斯默斯、阿蒙尼奧、林那嘉等不時出入，摩爾家中可說是賓客雲集。我們從伊氏在劍橋寫給在倫敦的阿蒙尼奧的信中可見一斑。像摩爾這樣熱鬧的家庭自然需要主婦：

> 我抵達時，一點也沒有想到你仍在摩爾家中，因為大家都說你已搬到聖托馬斯學院去了。第二天，我叩你房門，你已外出。我從聖堂回來，聽到馬嘶，因為手邊正忙，便要林那嘉看看是誰，他說是你剛騎馬出去了。其實我有好多話要和你說，不過，以後再談好了。[21]

月底，阿氏遷出摩爾家，住到聖托馬斯學院。但並不快樂，因為他覺得英國的生活不適合他，不知怎樣長此住在英國。本來他可以和某義大利商人同住比較舒暢，但他既然受任處理國王私人事務，與商人共同居處頗為不適合。儘管如此，阿氏覺得搬離摩爾家到底是個解脫。因為他不用見到——他用五個希臘字寫出不想見的東西，那是當年許多學者的習慣，在惡意批評某事時，故意用幾個希臘文而不用一般人可以明白的拉丁文，這幾個字（後來被塗去）伊氏自然明白，卻使得日後的學者摸不著頭腦，其中聰明的一位巧妙地說：「我真不明白，在1511年間，英國家庭到底有什麼毛病，使這個吹毛求疵的義大利人要使用這般隱晦的字眼。」雅倫博士替讀者們查出了這疑惑：原來阿氏寫的是「那惡婦鷹嘴」，指的是雅麗絲夫人的鼻子[22]。

---

[21] 雅倫，《伊拉斯默斯信札》，卷一，232號：1511年10月5日伊拉斯默斯致晏門奧（Ammonio）書。

摩爾第一位妻子珍夫人年輕易教，可能學得相當拉丁文，足以有禮的應對丈夫的朋友。雅麗絲年紀較大，儘管摩爾教了她不少別的東西，也學不了多少拉丁文。

四、教宗朱里烏斯的號角傳遍英倫三島

在摩爾的家庭遭遇不幸的同時，這圈子的人文主義者也首次遭受打擊，伊拉斯默斯也自然嘗到它的苦果。他寫道：「我從黃金時代，以及蒙福的英倫三島的夢中驚醒……朱里烏斯的參戰號角響起來。[23]」朱里烏斯二世是好戰的教宗。英國既加入了教宗發起的「神聖同盟」以對抗法國。伊拉斯默斯的英國朋友再沒有時間理會他了。伊拉斯默斯並不責怪他們。他也不怨亨利因為，「若法律也得靜靜地屈服在武裝之下，少女繆斯定然更沉默了」。

現在，我們面對導致摩爾死亡悲劇的十六世紀初葉。

這困境並不是新的困境，只是年復一年的更形緊急。教宗是普世教會的元首，是君王以下每個人生活的重要因素。亨利和亞拉岡的嘉芙蓮結婚，先要得到教宗的寬免，這是教廷影響英國人生活各方面的許多例子之一。同時，教宗本身也是個君王，是義大利邦國之一的統治者。他與邦城間不和諧的關係使義大利和歐洲產生不安的局面。教宗的至高無上的精神力量，兼統

---

[22] 同上，卷一，236號（1511年10月27日）。

[23] 雅倫，《伊拉斯默斯信札》，卷二，333號（1515年5月15日）。

治細小而不容忽略的小城邦的職責，是但丁二百年前大力抨擊的流弊：

> 啊！君士坦丁，詬病的因由，
> 那首任富有的教宗得自你的，
> （不是你皈依的，而）是你那富
> 庶的領域。

（中世紀傳統，相當錯誤地認為君士坦丁大帝把俗世的王國授予教宗）

亨利統治的頭二十年，英國的利益不惜犧牲給由教宗統治的義大利一個細小而不著名的護衛者城邦。亨利以身為「教會的護衛者」（The Paladin of the Church）為榮。胡爾西的野心是爭取有朝一日成為教宗，成為君王之一。於是，英國在迎合教廷利益下，時而和平，時而戰爭。甚至當英國不參戰時，也不時要以大量金錢津貼國外以擁護教廷政策。越明白這一點[24]，就越能理解當亨利要和嘉芙蓮離婚，而教宗不肯，或不能幫助他時，是怎樣的忿怒。過去二十年來，亨利遣英軍為這位外國君王（教宗）出生入死，效命沙場，而今，他卻不買帳！毋怪乎當亨利要棄絕他，但老友如摩爾或紐迪基特（Sebastian Newdigate）竟持異議時，亨利的怒火是多麼一發不可收拾！

在伊拉斯默斯眼裡，以教宗的身分發動戰爭，實在是件難以言喻的可怕的事，所以他既同情英國，也同情法國。摩爾就

---

[24] 蒲勒德在《胡爾西傳》中對這點闡述十分清楚，尤其在頁122。

不同，他是個對國家忠心耿耿的英國人，看法自然與世界主義
者伊拉斯默斯大異其趣；當國家名譽受某位法國詩人攻擊時㉕，
摩爾立即在諷刺詩中還以顏色。可是，後來摩爾曾就教宗的俗
世權力對亨利提出警示：「教宗和陛下同樣是一國之君……往
後陛下和他可能會因意見不合而失和，導致戰爭。㉖」摩爾既
不贊同亨利王朝前二十年一味輔助教廷發展俗世權力的政策，
也不贊同亨利王朝後期全然捨棄教廷本有的精神權力的作風。

　　人文主義者既散居各地，想反抗朱里烏斯二世召集的大戰
自是無能為力。他們極其量敢做的也只是提出抗議。華咸
（Warham）在1512年召開國會時，提醒眾人，只因為國王和
人民的罪，天主才讓戰爭發生㉗。科列特每年耶穌受難日都在
宮廷講道。1513年這日上，英國正準備遠征法國。科列特在講
道台上為這場戰爭歎息。他慷慨陳詞：「死亡，在戰場上很少
有好死的。因為當鮮血是爭執的癥結時，又如何能以仁愛解決
事情？㉘」我們應追隨基督而不是追隨朱里烏斯〔凱撒〕和亞
力山大〔大帝〕——這顯然地是借古希臘羅馬征服者以映射教
宗朱里烏斯二世和亞力山大六世。科列特後來在一次私人的會
談上與亨利修和，他技巧地說他只是對不義之戰提出警告。亨
利自然不認為自己的作為是不義的，便相當滿意。他和科氏一

㉕見下文，頁190。
㉖盧巴，《摩爾傳》，頁68。又見下文，頁194。
㉗蒲勒德，《胡爾西傳》，頁17。
㉘雅倫，《伊拉斯默斯信札》，卷四，1211號，頁525-6。

同走回朝候的群臣中，一面擁抱他，一面向他保證，臨別時又說：「每人都要善待自己的導師，這是我的導師。」

於是，戰爭發動了，斯普士（Spurs）和佛洛頓（Flodden）之役大獲全勝，英國占領了泰洛安（Thérouanne）以及杜尼（Tournay）二地，而這時，幸運的英倫三島對伊拉斯默斯不再是幸運之所了。他期待於英王的支持並沒有得著，華咸總主教竭盡全力幫助，他寄給伊拉斯默斯十枚金幣，說願它們是十營天軍。這時伊氏正患上結石病。總主教以黃金是最有效的良藥，開玩笑說：「伊拉斯默斯要石頭做什麼？主教才要收集石頭作建築，他憑什麼要石頭？趕快除去負擔吧！[29]」華咸又委任他去主理肯特郡（Kentish）堂區。但伊拉斯默斯不能履行職務，他大抵連那堂區也沒去看過。華咸於是派另一位教士代替他，並答允今後付給伊拉斯默斯二十鎊年俸。華咸本來不喜歡這樣支付年俸給下屬作生活費的，但有鑑於伊拉斯默斯一向愛護英國及忠誠地為教會服務，給年俸也算合理，於是例外地支付給他。這筆款項在國外付給。但這種種的優待並沒有打消他的去意。伊氏在給朋友們的和平文告之一寫道：「島國全部有識之士都為了準備戰爭而變得不同了。[30]」而就在這時候，好戰的朱里烏斯去世，歐洲的局面暫時穩定下來。伊拉斯默斯以極風趣的筆法寫出了《被擯諸門外的朱里烏斯》（*Julius Excluded*）的故事，描寫在天堂門前，朱里烏斯和一群戰死的鬼怪暴民都

㉙同上，卷一，286號（1514年2月5日）。

㉚同上，卷一，288號（1514年3月14日）。

被聖伯鐸拒在門外，朱里烏斯沒有屈服，他仍以偉大君王的氣概去待聖伯鐸像一個漁夫似的，他威脅說要下令大軍到來，要繼續大屠殺，要以雷霆萬鈞的勢力去奪得天堂。這故事在國外廣受歡迎，後來又編印成書。書上雖然沒有印上作者的名字，但人人都相信是伊拉斯默斯寫的。這時伊拉斯默斯可吃驚起來，因為他正在打算把自己偉大的作品獻給新教宗，怎能對前任教宗太無禮呢？他於是對坎佩基奧（Campeggio）及胡爾西兩位樞機和其他人解釋說：「人心不古，仇家強要把《朱里烏斯》這本書算歸在他名下，要把一切壞事都算在他頭上，連摩爾的《烏托邦》也說是他寫的！五年前他曾讀過《朱里烏斯》，如今不曉得怎麼想，他懷疑究竟誰寫出這樣的一本書，寫的人愚不可及，把它印出的人更是愚無可恕。自然，他自己寫的書人人都有，模仿他的風格也不足為奇……」他所說的一切是實情；伊氏避免直接說謊話，他模棱兩可的說話非常技巧，有人甚至懷疑到底他是否真的「曾是」那書的作者。可是，這懸疑卻在摩爾的函札中露出破綻。這些信兩世紀來一直未曾發表，想來伊氏也極其小心，在他有生之日不讓它發表出來，事情的本末是：一位粗心大意的英國友人把「伊氏的手抄本」《朱里烏斯》寄出國外，忠心的摩爾及時攔住了手稿，寫信問他如何處置。這信和摩爾的其他函札一樣充滿仁愛友善，信末有雅麗絲夫人的問候，並多謝伊氏祝她長壽[31]。摩爾又開玩笑地說，夫人也希望自己長壽，好能多多騷擾她的丈夫。其實摩爾夫人的確有

---

[31]同上，卷二，502號（1516年12月15日）。

時不滿伊拉斯默斯，伊氏在某次訪英結束前給友人的信中曾談及：「我已對英國產生厭倦，而摩爾的妻子也對我感到厭煩了。[32]」（人們倒傾向於驚訝雅麗絲夫人對常客伊氏的容忍。伊氏和她丈夫之間充滿智性的拉丁語對談，她感到十分乏味。）至於英王亨利，他對這位遊學英倫的學者，除了殷渥的情辭與空口的承諾外，什麼也不給。林那嘉在御前百般讚美伊拉斯默斯，英王也聽得津津有味，一派熱誠地讚許（摩爾在信中轉述給伊拉斯默斯），因而大夥都懷著一顆期盼的心，期待著亨利給予某些特別的寵渥優遇。結果，什麼也沒有[33]。

1514年7月，伊拉斯默斯離開英國，在歐陸停留了好一段時間。他得到許多在英國得不到的東西，例如認識了賞識他的巴塞爾印刷商弗羅本（John Froben）。伊拉斯默斯與摩爾再次重逢時，是在布魯日斯（Bruges），這時摩爾正忙著構思《烏托邦》。

五、摩爾的《理察三世史》

摩爾為了撰寫《烏托邦》，把他要寫《理察三世史》的時間耽擱了，現存的只是片段。以英文寫成的是準備給國內英國人閱讀，用拉丁文寫成的是讓國外的人文主義者閱讀。他原本的計畫是寫一部他那時代的通史，從理察三世開始，直至亨利

---

[32] 同上，卷二，451號（1516年8月14日）。
[33] 同上，卷二，388號（1516年2月17日）。

七世去世前約五年為止，但一直抽不出時間來完成。另一方面，
他可能覺得繼續寫下去太危險。伊拉斯默斯也私下對摩爾說過，
他在英國不是絕對自由的㉞。摩爾自己也可能開始覺得今後應
該更謹慎，因為亨利不再是當年初登基時那面貌娟好有如少女
的十八歲俊美少年了。他在《理察三世史》中有許多紀錄清楚
地指出，他在《理察三世史》中有許多紀錄清楚地指出，理察
三世「摟錢」是「唯一導致英國人對國王離心的原因」。它又
像摩爾其他詩篇一樣，極力攻擊霸道專橫。這類史實應該在國
外書寫刊行比較安全妥當。因此，《理察三世史》一直沒有寫
成，《烏托邦》卻在魯汶、巴黎及巴塞爾相繼問世。有人說《
烏托邦》寫的是摩爾少年時代的怪誕狂想。其實，《理察三世
史》及《烏托邦》都是屬於摩爾剛過了但丁所謂人生旅程的中
點——卅五歲——的產品。摩爾的外甥賴斯提爾將《理察三世
史》成書日期定為1513年。霍華（Thomas Howard）（日後的
諾福克公爵，摩爾的同事）則以為該書不可能是早於1514年春
天的作品（新體裁）。《烏托邦》第二冊似乎應該是1515年或
較早的日期的作品。第一冊（是第二冊的導言）則成書於1516
年，大抵由於兩者文體不大相稱，伊拉斯默斯說它是在匆促中
寫成的。

　　《理察三世史》和《烏托邦》有許多相似的地方，兩本書
都表現出摩爾特有的敘事及戲劇技巧。在《烏托邦》中，摩爾

㉞雅倫，《伊拉斯默斯信札》，卷三，597號（1517年7月8日）。又
　見下文，頁147。

回顧柏拉圖的《理想國》和《律法》，草創出一系列的「理想共和」（Ideal Commonwealths）；在《理察三世史》中，他則從希臘、拉丁史學家取得滋養，開創近代英國歷史新體裁，為日後史家的藍本。十六世紀以還的英國作家不時予以推許，認為當世作家沒有人可以比美。這是英國「扼阻人文主義發展」的一個醒目例證。直至一個世紀多以後，方濟·培根的《亨利七世傳》和《新亞特蘭提斯》問世，才可以說是能和它媲美的作品。

儘管《理察三世史》中對約克族君王理察三世的冷酷無情描寫得絲絲入扣，但它不是維護蘭開斯特族的文字。摩爾描寫亨利的祖父愛德華四世時相當公正。正如《烏托邦》，《理察三世史》針砭十六世紀初期不道德的治術，與馬基雅維利（Machiavelli）的《君王論》（*The Prince*）可謂異曲同工。若馬氏成書後立刻出版，後人甚至可能以為摩爾從中取得參考。莎士比亞的《理察三世》取材自摩爾的《理察三世史》，他的悲劇詩也深受摩爾影響。莎翁（似乎不太在意時代順序）筆下的理察三世自詡能「給手段殘暴的馬基雅維利上一堂殺人弄權的課」[35]。

此外，莎翁不僅在塑造理察的性格（馬基雅維利式性格）上模仿摩爾的著作，連初學寫詩，有志成為悲劇詩人的早年，就已經深受摩爾的影響了。透過摩爾的《理察三世史》，莎翁領略到希臘的悲劇理念：人看得見正發生在別人身上的事，自

---

[35]《亨利六世下篇》，第三幕，第二景。

己身置險境卻反而懵然不覺；一種命運感，感覺受命運籠罩、感覺在命運的陰影下，人類雖明猶瞎。「死到臨頭猶不自知，虛妄啊！人類自滿的心！」這就是摩爾為自己的《理察三世史》所下的註腳。前往倫敦塔開會的途中，海斯丁斯勳爵（Lord Hastings）不曉得將受斬刑的正是他自己，這時他回憶起多年前被陷押解前往倫敦塔的往事時，不復欷歔當時的險狀，反倒狀至愉快地向身旁的友人說道：「沒有人能察覺刀斧已經逼近自己的腦袋啦！」既然認定他的死對頭就要一一被砍頭，他就眉飛色舞地說：

> 我告訴你，朋友，當年在此遇到你的時候，我真是慘極了，心中無比驚恐，無比難過！但你瞧！十年風水輪流轉：這回換我的死對頭遭殃啦……我一生再沒有比此刻更篤定、更快樂的了。㊱

再拿莎翁的戲劇《理察三世》來比較對照一番，自可發現莎翁拾了前輩摩爾多少牙慧。

很顯然，正如作品裡拉丁、希臘的演說典範純是摩爾的原創，他寫傳記中的長篇講詞也是他的一脈文風，稱得上大師手筆。

㊱長老法庭資料庫，卷三，22以下。又見《函札與文件》，卷二，422號。

六、摩爾出使法蘭德斯

　　1515年5月8日，長老法庭委出了代理副司法部長，摩爾遂以「國王使節身分出使法蘭德斯」[36]，這次出使就是摩爾日後寫《烏托邦》時提到而馳譽於世。與摩爾同出使的是他盛讚的鄧時道（Cuthbert Tunstall），他們先往布魯日斯，又到安特衛普（Antwerp）。就在此時，他們遇到摩爾敬重的翟爾斯。翟氏是伊拉斯默斯的老友，伊拉斯默斯這時正在英國作短期的訪問，目的是為他的希臘文《新約聖經》探詢出版事宜，5月7日，摩爾受任出使的當日，伊氏從倫敦寫了一封介紹信給翟爾斯說：「英國最博學兩位先生，坎特伯里大主教的助手鄧時道以及我的朋友托馬斯•摩爾（我曾把《愚人頌》獻給摩爾君）都是我的摯友，若閣下有機會善予接待，便是給了我最大的恩惠了。[37]

　　翟爾斯的幫助可說是及時雨，因為胡爾西花盡心思破壞二位使節的聲譽，使二人在國外不受歡迎。胡爾西剛得到杜尼的主教轄區，杜尼原是亨利八世取自法國的領土。這種異族入侵使法國人及佛萊明人（Flemings）都大為反感。而且法國要求有自己的人管轄該主教區，因此，胡爾西在杜尼的代表森遜（Sampson）處於相當尷尬的地位。於是胡爾西把他列入國王使節名單內，好使他有外交豁免權，又命他積極處理主教轄區事務：「要放膽處理問題，大力抨擊非難你的人，不要害怕被

逐出教區。」這可說是典型的胡爾西咄咄逼人的爭權手法。他在英國教區內的權益（他是約克郡大主教）已多得不計其數，使他應接不暇了，但仍要替助手自摩爾和鄧時道手上爭取勢力。摩爾和鄧時道量目的只是為國家的利益，而胡爾西在杜尼主教轄區的作為不外是濫用權力罷了。摩爾在《烏托邦》中描述歐洲戰爭和歐洲外交上的種種複雜情況，是有他個人經驗做根據的。鄧時道將大使的困難向胡爾西報告。森遜這時已被逐出教區，要不是有國王的任命，他早已被政府官員褫去了。同時，外交的費用日漸短缺，鄧時道又報告說：「摩爾君此際捉襟見肘，萬望主教大人多多鼓勵。[38]」

　　森遜以胡爾西在杜尼主教轄區代表的身分，派給伊拉斯默斯一個在主教座堂副本堂的職位作為補償，但那可說是個很差的賠償，因為職位麻煩多而又不穩定：一則不穩定，因為杜尼不久便要歸還法國，其次有麻煩，因為伊拉斯默斯若要有什麼利益的話，就得長駐在杜尼，而他這時正在往巴塞爾途中。十三個月來，他騎著赫尼（Hackney）本堂神父給他的馬兒來回倫敦及巴塞爾四次之多。他開了一個玩笑說，若尤里西斯（Ulysses）聰明是因為他旅遊過不少城市，那麼他的馬兒一定更了不起，因為牠訪問過不少大學哩！伊拉斯默斯在布魯日斯逗留了一些時日，探訪摩爾，在他面前坦白表示不滿意杜尼主教座堂的職位。而就在這時，胡爾西又把職位給了別人，於是，又輪到摩

----

[38] 卡頓圖書館手稿，Galba B. iii，293b以下：鄧時道紀念冊（1516年7月9日）。

爾代表他向胡爾西陳述他失去這擢升機會，損失慘重，除非有更好的職位才可補償了。

這期間，從摩爾給伊拉斯默斯的信中，可看出他為了好友的利益，做了種種精明的打算。他本來是個認真的人，在大事上寧死也不肯發假誓的，但為了他，卻也免不了有點兒粉飾。一次，他欠了伊拉斯默斯三封信未回，後來終於不得不覆信時寫道：「不論我裝得怎樣似模似樣，撒謊說我已回了信，你也不會相信的，因為你知道我一向是多麼懶於寫信，而你又不是不知道我並沒有把撒小謊當成好像殺了父親那麼嚴重[39]。」伊氏對這番話是有理由當明白的。因而摩爾向他解釋如何替他安排使肯特郡的長俸可以正式在國外銀號領取的方法。手續原極為繁複，甚至那銀號經紀人顯然已發現摩爾是他旗鼓相當的對手了。

摩爾出使的任期本來是兩個月，卻因為杜尼複雜的情形而竟延長至六個月。鄧時道回家不到十天，又被派上新出使。對此，摩爾說，出使對你們沒有妻兒的教會聖職人員而言是好的，但他有兩個家要維持，雖然他是個好丈夫好父親，但他不在時，家人也不能空著肚子啊。而且聖職人員有升遷作補償，俗人就不那麼容易了。固然，國王給摩爾一份優厚的年俸，但他拒絕了，因為他認為以他目前在倫敦市的職位，那是不相稱的，他寧願這個職位，不要升職。因為國王與平民間經常可能因雙方

---

[39]雅倫，《伊拉斯默斯信札》，卷二，388號（約1516年2月17日）；比較同書卷二，424號（1516年6月21日）。

利益而爭執，市民不喜歡他們的代表是個領年俸的官員[40]。

摩爾又說，出使期間最大的快樂是與鄧時道、布施來登（Jerome Busleiden）、翟爾斯等為伴。布施來登是布魯塞爾（Brussels）一個有錢的聖職人員，在魯汶設立了「三語學院」（拉丁、希臘、希伯來）。摩爾在他的詩集中盛讚布施來登富麗的房舍以及他收藏的錢幣。在《烏托邦》中，摩爾向翟爾斯致意，而翟氏卻在信函中把一切讚語轉致布氏，文筆之美直比摩爾。

所謂切磋琢磨，友朋間的交談足以互相砥礪，《烏托邦》中作者受歐陸學者、要人的影響，以及受法蘭德斯各城市文化的感染在在可見。

七、伊拉斯默斯派改革美好的一年

1516年，是伊拉斯默斯派的改革分子最成功的一年。2月[41]，伊氏將他一生的偉大作品，希臘文《新約聖經》，獻給教宗良第十（Pope Leo Ⅹ）[42]。3月，他又將《基督教君主的建制》（*Institute of the Christian Prince*）獻給十六歲的卡斯提爾及尼德蘭（Castile and the Netherlands）王查理士。他在這書中懇切地呼籲和平、仲裁、憐憫不幸者以及培育學術，而以和平為

---

[40]同上，卷二，388號（約1516年2月17日）。
[41]雅倫，《伊拉斯默斯信札》，卷二，384號。
[42]同上，卷二，393號。

一切之首。

4月[43]，伊氏將持續不斷翻譯了十六年的熱羅尼莫版《聖經》的第一部加以完成；由於這書大部分在英國完成，自然理應把它獻給恩人中最慷慨的一位——坎特伯里大主教華咸氏，讚美大主教的志業，稱他為追尋和平的人：

> 若一切君主都懷有與閣下同樣的心腸，世上一切瘋狂糜爛的戰爭都可終結，統治者將全心以和平之治建設輝煌的時代。

伊拉斯默斯繼續指出像華咸那樣的獎掖學術是對英國的大貢獻。

最後，在11月1日，《烏托邦》出版了，以翟爾斯致布施來登的信，作為序言。摩爾將新出版的《烏托邦》送給華咸，並付一信祝賀他辭去掌璽大臣重擔，以及他負責該重任時的廉明正直表現[44]。這信可說是十七年後摩爾自己辭職時的寫照，二人在政治生涯上可謂惺惺相惜了。

人文主義的勝利為時極短。一年後，1517年11月1日，威騰堡（Wittenberg）教堂門上張貼著路德的論綱，從此，伊拉斯默斯式的改革者們被一批更激烈的狂熱人士排開了。這些狂熱人士更偉大嗎？數百年後再下定論或許較現在妥當吧。

此刻，在暴風雨前夕的寂靜中，我們且來看看人文主義者的目標為何：

---

[43]同上，卷二，396號。

[44]史提普頓，《摩爾傳》，第七章，頁236。

伊拉斯默斯在《新約》或他稱之為《新工具》（ *New Instru-
ment* ）的前言中說，這新工具要教導世人匡正他們的生活：

> 我要最軟弱的婦女讀福音及聖保祿書信……我要把它譯成各
> 種文字，好使不單是蘇格蘭人、愛爾蘭人而且土耳其人、撒
> 拉遜人都能讀。我盼望青年在耕作時詠唱它，織工在機車聲
> 中低吟它，旅客在沉悶的旅途中朗誦它以解寂聊。別的東西
> 你可能後悔學了它，惟獨這些，一個人若學了它，到了他將
> 死時是有福的。這些神聖的學問使你見到基督講話、治病、
> 復活死人時的音容笑貌，並且覺得祂真正臨現……

《烏托邦》中敘述的卻剛好和這理想成對比，它指出當日
歐洲人生活如何改變：

> 無休止的戰爭，毫無信守的聯盟，金錢、時間，耗於軍備與
> 攻擊性武器上而忽略了對社會的改良，以致公務員怠惰，傷
> 殘士兵因缺乏照顧而淪為盜竊，農村破敗，人口銳減，農佃
> 流離轉徙。司法者以多執行死刑為傲，而盜竊頻仍，絞刑阻
> 壓不及。㊺

就算不以基督教的理想，單從人性理智來衡量及判斷，當
時歐洲整個局面都存有不少錯誤。摩爾在安特衛普居留期間，
一次參加主教座堂的儀式後，在瀏覽它清麗的景色之時，見到

㊺布魯亞（ Brewer ），《亨利八世的統治》（ *Reign of Henry VIII* ），
　卷一，頁288-92。

翟爾斯和一位皮膚曬得黝黑、滿臉鬚腮的陌生老漢交談。後來翟氏替他們介紹，原來他並不是摩爾原先一眼看去以為是海員的人，而是個熱愛希臘文的葡萄牙哲學家西婁岱。由於喜愛旅行，把祖傳的家產交給兄弟，參加了亞美利哥・維斯普奇（Amerigo Vespucci）的最後三次探險旅行。1504年，維斯普奇在今日的巴西東岸留下二十四人殖民，西婁岱就是其中之一。後來經過相當時日的旅行後，他竟抵達錫蘭（Ceylon）及加里各（Calicut）一帶，然後轉乘葡萄牙軍艦返國。

西婁岱下面所言著實令人驚異。因為《烏托邦》一書的出版（1516年）遠比世界史上第一位環球航海者的成功早了大約六年；這位環航者叫薩巴斯丁・迪爾・卡諾（Sebastian del Cano），是麥哲倫（Magellan）手下的中尉。由於摩爾對西婁岱有十足的信心，自然就平息讀者對《烏托邦》一書可能產生的懷疑心理，也毋怪乎克洛頓的代理主教（Vicar of Croydon）讀了該書，竟認真到有心出使「烏托邦」。

摩爾邀請西婁岱和翟爾斯回到他旅居的地方，在花園中的綠茵上閒談。西婁岱講述旅行的經歷、見聞，所經國家、城市的風俗、習慣、法律等等，無一不是對歐洲的一種譴責，無一不足以作歐洲的模範。他認為私有財產一日存在，歐洲的敗壞也一日不去。摩爾反對說：共產主義不足以抵抗這種敗壞，西婁岱反駁說：「那是因為你從沒有像我那樣，在『烏托邦』，見它實行過五年罷了。」翟爾斯卻一本他典型的歐洲人的自負心理，不相信新世界的事物會比舊世界的好。

那時已近正午，他們便吃午飯，飯後又回到花園來，西婁

岱繼續「烏托邦」的詳細情形;城市建築美麗而清潔,每天工作六小時已足以應付團體的需要,人可利用六小時工作之餘聽演講、練習音樂等等。他們不重視金銀財帛,所有財物由政府積聚以支應必須分化敵人的僱傭兵。「國中之人以真正享樂為生活目標,並明白人生目標不在於殘酷的田野競賽,而在於健康及清明的心智。良心的無暇尤為最大的快樂。雖然設有死刑的懲罰怙惡不悛的人,但仍以囚禁作為懲罰兇徒的方法。「烏托邦國」人致力學習西婁岱介紹的希臘學術,其中亦有人皈依基督教。國中人對共同存在的各種宗教必須相互容忍,任何宗教事務上的暴行都應受懲罰,國中人雖痛恨戰爭,但在國家利害攸關的大事上,男女都不惜一戰。每年每月的首日及末日,各派宗教的人都聚首一堂,在美麗而莊嚴的教堂內,熄滅燈火,點上蠟燭,共同崇拜,儀式不冒犯任何教派。司祭身披輝煌而玄秘的祭衣從更衣所中出來時,身穿白衣的教眾俯伏祈禱,隨著是奏樂、奉香的儀式,最後以嚴肅禱文作結。聖日其餘時間都用在玩樂及訓練騎士之上。

烏托邦國中人在這樣歡樂的一生過後,離世時莫不對上主充滿希望。

摩爾聽罷,本想再追問其他,但西婁岱已談倦了。其次,摩爾不大相信西婁岱是否有耐性聽他問一些與他心意相反的問題,於是遂說道:「我十分欣賞你『烏托邦』的組織及閣下提供的消息。」說著,挽了他的手,引他去吃晚飯,並說以後找機會詳談。

不過,這樣的機會始終沒再來。在《烏托邦》的前序中,

有摩爾寫給翟爾斯的一封信，表達令自己有點兒困惑的一些疑
點：當初與西婁佗交談的時候，年輕的學者書僮若望·克來孟
也在場，因為摩爾要他從這次交談中獲些益處，而他也給大夥
增添了不少清新的氣息（從賀爾賓為巴塞爾版《烏托邦》所製
的木刻中可看出來）。就摩爾本人的記憶所及，安茂羅特
（Amaurot）城外安尼得（Anyder）河上架的橋，長約五百步。
可是克來孟說是三百步。翟爾斯能否斷定何者為是？若是不能
的話，摩爾就照著自己所記的去寫囉。再不然，翟爾斯尚能請
教西婁佗。說真的，西婁佗原應請教海濤戴，否則他們不會不
巧都忘了問這位旅人究竟「烏托邦」是位於「新世界」的哪一
個角落。而此刻正有一位心焦的神學教授等不及要到「烏托邦」
任主教哩（傳說這位可能的傳道人就是克洛頓的代理主教羅蘭·
菲利浦斯（Rowland Phillips），是著名的宣道者）。此外，翟
君不能將摩爾的作品呈西婁佗君一閱嗎？說不定西婁佗君因此
有意自己出書，記下「烏托邦」的種種哩。摩爾自己的《烏托
邦》雖寫成了，但該問世與否，不太有把握，畢竟世人挑剔得
很。所以，還是留給自己的友人去評斷吧，尤其是翟爾斯與西
婁佗兩位。

八、《烏托邦》的意義

據說一位現在尚在人間的前內閣議員，就是因為偶然從舊
書攤買回了一本《烏托邦》才展開政治生涯的。他的一位同僚
也說，《烏托邦》是一本最能予激進分子以靈感的書；它已成

為宣傳社會主義的工具書,比馬克思更深入的影響了摩理斯
(William Morris)。由此可見它的吸引力。但我們切不可以為
摩爾這部著作是為十九世紀激進分子或二十世紀社會主義者而
寫的,這事摩爾辦不到啊!

　　要領會《烏托邦》,第一步,就是要明白,在十六世紀當
時,它怎樣給學者們留下深刻的印象。這事雖難,但也並非絕
不可能;而要了解摩爾本人,這更是不可或缺的一步。

　　若明白了這一點,我們會發現,《烏托邦》飽受誤解,而
且很少書像它那樣被人誤解。它為英國語文增加了Utopian這個
字,含有空想而不切實際的意思。有關《烏托邦》,最顯著的
一點是:它鉤畫出日後社會、政治之改革,其中有些是可行的,
有些實際上已進行改革。摩爾筆下的「烏托邦」是個嚴肅而正
直的清教徒式國家,生活於這樣的國度內而感到十分快樂的人,
想必少之又少,然而我們卻一直用「烏托邦」一詞來表達「安
逸樂土」,該樂土唯一的缺憾就是:幸福和理想均無法實現。
「烏托邦」是十六世紀以來陸陸續續問世的一連串「理想共和」
(Ideal Commonwealths)的發端。其中有些「理想共和」的確
是「理想中的」,按時下流行的解釋,就是「烏托邦式的」,
也就是說:夢想家把世界拆成碎片之後,再依自己的意思重新
嵌塑成合於己意的面目,祇是個非常不實際的幻想罷了。就拿
摩理斯所寫的《來自無何有之鄉的消息》(News from Nowhere)
為例,讀者大可肯定書中所述的鄉民對神的禮拜,不消說,一
定是作者本人的理想,反之亦可類推。反觀摩爾的《烏托邦》,
由於作者未將邦民寫成基督徒,所以近代學者便想當然耳地說

道：「烏托邦是個理想共和（邦民既然不是基督徒），想來摩爾認為他筆下的烏托邦人隱晦的自然神論，較之他當時普遍流行的宗教信仰還要理想。」

若是「烏托邦」果真屬於近代意義上的「理想共和」，那麼上述的論調是可以成立的。可是別忘了：摩爾受的是十五世紀的教育，而不是十九世紀的教育。一個受十五世紀教育的人，對於單單由人類理性所教導的德性，和由天主教正統道理所教導的更高德性，二者是劃分得一清二楚的。中世紀制度的一部分便是將德性分為兩類：「四樞德」（Four Cardinal Virtues）和「三超德」（Three Christian Virtues）。「四樞德」是異教徒可能獲致的，包括智、勇、節、義（Wisdom, Fortitude, Temperance, Justice）。這四種德性，也正是希臘哲人柏拉圖在《理想國》和《律法》兩書中，提綱挈領地提到的聯邦制的基礎[46]。歐洲的中古體制吸取了這些德性，全拜希臘哲學之賜。至於基督徒的「三超德」——信德（Faith）、望德（Hope）、愛德（Charity）——出自聖保祿《致格林多人前書》。「四」加上「三」就成了「七」——「完滿之數」（Perfect Number）。一個完滿的基督徒必須具備全部七種德性，但異教徒所能有的四種德性即足以保證個人或國家在處理世俗事務上成為表率、模範了。在但丁的《神曲》中，維吉爾（Virgil）代表哲學（Philosophy）、理性（Reason）、人類的智慧（Human

---

[46] 柏拉圖，《理想國》（Republic），第四章，《法律》（Laws）第十二章。

Wisdom）。他雖然不具基督徒的「三超德」，但懂得遵循「四樞德」去做而不出錯，因此能將但丁由黑森林中拯救出來。但是維吉爾把但丁引到畢翠絲（Beatrice）跟前以後，就不能前進了。

談到一國的體制，但丁總回顧舊日的羅馬或希臘，兩者皆非基督教國家。但丁之所以這麼做，並非學問淵博使然；英國史上中古時代偉大的詩人朗格蘭，亦即《農夫皮雅士》的作者，雖然學問平平，對國家體制的看法卻與但丁所見略同。在《農夫皮爾斯》中，「做得好」（Do Well）是俗世生活的德性，這種德性的楷模有亞里斯多德、所羅門、蘇格拉底、圖拉真（Trajan），他們之中有哲學家、有統治者，都不是基督徒。「做得更好」（Do Better）和「做得最好」（Do Best）則代表基督化德性的形式。所以，摩爾的朋友布施來登在《烏托邦》的導言中說道：完善的共和之邦必須結合「統治者的智慧（智德）、軍士們的勇敢（勇德）、每一個人的自我節制（節德），以及在一切事情上的公義（義德）」。

摩爾按中世紀的傳統，把《烏托邦》建立在這四種異教徒的德性基礎上。繼而以他心目中的偉大典範——柏拉圖的《理想國》與《律法》——作為藍本。進而他更尖銳地諷刺當時歐洲的種種陋習，因為他把異教徒組成的烏托邦與當日的歐洲基督徒的敗德對照。然而，「四樞德」祇能輔助「三超德」，並非取代。摩爾一生身體力行來表明這一點；儘管他一再地被後人誤解，錯也不在他！下述一例可見一斑。

大部分人或許會同意雅麗絲夫人的看法，認為摩爾過度克己修身。據我們所知，早在《烏托邦》寫成前幾年，她就曾向

他的告解神師抱怨摩爾穿的那件粗毛內衣。這抱怨一點兒也不
管用。《烏托邦》成書後約十年左右，據盧巴所載，摩爾的小
媳婦安・紀克沙卡就曾無意間瞥見摩爾身上的那件粗毛衫而竊笑：

> 夏日晚餐上，他（摩爾）身穿緊身上衣，未著皺領，微露出
> 那件粗毛衫，不巧被安瞧見，她便竊笑不止。我內人（瑪嘉
> 烈・盧巴）注意到了，便私下告訴他，他有些難過被人瞧見
> 了，立刻整好衣裳。他有時還鞭撻自己，用打上結的粗繩懲
> 罰自己的肉身，這件事他祇讓我內人知道；她為他保守這至
> 為要緊的祕密，也為他洗那件粗毛衫。[47]

　　然而，摩爾也告訴我們，「烏托邦人」反對對肉身的嚴苛，
認為「是極端瘋狂的行為，是自虐的明證」。

　　為摩爾作傳的人和批評家對這一點都不大了了，可是書中
的第二句就立刻解釋，「烏托邦人」單單有理性（reason）指引
他們的行為，他們相信，除非得自上天更神聖的啟示，人的理
性就是最高原則。摩爾稍後又提出同一的見解：書中有刻苦的
修會，若這修會中人以理性作行為的準則，「烏托邦人」便會
譏笑他們，但若他們以宗教作行為的準則，烏托邦人便尊敬他
們，認為他們是神聖的[48]。

　　十二年後，摩爾又以《烏托邦》的根本道理，反對路德派
人士，他說：「理性是信仰的僕從而非信仰的敵人。」他又反

---

[47] 盧巴，《摩爾傳》，頁49。

[48] 《烏托邦》，勒普頓編，頁210、282。

駁路德派人之除了《聖經》外沒有其他學術,是「瘋狂心態」,他認為理性、哲學,甚至詩學都有它們特殊的地位。他又引述聖熱羅尼莫(St. Jerome)的話證明異教徒的哲學、詩學對基督徒都有用處。所謂「詩學」,摩爾固然意指任何想像之作。一般新教評論家於是嘲諷摩爾的《烏托邦》為詩作,稱摩爾為「詩人」。要知道,一個十六世紀的天主教徒描繪一個建立於理性和哲學之上的教外國家時,他的目的不是在描畫他最終的理想,而是「在指出政府,尤其是指出他最熟悉的英國政府的邪惡所來自」。《烏托邦》的言外之意一直是:「烏托邦人」除了理性,沒有其他指引,所做所為尚如是;反觀我們身為基督徒的國人,身為基督徒的歐洲人!

摩爾在書中把他的哲學家們塑造成外教人,以影射基督徒的邪惡;而史威夫特也在他的《格列佛遊記》中,把書中哲學家們塑造成人面馬身,以影射人性的邪惡。可是,我們卻不以為史威夫特自相矛盾,因為他吃的不是麥,他也不是像可憐的格列佛那樣變成了馬的聲音,行動也像馬一樣。史威夫特沒有說馬比人好,只是說有些人比馬不如。摩爾也不是說教外人比基督徒好,而是說有些基督徒比教外人不好。

但丁、朗格蘭以及無數中世紀作家都在摩爾之前說過這類話,他們認為以外教人的「四樞德」為基礎,可以過高尚的生活。天主教的中世紀也從希臘哲學承繼了這信念。

那麼,在此生事務上堪作我們模範的教外人,來生的命運將是怎樣呢?這問題折磨了但丁與朗格蘭半生,自然也引起摩爾的興趣。他以認同的態度,引用與但丁同時而較為年輕的方

濟會會士迪里拉（Nicholas de Lyra）的說法：雖然基督徒應該
有更完滿的信仰，但對外教人可就夠了，只要相信：「天主存
在，而且追尋祂的人、會得到祂的報償；這兩點是每個人都可
藉自然理性而獲致，只要加上天主恩寵的幫助，而天主並不拒
絕任何人。」

　　摩爾引用這段話時[49]，不是在他所謂「解放自由」的青年
時代，而是在他撰寫最後作品《論基督的受難》的晚年。那時
他被囚在倫敦塔上、摒棄了一切世俗事務，正期待為「天主聖
教會的信仰」而殉道。

　　至於摩爾認為一個異教徒可達到上述兩點的傳統說法，在
他的《烏托邦》中所持的態度又如何？烏托匹斯（烏托邦王）
不管國人信什麼，不信什麼，不過有兩點是絕對禁止任何人不
相信：㈠上天安排，㈡必有來生，就如烏托邦人所信的，正直
的人將獲賞享見真神。

　　對摩爾的朋友而言，這一簡單的信道似乎是不夠嚴格的，
因為他們在書頁邊緣的空白上加上註解（這不是伊拉斯默斯，
就是翟爾斯寫的），將烏托邦人的靈魂不朽的信仰與不少基督
徒的懷疑及漫不經心加以對比：「靈魂不死不滅的問題，今日
不少基督徒仍然懷疑或爭論不休」。而在「烏托邦」中，不相
信這信道中任何一條的人，不被邦人看作公民，甚至不被看作
人；他沒有資格擔任任何公職、受輕視、被認為天性邪惡且低
劣。在「烏托邦」這個一切生活都公開共度、除了公民身分外

---

[49]1557年版《全集》，頁1287-8。

個人一無所有的國度裡，終生公開受辱是比死不如的刑罰。而那不信的人又不准公開為自己辯護。結果呢，後人就往往引用《烏托邦》裡的一句話，在舊的英譯本裡，這句話被譯為：「然而他們不對他施以任何刑罰。」摩爾是斷然不會寫出這樣沒道理的話，真正的原文應譯為：「他們不對他施以肉體上的刑罰」──祇要他能謙卑地屈服於羞辱之下，而且三緘其口不散播異端邪說。人們指責摩爾自相矛盾，主要在於他們不肯注意到摩爾對「自由」的區分：何者為保有意見的自由，何者為將心中意見宣諸於口的自由；何者為摩爾所謂的「單獨的異端分子」（a heretic alone by himself），何者為他所謂的「煽動性的異端分子」（a seditious heretic）。

祈禮頓主教為了證明摩爾在晚年「置原則於不顧」，徵引《烏托邦》的一段，說到烏托匹斯王在處理烏托邦的憲法時，發現邦中有多種宗教盛行，於是下令應容納各種宗教。然而祈禮頓對另一段文字略而不提，該段說到烏托匹斯王對於那些他認為心懷有害之見的人，不但加以羞辱，也禁止他們發表言論。這段文字舉足輕重；由此可見烏托匹斯王並「不」容忍人把所有的意見宣諸於口，祇許那些以他的智慧認為可容忍的意見被發表。祈氏再繼續徵引下去，說道：甚至那持有最具毒害性意見的人也「不受懲罰」。是的，不受「體罰」──祇要他們屈服於褫奪公權、羞辱輕視、三緘其口的「懲罰」之下。

「若是他們不屈服呢？」

那麼，記得前面提過：就算在討論國家所許可的意見時，誰若作激烈或煽動性言論，烏托邦便會將之驅逐出境或判他為

奴隸。而且，在烏托邦裡，被判為奴的人若是對這懲罰露出一
副不情不願的樣子，就會被邦人當成野獸，一刀給宰了。假設
有兩個懷疑分子，他們不相信靈魂不死不滅，而且在邦內私下
商議著如何將褫奪公權及禁止言論的法律給撤銷，這樣一來，
他們就會犯上陰謀反對烏托邦基本法的罪名而招致相對的刑罰，
就是政府最高官員也不能倖免，那就是，死刑。

在這極狹窄的自由範圍內，烏托邦人仍舊享有良心的自由。
他不得在平民中散布政府認為有害的信仰，或討論到會引起暴
亂和分裂的見解。他不可私下討論任何國家大事。但若一個人
遵從這一切限制，就可以不理會什麼，沒有人會恐嚇他，要他
相信他那不信的東西。

這可以說是低等理想的自由。一個人可以和當權者有不同
的看法；可以自由地思想，只要他不把它宣諸於口。那就是說，
只要他不要求言論自由。那是「烏托邦」中容許的自由。摩爾
如何堅持這理想，稍後再詳述。

九、《烏托邦》與1516年的難題

若我們以近代尋根究柢的詞彙去比較所謂摩爾的「解放的
青年」時代，和他「正統的晚年」時代，會使問題更形混亂，
倒不如設法用十六世紀初的情況，去判斷了解它。這樣我們不
難發現：《烏托邦》無論如何說不上是「解放」的，而是對過
分的「解放」提出抗議。

《烏托邦》一方面是對「新治國術」抗議，也是對當時專

制君王的無所不為的抗議。當然，我不說這種抗議是完全公正的。《烏托邦》第一冊中教君王專制獨裁的謀臣，或可自我辯說他們的理想不是阿諛諂媚，也不是卑鄙下流。愛國的人有時也會覺得專制是唯一可以使國家富強的動力；改革的人有時也會覺得獨裁是使渴望已久的改革推行的唯一方法。然而《烏托邦》厭惡專制。

另一方面，《烏托邦》是對「新經濟學」抗議；大地主圈地為界的政策破壞了舊有的法律與風俗，毀滅了古代的公田制度。而且《烏托邦》並未說出全部事實。大地主的貪婪乃是「他祖國的罪惡與禍患之根源」，然而，圈地政策的問題遠不止於此[50]。一些應運而生的農人也贊成將舊日的公有制掃蕩一空。托馬斯·杜沙（Thomas Tusser），這位謙遜而實際的重農主義者說：「一切共通的事物皆息止了，取代的又是什麼呢？」

與變化中的世界形成對照，摩爾描寫的是個「一切共通的事物皆止息了」的國度，在那裡，掠奪成性的超人沒有立足之地。摩爾理論上的《烏托邦》以柏拉圖的《理想國》為藍本，並上溯中世紀的共同生活；這在當代的前進人士眼中，也許是「進步」的反面。蒲爾樞機（Cardinal Pole）談到他青年時和托馬斯·克倫威爾（Thomas Cromwell）的談話：克倫威爾嘲笑柏拉圖的《理想國》，說它歷經數百年也產生不了什麼效果。克倫威爾有本關於政治手腕的書的手抄本，是位務實的現代作家根據實際經驗寫成的，克倫威爾主動借給蒲爾一讀，這就是

---

[50]《烏托邦》，勒普頓編，頁53。

馬基雅維利的《君王論》(51) 。

值得注意的是，十六世紀中有關政治最有力量的兩大著作，竟在相距不遠的時間內寫成。《烏托邦》的一部分讀起來像對《君王論》部分論述的評論，有如日後約翰生（Johnson）的《拉沙勒斯》（*Rasselas*）對伏爾泰的《戇弟德》（*Candide*）的評論一般。我們知道，兩位英國作者都沒有讀過兩位歐陸作品，但這般的巧合是不無理由的，因為《君王論》寫成之前，書內的思想已風靡一時，是相當「進步」的思想，《烏托邦》的思想可算得上是對它的「反動」(52) 。

在《烏托邦》第一冊裡，西婁岱一次又一次地想像自己是君王的顧問，教他應該做什麼，以對抗那些只告訴君王他「能」做什麼的人，而西婁岱常常認為他從「烏托邦」帶回來的公義思想，和當時歐洲政治家所想所行的大不相容。

從馬基雅維利式的政治手腕與商業剝削盛行的新時代的觀點而言，《烏托邦》的國王要在中古時代的政治環境下「過著

---

(51)《書信集》（*Epistolarum*；Brescia, 1744），第一部，頁135-7。有人試圖論證蒲爾（Pole）誤認此書，克倫威爾一心想借給他的書是卡斯迪紀里安尼（Castiglione）的《朝臣》（*The Courtier*）。見范代克（Van Dyke），《文藝復興時代的畫像》（*Renascence Portraits*），頁401。但這一論點不能令人信服。

(52)我提出這一論點，是在讀到昂肯（Hermann Oncken）的《烏托邦》演講（1922）之前；我的論點得到昂氏有力的支持，我很高興，見《海德堡學院哲學——歷史所會議報告》（*Sitzungsberichte der Heidelberger Akademie, Phil.-Hist. Klasse*；1922），卷二，頁12。

他自己的生活」,對要使他變成萬能君主的顧問充耳不聞;大地主要憐憫佃農,不讓他們犧牲在經濟進步與羊毛市場供求律之下。這一切實在是古老而過時的。

《烏托邦》對1516年間教會問題的看法也是保守而正統的。教會最迫切的問題是教士在法律上的豁免權;教理上最迫切的問題則是靈魂的不死不滅;此外就是隱修院制度。

這期間,英國最緊急的問題是教士在法律上的豁免問題。若教士犯了盜竊罪,他是否要像世俗人一般被吊死,還是由教會法庭從寬發落?這一問題,亨利二世早已和貝克特(Becket)爭持不下。由於貝克特被謀殺而激起普遍的反抗情緒,勝利終歸屬於教會。現在,二十年後,爆發火併的暴風雨前夕,同一問題再度掀起,在摩爾構想《烏托邦》時,倫敦正醞釀著一個嚴重的問題——小品修士是否也可享豁免權,固然,這問題並不限於英國。拉脫朗大公會議(Lateran Council)宣布,世俗人對教士沒有治權[53]。但1515年全年中,倫敦人士對這些問題陷入尖銳的、劇烈的討論是有各種原因的。

摩爾在《烏托邦》中堅守中世紀的原則,剔除濫用權力的缺點。教士犯了過錯不必受處分,祇由他們自己及天主去處置,「因為他們以為用世人的手來處理是不合法的,無論教士怎樣壞,他們到底是獨特的一類人,是獻身於天主的神聖祭獻」。而這對政府也沒有甚麼不便,「因為在『烏托邦』中,教士為數不多,而他們又是經過人們小心選擇才可擔任的,是屬於特

---

[53]1514年5月5日。

別聖善的。」

　　若我們把《烏托邦》當做近代幽默小品或短劇來讀，或許以為摩爾這般討論教士的豁免權不過是一個諷刺觀察的開場，要指出聖善的教士為數不多了。例如周伊特（Benjamin Jowett），就是這樣演繹摩爾的話[54]，而周氏覺得這些話像在表示摩爾「看不起教士」，和摩爾的生活「十分不相稱」。其實摩爾的生活並沒有言行不一致之處，因為十二年後，為了保衛教會，摩爾堅持要小心選擇教士，並限制教士人數。若英國和「烏托邦」一般，適合做教士的人是那麼少，就是反映出聖善的世俗人也不多，因為「教士是由世俗人造成的」。他這樣說是受了科列特的影響，說「教士要時常比世俗人勝一籌」[55]。

　　這類仇怨的情緒在倫敦因胡尼（Richard Hunne）一案而引起，胡尼是個品德高潔的商人，和教士有過爭執，一度被控為異端分子，被扣留在主教府等待審訊時懸樑而死。他是否應該在信異端的罪名上加上自殺之嫌呢？還是教士應該在做偽證之上再加上謀殺罪呢？摩爾認為這是自殺案，他多年後仍一再提這事。可是當日的輿論指控主教的屬下犯了謀殺罪。倫敦主教費茲詹姆士（FitzJames）則說倫敦人過分仇視教士而坦護異端，以致影響陪審團把「清白如亞伯爾（Abel）」的教士處罰了。輿論自然認為宗教的辯稱過於誇大。姑且不論如何，當日倫敦人反教士情緒是顯而易見的，因而更值得注意的是，一個忠心

---

[54]《柏拉圖對話錄》（ *Dialogues of Plato*；1875），卷三，頁189。
[55]《對話錄》，1557年版《全集》，頁225-8。

耿耿的倫敦人、身兼副司法處處長的摩爾，竟提出教士不可侵犯的原則。那是「烏托邦」依據理性的法律所規定的。而我們不要忘記「烏托邦」的極權統治是藉司祭不可侵犯、司祭完全脫離政府的管制，而保持平衡的。

另一項爭論問題是靈魂不滅。哲學及人類理性是否不需要天啟便可知靈魂不滅呢？有些哲學家說「否」。《烏托邦》出版前三年，這一問題在拉脫朗大公會議上也曾提出(56)。

哲學導師們一致地指出基督教哲學如何糾正了異教徒對靈魂不死不滅的觀點，指出他們的錯誤，並採取一些步驟以保證獻身聖職的學生，不應花多於五年時間在哲學和詩學方面，以免分散了研讀神學及聖教法典的精神。

現在我們設法從1516年的觀點去看《烏托邦》。它敘述的是一個外教的團體，它的信仰是以哲學和自然理性為基礎，但邦人不單不懷疑靈魂的不朽，更將整個國體的重心放在這方面上。不信靈魂不朽的人不能成為邦中公民，且邦中人人都相信諸聖相通功的道理。

因此，在摩爾的友儕如伊拉斯默斯、翟爾斯等眼中，《烏托邦》是鞏固基督教信仰之道，因為摩爾絕不能忍受模稜兩可的公式說：作為基督徒，我相信靈魂不滅；作為哲學家，我卻懷疑靈魂是否不滅。烏托邦人堅信能與得救死者的靈魂保持某

---

(56)1513年12月19日：第五屆拉脫朗大公會議，第八次會（Concilium Lateranense *V, Sessio viii*）。《大公會議記錄全集》（*Conciliorum Omnium tomus*； Paris, 1644），卷三十四，頁333-5、557。

種聯繫或接觸。這種聯繫足以鼓勵生者更勇敢地盡本分。

《烏托邦》中又含有反對他那時代的不可知論，也反對當時的馬基雅維利式的治術。總之，《烏托邦》徹頭徹尾是一本應時而出的書。摩爾寫這書時，好像是為針對當時龐波納齊（Pomponazzi）寫的書提出批評似的，而其實他從未看過龐氏的書。因為在1516年11月，翟爾斯為《烏托邦》寫獻詞時，波洛那（Bologna）大學的哲學教授龐波納齊正好發表一篇有名的著作〈論靈魂不朽〉。在論文中，龐氏在一切有關信仰的問題方面依從教會，而在哲學家身分方面，則一意懷疑靈魂是否不朽[57]。

因此，摩爾的《烏托邦》對當日流行的論爭是有貢獻的。他攻擊當日的哲學論點，無意之間竟將異教徒的烏托邦人與天主教徒連成一陣線，他們不但在這條天主教信仰上結合，也在其他事情上聯陣，這在後面會漸漸看出來。

還有一個迫切問題是隱修院制度。當年日漸衰落的共同生活的隱修院精神，和新興商業主義所能產生的貪婪的「新富」，有不能相協的分野。在四分一世紀之內，商業主義將會摧殘英國的隱修院制度。摩爾站在十字路口上，處於進退維谷之中，不禁問道：「共同生活的精神不是更值得保留嗎，為什麼不毀滅商業主義啊？」當然，隱修院是《烏托邦》中可以存在的歐

----

[57] 《靈魂不滅論》（*Tractatus de immortalitate animae*）之出版日期為1516年11月6日，於波隆納（Bologna）；《烏托邦》則是1516年11月1日出版於安特衛普。

洲式機構，因為「烏托邦」雖然沒有獨身的規矩，卻實行隱修院的精神。「烏托邦」政府和隱修院一樣繁華，敵人也像修士一般沒有私有財產，他們穿著同一的制服（摩爾致伊氏的一封信中稱邦人為方濟會會士）[58]。他們分為男、女、已婚、未婚四種，「制服是羊毛的天然顏色」。作息和娛樂都有節制，沒有像擲骰子那種愚且有害的遊戲。遊戲有兩種：其一用以學習數學，其二用以學習道德。邦人在公共飯堂中一同進食，晚餐前必朗讀關於禮貌及德行的小文，餐間由長老主導談話，以類似口試的方式，鼓勵年輕的新婚夫婦參與討論。二十二歲以下的男子及十八歲以下的女子則擔任招待或侍立在旁，悄然無聲地看著長者的吃喝談話。

摩爾敘述上面的情形時可能在開玩笑，因為他一貫的作風，是以嚴肅的臉孔說笑話，令家人有點莫名其妙[59]。可是他諧趣的背後藏著的信條和但丁提到的一樣嚴峻，就如他頸上佩著金鍊，身上卻穿著刺身的毛衣。《烏托邦》的理想是紀律而不是自由，結集了世間幾種最嚴峻的紀律之影響，從柏拉圖的《理想國》追溯至斯巴達式的軍旅生活，乃至摩爾在倫敦「加杜仙會院」的隱修生活經驗。紀律之嚴可說達到凶狂的地步。「烏托邦」人破壞他本鄉的法律，所受的刑罰是囚禁；若這種刑罰不生效，下一步便是死刑。公開談論國家大事，除非在有執照

---

[58] 雅倫，《伊拉斯默斯信札》，卷二，499號。

[59] 紀里沙卡・摩爾，《摩爾傳》，1726年版，頁179；參較1557年版《全集》，頁127。

的地方及特定的時間，否則是會被處以死刑的，這是以免因容
許討論政治而導致革命。試想，歷史上可有其他政府實行恐怖
統治達到這種程度？

不少模擬理想共和的人都不取強制之道，他們往往幻想一
夕之間國民便可變成有德之士；然而摩爾並不採取這一輕鬆的
途徑，他認為：總有一小部分人不會接受較高層次的動機，對
這樣的人便祇有勞役監禁，若仍不奏效，唯有施以死刑。

然而，沒有一個偉大的國家可以建立於恐怖統治之上。上
述的懲罰祇是對付小部分人，對大部分國民而言，「烏托邦」
是建立於宗教熱忱之上：對神的信仰、對靈魂不死不滅的信仰，
給予人一種內驅力，藉以消釋人性的情欲和貪婪[60]。由於植根
於宗教，烏托邦人又相信勞動是神聖的；雖然法律豁免了統治
者和高級官員的勞動義務，他們還是參與勞動，以為邦民之模
範[61]。一天工作六小時就夠了，其餘時間用於思考與藝術活動，
這對烏托邦人有娛樂的意義[62]。不過，宗教是一切的基礎。

馬力索隱修院（Abbey of Maredsous）的一位當代修士白
理埃胡斯麥（Dom Ursmer Berlière）指出，中世紀開始時，隱
修院制度（如聖本篤隱修院）給國家提供體制模式，聖本篤修
院本身「就是個小型國家，可作新興基督教社會的藍本，這種
新興的社會是由征服者和被征服者混而化成——一個小型國家

---

[60]《烏托邦》，頁274-5。

[61]同上，頁147。

[62]前書各處，尤其是頁152、206。

以宗教為基礎及支柱,以勞動為神聖;以新的學術與藝術的文化為冠冕」[63]。但白氏想的不是《烏托邦》這本書。他讀過該書與否,吾人不得而知。在中世紀末期,摩爾寫出一個僅靠下列幾件事建成的國家:以宗教為依歸的共同生活,尊崇體力勞動、擁有學術思想和藝術的文化。不論這一切有時和隱修院制度尚有多大距離。摩爾絕沒有贊成破壞隱修院制度;他只希望改革而已。

「烏托邦」的風俗習慣與西婁岱的旅行和環繞地球一週的故事構架一般,與當時的迫切問題有所關聯,我們只要從牟卡特(Mercator)的平面地圖,就可以看出英國的命運怎樣地受到發現新大陸的事實所影響。直至摩爾的時代,英國一直是遠離歐陸的事務中心,未能善用航海家的知識技術。其實英國的地理環境是處於有利的地位,因為離開赤道愈遠,環繞地球的路程愈短。因此住在比英國更北的人(Norsemen),在五世紀前便已發現美洲,可是他們沒有好好利用這發現。如今,英國人被逼得尋求通達日本、中國、印度的西北航道,因為美洲阻擋他們的去路。然而這次探險的發現比他們想像更好,他們在寄居於布里斯托(Bristol)的義大利船長卡保特(Cabot)領導下,駕駛著英國船隻,首先發現美洲大陸,使他們能夠在所發現的村落、城鎮、海島或陸地豎起亨利七世的旗幟,並可把當地的商品免稅輸入英國。若是每個登陸美洲的人都獲得這樣酬

---

[63]《自起源至十二世紀之修道院制度》(*L'ordre monastique des origines au XIIe. siècle*;第二版,1921),頁45。

報，新大陸就應該以卡保特為名而不是亞美利加；而亨利七世也可稱為「英帝國自由貿易」的開拓者，而不僅是近代的一個王公貴人。可是卡保特的消息沒有人報導，甚至完全沒有報章報導，而印刷術興起，使後起的探險家亞美利加・維斯普奇聲名遠播，被稱為新大陸的發現者，他把探險經過印製成書，「散播國外，人手一冊」。這遊記使摩爾得到靈感。

不過，從最近的研究中，可以看出摩爾也從國內的情況得到靈感。若望・卡保特發現美洲時，摩爾年約十九歲。亨利七世統治後期，另一個橫渡大西洋探險也引起世人注意。「新發現地探險公司」在布里斯托設立，經營得如火如荼。1502年間，他們獻上三名穿著毛皮、吃生肉的土人給英王。兩年後，其中兩人仍留在英國西敏寺，這時已改穿一般服裝，與英人沒有什麼不同了。摩爾大抵見過他們，懷疑著他們不可思議的臉孔下藏著怎樣的思想。1505年，有人把新發現地海島上的野貓和小鳥送到列治文的國王行宮。亨利七世在位最後一年上，薩巴士丁・卡保特（Sebastian Cabot）探得「西北航道」。可見他已深入日後稱為赫德遜（Hudson）的狹長地帶，發現可由此通入遼闊的海面──赫德遜灣（Hudson Bay）。1509年，卡保特預見了日後伊利莎白時代甚至司圖亞特時代的探險事業，似乎是件不可思議的事。然而「如果他誇大其辭，他倒是運道奇佳、誤打正著。因為我們今日所知的事實與他所陳述的一切完全吻合」[64]。卡保特自然地假定赫德遜灣就是現在的太平洋，因此

---

[64] 威廉遜（J. A. Williamson），《卡保特父子的航行》（*The Voyages of the Cabots*；1929），頁241。

以為發現了西北航道。他帶著這個令他引以為榮的祕密回到英國，那知亨利七世已去世，而亨利八世及胡爾西正沉迷於大陸政策，他等了三年，毫無動靜，便失望地離開英國轉而替西班牙服務。薩巴斯丁・卡保特再活了五十年，仍不知道他的所謂偉大發現只是一條死胡同，並不是通往日本和中國的西北航線。這對他來說，也許正是命運安排他不致葬身北極圈內，讓北極上空的星辰俯視他的葬禮。北美洲探險事業中斷，也等於英國已經喪失了已有的寶貴經驗，亨利七世的贊助也前功盡廢。「英國在大洋上被擊退，從此捲入歐洲大陸煙塵滾滾的政治漩渦之中。[65]」

然而，有些英國人知道橫渡大西洋探險的重要。烈特教授研究了和摩爾有關的人物後，對英國首次嘗試殖民北美的行動有新的見解。《烏托邦》面世後六個月，摩爾的妹夫若望・賴斯提爾乘「巴巴拉」號航船，從格林威治出發，尋探「新發現地」，他的目的不單在探險，還要建立殖民地。他帶備建築材料和機械，預定在外探險三年，他預先支付一切家庭開支，老摩爾法官替他照顧妻小，並似乎支助部分探險費用。探險隊中途折回，原因是水手計畫叛變。這顯然是得到海軍元帥舒里伯爵默許，因為他極端反對派遣艦隊橫渡大西洋探險，認為這些艦隊應留在其倫海峽。因為英國人一心想干預歐陸政治，絕不願意以昂貴的艦隊作為期三年的探險。

---

[65] 卡倫特（Callender），《英國史上之海軍》（*The Naval side of British History*），頁47。

　　《烏托邦》的讀者一定會驚奇於它對殖民政策的重視。「邦人痛恨戰爭，也害怕戰爭；他們的風俗和其他國家相反，他們對榮耀並不看重，尤其是藉戰爭得來的榮耀。[66]」但為了人口過多而爭取殖民，又是另外一回事。他們認為這種戰爭是「自然律」所容許的，「因為有土地而不加利用，又不准人利用或占有，是不應該的，因此，他們認為是最合理的戰爭因由」[67]。

　　這番話充滿帝國主義口吻，於是有些外國批評家又認為，從摩爾身上可看到典型的不公義的英國人作風；他的馬基雅維利主義比馬氏本人尤甚，是日後擴張主義的藍本；他為以後無數世紀的英帝國所用，他有英國人特有的偽善，一直假裝為道德而作戰。

　　然而，摩爾強調烏托邦人只為有關公民的福利或是友邦的福利而參與戰爭，他不外想對1516年歐洲的情勢旁敲側擊，以管制因個人的占有慾而發動的戰爭。這些野心勃勃的霸道人物包括方濟一世、亨利八世及胡爾西。不錯，烏托邦人贊同戰爭的理由若成為法典，並應用於十七世紀以至今日的歷史上，自然對不列顛帝國有利，因為它適用於強大的，像烏托邦以及日後的不列顛帝國那樣的對外殖民島國。可是，摩爾的遠見真能見到這一切嗎？

　　近今的德國史學家[68]說，像「烏托邦」那樣人口眾多的國

[66]《烏托邦》，勒普頓編，頁243。

[67]同上，頁155。

[68]昂肯，見《海德堡學院會議報告，哲學──歷史所》，1922。

家,可以有權在空曠地區殖民。摩爾說這些話時可能是想到北美洲的英國殖民。另一史學家〔杜洛奇(Ernst Tröltsch)〕[69]卻說,這些殖民的自然權利在1515年寫成的初版《烏托邦》中沒有提及,是到下一年才加上去的。這可說是過分尖銳的批評,因為這些德國史學家不曾考慮到烈特教授早已有所發現;他們寫這些之時,烈氏的發現並未出版。可以肯定的是,賴斯提爾並不單想發現通往印度群島的「西北航道」。他要的是「殖民」──「英國人應在卡保特發現的土地上興建第一座建築物並居住之所」。「國王的領土應及於遠方之地」,外教人應接受福音,賴氏心中的貿易不是東方的香料、黃金和珍寶,而是北美洲海岸的產品──木材、瀝青,尤其是漁獲──卻讓法國人捷足先登了[70]。

此刻,形勢對英國人是有利的。亨利七世有拓殖的野心,而西班牙這時無暇兼顧,因為她已在暖流地帶大有作為,不必冒險入冰封之地,英人可長驅直入。查理五世不能,也不想為了對他沒有用的土地和英國交惡。事實上,即使有更重要的事,他也不會和英國交惡。因為他和法王方濟一世有不共戴天之仇,若亨利站在方濟一邊,可共同封鎖英倫海峽,截斷他在尼德蘭的領地與西班牙領地的[71]通。因此,英國在北美洲的探險航道

[69]杜洛笑(Ernst Tröltsch),《基督教思想:歷史與應用》(*Christian Thought, its history and application*;London,1923),頁145等。

[70]見賴斯提爾,《四元素的新間奏》(*New Interlude of the Four Elements*)。

[71]《烏托邦》,頁230。

是平坦的，然而，亨利八世和胡爾西正沉迷於爭取在法國「狗窩」般的土地。一點都沒有摩爾和賴斯提爾所具的大西洋探險好奇心。1521年間，亨利曾對新發現地有一時的興趣，有人認為這可能是由於摩爾正日漸得到國王寵幸的緣故。兩人曾談及幾何、天文、地誌學。然而，1522年的法國戰爭使他把這計畫擱置下來，其他有用的計畫亦然。1517及1536年，英國都派出探險隊，卻發現新世界中已有葡萄牙、布列頓（Breton）和諾曼（Norman）的船隻先她而至，北美洲探險事業的收穫落在卡地埃（Jacques Cartier）和法國人手上。

德國批評家說摩爾是英國帝國主義之父，這句話是否恰當，我們固然不必深究，但賴斯提爾探險的發現證明這一說法不無相當真實之處。殖民和大西洋探險對《烏托邦》的作者是相當重要的，但並不如德國批評家所說的那樣厲害。烏托邦人祇在「荒涼而無人占領的土地上」拓殖，而他們容許樂於參與的土人享有充分的公民權利。要是所有十六世紀的殖民政策都這樣有人性，那麼各國便相安無事了，而摩爾的話也不致被人扭曲。若摩爾為英國殖民專利權或獨占權提出要求，他也是為所有基督宗教國家而發的；因為《烏托邦》是西歐文明所共有的作品——是獻給查理五世的子民，也是獻給翟爾斯和布施來登的作品。這部書在英國出版之前，拉丁文版已先在歐洲六大城市印行，並譯成德文、義文、法文；比1551年出現的英文譯本早得多。

若我們了解《烏托邦》是為當時的歐洲而寫的，就比較容易明白這本書了。在英國，若望・賴斯提爾對摩爾一家人講述探險事跡，而在國外，維斯普奇的遊記幾乎人手一本，維氏發

覺人們只重視共有的產業而不注重黃金、珍珠、寶貝。（別忘了：祕魯的印加帝國與烏托邦多方面相似；這帝國到《烏托邦》出版後十四年才為大家知曉，那時，科爾特斯〔Cortes〕尚未征服墨西哥。）

這時，貪窮和失業（在英國因解散修會而加速）早已是整個歐洲的問題，《烏托邦》出版後十年，摩爾的朋友比維斯寫了一篇有關這問題的論文。其實，摩爾對殖民感到興趣的根源在於他對失業工人的同情。他寫道：

> 可能不幸的人，家產已變賣淨盡，被迫離開老家，流浪一段時日後，連僅存的幾文錢也掏光了，至此除了偷竊外，又能做什麼？他們切望著工作，可是總沒有人要他們。他們的命運，恐怕祇有行乞或被吊罷了。

《烏托邦》固然是屬於它的時代的作品，但這事實並未絲毫減損其劃時代的意義。

書中有些我們今天看來平平無奇的事物，但在當日並不太普遍。我們今日很自然地覺得烏托邦中沒有階級的分別。但文藝復興時期的學者不會覺得是這樣的。柏拉圖的聯邦制度是根據階級劃分而寫成的。但在他的《律法》中，公民分為四等，而《理想國》也談到階級。由於他把大部分注意力集中在戰士階層以及他們的公共生活之上，以致我們幾乎忘記了其他的階層。然而柏拉圖強調每個人祇可有一份工作，而他對工匠也不費詞討論，祇是鼓勵他們在自己的行業上專心致志工作而已，中世紀一向繼承這種觀念；農人與工人終身勞動，修士祈禱讀

書，武士作戰；然而烏托邦的公民事事躬親──平時從事手藝，
空閒時讀書學習，而儘管他們憎恨戰爭，但在需要作戰時卻都
是個兵士。

有一點值得注意的就是：儘管摩爾欣賞希臘式的生活與思
想，他並不按照希臘式構想他的烏托邦，他的自由公民並不是
倚賴奴隸勞動力的特權階級，而奴隸也不是另外一種階級；因
為在烏托邦中監禁就是帶有勞役的懲罰，是代替死刑較合人道
的措施，悔改的人可恢復自由，而死不悔改的要被處死[21]。而
所有邦民皆是工人。

說到《烏托邦》最特出的徵象，可由西婁岱在故事結束時
的名句中略見一斑：

> 在聯邦制度盛行的今日，我所見到的只是富人的陰謀，利用
> 聯邦的名義，攫取商品。[22]

中世紀的社會對窮人一般來說還算體恤，而摩爾的一代承
繼了先人留下的幾筆龐大的慈善基金。摩爾完全贊同這基金的
用法，日後，他為了維護這些慈善款項，而與改革者的狂熱舉
動對抗到底；改革分子想把慈善基金交到富人手中，以成就他
們利用共和的名義來攫取商品的陰謀。摩爾為爭「公理正義」
所作的呼籲遠超過中世紀勸人為善的警語；這樣的呼籲訴諸文
字、印成刊物，遍傳歐洲，開創出人類另一個新的紀元。

---

[22]同上，頁303。

十、伊拉斯默斯最後一次訪問英國

正當摩爾埋首撰寫《烏托邦》的時候，伊拉斯默斯再度到英國訪問，住在摩爾巴克斯伯里的大宅中，和好友阿蒙尼奧保持緊密聯絡。伊拉斯默斯極力設法消除身為私生子所引起的不幸。他要求教宗寬免少年時代入修會時所宣發的聽命誓願。如今他已成了重要人物，他把《新約聖經》呈獻給教宗良十世，深蒙接納。他藉著阿蒙尼奧的幫助，從倫敦上稟教宗懇求寬免所發的誓願[73]。之後，他回到歐洲，途經羅徹斯特與費雪會面，摩爾又乘馬來再次和他道別[74]。伊拉斯默斯回到安特衛普後，和翟爾斯一同監督《烏托邦》的編輯和印行。

在《烏托邦》出版之前，摩爾寫信給伊拉斯默斯說，夢見自己被封為烏托邦王，戴上麥穗製成的皇冠、手持玉米束作的權杖，並穿上方濟會會服，接見了配戴庸俗金銀珠寶的外國大使。可是鄧時道和伊拉斯默斯不必害怕摩爾飛黃騰達後會反眼不認好友，若伊氏要來烏托邦探望，所有摩爾屬下都會熱誠招待。摩爾又說可惜寫到這時已曙光出現，把他從王位上趕下來，送他回到監獄——他的法律事務所——去[75]。不過，想到塵間王國也不見得更長久，心裡便安慰不少。

---

[73] 雅倫，《伊拉斯默斯信札》，卷二，446・447號（1516年8月）。
[74] 同上，卷二，455號（1516年8月22日）。
[75] 同上，卷二，499號（約1516年12月4日）。

　　幾個月過去了，伊拉斯默斯開始驚慌起來，以為申請寬免的希望落空。終於教廷駐英國的稅務專員阿蒙尼奧告訴他教廷文件已到，並著他到英國去，但伊拉斯默斯說：「我討厭英倫海峽」，不過他到底還是渡過了海峽，於1517年4月9日，在西敏寺教堂從阿蒙尼奧手中得到總赦免。他終身謹慎地保存這份文件[76]。

　　伊氏如今已渡過困境，他最偉大的作品已經出版，他的聲譽達至最高峰。他也從此遠離英國。他原本希望亨利八世挽留他，可是亨利完全沒有表示。伊氏離英前幾個月，科列特曾寫給他說：「我真希望你在這裡安頓下來，但你已很清楚我們是怎樣的人了。[77]」

　　伊拉斯默斯留下來是有條件的。他的要求也相當簡單：要有他自己的住宅，但要比一般英國住宅清潔，並且要有避風雪的設備以及烈火熊熊的壁爐；一囊希臘美酒或勃艮地（Burgundy）醇醪，使他不必喝有氣味的英國啤酒。他又要有足夠的衣服，一個學識豐富的書僮供差遣，一匹良駒，無數書籍和手卷，最重要的是一位有學術氣質的印刷商，在他的指導下給他印書，必要時又要從德國僱來一兩名巧匠。這一切才足以使皇家圖書館或倫敦皇家出版社與名學者伊拉斯默斯配合起來，成為世界學術中心並使亨利八世與奧古斯都和查里曼大帝並列而為文學界的大恩人。可是亨利八世不肯犧牲幾十金鎊來鼓勵學術，卻

---

[76]現今存於巴塞爾（Basel）大學圖書館。

[77]雅倫，《伊拉斯默斯信札》，卷二，423號（1516年6月20日）。

不惜浪費千千萬萬金元於歐陸的冒險戰爭，包括協助教宗對抗
法國。在伊拉斯默斯得不到任何支持而大感失望之際，英國和
法國握手言和，於是亨利為阻止方濟一世，用大量津貼任用瑞
士僱傭兵，暗中進行他的計畫。這些兵士要和麥克斯米連
（Maximilian）〔神聖羅馬皇帝〕攜手合作，將法軍逐出米蘭。
他們拿了亨利的錢，跟麥克斯米連徒步到米蘭城外九哩，不費
一拳便又撤軍而回。胡爾西因提出親教宗的政策而贏得樞機的
紅帽子[78]。這件事，沒有人比胡爾西獲得更好的賞報，當然，
不包括為數約一萬五千名孔武有力的瑞士農夫[79]；他們荷囊充
裕、滿裝英國金幣。也就在這個時候，摩爾在《烏托邦》中寫
下了：住在高山森林地帶的薩普列人（Zapoletes），願以每日
半分錢之價出賣勞力，為任何人服傭兵之役。

　　伊氏離開英國，除了因為亨利漠視之外，還有其他更重要
的理由。他從魯汶致書摩爾，徵求對他今後定居計畫的意見，
寫道：「我害怕英國局勢的暴亂不安，而且，我害怕『供人差
遣』[80]。」亨利徵召無數博學之士到他的宮廷中，多得有如伊
氏所說的幾乎可以組織一所大學。但是，亨利徵召他們的目的，
倒不是讓他們悠哉的從事學術研究，而是要他們在外交界和政

---

[78] 參看祈禮頓《教廷史》（*History of the Papacy*；1897），卷五，
　　頁315所引巴黎・德・格拉西斯（Paris de Grassis）日記片斷（該
　　日記手稿現存大英博物館，Addit・8046等）。
[79]《函札與文件》，卷二，2178號。
[80] 雅倫，《伊拉斯默斯信札》，卷三，597號（約1517年7月10日）。

界服務，所以，伊拉斯默斯決意繼續保持他的自由之身。

其實，伊氏相當喜歡某些英國學者，但是對英國的普羅階級又怕又厭。他們穿洞取走了伊氏的酒，酒囊內衹剩糟粕；他們不了解自己不如那些文化素養高而屈居他們之中的荷蘭人與義大利人。伊拉斯默斯寫信給同情他的阿蒙尼奧，怨道：「要我和一些全無教養、德敗行劣的人來往！[81]」有時候，他所用的詞彙簡直難以言傳，而且這種字眼往往不單單針對未受教育的階級。

不過，受過教育的人會連本帶利還以顏色。衹差上幾天，伊氏就會親眼目睹他所害怕的暴亂。1519年5月1日，在羅徹斯特停留幾日給費雪上了幾課希臘文後，他返抵歐陸，從此未再踏上英土。這次登陸歐土，正如他致函摩爾提及的，時為午夜，在淒淒寒風之旅前，船在離布隆（Boulogne）不遠處觸礁，可謂驚險萬分[82]。

十一、多事的五月一日

伊拉斯默斯從搖晃不定的小艇跳到濕滑的岩石，踏上歐陸的海岸時，摩爾正面臨驚險重重的黑暗時刻。這是倫敦人難忘的倒楣五月天（Evil May Day）。倫敦人仇外的情緒日漸高漲。復活聖週上，一位有名望的講道人公開指摘外國人，四月的最

---

[81] 同上，卷一，240號（1511年11月11日）。

[82] 同上，卷二，584、592號。

後幾天，外國人在倫敦市熙來攘往的街道上被擠來擠去，甚至被推到溝渠裡，當局大為震驚；摩爾和檔案官理察·布祿克（Richard Brook）及前任副司法處處長奉派到主教府請示處置辦法。4月30日下午八時半回到市政大會堂，下令所有家主、學徒和僮僕從當天晚上九時起，至翌日凌晨七時為止留在室內，不得外出。這一道命令發出後，學徒們鼓譟起來，因為五月早晨的美妙時光對他們相當重要；而且命令在半小時之前才發出，殊不合理。

當晚九時，一名市議會的長老議員發現一些青年仍在街上流連玩樂，便令他們回家。一青年問道：「為什麼？」長老說：「你應該知道為什麼，」說著便立刻押他入牢。於是後生小子和學徒們鼓譟起來，長老在千鈞一髮中脫身。一時間暴徒湧至，不到十一時，六百多人集聚在捷西（Cheapside），從聖保祿堂廣場又來了三百人加入。群眾自各地湧至捷西，他們打開監獄，放走囚犯，吶喊生事，直到遇上摩爾。倫敦的記事官生動地記述了暴動的情形[83]，他說摩爾的雄辯幾乎令群眾都靜下來，但有人用石頭擊中摩爾身旁的警官，那警官勃然大怒大喊道：「打倒他們！」於是目無王法的人又再衝來，一時之間拳腳四起，喊聲載道，所幸外僑沒有人喪生。凌晨三時左右，暴民才散去，可是警報已發，倫敦塔的校官邱摩利爵士（Richard Cholmeley）對倫敦人開火，記事官用諷刺的口吻說：「他還真善良，良心發現，沒有釀成大害。」但五時左右，各級貴族和倫敦法律協

---

[83]荷爾，《編年史》，惠比利編，卷一，頁157-164。

會的士紳，連同市長及市中要人出面以武力維持秩序，可是這時暴動已經停止，各人的任務只是在日出之前，如何追緝四散的暴徒歸案，把他們關在倫敦塔或新聞或康恩特的監獄中而已。

5月4日，當局展開報復行動，倫敦街頭由諾福克老公爵和他的兒子舒里伯爵（Earl of Surrey）把守，舒里日後自然和諾福克公爵一般，和摩爾經常聯絡，1524年，公爵去世，舒里襲公爵位）領了一千三百名全副武裝的軍士進入倫敦。「於是發出公告，不准婦女集結饒舌，男子應把妻子留在家中。所有重要街道由武裝兵士把守。兵士們肆意漫罵，市民悲憤難平。」倫敦記事官謹慎地記下：「市民和軍士人數是二百對一之比，他們忍耐地消受一切。」稍後，法庭開審，「囚犯中包括年僅十三歲的少年，被繩索綁著帶到法庭上，行經街道時，父兄朋友都為兒子和血親悲哀痛哭」。全部十三人都因違反國王與外國盟邦的友好關係而判了叛國死罪。行刑不在泰本，而是在若干犯法所在正法。這種死刑和其他虐待慘無人道，竟忍心施諸年紀尚輕的孩子，全市為之悲慟不已。摩爾聯同民刑推事及多名長老穿上黑服格林尼治去晉見國王；要求市長和長老們對倫敦市民道歉，又「懇求國王寬容大度，對加恩人民，並在他們最悲哀沉痛的一刻接納他們」[84]。國王不為所動，且怒氣未平，將他們交與樞機主教，於是摩爾和其他人等被派去主教府去「打動主教的心，為了使他想到國王的大赦會影響多少人」，於是在西敏寺製造了一個打動人心的場面；市長和長老們穿戴整齊

---

[84]長老法庭資料庫，卷三，143以下。

一同出席時，「為數約四百人的成人、十一名婦女，連同其他囚犯以及那些可憐的少年犯，都沒有穿外衣，一個跟一個地被綑著，頸上套著絞繩被牽著走進來，審訊開始，所有人齊聲喊道：『大人開恩！大人開恩！』」。據（古老民謠）記載，王后嘉芙蓮也「除下輝煌的袍服，披頭散髮」地為他們求情，國王的赦令頒下後，樞機主教當場教訓了群眾，所有犯人同聲歡呼，擲下絞繩，繩索直拋大廳之頂，使國王能看出他們不是些魯莽老粗之類」。其他逃過通緝的囚犯，都希望國王開恩，便都穿著整齊地來到西敏寺，然後突然脫下外衣，只穿襯衣，把絞繩套在頸上，和別人一同請求赦免，於是，三星期後，城內的絞架都一一拆卸。

摩爾是當年暴動調查委員之一。許多年後，談到這事，說起因是由於兩三名捷西少年學徒滋事，到處招搖，起初在來往的客商中出現，後來又在城中（二三流的）手工藝學徒中宣傳，說若一旦起事，自然有人，包括貴族府氏中二三百僕人及王宮中人起來響應。摩爾舉出這事，不外想指出不負責任的革命者可能造成的傷害[85]。

兩名少年逃走了，一兩個月後，其中一個名叫「古」（Coo）的，在若望・賴斯提爾的「巴巴拉號」船上工作，又在水手中煽動，竟使船不能開航到「新發現地」去。這個「阿古」一定有宣傳家鼓吹、煽動的天分，假以時日，一定能出人頭地。

這次暴動，除了被處決的暴徒外，沒有其他人喪命。滋事

---

[85]《自白》，《全集》（1557），頁920。

的群眾在沒有什麼壓力下自動散去，是否歸功於摩爾，我們不得而知，但倫敦人照例認為是他天生的口才壓服了暴徒，然後又為他們求得赦免。這就是古老的戲劇《摩爾爵士》開場的楔子。倫敦人對外國人的憤慨由戲劇家生動又同情地刻畫出來，摩爾使暴徒靜下來的三頁場景，可以肯定是莎士比亞的手筆。

　　凡是熱愛摩爾爵士的人，都不該錯過這齣古老的戲劇，或者，不管怎樣也該讀讀其中據稱出自莎翁手筆的三頁。在此限於篇幅，祇能引述幾句。

　　　　騷動的人群擁上了舞台。當時旅英國人士莫不稱道英人吃得好。肇事者抱怨道，外國人吞盡了英國的美食，卻引進了他們自己低劣的食物：

　　　　「我國是個吃的王國，所以啦[86]，他們在我們國家吃的東西比在他們自己國內吃得還多呢。」

　　　　「多囉！每天多吃了半辨士麵包，金衡單位哩！」

　　　　「他們帶進了稀奇古怪的草根之類的東西來，存心要讓窮學徒吃壞身體嘛！防風草根對胃有啥好處呢？」

　　摩爾漸漸步入場景，幾場滔滔不絕的演說下來，群眾們被他導向了理性。當騷動不安的群眾要求把外國人趕走時：

---

[86]原文argo為ergo一字的俗寫，見於同時代莎士比亞的戲劇：《亨利六世中篇》第四幕第二景31行；《哈姆雷特》第五幕第一景13行（作argal），以及此處，但別的文獻中未見這種用法。

摩爾：好，就讓他們搬走好了，就讓你們的喧騰聲轟垮英國
　　　的威儀吧！試想，你眼睜睜地看著那些苦兮兮、窮巴
　　　巴的陌生人，背著襁褓中的孩兒，拎著破舊的行李，
　　　一程又一程，一站又一站，馬不停蹄、步履蹣跚地從
　　　一處跋涉到另一處，你自己卻四平八穩地坐在那裡像
　　　個國王似的。威權讓你的喧鬧弄得無法作聲，而你被
　　　自己的私見裹著，想怎樣就怎樣。你得到了什麼呢？
　　　我告訴你吧：你教人拳頭與侮慢怎樣勝利！你還教人
　　　如何壓倒秩序！照這樣下去，你們沒有人能活到老，
　　　因為還有其他目無法紀的人也一樣會隨心所欲，任意
　　　胡作非為，用一樣自私的拳頭、自私的理由、自私的
　　　權利，像鯊一般將你吞噬下去；到時，人類就像貪婪、
　　　餓狼的魚互相吞食。

　　這段演說，托乎摩爾之口，作為他跟滋事群眾講道理的講
辭，可說是舌燦蓮花，最入人心的「尊重國家威信」之作。而
「尊重國家威信」（respect for authority），正是摩爾和莎翁政
治思想之基礎。

十二、諸王的瑣事

　　倫敦的戲劇把摩爾進入王室服務的原因歸因於5月1日那精
彩的一幕。身為律師的盧巴卻留下以下不同的記載。國王亨利
聲言要把教廷停在修咸頓（Southampton）的船隻充公，教廷大
使就請摩爾作顧問及傳譯。這事件在王室內廷的星法院（Star

Chamber）由胡爾西及其他法官審理：

> 摩爾勳爵不單對大使說明他們的意見所引起的影響，而且站在教宗方面說話。他以自己豐富的學識，辯駁充公之不當。摩爾當時不亢不卑的態度，使他聲名大噪，從此國王毋須經別人引介便邀請他加入王家服務[87]。

倫敦舊戲、盧巴均（錯誤地）認為摩爾在加入了王家服務之後立刻獲封為騎士。其實，摩爾要等到1521年才獲晉爵。

至於伊拉斯默斯，他因為離開了英國而逃過另一次比倫敦暴動更大的風險。這年夏天，汗熱症到處肆虐，據說牛津大學在一週內死去四百名學生，摩爾寫信給伊拉斯默斯說：

> 近日經歷從沒有過的悲哀和危險，周圍的人都相繼死去，牛津、劍橋及倫敦幾乎人人被困病床，不少摯友都已逝世，其中最令你我感到哀痛的自然是安德魯‧阿蒙尼奧。他的逝世是文學界的人文主義者最大的損失。他自己以為只要節制飲食便可不受傳染，全家大小也都可逃過厄運，雖然他遇到的人全都臥病在床。他去世前數小時仍然對我及其他人深信自己能逃過大難。可是患上汗熱症的人，往往在得病的第一天便告不治。內人和孩子暫時倖免於難，我也安然無恙。家中其他各人也已康復。目前倫敦的情況可謂比戰場的前線危險，聽說這病開始在卡萊（Calais）肆虐——那是我們正要出使

---

[87] 盧巴，《摩爾傳》，頁9-10。

的地方。我們好像在傳染區受苦仍不夠，還得跟著它到處跑
似的。[88]

摩爾在卡萊的任務是和法國商人談判，他的同僚有理察・
溫斐爾爵士（Sir Richard Wingfield）和威廉・奈特博士（Dr.
William Knight）[89]。就在這時，伊拉斯默斯與翟爾斯送給摩爾
由荷蘭大畫家密西斯（Quentin Metsys）所畫的二幅畫像。這兩
幅畫是可折合的「雙連畫」（diptych）。密西斯的手法極為巧
妙，他不將畫中人的姓名明白地寫上去，祇在繪像時，加繪上
伊拉斯默斯正在忙著寫的作品，而翟爾斯手中正拿著摩爾寫來
給他的一封信，信上摩爾的筆跡歷歷可見，幾可亂真；這樣一
來，畫中人的身分就不喻自明了。摩爾說，這畫家仿人真跡的
功夫真是了得，於是向翟氏要回了這封信，擺在畫像旁邊，來
個奇上加奇。他致函伊氏和翟氏，附上表達謝意的詩篇；也表
達了他內心對戰爭的恐懼：若是戰神（Mars）不將愛與美之神
（Minerva）輾成粉碎，若是後代人們能善待藝術珍品，那麼，
後人將予這兩幅脆弱的藝術作品何等高的價值啊[90]！戰神到底
還算仁慈，如今這兩幅畫雖然被迫鸞漂鳳泊，但總算還在人世：
伊拉斯默斯的像在羅馬，翟爾斯的像在愛爾蘭的長津古堡（Longford

---

[88]雅倫，《伊拉斯默斯信札》，卷三，623號（1517年8月19日）。

[89]調查團成行於1517年8月26日。是卡頓手稿，Caligula D. vi, 522-7；
　　《函札與文件》，卷二，3634號。

[90]雅倫，《伊拉斯默斯信札》，卷三，684號（1517年10月7日）。

Castle），由雷德諾伯爵（Earl of Radnor）珍藏。

在致翟爾斯的信裡，摩爾附函給伊拉斯默斯寫道：後代子孫將藉著信札、書籍與畫像，知道他是伊拉斯默斯的朋友，他感到虛榮心被滿足了[91]。

至於摩爾，則被留在卡萊，好不容易才獲得兩天假期，他告訴伊拉斯默斯說：

> 你是個聰明人，沒有牽涉在君王瑣屑無謂的瑣事中，而你也一向希望我遠離這些瑣事，足見你對我的關愛。說來你不會相信，我十分不情願接受這個職位，這次出使我煩厭不堪，置身在這個小小的海港景色荒涼，五穀不生，天氣又惱人；在國內從事法律業務，雖然又忙又累還有薪酬可拿，而這裡的事務繁多而可厭不用說，還要自掏腰包，大老闆〔胡爾西〕向我保證王上不拖不欠，日後自會按時發還。收到酬金時一定不會忘記告知你。[92]

從這信可見摩爾被職務羈絆得不耐煩，而這些羈絆困擾了他好一段時間。

在《烏托邦》中，摩爾借翟爾斯之口，慫恿西婁岱加入某一國王的諮議組織，好使他們幫助朋友和親屬。西婁岱是個獨身漢，一切容易打發，他出發旅行之前，把祖產分發給親友，覺得這樣做是皆大歡喜，而摩爾已有妻室，要把雅麗絲夫人的

---

[91] 同上，卷三，684號（1517年10月7日）。
[92] 同上，卷三，688號（1517年10月25日），又見726、742號。

意見列入考慮。雖然,她也贊同他去赴任,問他道:

> 「你不想和別人一樣出人頭地嗎?你要怎樣?難道要整
> 天留在家裡孵豆芽嗎?」
>
> 「那麼,求你告訴我,要是你,你會怎樣?」
>
> 「咳!看老天爺分上,當然是好漢不吃眼前虧哩!正如
> 我娘說的,管人比受人管好,老實說,若是我,我才不會笨
> 到這個地步,放著管人的職位不幹,落得去讓人管!」
>
> 「太太!」摩爾說:「這趟你倒說了實話啦!你向來不
> 就是這樣嗎?我就沒有見過你肯讓別人來管你的嘍!」[93]

可是,在當日的社會情形,摩爾這次之所以答應接任這職
務,還有比雅麗絲夫人所說的更大理由:人文主義者的希望再
度升起,1513年3月,教宗良十世頒佈諭令,訓令歐洲的君王達
成五年休戰協約。而在英國,這通諭會產生很大的影響。

十八世紀初,「西班牙王位繼承之戰」發生,歐洲各君主
開始談到和平聯盟,傅里利樞機(Cardinal Fleury)就曾對聖皮
耶隱修院院長(Abbé of St. Pierre)說:「讓我們先派傳教士為
協約國君王作好心理準備吧![94]」

人文主義者就是屬於這一類的傳教士,不屬於任何國家,
任何黨派的伊拉斯默斯,以自由自主不偏不倚的態度宣講和平

---

[93]哈斯菲爾,《摩爾傳》,頁95,根據《全集》(1557),頁1224。
[94]蒲勒德,《歷史上的國際聯盟》(*League of Nations in History*;
1918),頁6。

之道。伊氏本是查理五世的顧問，但有名無實，而他又極力避免捲入英國人的漩渦。他的一個英國朋友抱怨說伊氏算不上是「好好英國佬」[95]。摩爾則身為實際的外交家而馳名國際，如今國王緊急地需要他出使服務時，他是不能拒絕的。

　　雖然摩爾與人對談時會給對方平等的機會來表達意見，但他自己的想法，一定會一清二楚地讓人知道，絕不模稜兩可。摩爾私下和別人談話，以本人身分發言時，他所說的就是心中所想的，在《烏托邦》中，西婁岱告訴翟爾斯，他是為了自己和其他親人的關係，不想受國王的羈絆。摩爾則是站在公共責任的立場作辯護。

　　西婁岱是摩爾塑造書中人物時一個極微妙的神來之筆，他聰明、憤世嫉俗又相當傲慢，他認為一個誠實的顧問在滿是嫉妒和阿諛奉承的朝廷上是沒有地位的，而他也舉出了一些例子來證明，摩爾卻堅持自己的觀點：柏拉圖說過，若哲學家是君王，而君王是哲學家，國人是會得到幸福的；因此，要讓哲學家指導君王。西婁岱回答說：「哲學家們早已在書本上這樣做了。」但為了表示哲學家的意見被採納的希望有多麼渺茫，便以自己為例，勸說法王應將精力用於治理法國本身，而不必和義大利胡混。他又舉出阿高利安人（Achoriens）的例子：他們為國王藉古老的婚姻繼承法而取得另一國王的封號。但要使這國人臣服是不容易的，於是他們勸告國王，「他必須選擇其中

⑨⑤《函札與文件》，卷二，616號；匿告士《伊拉斯默斯書信集》，卷二，頁285。

一個國家的治理權，因為人民不能讓半個國王來治理，沒有人會安於以他為牧者的。在自己的地域內看守別人的騾子是行不通的。」這個故事雖然表面上是反對法國干涉義大利政治，實際上是針對歷史上英國國王入繼法國的故事。

西婁岱轉向摩爾說：

「摩爾君，這是我的意見，你以為君王會怎麼看呢？」

「對不起，我看，君王不會太感激吧？⑯ 」

「那麼，我們繼續討論下去吧！」

於是西婁岱以優美的、先知般的口吻繼續細說，亨利在以後三十多年內，為了富足自己，定會使他的子民財窮力竭。

「容我再說一次，若我膽敢站出來，把這意見向國王陳述，使他丟臉，你以為有沒有人會聽？」

「當然沒有人會聽啦！⑰ 」

於是摩爾又繼續努力說服西婁岱：

「難道你就是為了這緣故而離棄國家嗎？你不應因為你不能駕馭風暴，便在這風雨飄搖的一刻捨棄船兒……你必須……仔細研究……聰明地處理這事；你即使不能把它改好，也不應把它變得更壞啊！」

西婁岱不為所動，認為如果這樣去解救這種貪奪的瘋狂行

---

⑯《烏托邦》，頁87。

⑰同上，頁76。

為，自己怕也要像他們一樣瘋狂。因為：人必須讚頌國王佞臣的種種可厭作風，若是沒有「全心」讚頌，祇是「半心」稱美，就會被視為叛國。

摩爾對自己將要遇到的危險並非懵然不知，而西婁岱認為自己無力使事態改變，又無心「使它不變得更壞」；摩爾便只好自己試試了。於是伊拉斯默斯保持他的自由之身，到處宣講中庸，以及和平的理論，不和任何國家、宗派的好武者有什麼糾葛。

「智慧」的兒女們（儘管各持其由，各有其志）終將證明「智慧」的行徑是正當的。（譯註：鐘鼎山林，各有天性；摩爾與西婁岱雖立場不同，發論各異，但兩人皆為「智慧之子」。）

第三幕
國王的臣僕（1518-1529）

一、國王亨利、胡爾西、摩爾

摩爾服務王室十二年，直至繼承胡爾西為掌璽大臣，事業達至最高峰。從外表看來，這幾乎是他一生中日趨顯赫而有權勢的歲月；而事實上，摩爾對國家和基督教神國所懷的理想一一破滅。每一打擊，便是他更進一步走向滅亡的跡象。掌璽大臣一職，在世人眼光看來，是事業的巔峰，事實上卻是一連串打擊的最後一著。

攀上「幸運之輪」（Fortune's wheel）是中古時代常見的現象——攀附在輪上的人越升越高，到了頂點便是瀕臨跌下的一刻；最後不得不掉下來。年輕時，摩爾在《幸運之書》（*Book of Fortune*）的扉頁上寫下這些詩句：

> 可是，當你要移動她的珍寶時，
> 不要依賴她，而要自由地用她，
> 不要驕傲地任意胡為，

> 不要在高處建造你的樓閣，
>
> 因為——
>
> 攀得高，跌得重。
>
> 記取，自然叫你赤身而來，
>
> 財富的恩賜——視如借來之物吧。

全是老生常談，但是摩爾認為十分真實。他寫這詩時懷有無比的熱忱：

> 晚上，頭兒舒服地靠著的，
>
> 不是寬軟的枕頭而是木頭。

他以木頭作枕時，是否正想著這些詩句呢？總之，他以自己的意見為依歸，自由使用他所有的一切，他不追求什麼。他眼看自己的希望日漸遇到挫折而不存什麼幻想。他從沒有想到要往上高攀，因此，也沒有跌得重。

掌握摩爾政治生命的是胡爾西和亨利，胡爾西樞機在「幸運之輪」較高的地方，自然最先摔下來。這樣，摩爾便得單獨面對驚人的主子，而最後遭到胡爾西同一的命運。他和胡爾西一樣，眼看著自己的計畫毀滅——都在五十八歲左右，被他們所侍奉的主子毀滅了，面臨死時所說的話奇妙地也十分相似。胡爾西說：「若我服侍上主有如我服侍王上那般殷勤，祂便不致在我白髮蒼蒼之日摒棄我了。[1]」摩爾卻說：「我生為國王

---

①卡雲迪殊，《胡爾西傳》，頁244。

的忠臣，死為國王忠僕，但我以作天主的忠僕為先。」當他小心整理長而零亂的鬍子，好使劊子手的斧頭不致觸及它時，我們看到囚禁的生活使他衰老不堪[2]。然而死刑對他，正如對蘇格拉底，並不意味著屈服、投降[3]。

在獄中，摩爾有時間沉思，往事一一浮現，對國王的尊重使他不提到亨利。但他躺在塔上面對死亡時，他回顧胡爾西樞機主教一生事蹟，以及他如何被貶下囚，在倫敦塔這黯淡之所焦慮驚恐而逝世。摩爾並沒有提到胡爾西一生中為人所知的是非，也沒有提醒人們注意這位所謂的改革者，欲改革教會過分之處，本身卻也是個相當過分的人；他〔胡爾西〕並不滿足於身兼教職：除了兩度擔任會院院長、一任大學校長、一任大臣之外，又設法將年幼的私生子預定為威爾斯院長（Dean of Wells），約克郡和列治文郡的副主教[4]。

摩爾對胡爾西最不滿的是他的虛榮與好名。他認為胡爾西的虛榮心遠超一切，那是他一生中最大的不幸。就是因為這種虛榮心，他受害不淺，令他濫用了天主賦予他的不少才能。他對人給他的讚美百聽不厭[5]。摩爾在文字中絕沒有提到或指明胡爾西其人，只是用「教會的大人物」來代替，明眼人一看便知是胡氏，正如「偉大的夫人」是指雅麗絲。與摩爾圈中人來

---

②史提普頓，《摩爾傳》，第二十章，頁352。

③《自白》，頁31-3。

④蒲勒德，《胡爾西傳》，頁309。

⑤1557年版《全集》，頁1221-2。

往密切的哈斯菲爾認為這稱謂的內涵十分貼切，為胡爾西作傳的蒲勒德，學養極深厚，對此亦有同感⑥。下面的一段摩爾對某一宴會的描述，也可看出胡氏的性格。據說，席上每一位客人都要對主人發表演說，奉承一番，以報答被請之意。若是今日，飯後致詞著實使飯飽酒酣的人受罪，那麼在進餐時演說，又是怎樣使人吃不消，可是這苦惱無人能倖免。

　　一天，他對一大群人演說，說話中又是那般的自我陶醉，他希望別人的好評，所以吃飯時也如坐針氈，非等同座各人讚他幾句不可。

　　他沉思了一會，想找一個好藉口把話題帶回剛才的演說去，最後因為想不到更好的方法，便毫不客氣地問在座的人（因為在杯盤狼藉中，只有他自己坐首席）他當天的演講好到了怎樣的地步。

　　老實說，這一問題一出，在座各人未交出完滿答案之前，沒有人敢再下箸。大家陷入沉思，搜索枯腸，希望找出一句半句優美的讚詞；因為若說出平平、粗魯、庸俗的陳腔濫調，豈不永世蒙羞？於是大家只好按著席次，從末席到首席，一個一個說出讚語，氣氛之嚴肅，一如討論公益事體的會議。

輪到摩爾，他自忖可獨占鰲頭，況且繼他之後的是個草包子教士，又怎能和他一較顏色？那知該教士

---

⑥蒲勒德，《胡爾西傳》，頁373。

　　一向出入宮廷，阿諛奉承的伎倆滾瓜爛熟，說出話來更是亂墜天花，我和他相較，相差豈止千里！好像他一生就鑽研這一套似的。

　　可是我這次栽在他手裡，這一口氣怎能下嚥？我對天起誓，若下次狹路相逢，再作諛詞的話，我定以拉丁文說出，看他怎樣勝我？因為讓駿馬跑在前頭還可以，落在笨驢屁股後面是萬萬不能啊！

　然而，好戲還在後頭。輪到一名和胡爾西同在王家委員會共事、資格最老的客人時，高潮出現了。這人薪俸極厚，素以博學多聞、精通教會法典見稱。

　於是，在場各人目光集中在他身上，看他怎樣表演身手。似乎別人越說得好，他便越不喜歡，越想要用更好的詞彙勝過他們。這可苦了我們的博學大師，他費盡心思，抓耳扒腮，急得一頭大汗，因為各人在他之前，已用盡了世間的諛詞，一個也沒給他留下。

　這時他就像阿比里斯（Apelles）畫伊斐格妮亞之祭一般，之技窮，他費盡全力描繪參與祭祀的各希臘貴族痛苦不安的表情，卻沒法表現身為父親的阿加曼農（Agamemnon）的極度悲哀傷痛。

　　因此，他決定不讓任何人看到那父親的表情，於是盡他用一條手帕掩著臉孔。

於此,這位博學之士給我們演出了一幕古代高貴的阿諛奉承的短劇。狡猾的狐狸一句話也不說,只是表現出被主人的口才、內容感動得說不出話來,從心底發出驚歎之聲:「噢!啊!然後抬起頭來,舉起雙手,雙目向天,哭泣起來⑦。

正經八百的傳記作家為摩爾此番敘述感到不甚自在,想到他們的傳記主角竟然坦然自承在阿諛奉承的伎倆上吃了敗仗,並非出於所願,而是由於疏於演練,豈不令人汗顏!因此,哈斯菲爾便這麼寫道:

在這場樞機大人虛榮的饗宴裡,摩爾爵士出於被迫,扮演這場愚蠢遊戲中的一角,而有悖其嚴肅自制,適度莊重的天性。雖然如此,我仍敢斷言:若是講辭內容可以確知,定然不失其莊重自持的作風,在適度的禮節下稱美,並且口才辭令不讓人專美於前⑧。

這是毋庸置疑的。不過摩爾覺得有趣罷了。他還寫下另一段有關胡爾西的趣事,更加鮮為人知:

這位教會的大人物有一回自個兒擬了一份該國與某位大君主之間締結同盟的和約書。擬好後,他為自己的才思頗為傾倒,覺得應該舉世為他喝采才是,於是,在渴於聽到稱頌的心情

---

⑦1557年版《全集》,頁1221-2。
⑧哈斯菲爾,《摩爾傳》,頁38。

下召來了一位才學俱豐的朋友，該人聲望頗高又嫻於此等事務，還是個經驗豐富的大使，親手擬過不少和約……

摩爾為文時，正無聲無息地在譴責虛榮之罪，你簡直可以看見他臉上掛著一絲微笑呢；因為，我們有理由說他恭維的後面這人是他自己。這位教會大人物〔胡爾西〕要求他這個朋友說出對他所擬的和約有何看法，「我求你一定要對我說真心話」：

他說得那樣誠懇，對方真以為他聽到的會是真話。於是，受此信任，他指出錯誤所在；他一聽之下，火冒三丈，喝道：「我指天立誓，你絕對是駑鈍已極的大蠢才！」此人事後告訴我，他再也不對那位仁兄說真心話了。⑨

這段故事被收錄在摩爾的《安慰的對話》（*Dialogue of Comfort*），書中人物安東尼（Anthony）代表摩爾本人，聽他人引述這故事之後，安東尼的評語是：實在不能責怪那位發誓再也不向教會大人物說真心話的朋友。由此我們看出：摩爾一人分飾二角，後一個摩爾贊成前一個摩爾的作法，認為他發誓永不向胡爾西說真心話是對的。

這段胡氏大罵摩爾為蠢才的故事有多種「版本」，有一種說法是：摩爾回答說，感謝天主，國王的顧問群中祇有這麼一個蠢才。這說法聽來與實情相符⑩。

---

⑨1557年版《全集》，頁1223。

⑩史提普頓，《摩爾傳》，第十三章，頁246。

摩爾也學到阿諛的必要。他向胡爾西報告,他將各種信札連同胡爾西的「草稿」讀給亨利聽:

> 其中您所草擬的,以王上名義回覆他妹妹的信[11],是王上最喜歡的,我從未見過他在別的事情上這樣喜歡過……它是最好的信札之一,詞藻、內容、句法,都是我一生中讀過最好的信。[12]

碧烈節神父評述這些話時說:「沒有人會認為摩爾在說這話時含有開玩笑的成分或不誠懇的動機,他能讚美人的時候就不吝於讚美。[13]」事實上,稱讚胡爾西為能幹的外交家,的確是公道的,並非阿諛。

在摩爾看來,比幼稚地喜歡人奉承更嚴重的問題,是胡爾西的政策似乎隨著時間一年比一年錯嚴重。胡氏及亨利游說摩爾加入王廷服務之初,他們三人間的政策並沒有明顯分歧。但摩爾在這段期間,已見到國家兩次介入無謂的戰爭。而因人暗裡指摘胡爾西,說他首先提出亨利和嘉芙蓮結婚是否合法的問題,這個問題導致他,以及後來摩爾的失勢和死亡。不論真相如何,有一點可以肯定:胡爾西想得到法國的信任,說是自己「首先提出離婚問題」,以分化英國和西班牙,而使英國和法

---

⑪馬嘉烈,蘇格蘭王后。

⑫《政府文件》,卷一,頁128(第七十一封信)。

⑬碧烈節(Bridgett),《摩爾傳》,(*The Life of Blessed Thomas More*),頁194。

國結盟⑭。在亨利辦理離婚手續時，他公開否認自己首先提出
這事也沒有什麼用處：他必須否認是他教唆亨利，因為他是這
案件的法官。他死前提出的警告是明顯的——國王的顧問無論
灌輸了什麼到國王的腦袋，都沒辦法把它再拿出來⑮。因此，
我們可以推想，摩爾對胡爾西的感情是從友誼演變到敵視，而
在胡爾西死後，又轉而為好心的憐憫，從而看透人世間虛幻的
一切。

至於胡爾西的策略，我們從摩爾在倫敦塔上說的話看出端
倪。摩爾的朋友說，他雖然是個聰明人，卻自負得近乎固執，
而一個人比別人聰明，也不該聰明至此！繼摩爾任掌璽大臣的
人認為把它比作《伊索寓言》中〈聰明人的故事〉最為適合。
那些所謂聰明人知道要下雨了，便躲在山洞中，大雨過後走出
來，譏笑愚笨的人。可是被雨淋濕的愚人占多數，他們聯合起
來，痛打聰明人一頓，要把這些聰明人的自誇自大打掉。摩爾
說十三四年前在議會上常常聽到這故事：

> 我們的樞機大人在王家會議時常常說到這故事；所以我不容
> 易忘掉。以往許多次，當皇帝〔神聖羅馬皇帝〕和法國國王
> 發生歧見，幾乎要用戰爭解決，或在國家議會上出現不同意
> 見時，有人以為袖手旁觀最聰明。遇有這情形，樞機大人總
> 是用〈聰明人的故事〉來作比喻：聰明人不肯當傻瓜被雨淋，

⑭見李格蘭（Le Grand），《離婚史》（Histoire du Divorce），卷
三，頁186（1528年10月21日），318、319（1529年5月22日）。
⑮卡雲迪殊，《胡爾西傳》，卷三，頁245。

所以躲進山洞裡，而如果我們也這般聰明，坐享和平，觀看
傻瓜大戰，一待他們言和休戰之後，怕不會聯手攻打我們才
怪。我不想和國王的顧問爭論，但我深信，除非理由充分，
不好發動戰爭。不過這故事的確替國王和英國花了好一批銀子。
可是，如今一切已過去，而樞機大人已逝世，上主收回了他
的靈魂⑯。

摩爾不想和胡爾西爭論是對的，因為他已面臨死亡，有更
多其他事情要想，不必重提舊恨。但為摩爾寫傳的人不能學他
那樣保持緘默，摩爾把烏托邦人寫成攻不破的海島民族，他們
在軍事上訓練有素，可以有資格憎恨戰爭。一如伊拉斯默斯說，
烏托邦是根據英國的情況寫出來的。它是個細小的民族，人口
是法國的四分之一，查理的神聖羅馬帝國人口更多，然而其人
善射，長弓在他們手裡成了可怕的武器，上自君王，下至庶民，
全國上上下下自小練就一身好射藝。每個人都學習「如何將全
身的力量引入弓內，而不要學他國的人民那樣單用手臂的氣力
拉弓」。學者如阿斯堪（Ascham），律師如威廉・賴斯提爾，
神職人員如拉蒂默（Latimer）……等，都是射箭高手。時尚所
趣，風靡全國；今人對高爾夫球的熱愛，與當時人對射藝的狂
熱相較，還差之甚遠呢。英國弓箭手每分鐘可發箭十枝，射程
是兩百碼。可別把弓箭視為陳年舊物，想當年，英國的長弓對
上了歐洲的長矛⑰，後者簡直不是對手。佛洛頓一役，英軍經

⑯《全集》（1557），頁1436。

過了一天的長途跋涉，又處於不利的地勢，竟能在疲憊飢餓之餘一舉懺滅那些一樣勇猛、一樣多又朝氣蓬勃的入侵者，全是拜長弓之賜；長弓擊潰了對方手裡的長矛，「攻勢一如驍勇善戰的阿門人（Almains）」。英國人若是團結一致，就會像烏托邦人一樣，即使外敵登陸海岸，也毋須害怕。但他們人口太少，不足以對歐陸造成強勢印象；他們能攻下幾座要塞——摩爾所說的「法國城池」，或克倫威爾所謂的「鄙陋的狗窩」——但是為此要付出的代價未免高得令英人負擔不起，到頭來祇得捨棄，改叫戰敗國付款，然而所得的罰鍰與當初擲入戰場中的大筆銀子相較，實在微不足道！所以說歐戰一場無異於水月鏡花，空夢一場！既未消災弭禍，又未獲得半點好處。

不過英國史學家一想到這兩個奇妙的人物——亨利和胡爾西——對戰爭和對歐陸政策全力以赴的氣魄，就不禁產生了民族光榮感，祈禮頓尤其對胡爾西的魅力神迷不已，著迷的程度使人想起在胡爾西的虛榮饗宴上那位「領聖俸的仁兄」讚頌胡氏的神情：他表現出被主人的口才、內容感動得說不出話來，從心底發出驚歎之聲：「噢！啊！」然後抬起頭來，舉起雙手，雙目向天。

時間流轉，摩爾渴求和平的心願日增——君王間的和平、教會內的和平；沒有了這一切，歐陸將只有世世代代的戰爭，毫無希望可言。摩爾對和平的感受就像伊拉斯默斯的感受一樣，

⑰參見麥肯齊（W. Mackay Mackenzie），《佛洛頓的秘密》（*The Secret of Flodden*；1931）。

而比伊氏多了實際政治家的經驗以及更賦有他本身熱切的情愫。

摩爾用不著翻閱《劍橋近代史》（*Cambridge Modern History*）便可知道，一大鉅冊《宗教改革（史）》（*The Reformation*）之後，接著便是一大冊《宗教戰爭（史）》（*The Wars of Religion*），跟著又是一大冊《三十年戰爭》（*The Thirty Years War*）。他曾經這麼說：「世界在重建和平與秩序之前，要陷入野蠻與不寧之境；這情況要持續多久，有多少不幸要發生啊！[18]」正因為心中憂懼，摩爾在遣詞用字時不免露出強烈的情感、憤怒的情緒，也因而招致後世祈禮頓嚴厲的批評。

摩爾預見將來，好像今日我們回顧昔日一樣清楚。歐洲最需要的，確是和平。在東方，鐵面無情的史廉（Selim the Grim）正開拓龐大的土耳其帝國，不久便足以威脅西方文明。這是自鐵槌查理士馬提爾（Charles Martel）八百多年前將薩拉遜人逐出法國中部以後最大的威脅。摩爾的一代目擊東歐海陸二大重鎮羅德島（Rhodes）和貝爾格勒（Belgrade）相繼陷落，又看到匈牙利的騎兵在莫喀斯（Mohacz）的原野上消失。他不知道土耳其人的進擊何時可以遏止；何時才可把它從馬爾他島（Malta）的堡壘驅逐出來，在利班圖（Lepanto）一役中，又怎樣被奧大利的唐・若望（Don John）所粉碎。「除非我們能把從古到今所發生的一切拋開不想，掀開時間的迷霧」，否則是無法探求古人的心靈的。此話聽來平平無奇，做起來卻大不易[19]。

我們必須放棄伊利莎白時代遺下在英國人意識中的思想，

⑱《全集》（1557），頁274。

以為西班牙是十六世紀英國的頑敵。其實，西班牙與尼德蘭同
屬於一個帝國；英國的繁榮全賴與尼德蘭保持友善的貿易關係。
摩爾時代的人簡直不會想到和西班牙交戰，土耳其才是最迫近
的危機。而這危機時刻在摩爾心中盤桓不去，另一方面，歐洲
在東、西航運上有驚人的發展，使摩爾在他的《烏托邦》中創
造出環球探險家西婁岱。為了避過土耳其人的侵擾，發展海上
航行、探險與貿易的利益，歐洲必需停止內部鬥爭才可達到和
平。伊拉斯默斯寫的《和平的申訴》（ Complaint of Peace ）和
摩爾《烏托邦》的主題都在譴責戰爭，但都沒有作用。法國的
方濟一世和西班牙的查理五世間的權力鬥爭使歐洲分裂而無法
共同對抗土耳其人；因此，雖然土耳其入侵的浪潮日漸消退，
卻留下了叫歐洲人頭痛的「東方問題」（ Eastern Question ）[20]。
爭論不休而「不知如何應付的德國政府，造成其傭兵襲掠義大
利」，其影響至今猶存。

　　方濟與查理勢均力敵，都不能消滅對方；而基於英國的所
有利益，萬一他們開戰，英國一定要維持和平。馬基雅維利所
說的「弱國保持中立是危險的」並不適用於航運發達、武器充
實的島國──英國。然而，英國積聚的財富都虛耗在歐陸無謂

---

[19]《伊拉斯默斯之時代》，頁224。關於「後來事件之知識」的智慧
　　警告，參較蒲勒德《克藍馬傳》，頁307，及傅律德《英國史》
　　（ 1870 ），卷一，頁167。

[20]費雪，《英國史──1485-1547》（ History of England,1485-1547 ），
　　頁205。

的戰爭中，英國遂從富庶淪為貧窮。至於流血問題，對英國來說，還不算太嚴重，因為照亨利現有限的資源看來，他的軍事行動只能間歇地進行。但是他和胡爾西卻耗盡這些資源，如摩爾所言，「把許多珍貴的錢花光了」，給窮人帶來痛苦、貧窮與饑饉！英國一會兒支持法國，一會兒支持西班牙，到頭來兩面不討好，一無所得。

二、離開倫敦，入朝為臣

摩爾進入王廷服務之初，和胡爾西的意見沒有分歧的因由：因為胡爾西暫時贊成和平共存，在1558年人文主義者寄以無限希望的和平運動中扮演重要的角色。

溫徹斯特主教霍克斯寫道：「我對和平的前景比誰都高興。的確，若吾主天主繼續賞賜和平的話，就是給英國最大的恩典，是英國開疆以來最好的一件事了。」霍克斯和摩爾都屬於老一輩摩頓派的政治家，他服膺和平與固守節約的政策，寫信給胡爾西談到和平時說：「除了王上以外，一切榮譽歸於你。[21]」這實在是氣量頗大的讚美，因為霍氏是亨利七世晚年英國最偉大的政治家，而胡爾西及國王不採用霍氏的和平政策時，便將他擠出政壇，回到教區去服務。

胡爾西對文學的鼓勵是他和摩爾之間的第二個聯繫，並且始終沒有中斷。現在胡氏既然贊成和平共存，人文主義者的希

---

[21]霍克斯（Foxe），《書信》，雅倫編，頁112（1518年10月30日）。

望再度升起，認為這是學術受舉揚、反啟蒙勢力低頭的良機；教會正可藉此良機透過學術與理性進行改革。

若是以一些不費本錢的恭維使樞機集中他宏大的力量從事和平改革，黃金時代是可望出現的。於是，伊拉斯默斯寫了一封滿紙諛詞的信給這位約克郡大主教。信中首先道歉他不能躬親晉見，因為他健康仍然欠佳，不能抵受橫渡其倫海峽的辛勞，但他不能不為「我們的不列顛」有胡爾西這樣的人材而慶幸。教宗良十世只希望能有五年休戰協約，而胡爾西竟帶來了人們渴望已久的和平，胡氏正施行公義，改革教會，以優厚的薪酬延聘有學養的教授，蒐集典籍並鼓勵研習三大語言：拉丁文、希臘文、希伯來文；對牛津大學捐贈使全英國人都受益的六個公開講座（其中四個由摩爾的年輕朋友擔任）。伊氏又說，若其他君王效法胡氏，則黃金時代將為期不遠。他寫道：

> 若閣下的聰明才智能說服統治者，真正的黃金時代便要來臨。萬物的主宰將獎賞你，而以拉丁文與希臘文讚頌你生而濟世的詞章將留在永恆的碑銘上。

伊拉斯默斯以更熱烈的詞句致書亨利和他的朝臣：世界像從沉睡中甦醒過來。亨利的朝廷本身就是一所大學。胡爾西和霍克斯在牛津，費雪在劍橋，都在建立新的學院。在亨利八世統治下，法律、秩序、普世和平與學術的黃金時代便要來臨。遺憾的是他自己年事已老，不能享見這個新世界。但這時代是青年的大好時光，而為青年們撰寫教科書的伊拉斯默斯樂觀地相信，青年人將永遠感激和懷念他[22]。

伊拉斯默斯再次考慮在英國定居，他在這時期的來往書信中，十多次提到這個問題。然而亨利沒有提供他優厚的條件；因為國王的性情時而揮霍，時而貪婪和吝嗇。然而伊拉斯默斯對「好的文人如何在英國贏得地位極為關注；而國王、王后、二位樞機（胡爾西和甘碧治奧以及幾乎所有主教都全心護持；反啟蒙的死硬派目前是無戲可唱了」㉓。

伊拉斯默斯希望亨利八世即將開創美好的新時代，因此以極平靜的心境接受摩爾棄文從政。摩爾從政的消息由伊氏寫給友人的信札中首先透露出來：「摩爾現在已成為一心一意理政的朝臣，與國王形影不離，儼然是君王的顧問了。」他又寫道：「若不是因為他的同僚皆為博學俊彥，而君王又如此賢明，朝廷說來像所大學，我定要為他之捲入朝廷生活感到惋惜不已。畢竟，從今而後再也聽不到從烏托邦傳來的逗樂消息，再不能引得舉座粲然啦！我心裡清楚得很：摩爾寧可跟大夥一塊兒狂笑而不願捲入官場。」他致信摩爾：「你進入王室服務這件事，唯一令我安慰的是：你效忠的是位最英明的賢君。不過，少了你，對我們、對學界都是莫大的損失！㉔」摩爾本人寫了封逗趣的信給費雪：「人人都知道我不愛入王室從事政治生涯，國

㉒1519年5月15日，伊氏致書亨利八世、孟達哉與基爾福（Guildford）；1519年5月18日致書胡爾西。見雅倫，《伊拉斯默斯之信札》，卷三，964-967號。

㉓雅倫，《伊拉斯默斯之信札》，卷三，968號（1519年5月20日）。比較第834、855、970號及其他信札。

㉔同上，卷三，816、829、832號（1518年4月17、23、24日）。

王經常以此挖苦我;我好比一個笨手笨腳的騎師,上了馬,渾身不自在。但國王有他一套辦法,使人人都覺得自己深蒙寵遇。這就好比倫敦塔前的聖母像使每個在像前祈禱的婦女都覺得瑪利亞正對自己微笑一般。我倒沒有那般幸運獲得國王殊寵,也並沒有那麼樂觀想像自己是個幸運兒。不過,國王的德行學養與日俱增,所以我感到朝廷生活一日比一日輕鬆。[25]」

摩爾朝廷生活的悲劇結局,並沒有影響到盧巴記錄摩爾早期朝廷生活中君臣相處的愉快關係。亨利在瞻禮日上自己行過敬禮後召摩爾到他私人休息的地方,談論天文學、幾何學、神學和其他學科,有時甚至談到他自己的世俗事務。有時在晚上召他到觀象台去談論星宿的運行。國王對航海很有興趣,或許是這個原因促使他研究天文學。摩爾的舉止雍容有度,「國王及王后十分喜歡,和顧問們共進晚餐後,往往又再召摩爾參加私宴,和他們一起歡敘。[26]」有時候摩爾為了想回家和妻兒共享天倫之樂,只得略為隱藏本性,以便減少受邀的次數。

摩爾成為王臣的正確日期並不清楚,他第一次支領年金是在1518年6月21日。不過這筆年金(一百英鎊,相當於今天的一千五百英鎊)是從1517年9月29日起計算[27],那時他正前往卡萊

---

[25]史提普頓,《摩爾傳》,第七章,頁230。

[26]盧巴,《摩爾傳》,頁11。

[27]羅斯(Routh),《托馬斯·摩爾爵士》(*Sir Thomas More*),頁92-3,此中可見詹美遜女士(Miss C. Jamison)所論有關摩爾領薪日期的新發現。

處理「諸王的瑣事」。由此可推算出他加入王家服務的日期，
幾乎與馬丁路德從事新教改革同時，因為1517年11月1日，路德
在威騰堡教堂門上釘上他的九十五條論綱。這事並不致引起摩
爾不安，因為學術上的討論是極正常的事。路德的行動有如天
上的輕雲，暴風雨仍未到來。這時候，《烏托邦》已印行了四
版，摩爾享譽全歐[28]。而1518至1520年服務王室的最初幾年，
是摩爾一生中最快樂、最成功的時光，他在國內外都受人敬重。
國王又喜歡並重用他，朋友都簇擁在他周圍，以他為中心人物。

　　這時候充滿了歡樂的氣氛，國外太平無事，國內在賢君明
相領導下，政治、學術欣欣向榮；而在1518年7月23日，領取王
家薪俸後一個月，他終於斷絕了和倫敦市的關係，「出於自願」，
辭去副司法處處長的職務，但仍繼續和倫敦市人士保持非常友
好的往還。在大節日上，以市府名義發表演說[29]。市民覺得朝
廷中有一個像摩爾這樣的朋友相當不錯。如果有人想到市政府
或市議會工作，摩爾的推薦書是很有用的，特別是如果能說服
他親自出馬說項，那就更不用說了。這種友善的態度隨著摩爾
的升階一直持續著，從副財務大臣到蘭開斯特直轄領地的長官，
以及最後的大法官。所以，在「長老法庭記事錄」中我們可以
看到，1529年，蘭開斯特直轄領地長官親自推薦與他相處八九

---

[28]魯汶（Louvain），1516年11月；巴黎，1517年；巴塞爾，1518年
　　3月與11月。

[29]坎佩基奧（Campeggio）（荷爾《編年史》，惠比利編，卷一，167）
　　或神聖羅馬帝國皇帝（見下文，頁198）。

年的侍從瓦特・史密斯（Walter Smith）擔任捧劍儀杖員。同樣在「長老法庭記事錄」中記載著，數月之後，送英格蘭大法官特大桶紅酒佳釀，其父一大桶；又次年聖誕節，摩爾也得特大桶佳釀[30]。

關於摩爾出任王家顧問的第一篇記載，可在威尼斯共和國設於聖馬爾谷大學的檔案中找到。摩爾和威尼斯駐英大使紀烏斯丁尼安（Sebastian Giustinian）發生了一件相當有趣的小故事。

摩爾和紀氏是老朋友，當年摩爾任倫敦市官員時，在致伊拉斯默斯的信中提到，他們用拉丁文洋洋洒洒地互相恭維。摩爾接著又說「他是可敬的人，深懂人情世故，又虔於聖學，我深被他吸引，順便一提，他對你十分傾慕。[31]」

此時，紀烏斯丁尼安在倫敦任期將滿（即1515年1月-1519年10月）[32]，他希望回國之前能解決洋酒貿易的難題。他利用胡爾西的虛榮心，極力稱讚他為人公正，讚得無以復加，表示自己去任之前，不希望得到任何厚待，只想得到像胡爾西那樣公正的人應給的公道，又說新任的威尼斯大使想必已在履任途中，因此請求他讓自己解決未完的任務才離職，否則未免有損英國正義的威望。他又寫道：「胡爾西向我表示，一定要把事情解決。又說給我派兩名專員，即理察・佩斯（Richard Pace）以及德高望重、和我交誼最篤的英國人摩爾。」紀氏給威尼斯

---

[30] 見長老法庭資料庫，卷三，221以下；卷八，**39**、77、141以下。

[31] 雅倫，《伊拉斯默斯信札》，卷二，461號（1516年9月3日）。

[32] 1515年1月至1519年10月。

領主寫道:「要是他能重言諾,相信事情定能解決,但我恐怕這決心可能有阻礙,佩斯對殿下的忠誠是人所共知的,但摩爾守正不阿,儘管二人都和我私交甚深。㉝」

摩爾和紀烏斯丁尼安的友情雖然深厚,但作為王家顧問,仍舊採取適當的審慎態度。幾個月後,紀氏向威尼斯領主報告他怎樣在愛爾威向英王祝賀他與法國媾和。亨利說他的祝賀為時過早,因為不少小細節尚未解決。這些話使威尼斯駐英大使十分焦慮。他想知道實情怎樣,他繼續寫道:

> 晚餐後,我設法和新近晉升為顧問的托馬斯・摩爾交談,他是我的好朋友,我巧妙地把話題轉到有關和平的談判上,但他默然並假裝不知道困難何在,說約克郡樞機(胡爾西)是唯一和法國大使商談這件事的人,一切辦妥後才知會顧問,因此國王自己也絕不知道事情進展得怎樣。

紀氏又設法打動摩爾的感情,抱怨說自己一直被蒙在鼓裡。摩爾卻禮貌地回說,包括西班牙大使在內,沒有任何人知道底蘊,於是紀氏「見探不出什麼,便告辭出來」㉞。

㉝1518年2月28日。《威尼斯日誌》(*Venetian Calendar*),卷二,頁434;《紀烏斯丁尼安函札選集》(*Selection of Despatches by Sebastian Giustinian*,1854),布朗(Rawdon Brown)譯,卷二,頁162。

㉞1518年9月18日。《威尼斯日誌》,卷二,頁457;《紀烏斯丁尼安函札選集》,頁215-6。摩爾保持緘默的另一個例子,見《威尼斯日誌》,卷三,頁163。

　　從這篇首次提到摩爾擔任王臣的紀錄中，可以看出他謹慎沈默的天賦，面對最好的朋友亦然。這種沈默成了日後他在困厄的環境中保衛自己的主要方法，使亨利要想把他處死，也得想盡千方百計。不過，在1519年間，亨利、胡爾西、摩爾三人關係至為愉快，在現存為數甚多由摩爾撰寫的官方文件中，最早的是亨利所命致函胡爾西的文件。末尾，國王祝賀樞機主教身體健康。根據摩爾的記錄，國王認為這要歸功於他對胡爾西的勸告，「因此，你擺脫經常服藥的習慣；他說，一旦如此，你便會受我們的上帝保佑，永保健康。㉟」

　　胡爾西治理英國期間，另一項吸引摩爾的特點是他在處理案件時希望做到迅速而公正。紀烏斯丁尼安氏則認為胡爾西的虛榮心和他對正義的愛好是他的特徵。他對威尼斯政府說，在他初抵英國時，胡爾西常對他說：「王上要這樣做，王上要那樣做。」不久，又忘了自己的地位，說：「我們要這樣做，我們要那樣做。」不久又改成：「我要這樣做，我要那樣做。」紀氏說，但是他有公正的美譽，他喜歡人民，尤其窮人，他聽他們的投訴，設法立刻處理，又希望律師辦案時不收費用㊱。卡雲迪殊對胡爾西也有同樣的記述。卡氏一方面認為胡氏過分浮誇和炫耀，另一方面，回顧胡氏下台後二三十年的混亂統治，他說道：「並非出於對某人的喜惡，我膽敢這麼說，依我看，

㉟1519年7月5日。這些摩爾親自簽署的函札原藏於大英博物館，後來由狄爾葛（J. Delcourt）編輯印行，1914年在巴黎出版。

㊱1519年9月10日。《威尼斯日誌》，卷二，頁560。

英國從未如他統治時那樣有序、安寧以及服從，也從未有他統治時那樣多正義。③」年譜編者愛德華・荷爾也同樣談到胡氏統治初期天下太平時的一些作為：他如何「懲治王侯、武士以及各式各樣放縱無序的人，使貧者能過著安穩的日子」。但是荷爾這位富裕的中產階級對胡氏的同情窮人並不完全贊同。「窮人知道胡氏懲治富人時，他們發出無數抱怨，使許多正直人士感到苦惱與痛心。樞機主教最後知道窮人許多不確實的看法與不真誠的抱怨時，他漸感厭於傾聽他們的訴願，並且指定……種種次級法庭受理窮人以法案方式提出的抱怨。③」其中一個受理窮人傾訴抱怨的法庭，即是後來所謂的「請願法庭」（the Court of Requests）。這個法庭從國王顧問團常務委員會發展而來，原本一直屬於國王，後來成為有常設法官並且在白廳（Whitehall）有固定場所的一個法庭。不過，當摩爾被派任為顧問時，它仍然直屬於國王，時而在烏德斯脫克（Woodstock），時而在格林威治。摩爾最早是擔任此一法庭的特別法官，只偶爾到此。盧巴曾對此事辯解如下：亨利要摩爾主掌請願法庭，他說，「當時沒有更好的空位」。不過，摩爾對他在此一法庭——所謂窮人訴願法庭——的工作可能頗感興趣。可惜，關於他在此職位時的工作情況，目前的資料似乎相當有限。③

---

③ 《胡爾西傳》，頁3。

③ 《編年史》，惠比利編，卷一，頁152（亨利即位第八年，1516至1517年）。

③關於這個法庭，請參考 *Select Cases in the Court of Request, 1898. Selden Society*）.

　　由於身為王家顧問，摩爾順理成章地置身於外交界，協助安排亨利和查理五世的高峰會議；參與1520年6月亨利和法王方濟的「金布園之會」（The Field of Cloth of Gold）；但他把時間花在更有興趣的工作上，即解決英國商人與漢撒同盟（the Hanse）之間的商業糾紛——這些磋商有它們幽默的一面。英國使節們抱怨，對磋商的對象，即漢撒同盟，他們實在很難弄清楚構成此同盟的城市數量和名稱[40]。在漢撒同盟這方面，也對磋商的情形有充分的記述。摩爾的言語優雅有禮、態度從容，頗令人注目。漢撒同盟磋商代表說，英國人通常是溫和有禮的，但有時候仍難免表現出非常強硬的談判立場[41]。

　　這次出使歐洲，使他和伊拉斯默斯再次會面。這是多月來他在書信中一再表示的願望。伊拉斯默斯顯然是隨查理國王而來的，並與亨利和胡爾西會談。他和摩爾見面於卡萊和布魯日斯，次年又在布魯日爾重敘[42]，此後他們便沒有再見面的機會了。

　　此刻，我們暫且不提摩爾的工作，轉而談談伊拉斯默斯和其他人筆下有關摩爾的家庭生活。

---

[40] 《函札與文件》卷二，i，868、869（金布地）、979號。

[41] 《漢撒同盟之會議》（Hanserecesse），舍弗（Dietrich Schäfer）編，vii，1905年出版，頁593。

[42] 雅倫，《伊拉斯默斯信札》，卷四，1087、1096、1145、1184、1233號。

三、摩爾和家人

伊拉斯默斯和英國朋友通訊時提到「黃金時代」快要來臨之後兩個月，又寫了有關摩爾的記載，說有其君必有其臣，在修院之外也可以找到聖善的基督徒，又說只有像摩爾這類人物才得英王任用，不對，應該說是邀請，不對，更恰當的說應該是不得不用；他親近博學碩儒（伊氏列了一大堆），遠離會腐化其德性的放浪青年和浮蕩女人，也不用那些教他橫徵暴斂，實行暴政的諂媚官員[43]。

更顯出命運之諷刺的是，這封信竟然是致赫頓公爵——伊氏的朋友，想認識摩爾的為人。赫頓後來成為伊氏和摩爾所極端厭惡的非法暴行的化身，並且與伊氏互相攻擊，兩人之間的痛恨，即使在赫頓公爵慘死後仍未止息。

伊拉斯默斯首先敘述摩爾的外表，說他身材適中、容光煥發、髮色赤褐、鬍子稀疏、眼睛灰藍；面容與性格同樣友善，樂觀、風趣而不流於庸俗或尖刻。伊拉斯默斯又提到摩爾右肩高於左肩，走起路來殊不平衡。他雙手粗糙，不重修飾。這種大而化之的態度也表現在飲食上：喜吃牛肉、鹹魚和粗麵包，不計較精美小食，又喜歡奶類食物、生果和蛋，喝開水或偶爾來點啤酒，至於烈酒類，有時為了禮貌，也象徵式地沾一沾唇。

摩爾說話言詞清晰，聲音尖銳而不柔和，也不富音樂感，

---

[43] 雅倫，《伊拉斯默斯之信札》，卷四，999號（1519年7月23日）。

可以說不善於唱歌。（盧巴說摩爾參加徹爾斯教堂的唱詩班。正如一位幽默機智的法國人所言，這兩種說法並不矛盾。）衣飾簡樸，盡可能不戴金飾。他不著重形式，喜歡平等、自由。盡可能遠離宮中生活，甚至不喜歡接近體貼的亨利八世，但亨利連拉帶扯地把他拖入宮中，摩爾避之惟恐不及。他討厭打球、博彩和打紙牌。

摩爾喜歡觀察動物的形狀和習性，其園中養著各式各樣的動物，尤其是罕有的動物如猿、狐狸、海獺、黃鼠狼等。他常常設法買來外國或特別的動物。家中滿是值得賞玩的東西，也往往喜歡請人欣賞這些東西。伊拉斯默斯特別強調的一點是他天生熱愛友誼，朋友有事，他一定放下自己的事，躬親幫忙，絕不怕煩。他斯文、怡人的談吐使情緒低落的人振作。他喜歡開玩笑，尤其喜歡和婦女玩笑（包括自己的妻子）。他治家有方，家人從來沒有齟齬，家僕從不失儀，他又往往藉著對國王的影響力替朋友效勞，替朋友解困或及時保薦職位。他那「不以役人，乃役於人」的態度簡直無人能及。他又時常作和事佬，替人排難解紛。處理訴訟時，不受個人情感或利益影響，往往鼓勵當事人庭外和解，以減輕費用。如果當事人不願意，他便告訴他們如何減低費用。做法官時，不少棘手的案件都由他仲裁而得解決，但從未收過任何贈禮。

總之，伊拉斯默斯對摩爾推崇備至，他引用了科烈特的評語，說摩爾是「不列顛的天才」。

在其他信函中，伊氏多次談到摩爾的仁慈寬厚；其中有一封致波利多·維吉爾（Polydore Vergil）的信值得一提。波利多

認為摩爾為了某種理由而對他生氣，伊氏告訴他：「你信中有關摩爾的看法全屬無稽，他即使受到重大的傷害也全忘了[44]」

伊氏首創公開盛讚摩爾的風氣。在往後數年中，羅伯・威亭頓（Robert Whittinton）寫了一本有關拉丁文作文的作品，並從中選譯了一些時下流行的話題，其中談到摩爾：

> 摩爾機智如鷹並且極為好學，我未見有與他並比者。何處可能有如此溫厚、謙遜與和善者？他因時而歡樂，因時而消遣，因時而異常嚴肅，可說是一位情緒豐富又表現得宜的人。[45]

西班牙大儒比維斯引用《憶死者》（ *Calling up of the Dead* ）中盧西安的對話時並未自己動手翻譯，而是引用摩爾的譯文，因此對摩爾的德性有所描述：心思敏銳、學問頒博、富辯才、有遠見、隱健、正直，並且態度溫和（suavitas）[46]。

這類泛泛奉承實在令人有些困惑，連摩爾的一些怪癖都同樣被讚美，聽說有一個人，「在機智和學識上都與摩爾不相稱，卻學他將長袍歪向單肩，想被認為與他相像。[47]」

我們想到摩爾的家庭，往往會想到他在徹爾斯的家園，因

---

[44]同上，卷六，1606號（1525年9月5日）。

[45]《拉丁散文》（ *Vulgaria* ），1520；懷特（White）編，英國古籍學會，頁64。

[46]奧古斯丁，《天主之城》（ *De civitate Dei;* Basel,1522），比維斯（I. L. Vives）編，頁41。天主教或譯奧斯定，基督教譯作上帝之城。

[47]阿斯堪（Ascham），《校長》（ *Schoolmaster* ），亞柏（Arber）編，頁147。

而自然而然地跟著傅律德犯上同樣的錯誤，受了伊拉斯默斯形容摩爾和他家人的影響。其實，那時候，摩爾仍住在倫敦的中心區巴克斯伯里的駁船區（The Barge），周圍滿是花草商店。

莎劇中福斯塔夫（Falstaff）談到求愛的男子如「喃喃輕語的山楂花蕾，其味如此種花上市時的巴克斯伯里」，其背景即是此地。

摩爾遷到徹爾斯之後，伊拉斯默斯把他的住所形容為「基督化的柏拉圖式學院」。徹爾斯的宅第頗大，而摩爾家族成員日增。從倖存的流亡海外的家人在離散五十年後編印的信件中，可以看見這個當年以父親為中心、隱修院式的家庭，起先在〔倫敦〕市中，後來在泰晤士河畔，過著像哈斯菲爾所說的「私人的、隱密的家庭生活」，儼然是個小型「烏托邦」。

在這個家庭中，不能有骰子、紙牌等遊戲，不能有輕浮的舉動。但園藝、閱讀、音樂、男女間正常的婚姻非常受鼓勵。每天晚上，主人在家時，全家必定一同祈禱；主日及節日大家都得上教堂。大節日的晚上，每人都要參與子夜禱告儀式。摩爾通常早上二時起床，一直祈禱、閱讀至七時，每天早上參與彌撒聖祭；甚至一次國王急召，也要彌撒完了才離開教堂，而國王也頗能諒解[48]。為了敬禮，摩爾在徹爾斯建了「新廈」（The New Building），附設美術廳、圖書室和小聖堂。他盡可能把星期五用在祈禱、閱讀上；而在「基督受難日」上，全家齊集恭聽〈福音〉中的受難始末。這段聖經通常由祕書若望・哈里

---

[48]史提普頓，《摩爾傳》綜第四章，頁183；第六章，頁219。

斯讀出來。平日吃飯時，按照修院的方式，由家人中的一員（多半由瑪嘉烈・棘斯讀聖經，採用的是尼古拉・迪・李拉評註的版本。讀完以後，跟著是討論一番，討論之後，由於摩爾很喜歡丑角——烏托邦中的人民也有此嗜好——所以允許家庭丑角亨利・柏定遜師傅（Master Henry Patenson）談些較通俗的話題。我們無須如某些人一般將帕坦森師傅感傷化，或視之為《李爾王》中悲劇小丑的翻版。賀爾班曾描繪過他的外貌，他與其他一些家人在一起，背靠著門站著，從這個描繪可以證實，他就如傳聞中所言，有直率的幽默感。他的笑話得罪了客人而場面尷尬靜默時，例如說，他嘲笑客人有個大鼻子，令對方不悅時，他會糾正的說，他發誓這麼紳士的鼻子真的很小，事實上是沒有鼻子。摩爾曾帶他到布魯日斯的王宮，大家都認為他「有獨特不凡的機智」，不過他嘲弄別人的粗魯方式，想必無益於促進國際間的友好關係[49]。

摩爾在出使外國或在熱病肆虐前陪同國王避難時，常常想念家中年幼的孩子，不時用拉丁文寫信給他們。有一次他在雨中騎馬，馬兒陷在泥濘中使他不能前進，他便以拉丁文擬了一首即興詩給他們。描述自己如何餵他們吃蛋糕水果；他送他們美麗的絲綢華服，如果不得不鞭打他們時，也只是以孔雀羽毛行之[50]。

摩爾怎樣教育前妻，上文已經提過。至於教育雅麗綜夫人，

---

[49] 《全集》（1557），頁768。

[50] 《雋語》（*Epigrammata*），1520。

只在歌唱方面稍有成績，教導她科學是失敗的。他設法對她解釋「地球中心說」的道理，說地球是一切受造物的中心，又地球中心是萬物的最低點，而從地球的中心，所有物件都向各個方向上升。（與但丁的理論相似，在通過撒旦的臀部——位於地球的正中心——之後，探險者覺得自己不再往下掉，而是往上升。）

摩爾又給她假設怎樣在地上鑽一大洞，把一塊磨石投入洞中，這塊不跌到中點就不是再向下跌，若它穿過中心，便是從較低的一處向較高處上升。他寫道：

> 他告訴她（但丁和地心）這些事時，她一點也不用心去想，只顧想其他事物，也不求甚解，只想著用她自己的話反駁。他下了一番工夫，卻被她不斷打岔，好容易總算將道理講完。「那麼，」她說：「讓我也來打個比喻說說看，你說地球是圓的。我們的下女不是在那邊紡織嗎？她的紡織輪不也是圓的？——來，孩子，把你的紡織輪拆下來！喏！我的老爺，你看，你喜歡打比喻，我卻說不出來，但這輪是圓的，中間也是空的，和你說的地球一樣是圓的。我們也不用去想像它中間是空的了，因為它這輪中間實實在在已經有一個洞啦！但是既然你喜歡想像，我也和你一起想像吧。好了，讓我們來想像，這個輪每邊都是十哩厚。這個還不是一樣穿過中間？現在，試把磨石從上面投下去，你想它會不會穿過中間掉下來？又如果有個石頭比雞蛋還小，你站在洞的中心點五哩之下，某人投石，我想準保打中你的頭顱，叫你抱頭還來不及，而照你所說，連癢都不會覺得[51]。

於是摩爾只好把地球儀放在一旁,因為既然雅麗絲夫人「看不出地球和輪子有什麼分別,因為它們都同是圓的」,怎樣解釋都是白費唇舌的了。但是對雅麗絲不存偏見的伊拉斯默斯卻認為她雖然不是個科學家,理家卻帶有女校長的作風,堅持家人要完成所分配的工作[52]。當女兒們能在國王面前辯論哲學時[53],她可能相信哲學是有這麼一回事的。

從摩爾寫給夫人的信中,我們可以知道她主持家中大部分事務。例如,有一次穀倉大火,殃及鄰居,摩爾因陪國王在烏德斯脫克(他剛結束康布雷會商,正準備向國王報告),必須隔週才能回家。摩爾於是寫信給夫人說:「我絕不應留下一點什麼,即使小如一把調匙,而讓鄰居因這次意外而受損失。請你和孩子,家中各人順應天主的安排,高高興興地生活。」雅麗絲夫人於是付出賠償。她又照顧家人伙食,決定家中的田地應否變賣等等。摩爾又說:「但我不願有人被突然地解僱,不知何去何從」[54]。

摩爾在教育子女方面相當成功,他們都學會拉丁文、希臘文、邏輯學、哲學、神學、數學和天文學。十六世紀末,摩爾的拉丁文及英文書信仍見留存,那是摩爾在牛津大學時,

---

[51]《駁丁達爾》(*Defence against Tyndale*),見《全集》(1557),頁628。該文並不提雅麗絲夫人的名字,故事旨在解釋丁達爾所用的邏輯。

[52]雅倫,《伊拉斯默斯信札》,卷四,1233號。

[53]《函札與文件》,卷四,5806號。

[54]1529年9月3日,《全集》(1557),頁1419。

為維護古典文學研究而寫的[55]。

　　他多年來和兒女通信都用拉丁文，這種寫法可能使他們的信札有欠自然，但摩爾要他們先用英文寫好，再譯成拉丁文。這與後來阿斯堪提倡的「雙重翻譯法」不謀而合。摩爾要求孩子們每日一信，不許找藉口偷懶。若望表現得極好，一點也不偷懶；在別的事情上，他被姊妹們搶盡光彩而黯然失色，唯獨這件事特別受到嘉許。摩爾不許他的女兒們藉口說沒啥好寫的——女孩子們閒扯不是挺在行的嗎。他也不許孩子們說來不及投郵這類託辭——誰叫他們不早寫好等著寄呢？有一回，瑪嘉烈頂不好意思地在信上向他要錢，摩爾回信說：「如果可能的話，我倒是很樂意每寫一音節就付妳兩塊金子。」

　　摩爾知道，讓女兒和男孩子受同樣的教育是開創先例、是會受人批評的。在他致家庭教師威廉·右奈爾的長信中，他談到這一點。

　　其他的家庭教師是：德魯老師（Master Drew）以及尼古拉老師，後者傾囊傳授他所知的天文學（摩爾狡黠的這麼說）。尼古拉老師就是尼古拉·克拉哲，為著名的天文學家與才子，在羅孚宮還有賀爾賓為他畫的肖像。克拉哲生於慕尼黑，長居於英格蘭；未擔任摩爾子女的老師時，任教於牛津大學的基督聖體學院。多年之後，有一次亨利八世問他為何英文講得這麼

---

[55]史提普頓，《摩爾傳》，第十章，頁251。

差，他回答說：「真抱歉，閣下，不過，一個人如何能在三十年內學好英文呢？[56]」此外還有一位教師，即理查‧海德（Richard Hyrde）。瑪嘉烈翻譯伊拉斯默斯的《論主禱文》（*Treatise on the Pater Noster*）時，海德曾以英文寫一序論，主張婦女有接受學校教育的權利。她隨海德學希臘文和醫學；海德在以醫生身分隨加德納（Gardiner）往訪教宗時，涉水橫渡一條洪水高漲的河流而受寒，並因而病逝。

在這些老師的教導下，瑪嘉烈的學問大有進境。史提普頓曾讚美她的拉丁文作品，不過這些作品現在已佚失。古典學者們也讚譽她是極少見的女性，對校勘訛誤的拉丁原文有傑出的表現。她的父親頗以她在拉丁文和英文方面的學術成就為榮。他撰述《萬民四末論》時，也給她同樣的工作，並且稱許她的成就。他把她的拉丁文作品給學者朋友們看；瑞琴納德‧蒲爾（Reginald Pole）幾乎不相信，一個女孩子能夠憑自己的實力把拉丁文運用到這麼高的水準[57]；艾克什特（Exeter）主教維西（Vesey）也同樣驚異，堅持贈送一枚葡萄牙金幣以為獎賞。摩爾極力婉拒而無效，為此頗感氣惱，因為他原本還想拿其他女兒們的文章給維西看，只好就此打住，以免有索討主教禮物的嫌疑[58]。

---

[56] 這個故事由范曼德（Carel van Mander）敘述出來；參見張伯倫（Chamberlain），《賀爾班傳》（*Holbein*），卷一，頁328。

[57] 史提普頓，《摩爾傳》，第五章，頁199。

[58] 同上，第十一章，頁268。

1521年7月2日，瑪嘉烈和威廉・盧巴在聖斯德望堂（St. Stephen）結婚，那時摩爾仍然住在巴克斯伯里[59]。1523年，伊拉斯默斯將他對普如登休（Prudentius）聖誕讚美的註釋題獻給瑪嘉烈時，這位偉大的學者並在信中飛吻瑪嘉烈的第一個孩子。盧巴和摩爾都屬上流的法界人物，但他輩分遠低於摩爾，在摩爾家中工作已三年，瑪嘉烈那時還不滿十六歲。

有關摩爾家的一個不幸故事，告訴我們瑪嘉烈曾身罹嚴重的熱病，「各種方法都無法使她醒來，兩位醫生以及其他在場的人都以為她痊癒無望，而向她訣別」。摩爾在新廈中跪禱，想起了一種治療方法，他告訴大夫時，大夫們頗感訝異，他們自己竟然沒有想起這種方法：

> 當時馬上以這種方法來治療她的昏睡不醒，雖然之後，她因而完全醒過來，但上帝的證記——明確無可置疑的死亡標記——明白的出現在她身上，而她，出乎眾人的意料之外，由於其父親的熱烈祈禱，竟然奇蹟式的醒轉過來，並且終於完全康復。

值得一提，摩爾曾有感而發的說，如果瑪嘉烈死了，他將遺世退隱，「不問俗事」[60]。

---

[59] 從1523年6月到1524年1月，摩爾擁有「歌羅士比堂」（Crosby Hall），但他曾否在此間居停，不詳。1524年，摩爾在購買徹爾斯的土地。他在《對話錄》（1557年版《全集》，頁131）中提到自「聖斯德望堂區」遷至徹爾斯。

[60] 盧・巴，《摩爾傳》，頁28-9。

　　但是這位想退隱的人，這位共產主義式《烏托邦》的作者，在處理子女的婚事上亦並非盲目不見門第。1525年9月29日，大約十九歲左右的伊利莎白和十八歲左右的塞西莉，在雅麗絲（Alice）——摩爾夫人與前夫所生的女兒——的丈夫威里斯登所屬的私人聖堂內，分別和威廉‧唐西（William Dauncey）（亨利八世近衛騎士若望‧唐西的兒子），及翟爾斯‧奚農（Giles Heron）（亨利八世財務大臣若望‧奚農的兒子和繼承人）結婚。翟爾斯是在摩爾監護下長大的。

　　1529年，摩爾的兒子若望和安妮‧克里沙卡（Anne Cresacre）結婚。安妮是約克郡班博魯府（Barnborough Hall）的愛德華‧克里沙卡（Edward Cresacre）的獨生女和繼承人，也是在摩爾監護下長大的。大約在1527年年初，賀爾班為她作畫時，她已與若望訂婚，時年十五。在賀爾班的畫中，她看起來對自己決定走的女學者身分既嚮往又害怕。據說，她曾向摩爾要求鑲珍珠的披肩，摩爾想糾正她的虛榮，而給她鑲白豆的披肩。據說，這種糾正相當成功：「此後，她從未奢望穿戴新的飾品。[61]」（在更早之前，伊拉斯默斯也說過關於摩爾與其前妻珍‧科爾特的類似故事）。不過，賀爾班的畫中顯示安妮‧克里沙卡穿的披肩並不是鑲著白豆。目前摩爾家族的後人都是由若望‧摩爾和安妮（摩爾在生前最後一封信中稱她為「我可愛的女兒」）所傳：有東亨德瑞（East Hendred）的托馬斯‧摩爾‧伊斯頓先生（Mr. Thomas More Eyston），以及他的子女托馬斯‧摩

---

[61]魯‧巴，《摩爾傳》；《教會傳記》，卷二，頁111。

爾、瑪麗和若望。「摩爾被處決之後四百年，他們仍持續其姓
名，並且保留大法官的一個普通酒杯以及一根主教的拐杖，這
些都是他們的無價之寶……沒有任何君王的浮華遺寶比得上托
馬斯・摩爾的小小遺物。[62]」

　　史提普頓列舉了摩爾的二十一個孫子，今天有許多英國男
女都是他們的後人。

　　出身摩爾家庭而不算是他嫡系的人物之中，最主要的是他
的養女瑪嘉烈・棘斯。棘斯曾談到她幼年時常常故意犯小錯，
好叫摩爾責備她[63]」。這大概是她身為養女，怕被冷落的緣故。
但摩爾在信札上清楚地安排好，說「視她如己出」，「和他的
親生女兒一般親愛」。她醉心希臘文學，並擅長數學和醫學。
摩爾說，當她是少女時，有一次她發燒，兩位醫生找不出毛病，
而她診斷後，從蓋倫（Galen）的著作中確定病因[64]。

　　摩爾家族的另一成員是若望・克來孟。他是摩爾的僮僕，
在摩爾出使法蘭德斯時已隨侍左右。因此，他在《烏托邦》中
也出現。他後來又轉入胡爾西的樞機府內服務。伊拉斯默斯顯
然擔心這位樞機主教會累死年輕的克來孟，他提醒克來孟千萬
不可熬夜寫字：忙於樞機主教的事情時，必須站著挺身寫字[65]。

[62]希治閣博士在盧巴《摩爾傳》前言中所述。

[63]史提普頓，《摩爾傳》，第九章，頁248。

[64]《全集》（1557），頁1173。參較哈斯菲爾，《摩爾傳》，頁90。

[65]雅倫，《伊拉斯默斯之信札》，卷三，820號：1518年4月22日致靳
　　奈爾（William Gunnell）書。

然而克來孟後來活得比他所有朋友都久，日後又成為胡爾西的修辭學講師，並在牛津講授希臘文，最後又轉習醫學，1528年成為王家醫師。他和瑪嘉烈・棘斯可說是青梅竹馬，賀爾賓在其畫中，標明瑪嘉烈為「克來孟之妻」。他們的婚姻在英國可能是男人娶女性醫學者的第一個例子，這是近代教育的美好後果之一。克來孟在牛津研究醫學時，瑞琴納德・蒲爾也在那裡，現存的信件中[66]，有一段是摩爾對他們兩人的致謝：感謝克來孟信中對飲食方面的建議，以及感謝蒲爾提供其母親薩爾斯伯里伯爵夫人（the Countess of Salisbury）的藥方，並感謝蒲爾依此藥方配製的藥。

最後要提的是若望・哈里斯，他是摩爾的祕書、書記以及忠實隨從。他的工作是提醒摩爾以免犯錯。有一次，摩爾要外出，哈里斯提醒他鞋子破了[66]。「請我的監護人替我買一雙吧！」，摩爾回答；「監護人」是負責看管服飾配件的家僕，在此顯然是指若望・烏德（John a Wood），他後來隨侍摩爾到倫敦塔。哈里斯所娶的妻子是瑪嘉烈・盧巴的女僕桃樂賽・考莉（Dorothy Colly）。

摩爾一家是充滿仁愛的家庭，遵照福音的教訓而生活，常邀約窮人而非富人共餐。瑪嘉烈・棘斯主持一切在外面的布施。摩爾在徹爾斯凡有賑濟院，由瑪嘉烈・盧巴負責。後來威廉・盧巴自己開辦的慈善機構也相當具規模。

青年一輩虔誠仁愛，也是意志堅強、自動自發而且勇敢的；

---

[66]史提普頓，《摩爾傳》，第五章，頁198。

他們能不為過度儀節所規範而能自得其樂，翟爾斯・奚農和威廉・盧巴都像岳父般固執而更近於頑固。盧巴早期傾向路德派，和瑪嘉烈結婚時使摩爾全家成了是非圈。

　　盧巴並不以暗中討論而滿足，他渴望公開發表他新近服膺的一切；也以為自己有本領這樣做，甚至在保祿十字街亦然。他懷著滿腔熱忱，以拓展路德新教為己任，並且很希望能站在講道台上自我陶醉一番；為了滿足他瘋狂的熱愛和理想，他甚至願意捐出產業⑥⑦。

　　盧巴深信「唯信得救，人事無用」，於是堅持自己的議論，和神學博士展開舌戰，他與住在倫敦的路德派英國商人及「漢撒同盟」的德國商人過從甚密，但他們都因信異端而被拘去見胡爾西，同夥都在保祿十字街被公開羞辱。由於摩爾的面子，胡爾西只是對盧巴善言警告。但是盧巴在聖日上仍然閱讀路德派聖經，好像自己能像一個大學者一樣，對一群普羅大眾侃侃而談。

　　可憐摩爾在勸無可勸，極度失望中，唯有祈禱，他對女兒說：瑪嘉，我對你的丈夫忍耐已久，在宗教問題上，我向他解釋，和他理論，總無法使他回心轉意。因此，瑪嘉，現在我不再和她爭辦了，我乾脆把他交給天主，只是為他祈禱⑥⑧。

---

⑥⑦同上，第六章，頁227。
⑥⑧哈斯菲爾，《摩爾傳》，頁84。

　　史學家哈斯菲爾認為盧巴終於回返正道是出於天主的能力。一個藏有哈斯菲爾手稿的新教徒，在手稿的空白上寫上了「那是由於魔鬼的力量」。可是，不管引導他的是誰，盧巴日後在牢房中表現出堅定的信德，和對同囚難友的慷慨，就像他的妻子面臨考驗一樣勇敢。瑪嘉烈在父親被殺後，丈夫被囚而國王又派人來搜查的時候也表現出令人吃驚的力量。她「並沒有哀歎哭泣，而是在細心教導子女」[69]。搜查者頗為訝異，並因而未能替她說什麼好話[70]。盧巴最初是因信奉新教和胡爾西衝突，後來又同堅持信天主教而被亨利和伊莉莎白王后囚禁，他的勇氣和正直是有目共睹的。

　　摩爾在倫敦極力反對德國商人，以防止路德派教義的擴張；也許因為他反對新的教義，所以聽說有些倫敦商人對他的厭惡遠甚於倫敦供水長官。此人為市長手下四紳之一。聽說他原為摩爾的老家僕，他請求摩爾把這些中傷者叫來，處罰他們的惡意[71]，摩爾微笑地加以拒絕。關於他何時在摩爾家服務並無資料，不過此時他的名字是賽巴斯丁・希拉利（Sebastian Hillary），他是從皇家進入市府服務的。他的妻子瑪嘉莉・希拉利（Margery Hillary）是摩爾家的老傭；瑪嘉烈・盧巴和她非常要好，彼此以姊妹相稱[72]。

---

[69]同上，頁87。

[70]同上，頁79。

[71]盧巴，《摩爾傳》，頁23。

[72]檔案處文獻，C. 24/52，盧巴與羅登對訟案；檔案處訴訟狀，C. 3, 153/1。這些資料出處蒙施遜（C. J. Sisson）教授提供，謹表謝意。

市府四紳之首是「持劍儀杖員」，在國家節慶中我們仍然可以看到，其裝束與都鐸時代的穿著沒有多大變化。摩爾曾推薦跟隨他九年的私從瓦特・史密斯擔任此職。此人在《伊迪絲寡婦的十二個戲弄》（*The Twelve Merry Jests of the Widow Edith*）中，相當生動地說明了摩爾的家庭生活。十六世紀時，有許多人喜歡追求富孀，伊迪絲在她交遊時總是裝出很有錢的樣子，以吸引男士們的殷勤。根據烈特教授的研究，確實有些追求者對她相當著迷，而她第十個戲弄也是真實的，地點在徹爾斯的摩爾家。據說她極富有，所以威廉和瑪嘉烈・盧巴想替他們的僕從托馬斯・亞瑟（Thomas Arthur）撮合。另外艾靈頓（Alington）先生的男從托馬斯・克羅克斯頓（Thomas Croxton），以及摩爾的男從瓦特・史密斯等人都表達了愛慕之意。這三位追求者在伊迪絲的房裡，如瑪嘉烈・棘斯所言「嬉鬧、閒扯淡、鬧飲」，直到被徹底愚弄和詐騙之後，他們才恍然大悟並予以報復。「至於快樂的伊迪絲如何在食物和麥酒中下藥，以及接著所發生的其他事情，只好留給讀者自己去看了。在這篇發生於摩爾家的第十個戲弄中，有些事情是盧巴書中所未提到的，而且其真實性一點也不低[73]。」

在結束摩爾家族的描述之前，不妨一提賀爾賓畫像中雅麗絲夫人身旁的猴子，這猴子智力驚人，伊拉斯默斯也提及牠（伊氏所說的很可能是更早以前飼養的另一隻猴子）。他說，在花園的角落有一座兔舍，有隻黃鼠狼想侵入兔舍中，而這隻猴子

---

[73] 烈特，《早期都鐸戲劇》，頁153。

則無情的注視著黃鼠狼,當黃鼠狼快要成功時,猴子突然介入,以比人更靈巧的方式堵住入口。伊氏認為,由此可見猴子本性喜歡兔子[24]。但也有可能猴子的目的是在騷擾黃鼠狼,摩爾可能即持此種看法,因為他曾由以下的事實得出道德教訓:「猿類在人們不注意時,會不斷大膽的耍手段戲弄人,但一被注視則會突然跳回,不敢有所冒犯」;由此,摩爾認為,如果受到抵抗,魔鬼也會同樣的退避,以免對人誘惑不成反而增添此人的美德[25]。

　　像摩爾這樣一個快樂而忙碌的家庭,很少人會了解冥冥中命運要安排的一切,年輕的一代大多成了國會議員,或在宮廷中服務,似乎宦途相當順利。雖然日後摩爾的厄運殃及他們的前途,但大家仍衷心地懷念他。1540年,翟爾斯・奚農被一個逐出農莊的佃農誣告陷害,說摩爾在他家中說過有關國王的話[26],但他之所以被處死也是因為對岳父同情和忠心所致。盧巴、唐西、若望・摩爾和希梧都受株連。但都逃過大難,瑪嘉烈・克來孟是最勇敢的一人,她不顧後果地救助「加杜仙會會士。大凡與盧巴夫人或克來孟夫人有來往,或與她們談到摩爾之死的人,都受株連[27]。這可說是無意中提高了她們二人的聲譽。

---

[24]《對話》,《友誼》(*Amicitia*);《伊拉斯默斯作品全集》(Leyden: 1703),第一冊,欄877。

[25]盧巴,《摩爾傳》,頁27。

[26]《函札與文件》,卷七,290號。

[27]同上,卷十三,625號,頁266-7。

其他如克來孟和夏理士、希梧、賴斯提爾一家的人，都在流亡
中先後去世。

摩爾在太平時已警告他們說，在善者得賞、惡者受罰的情
況下為善是容易的，這樣，就等於你是被捧著上天堂的。

但，要是你生在沒有人指引、沒有人給你立好榜樣的時
代；要是你見到的只是行善的人受罰、行惡的人得賞；若是
你一生飽受痛苦，但仍站穩立場，堅心依靠天主，那麼，即
使你不是十全十美，天主也會把你看作是最好的了。

別人的妻兒有疾病或不幸時，他要對他們說：「人不能
躺在鵝絨墊褥上升天堂的。不，不是這樣的！因為我們的主，
耶穌自己，也是要受了極大痛苦和憂傷，才到天上去的，那
是他走過的道路，僕人不會比主人有更好的際遇。」[78]

伊拉斯默斯在給布地的信中，對摩爾的女兒的文采讚賞不
已。本來，他不相信婦女能受高深教育，如今見了她們的成就，
不禁大為驚服，認為是人人可以學的榜樣[79]。但是這個榜樣並
沒有被廣泛學習，壓制和逮捕破壞了十六世紀初的美好希望。
現在我們回顧過去，見到摩爾和碧力士烏斯（Brixius）的私人
怨尤，以及白金漢公爵（Duke of Buckingham）被殺，可預見
英國大禍將臨的先兆。

從碧力士烏斯和摩爾的論爭，可見即使在當日所謂「黃金

---

[78]盧巴，《摩爾傳》，頁26-7。

[79]雅倫，《伊拉斯默斯信札》，卷四，1233號（1521年9月）。

時代」中，氣氛仍是充滿火藥味的。英法第一次戰爭時，英艦「攝政號」與法艦「科爾德利耶號」（Cordelière），這兩艘雙方最精銳的軍艦交鋒，法艦首先著火，繼而波及英艦，雙方的艦長和海軍都告喪亡。在歌頌英勇行為的當日、雙方應該同表哀悼才是。可是法國學者德比利（Germain de Brie）〔即碧力士烏斯〕寫了一首詩、尖刻地攻擊英國，摩爾以幾首詩回擊。當時並未印行，後來摩爾和伊拉斯默斯商量是否應該發表，摩爾表示這些詩句不應印出，可是伊拉斯默斯是個沒有國家觀念的人，沒有考慮到這些詩句的尖刻敏感，便將所有詩句都印行出來。他這一舉可說是犯了無可寬恕的疏忽。碧力士烏斯立刻以一篇《反摩勒斯》（Anti-Morus）作答，痛斥摩爾犯了人文主義者最大的罪行——把錯誤的立場放入詩中；摩爾本來可以完全不理會，但對這種事過境遷而舊事重提的作家大為反感。碧力士烏斯更變本加厲地在亨利前搧風點火，說摩爾為慶祝亨利登基而印行的拉丁文詩譴責了亨利七世，可說是「名為揚子，實則抑父」。伊拉斯默斯認為茲事體大，把亨利的名字捲入他們的筆戰中，實在非同小可。摩爾在〈致碧力士烏斯書〉中答辯，說若他的立場站不住腳，他對手的頭腦也不見得清楚。若他的詩是粗鄙的，碧力士烏斯的態度也不見得斯文。伊拉斯默斯對這兩位人文主義者的筆戰深感痛惜，說自己曾勸摩爾不要覆信，可惜摩爾並不聽從。他談到摩爾的覆信時說：「人說我好鬥，但與他們比起來，我真不算什麼。」從這事可看出，民族的情感會影響不斷呼籲和平的人文主義者之間的情感。伊氏一再感傷的呼籲：「在今日這個對抗反啟蒙主義者的時刻，我

們愛護優美文學的人不要自相爭吵吧！⑧ 」這是他信中一再反覆提出的主題。不過，無論如何，碧力士烏斯誣告摩爾對國王不忠的信，使伊拉斯默斯和摩爾表面上雖堅稱這類毀謗不會有什麼作用，但內心深感不安，因為這樣的誣告是不容易承擔的，白金漢公爵之死就是個好例子。

四、苦難的開端

　　1521年春夏之間，即摩爾服務王家的第四年，他在宮廷裡已建立了地位。但在這年中，他對國家、對人類的一切期望也都遇到挫折，而各種勢力都集結起來，將他帶到死亡的邊緣。

　　他受任為副財政大臣之前幾星期，白金漢公爵突然從葛勞斯特郡（Gloucestershire）的家中被國王召見，幾星期之後就判處了死刑，這種名為司法實為謀殺的手段在亨利八世以後的統治期間是司空見慣的手段（二十五年之後，忠心耿耿的諾福克公爵被囚在倫敦塔等待處決前數小時，因為亨利八世去世而得救）。這一切所以出現，主要是因為亨利日漸因繼承問題而變得煩躁不安。白金漢因為是愛德華二世的嫡裔，被控覬覦王位，說他在八年前，瑪麗公主出世之前，曾派遣他的宮廷牧師到森麻實郡與一位曾預言他會「擁有一切」的加杜仙會士商議。加

---

⑧參見雅倫，《伊拉斯默斯信札》，卷二，461號（1516年9月3日）；卷三，620號（1517年8月）；也參考卷四，1087、1093、1131、1133、1184號。

上其他似是而非的證據，這位全英最偉大貴族的性命因而不保。胡爾西告訴法國大臣說：白金漢公爵因為陰謀推倒亨利王朝並暗中反對王家政策，所以身首異處[81]。

公爵死前表明自己清白：「並沒有得罪天主，也沒有得罪王上，應該像世上最忠誠的人一般壽終正寢才是。」公爵死後，人民衰悼不已，城中充滿激憤的情緒，幾星期後，國王派摩爾出席長老會法庭，對城中人說，國王不高興見到人們認為公爵是清白而哀悼，四天後，又派人把公爵的馬鞍和盔甲移到城市某處好使國王息怒[82]。在摩爾看來，白金漢公爵之死最可怕的地方，是一個「加杜仙」會士無關緊要的話竟會造成所謂「宗教上的毀謗與醜聞」。數年後，他就是根據這一點反對政教合一[83]。但在當時的情形來說，白金漢之死可說是世俗虛榮得勢的事例，他在不準備出版的著作《萬民四末論》中，提到一位偉大的公爵：

> 正因為孩子的婚事而裝飾榮耀的王宮，突然間一切都毀滅了，他財產被奪，妻子被逐，子女失去世襲，自己則被捕入獄、被提訊與指控，結果自然是……被判刑，其盔甲毀棄，其鍍金馬刺被劈離，他自己被吊死並分屍……[84]。

---

[81] 蒲勒德，《胡爾西傳》，頁316。

[82] 長老法庭資料庫，1521年7月5日、7月9日（卷五，204以下、204b）。

[83] 見下文，頁296。

[84] 《全集》（1557），頁86。白金漢公爵事實上並未被處以摩爾描寫的全部刑罰。

這時對摩爾的希望更大的打擊是正在日耳曼湧起的烏雲。上面已提到，摩爾入亨利王朝服務時，一位藉藉無名的日爾曼大學教授路德把九十五條論綱釘在威騰堡教堂門上。如今事隔三年，他已成了歐洲一股最大的力量。他前往參與「窩姆斯會議」（Diet of Worms）時，有人警告他此行將有殺身之禍，他答說，即使魔鬼排隊來阻止他，他也要去。1521年4月，他在會議上說了「這是我的立場」（Here I Stand）這句著名的話。五月間，亨利寫了《七件聖事之主張》（*Assertion of the Seven Sacraments*）以答覆路德的《巴比倫的基督徒囚禁》（*Babylonish Captivity of the Church*）。同月，人們在倫敦的聖保祿廣場上焚燒路德的著作，費雪並在講道時斥責路德的謬論。十月，教廷封亨利為「信仰的護衛者」。

伊拉斯默斯在一封信中，先是稱呼胡爾西為學術「黃金時代」的恢復者，卻以抱歉結尾；他提到與路德決裂，並對日耳曼的劇烈論爭感到痛心；這可說是後來使伊氏等改革者希望破滅的一連串不幸之先兆。不久，路德給亨利的回信即是此種劇烈爭論的著名例子。由於一位國王不應加入與日耳曼異端的互罵，所以，摩爾便代替國王回覆路德，信是用拉丁文寫的，署名威廉‧羅斯（William Ross），文中表達了與路德自己相同程度的激憤。

日後，亨利佩著這「信仰的護衛者」的封號，命令他的大臣們指控摩爾，說他惡意地背叛他、激怒他，又使他撰寫擁護教宗權力的書，以致他如今在整個基督教領域內名譽掃地，好像把利劍放在教宗手裡來對抗他自己似的。摩爾答覆說亨利自

己知道這說法不信不實。在撰寫《七件聖事之主張》的工作上，摩爾只是負責整理編排材料。他說：

> 當我發覺教宗的權力越來越大，而各方面的論據又不斷護衛它，便對王上說：「我必須提醒陛下注意，正如陛下所知，教宗與陛下同是元首，和其他基督教國家君王結結成聯盟。以後陛下與教宗可能對聯盟中某些問題有不同意見，以致失和並導致戰爭。因此我認為這裡最好能修改一下，略減對教宗權威的尊崇。」
>
> 「不，」國王回答說：「絕不應修改，我們對羅馬教宗忠心耿耿，這樣的尊崇實不為過。」於是我又提醒他注意「王權侵害罪」（Praemunire）的條文上，教宗的牧靈職權大為削減。
>
> 國王回答說：「不管怎樣，我們也要推崇教宗無上的權威，因為我們的王權也是從教宗手上得來的。」這些話在王上未對我說之前我從未聽過。[85]

以上是盧巴所轉述，對了解摩爾極為重要。我們幸運地能夠從摩爾寫給克倫威爾的親筆信中得到證明，二人所述大致吻合。談到國王的這本著作以及教宗的至高權威時，摩爾寫道：

> 我自己有時想不清楚教宗的權威究竟是否由天主而來。直到從國王陛下反對馬丁路德異端的著作中，才讀到有關的事體。

---

[85]盧巴，《摩爾傳》，頁67-8。

第一次閱讀時，我請求國王陛下將那一點刪去，或是更細心地處理它，因為以後若有疑問，國王陛下和教宗可能像過去不少君王和教宗一般，發生問題。於是王上對我說無論如何不會看輕那件事，他更告訴我不能輕看那件事的祕密原因。那是我從未聽過的。[86]

摩爾這封信保存得非常慎密，是預備交給亨利的，內容和盧巴所說的完全吻合。

我們在上一章已提到，教宗的雙重地位——既是基督教領域的元首，又是義大利的元首——怎樣引起嚴重的問題。對於這一點，一位傑出而聖潔的學者寫道：

我們要記得，摩爾所處的時代，是文藝復興時期內最差勁的教宗在任期間。他親眼見到教宗亞歷山大六世登位及去世。也就是說，摩爾所認識的教宗權，不是你我今日所認識、所尊重的教宗權——偉大、純潔、超然、崇高。這就是摩爾在信仰方面不平凡之處，他有的是敏銳的判斷力，當整個世代的人完全迷失了方向時，他能清楚地看到一切。他為教廷而死，而這個教廷在世人眼中，與文藝復興時代聲名狼藉的諸王所統治的「小義大利領地」，實在相距不遠。[87]

[86] 卡頓手稿，Cleop. E. vi，149等；印自1557年版《全集》（頁1427）中的較早稿本。

[87] 見已故查烈特神父（Father Bede Jarrett）所著《真福托馬斯·摩爾的名譽》（ *The Fame of Blessed Thomas More* ），頁113。

　　最重要的一點是，在俗世權力方面，摩爾警告亨利不要對義大利的統治者承諾太多，因為他不外「像你一般，是個君王」；在精神方面，他卻為了承認教廷的無上權威而甘願捨其生命。在這方面和其他別的事情上，亨利正好和他相反。亨利在統治的前半期用於促進該「小義大利領地」的利益，後半期卻用於破壞其精神的無上權威。

　　在摩爾看來，人濫用偉大原則的方式，絕不會使這原則本身變成無效。

　　經過長時間的深思熟慮，摩爾才確定了自己的信念。1534年，他致書克倫威爾，說他花了七年時間研究這件事。他在最後定稿中他把「七」字改為「十」字[88]。他認為國王的書是促使他下這個決定的原因之一。摩爾說這話時，一則是以王臣的身分，一則是以律師的身分，使國王處於尷尬的地步。摩爾如何開始細心考慮這問題，我們可從他四十多年的知交、義大利商人兼學者龐維西（Antonio Bonvisi）的記錄中得知[89]。龐氏對摩爾的珍貴回憶紀錄，如今僅存的一則由蒲爾樞機（Cardinal Pole）保存[90]。其中記錄摩爾和龐維西討論異論分子的發展，說他最感焦慮的是「關於聖體的偏頗之見」，攻擊教宗的無上權威只是次要的問題。因為他以為教宗的無上權威只是為「教

---

[88] 卡頓手稿，Cleop. E. vi。

[89]《全集》（1557），頁1457。

[90] 史特拉甫（Strype），《神職人士紀念集》（*Ecclesiastical Memorials*, 1822），卷三，第二部分，頁491-3。

會內使神職人員服從而設的人為法令」。這是他的芻見。但他隨即說這是自己未經深思熟慮的意見，並請龐維西在十天、十二天後再一同討論。龐氏再來時，摩爾「開始責備自己說：『唉！龐維西君，我上次向你提出有關教宗無上權威的意見時，我真不曉得自己說了什麼，老實說，單是這個意見已足以使我犯下大錯，因為教宗的優位實為其他一切的綱領。』蒲爾樞機又說：「之後，他開始告訴龐氏他所研讀的東西，這些東西成為他深植於內心的信念，寧死不棄，藉超自然之光，克勝撒旦的一切誘惑，藉超自然之愛，獲天主仁慈的救恩。」

亨利撰寫了《七件聖事之確立》之後幾年，對教廷的政策堅信不移，並沒有理會摩爾的中庸主張。甚至在他統治了十八年之後，下面所述的一件事仍是真實的：

> 在聖王劉易士（Saint Lewis）之後，沒有一位君王比亨利更得教會的信任和感激。不論他先後和那些國家結盟，包括澳大利、法國、西班牙等，但四位好戰的教宗都得到他的支持。他和朱里烏斯聯合對抗神聖羅馬皇帝麥克西米連一世與路易斯（Lewis），和教宗良（Leo）十世聯合對抗法王方濟一世，與克來孟七世聯合對抗查理五世。[91]

故事如今說到亨利和教宗良十世對抗方濟的事。伊拉斯默斯曾稱良十世是歐洲的和事佬，「在您的干預下，英王亨利放

---

[91] 阿克頓（Acton），《歷史論文與研究》（*Historical Essays and Studies,* 1907），頁27。

下了他在朱里烏斯教宗的慫恿下所拿起的武器[92]。可是，當亨利埋首撰寫他的書準備獻給教宗良十世時，良十世的政策已經改變，他不知為了什麼原因，唆使查理士五世將法軍逐出米蘭，並說服英國「除與查理五世結盟之外別無他途」[93]。

人文主義者所追求的和平改革之希望從此消逝，伊拉斯默斯說的「黃金時代」從此一去不復返。

五、副財政大臣

1521年5月2日，摩爾受任為副財政大臣，財政大臣為諾福克公爵[94]。當時歐洲戰雲密佈，但暴風雨尚未來臨。這個職位的薪資是一七三英鎊六先令八便士，頗為可觀。據伊拉斯默斯說，國王本來應該可以省下這筆錢，因為另有一位競爭者願意無薪任職。但是國王還是選擇了未請求此職的摩爾。根據伊氏的信函所說，摩爾也被授與騎士爵位。副財政大臣職位無事可做，可說榮耀而清閒[95]。但是從胡爾西的信中，我們得知他曾待在財政部四五天，「處理一些必須期末總結的事」[96]。這時，

---

[92] 雅倫，《伊拉斯默斯信札》，卷二，335號（1515年5月21日）。

[93] 蒲勒德，《胡爾西傳》，頁122。

[94] 羅斯（Routh），《托馬斯・摩爾爵士》，頁107。

[95] 雅倫，《伊拉斯默斯信札》，卷四，1210、1223、1233號（1521年6月11日、8月12日、9月）。

[96] 《政府文件》，卷一，頁146。

摩爾的朋友鄧時道將他的一本算術作品獻給了摩爾。他說這書獻給在王家財政部任事的大臣最為恰當。不過財政計算並沒有占去摩爾的全部時間，所以國王命祕書佩斯致函胡爾西，說「朝中老臣逐漸凋零，他有意讓年輕一輩處理大事，希望主教任用桑地斯勳爵（Sir William Sandys）及托馬斯·摩爾主理一切政事，包括閣下在卡萊要處理的一切。[97]」

次年，1522年5月，查理皇帝偕大臣在回西班牙之前先訪問英國；對英國的海軍，尤其是船上的大礮留下深刻的印象：「他們說從未見過武裝如此精良的船艦[98]。」六十六年之後，英、西兩國交戰時，西班牙人也在遠處瞧見了這類配有重砲的船隻。不過，此時查理等人所看見的，是英國為聯合西班牙進攻法國而準備的。克里倫梭（Clarencieux）奉派至里昂（Lyons）向法王挑戰。摩爾間中也參與其事，在倫敦市照顧被拘留的法國難民[99]。（有些難民藉著講荷蘭話並自稱是說法蘭德語的比利時人，而逃過一劫）。英王和查理皇帝訪問倫敦各地，摩爾發表演說，「盛讚兩位君王和他們之間的和平與仁愛，使兩國的子民因為看到他們的友善和洽而大感安慰，並且表達市長與市民所致僅次於其國王的最高熱忱。」以上是根據年代記錄的編者所言[100]，此外，倫敦市的記載也提供了另一個有趣的旁註[101]，

---

[97]同上，卷一，頁20。

[98]荷爾，《編年史》，惠比利輯，卷一，頁245。

[99]長老法庭資料庫，1522年5月9日（卷四，118以下；卷五，285以下）。

[100]荷爾，《編年史》，惠比利輯，卷一，頁250。

「為了酬謝英國副財政大臣托馬斯·摩爾先生為倫敦市接待到訪的查理皇帝，同意致贈價值十鎊的天鵝絨長袍一件。」——等於今天的一百五十鎊；這種晉見君王時所穿的長袍想必很昂貴。摩爾常隨侍在國王身旁，將胡爾西的信函轉呈皇上，並撰擬皇上的指示送交胡爾西。他有時候為了及時將事情辦妥，必須非常忙碌，而被指示「應盡速辦理」。但是結果皇上只是笑著說，「唔，無論如何，我會在晚上把其餘的公文看完。」到了晚上，摩爾還是只能設法讓皇上先簽閱某些較重要的公文，「其餘的只好留到次日早上再處理」。這期間，海軍元帥舒里（不久後成為諾福克公爵）在法國焚燒擄掠一番，卻得不到任何軍事上的利益。亨利在摩爾面前讀致法國皇后的文件，愚昧地希望法王讓位，好像理察三世讓出王位給亨利的父親一樣。摩爾向胡爾西報告這件事時，加上了按語說：「我祈求上主，這事若對王上和國家有好處才好發生，否則，我情願天主賞賜他光榮而有利的和平。[102]」這時戰爭才剛剛開始，發表這一類意見需要極大的勇氣。我們已提過，摩爾在《烏托邦》中，對歷史上的英國對法國王位的要求已表達過他的看法。

這段時間，正是摩爾鴻運當頭，營運亨通之際，既是副財務大臣，又是騎士，還是加官晉爵的時候，卻寫了一生中作品中最冷峻的一本書——《萬民四末論》。

基督教教義中包含不少柏拉圖的思想；因此，我們很難說

---

[101] 長老法庭資料庫，1522年11月18日（卷四，134b以下）。

[102] 《政府文件》，卷一，頁110等。

出摩爾的思想中那些從閱讀希臘文著作得來，那些是出自他正
統的天主教訓練。但在《萬民四末論》中，這兩種思想結合起
來，因為蘇格拉底和教會都同意：人生的真正事體在默想死亡。

> 那位古老的著名哲學家，有人要問他哲學是什麼學科時，他
> 回答說：哲學就是默想或演習死亡。因為按照自然的過程，
> 死亡使肉身和靈魂分離，因此哲學的研究，就是當靈魂與肉
> 身在一起時，努力切斷它對肉身的愛戀，如今，若這就是研
> 究哲學的全部工作，願我們能在短時間內，通曉哲學的學問。[103]

在摩爾眼中，世界就如莎士比亞筆下的哈姆雷特所見，是
個監獄，而他就是等待行刑令下的囚徒罷了：

> 因為假如你把這問題看得清楚的話，就會發現整個世界好像
> 監獄一般，而你就是那被判處死刑，無法逃脫的囚犯。你也
> 將發現，這個我們本來以為值得看重的世界，其實就像一個
> 被判死刑，出身貴族名門的竊賊，在要赴刑場受死之前，還
> 想在獄中留下他家族的紀念紋章，讓後人來紀念他。我的確
> 是這麼想的，如果我們不把它當作幻想的故事，而是當真的
> 話；那麼，人們就不會因為擁有一些世上的權勢、力量而自
> 高自大，因為他們很明白一件事，自己不過是個囚犯，雖然
> 在其他囚犯中間擔任獄卒的「助手」，協助獄卒看管囚犯的
> 工作，不管做得多好多壞，有一天執刑官與囚車仍會來帶走
> 他。[104]

---

[103] 《全集》（1557），頁77。

六、發言人

摩爾越來越討厭戰爭，大抵是由於做了副財政大臣，要負起國家經濟大計的重任；沒有掌璽大臣會喜歡戰爭的，可是戰爭一旦發生，補給不能不談，於是不得不召開國會。這是胡爾西在任十四年來第一次召集的議會，開會的時間並不很長。

1523年4月15日，國王駕臨倫敦黑衣修士院（Blackfriars），主持國會開幕。胡爾西與華咸坐在次席上，摩爾的朋友鄧時道發表演說，解釋召開議會的原因在「制定、促進國家的法令，因此他要求下院議員齊集在下議院，選出一位發言人，作他們的喉舌」。但編年史官諷刺地寫道：「儘管是促進國家的法令，但若不能通過一大筆津貼，會議是不會有結果的。[105]」

發言人的責任不單在主持下議院的論辯，也是議員向國王進言的「共同喉舌」。起先，這種做為向國王進言的「共同喉舌」，的確是它的主要作用，但後來，這個作用並不是很順利。（有一次，亨利的女兒問發言人波范（Popham），「下議院的進度如何？」，他只能回答說，「臣惶恐稟報，再七個星期」[106]。）議員們知道摩爾是國王定會接納的發言人，都選了他，在4月18日星期六，將這決定呈給國王，按照慣例，摩爾循例謙

---

[104]同上，頁84。

[105]荷爾，《編年史》，惠比利編，卷一，頁279。

[106]培根（Francis Bacon），《格言》（*Apophthegms*）。

辭一番，其說詞，據盧巴所言，「現已佚失」。但是根據各種
不同的資料，我們確信摩爾談到一則有關浮誇演說者佛爾米歐
（Phormio）的故事（取材自西塞羅）。佛爾米歐邀請漢尼巴
（Hannibal）到他的演講廳，然後為漢尼巴講論戰爭的藝術，
這位迦太基將領極感厭惡的說：「我從未見過更自負傲慢的蠢
材，竟敢叫我來此聽講戰爭的技術。」摩爾之所以講這個故事，
可能是擔心在皇上面前談到有關統合與治理國家的學識、智慧
和經驗，會受到責難。

　　摩爾依慣例，請求國王讓下院議員選擇另一發言人，胡爾
西代表國王回答，摩爾是最好的人選。這時摩爾才作第二次演
講，盧巴在摩爾的遺文中找到演辭，並把它全部錄出，內容包
括兩部分：第一部分是發言人個人的請求，第二部分是他代替
下議院發言時，若偶然歪曲或誤會了議員的意見時，請求國王
批准他再召集下院議員修改，採集各議員意見，再向國王陛下
稟告。這是歐洲中古時代發言人的發言程序，目的是將責任移
交下院議員身上，而且可讓下院議員在第一次意見不合國王心
意時，有機會再次商議考慮。按照中世紀傳統，第一項請求之
後，有第二項請求——就是說下院議員（通過發言人）說了侵
犯或違反國王特權的話，應該得到寬宥，因為他們並非有意。
那就是等於預先道歉。這種情形有些類似某些野蠻部落中的習
慣，在會議中，臣屬如欲向酋長說話，要自稱只是夢中之言。

　　摩爾代表下院議員的請求，在那時是傳統方式，但也是劃
時代的；因為那並不是指粗心大意的議員說了冒犯國王的話得
到寬恕，而是說明，除非議員有發言的自由，辯論不能在正常

情況下進行。「明顯地,摩爾並不以為他這個請求是在請求發言的權利,因為言論自由在當日還算不上是個正式的權利,議會不外是國王的朝廷,議員們的說話可能冒犯國王,而他得維持紀律,可能要處罰說話大膽無禮的人。不過,摩爾實在認為,國王若實行恐怖手段,只能使國王的事務產生偏見。[107]」

於是摩爾發表開場白:既然下院議員人數眾多,他們當中自然不乏明智又善於政治之士,但明智的人並不是人人言語流暢說話得體的。反之,不少人儘管沒有口才,卻能觀察入微,又能提出非常實際有效的見解。此外,在重大事情上,心神往往有所牽掛,以致只顧想著說什麼,而沒有想到怎樣說。因此,即使最有智慧、最會說話又最懷善意的人,由於過分熱心,往往說出日後後悔的話來。因此,摩爾這篇演說實在太重要了,因為他是歷史上第一個提出在議會中應有自由言論的人。以下是部分原文:

> 至慈至惠之君王,本院除計議王上及陛下聖疆利益之重大事體,別無他求,故敢請陛下勿禁止審慎之議員表陳意見或恭候垂詢,蓋議員之討論涉及陛下利益事體時如不能完全免於猜疑與恐懼,公事無由順利進行……伏惟聖上明察,賜臣等出於至誠之發言自由……[108]

---

[107]尼路(J. E. Neale),〈國會中之言論自由〉,見《獻給蒲勒德的都鐸研究》(*Tudor Studies presented to A. F. Pollard*),華生(R. W. Seton Watson)編,頁267。有關英國國會中言論自由的傳統及摩爾的講辭在該傳統中的地位,尼路教授的文章提出非常精闢的見解,我獲益良多。

　　摩爾的兩項要求都得到批准，於是國王令繼續會議。4月29日，胡爾西來到議院，宣布對法國作戰的理由，「又要求國會供給八十萬鎊以上軍費，按每人財產及物業抽五分之一，即每鎊抽四先令」。第二天，「摩爾以發言人的身分對下院議員重申胡爾西的訓令；並強調他的要求，聲言有責任納稅的人不可能拒絕繳納，但這項意見被議員否決」[108]。議員提出有關經濟的激烈辯論。他們堅持：國內實在沒有辦法籌得國王所需款項，鄉紳雖有土地，商人有絲綢、羊毛、布匹，佃農有稻麥、牛羊，但若將一切貨幣交與國王，人民只能以物易物，再無資金流通了。下議院代表晉見樞機主教，求他勸國王減低稅納。胡爾西暴烈地回答說「要他勸國王減稅，倒不如把他的舌頭摘下來容易得多」。這些辯論轉瞬間便散播到國會外面。樞機抱怨說：「事情還未辦妥，消息已經傳遍國外了。」胡爾西決定再次出席議會，慫恿下院議員妥協就範：

> 他來之前，議員一直討論，由少數王侯還是全體議員隆重迎接他（大部分人主張派代表歡迎）。摩爾勳爵說：「樞機大人最近將讓我們有自由發言的權利，我認為應以合他身分的禮儀迎接他才是……以後若他找我們麻煩時，才大膽埋怨也不遲。」於是，各人表示同意……[110]

---

[108] 盧巴，《摩爾傳》，頁15-6。

[109] 荷爾，《編年史》，惠利比編，卷一，頁284等。

[110] 盧巴，《摩爾傳》，頁17。

議員們靜聽胡爾西演說。胡爾西最後更進一步設法說服個別議員。胡爾西這樣做是侵犯議會權力的，因為議員應事先自行討論，然後由發言人代表答覆，但胡爾西要求他們立刻答覆，他說：

> 「本人奉王上之命，為本國福利而來，在座各位都是博學睿智之士，應該給我一個合理的答覆才是。」各人都靜靜不說一句話。他便對一個名叫馬尼（Marney）的人說：「馬尼君，你以為怎樣？」馬尼不答，他便三番四次對座中各人提出同樣的問題。
>
> 各人預先已約好由發言人說話，便都沒有答覆。於是樞機說：「看來各位習慣了由發言人代表你們說話，難怪你們都固執地保持緘默了。」
>
> 於是，他請發言人答覆，〔摩爾〕先跪下，恭敬地求樞機寬恕眾人沒有回答他，然後說他們在博學、睿智、高貴的樞機前慚懼不敢開口，經過不少討論，認為還是由發言人代表說話比較合傳統和規矩。不過，雖然眾人表示信賴他，但除非各人的智慧都集於他一身，在這重大事體上，他個人是不適宜答覆的。
>
> 於是，樞機主教不滿意摩爾的作法，又認為這議會事事不合他心意，便站起來，拂袖而去。[111]

胡爾西此舉只有令議員們更激忿，因為他指證國內滿是財

---

[111] 同上，頁18-9。

富——豪華的建築、精緻的銀器、富麗的服飾，以及豐富的筵席，這在議員們聽來，「好像除了他自己以外，其他人豐衣足食都是罪過」。

辯論勉強繼續下去。在克倫威爾的文件中有一份反對戰爭及苛捐的演說草稿。他到底有沒有發表這篇演詞，我們固然無從探究，但是文中充滿出色的常識。討論法國的入侵政策時，克爾威爾提及並引用摩爾於致辭中表示的歉意：「如我們正直明智的發言人所述，探究我在漢尼巴面前應該提出什麼拙見。」總之，這是兩位大政治家的第一次接觸，他們日後卻演成水火不容。克倫威爾強調「再度用武力奪回曾經屬於我們可敬君王的法國領土」是毫無可能的。向法國推進而留下要塞不理是危險的；而上次戰爭時贏得泰洛安的代價是巨大的。「即使全能的上主成全了我們的君王使我們得勝，以我們有限的人口，又怎能占領龐大的法國土地。」英國如今在法國已沒有昔日勝利時支持她的盟邦。克倫威爾像馬基雅維利一樣，對法國的民族精神有深刻印象，他認為法國是最團結的國家。

而且，此時騎士與爵紳階級又和平民起了爭執，為繳稅問題相持不下。「最後，發言人集合各人，經過長時間的勸說，朋友間私人的斡旋」[112]，總算達成協議。克倫威爾在給朋友的信中幽然地解釋說：

> 你得明白，我一直和別人一起忍耐；在為期十七週的議會中，我們不斷討論到戰爭、和平、奮鬥、真理、虛偽、正義、平

---

[112] 荷爾，《編年史》，惠利比編，卷一，頁288。

等、仇怨、欺騙、壓迫、寬宏大度、行動、武力、情操、叛
逆、謀害、奸詐、協議……以及一個國家如何建成及延續……
可是，結束會議時，我們像前輩所做的那樣，盡力只做到我
們剛開會時那個樣子。[113]

從這一點看來，我們可以知道，摩爾一方面設法和胡爾西
合作說服下院議員通過不受歡迎的稅徵，另一方面又不喜歡胡
爾西盛氣凌人的手段。若盧巴的記載可信，即可見胡爾西對摩
爾仍舊心存反感：

議會結束後，在西敏寺的白廳中，胡爾西對摩爾說：「摩爾
君，真希望當我使你做發言人時，上主安排你在羅馬。」

這時，摩爾最熱衷的事情之一是朝聖。據說他經常徒步到
倫敦附近的聖地去，「這種事情，在英國，連最窮的人都不喜
歡做」，史提普頓如此說[114]。可是儘管他對朝聖這麼喜歡，卻
一次也沒有到過羅馬。於是他回答胡爾西：

「樞機大人！說來不怕冒犯，老實說，我也希望到羅馬啊！」
為了廓清樞機腦海中的嫌惡，摩爾隨即轉換話題、談談走廊
的建築，說：「大人，我真喜歡你這座走廊，它比咸頓閣

---

[113]梅里曼（Merriman），《克倫威爾之生平與函札》（*Life and Letters
   of Thomas Cromwell*），I，頁313。
[114]史提普頓，《摩爾傳》，第六章，頁221。

（Hampton Court）好得多了！」這樣，便聰明地把樞機不開心的話題制住了，使樞機一時間不想再說些什麼。⑮

要是胡爾西知道摩爾怎樣不喜歡他驕矜的態度，又要是二人中果真有像盧巴所記載的摩擦，胡爾西可說是不計前嫌，寫下了下面一封信，使人對他有好印象，這信在1523年8月24日國會解散後不久書寫，由摩爾轉呈亨利，信中充滿善意。此信存在檔案局，內容如下：

> 國王陛下，伏祈明察！臣謹托托馬斯・摩爾爵士代呈此稟，望陛下於日理萬機之餘，俯聽所陳。按，議會慣例，以一百鎊酬發言人，一百鎊獎其家屬，以答其辛勞勤懇。臣竊以為摩爾爵士在最近議會中克盡厥職，致津貼戰費案得以順利通過，理宜獎賞，臣敢保證陛下鴻恩必不為所忘。此乃臣之動議，蓋摩爾未便以一己之因直言也。⑯

兩天後，摩爾致書胡爾西：

> ……殿下想已明察，國王陛下覽閱大札後，欣然以一百鎊為微臣任發言人之酬勞，由財政大臣支付；又自府庫中再賞一百鎊。凡此一切皆殿下所賜，敢煩大人致函懷雅特先生（Mr. Wiatt）將賞金交與來人。殿下盛情美意，霑溉微臣，日後定必日夕為殿下祈禱，祈上主寵賜大人尊榮康泰。⑰

---

⑮盧巴，《摩爾傳》，頁19。

⑯檔案局，《函札與文件》，卷三，171號。

這期間，摩爾多次致書胡爾西，而在來往公文中，摩爾傳達國王之意願，並藉機表達他自己對胡爾西感激。「最後，感閣下仁慈，肯定我個人微功而給與遠超所應得的嘉許……閣下，若我不識慈惠，未免盲目，若我遺忘此慈惠，未免不近人情。除終身祈求上帝保佑閣下永保榮耀與健康，實無以回報。[118]」

七、在法國攻城掠地

這期間，副財政大臣與樞機主教之間並沒有特別的嫌隙，只是，胡爾西的整套戰爭政策對只希望「不失面子而又有利的和平」的摩爾來說，實在是可恨的事。上引的信發出後不到一星期，摩爾由於職責所在，向胡爾西報告國王的意願，是有關法國戰爭進行的問題。原來薩福克公爵想把這場仗打得合乎人道，摩爾卻奉亨利的命令轉告胡爾西，英軍在必要時可以掠奪：

> ……公爵勸告國王的軍隊在進行中應該宣布自由、解放而不要焚燒、掠奪與屠殺。國王認為軍隊即使在天氣惡劣、情況危急之時仍需繼續前進。若缺乏糧餉，可以搶掠……他們遂

---

⑪ 卡頓手稿，Titus B. I，331〔325〕以下；參較迪爾葛（Delcourt），《論托馬斯・摩爾爵士之語言》（*Essai sur la langue de Sir Thomas More*），頁328-9。《政府文件》與哈斯菲爾《摩爾傳》的註釋都徵引這些信札。

⑱ 1523年9月26日，迪爾葛，頁328-9。參較9月13日之信函，迪爾葛，頁337。

懷著惡念前進，而軍官也很難禁止手下不叫「回家去！回家去！[119]」

幾星期後，胡爾西上書亨利說：「這是攻占法國的良機了。[120]」

可是，亨利並沒有占據法國。一切焚燒擄掠徒勞無功。法國大部分土地備受摧殘，英國的財富亦因這場仗而虛耗殆盡。戰爭陷於僵持。1524年，英國全無作為，亨利與查理這雙所謂盟友互不信任，亨利經一番考慮之後，竟獨自與個別國家簽訂和約。方濟圍攻巴維亞（Pavia），援軍未到之前已被擒。查理的軍隊，儘管彈盡糧絕，在垂死掙扎中得領袖熱切鼓舞，於1525年2月24日，皇帝二十五歲壽辰拂曉進攻，攻陷法軍總部。在最後回合中，法軍全軍覆沒。所有法軍軍備以及法王本人，都成了軍隊送給「神聖羅馬皇帝」的生日禮物。世上沒有多少兵士可以送給他們的國王這樣的禮物。

消息傳至英國，英國必須派大使至西班牙，籌劃法國投降事宜，務求置法國於萬劫不復之地。然而在派遣使者這件事情上，盧巴的敘述令人費解，他說胡爾西對摩爾做發言人的作為十分不滿，以致：

> 為了報復，他勸國王派他〔摩爾〕出使西班牙……當國王向摩爾爵士提出時，他向國王說長途跋涉無論在地利人和方面

[119] 1523年9月20日，迪爾葛，《論托馬斯·摩爾爵士之語言》，頁343。
[120] 《政府文件》，卷一，頁143。

都不適合——西班牙的地理環境和他自己本身的狀態，都不
適宜於替國王做這件事。因為他知道若國王派他到那裡，等
於送他去死。但他又表示早已準備克盡厥職，若國王真的派
他去，他會服從，甚至不惜一死以副國王厚望。國王完全接
納他的請求，說：「摩爾閣下，朕一向為你設想，既然你不
願去，我唯有另圖良策，在其他方面要你效勞吧！」[121]

胡爾西極可能想在摩爾「發言人」職位任滿之後派他出使
西班牙，因為這時托馬斯・葆林（Thomas Boleyn）爵士已任滿
回國，派一個能幹勝任的人協助駐西班牙的森遜（Richard
Sampson）是應該的。摩爾以前和森遜是同事，看來是個適當
人選。此外，胡爾西的詭詐人所共知，他要遣開他所顧忌的對
頭[122]。伊拉斯默斯早已提過，他對摩爾並不友善，因為他對摩
爾的畏懼大於喜愛[123]。

亨利這時正計畫怎樣聯合攻占法國，必須趕快和查理重建
關係。若摩爾不想出使，唯有派鄧時道，於是鄧與蘭開斯特公
爵大臣溫斐爾爵士聯袂出發。他們行色匆匆，在西班牙登岸後，
整日奔馳。那時正是一年中最炎熱的季節，極不適宜趕路，因
此抵達多列度（Toledo）之後便生起病來。1525年8月10日，鄧
時道從多列度發出的信寫道：

[121] 盧巴，《摩爾傳》，頁19-20。
[122] 《丁達爾全集》（1572），頁368。
[123] 《書信集》（Basel, 1538），頁1071。

上主聖意召溫斐爾爵士離開人世，其死訊將詳見於呈獻國王
陛下之奏摺中，茲不覆述，勳爵曾在呈文中提及病中十分牽
掛妻兒……在其臨終前，余以極度缺乏休息與睡眠，亦告不
支……同事森遜君在勳爵冗病不起後亦沾寒熱，至今尚未痊
癒。勳爵染病前不久，余因感冒雙腿乏力，體力消失，食不
下嚥，若熱病由此而起，則余亦難逃大限矣。此刻予略覺好
轉，森遜君亦度過險境，實上主宏恩也。[124]

　　從使節團的噩運中，可見為什麼盧巴認為胡爾西有報復的
意思了；我們又可想像，消息傳到徹爾斯時，摩爾可能會說：
「現在，我與盧巴，我明白樞機大人為什麼要派我去了。」摩
爾的開玩笑和認真有時難以分辨，盧巴是個嚴肅的青年，自然
不易領悟。

　　晉見查理的英國大使無功而返。查理並不打算替亨利收復
愛德華三世和亨利五世的失地，即使他肯這樣做，亨利也不打
算履行他在戰役中應盡的責任。胡爾西為了入侵法國而徵集供
應、補給的一切努力完全失敗，他提出巨大的稅收：世俗人的
貨物徵收六分之一；教士的貨物徵收三分之一，入息稅也照同
一的稅額抽取。這就是所謂的樂捐（amicable grant）「也許是
英國史上最苛刻的稅捐之一」[125]。這項法令沒有經過任何議會
通過，只由胡爾西私下授命屬下專員負責執行。一時官民嘩然，

---

[124] 卡頓手稿，Vespasian C. iii，82-4。
[125] 蒲勒德，《胡爾西傳》，頁142。

甚至對國王忠心耿耿的愛德華·荷爾也毫不諱言：

> 全國人都咒罵樞機與支持他的人，說他們傾覆英國法律與自
> 由。若要由專員負責收稅，豈不比法國的稅捐更不如？如此
> 一來，英國人豈不被稅捐所縛，永不得自由？⋯⋯於是人民
> 怨聲載道，詛咒啜泣，此起彼落⋯⋯⑫

人民除了咒罵，哭泣之外，暴動四起。要評判摩爾，必須
注意到他對胡爾西的支持是在樞機主教倒行逆施之前多久的事情。

現在仍有大量證據可以看出當日英國人的情緒。坎特伯里
大主教華咸是肯特郡負責收集稅捐最高專員，以下是他給胡爾
西報告的一部分：

> 朋友私下告訴我，人民一有機會便放膽咒罵：只要「某人」
> （指胡爾西）存在一天，橫徵暴斂即無止境，人民真是比死
> 不如。想到自身、妻兒已臨於絕境，便不計較應該怎樣做，
> 或者後果是什麼了。

人民想到亨利對法國侵略的政策十五年前絕不可能發生，
不禁將他和他的父親亨利七世比較，給予先王較高的評價。

大主教繼續說：

> 此外，我又聽說，英軍在法王被俘後命國人舉火慶祝，國人
> 卻認為沒有慶祝的必要，相反，應該哭泣才是；不少人又公

---

⑫荷爾，《編年史》，惠比利編，卷二，頁36-7。

開表示，希望法王重得自由，好能再有和平的日子；他們說
國王不應占據法國，英軍勝利得到的，指責多於讚許；而占
據法國領土只能換來非議。又有人私下告訴我，人民計算過，
英王入侵法國耗盡無數金錢，卻一無所得，亨利八世並沒有
比他父親多得了一吋法國土地。如果他父親認為侵略法國是
有利的，他早已做了，因為他有實力和才智去做。[127]

大抵就在這時[128]，國王來到徹爾斯做不速之客，吃過晚飯
後，二人同在花園中散步，國王邊走邊把一手搭在摩爾肩膊上，
這動作使盧巴大為高興，他寫道：

> 國王陛下回宮後不久，我欣喜之餘，便對摩爾勳爵說，國王
> 對他這般親密，他應該快樂才是。因為我除了見過他和胡爾
> 西手挽著手同行外，從沒有見他對任何人這樣親熱的。他說：
> 「盧巴，我的孩子，我感謝王上，他實在是我的好君王，我
> 相信他對我像對別的子民一樣，恩寵有加。可是，孩子啊！
> 我告訴你，我實在沒有什麼好驕傲的，因為假若我這顆頭顱
> 能為他贏得法國一座城堡（因為那時我們正和法國交戰），
> 他定然不會不送出去。」[129]

我們只好相信，摩爾一定有很大感觸，才禁不住對他信任

---

[127] 艾里斯（Ellis），《書信集》，第三輯，卷一，頁374。

[128] 參考哈斯菲爾，《摩爾傳》，頁24註。

[129] 盧巴，《摩爾傳》，頁20-1。

的女婿盧巴說出這樣坦白的話。亨利是否想設法說服他的副財政大臣去籌措金錢作經費,而這場戰爭,可為他賺得的不僅是座城堡,而是整個國家?

有些史學家認為亨利不致笨得要去瓜分或統治法國。法國是個團結的尚武民族,人口估計比英國多四五倍。然而,亨利屬下的政治家如胡爾西、華咸、克倫威爾、摩爾等[130],都認為亨利真的有些主意。除了胡爾西外,其他人都反對。

摩爾的《烏托邦》並非反對此種侵略戰爭的孤立聲音,當時反對戰爭的呼聲傳遍國內外。摩爾的人文主義朋友比維斯在牛津致書亨利[131],希望他和查理能溫和地運用他們勝利的果實,不要摧殘基督教國家中最興盛的一國,不要摘去歐洲的一個眼睛。比維斯又說,即使方濟一世不顧他議會的意願發動戰爭,也不是法國人民的過錯。

這時英國的努力尚不足以贏得法國任何一座堡壘,除了講和和控訴查理想兼併天下之外,就沒其他更好的方法了。摩爾所關心的是參與1525年8月的休戰仲裁,以及達成後來簽訂的和約[132]。而法國則像以往一般,得向亨利和胡爾西賠款,對其他主要議員付出小額津貼,作為爭取英國友誼的代價,摩爾獲賜

---

[130] 見前面,頁199、205、209、212。

[131] 比維斯的信,③號,見《伊拉斯默斯、米蘭克托尼斯、摩爾與比維斯之書信》(*Epistolae Erasmi, Melancthonis, Mori et Vivis;* Londn,1642)。

[132] 《函札與文件》,卷四,1570、1600、2382、3619號;第14束(Rymer XIV),頁48、185。

一百五十個皇冠金幣。

胡爾西的失勢開始於對法國宣戰的時候，徵稅的壓力和在法國失敗後不能從法王方濟手中得到補償，使得胡爾西不受歡迎；以後又因和法國講和而更形惡劣。這次議和可說是日後和查理五世宣戰的導火線[133]。

溫斐勳爵在出使西班牙任內去世，留下兩大空缺——蘭開斯特公領的財政大臣及劍橋大學的總務長。摩爾在這緊急的外交情況下，承受了這兩個職位。

蘭開斯特公國有其獨立的行政，直接由西敏寺管理，而其控制下的資產有超出英國國界之外者。摩爾就任副財政大臣之後不久即去職[134]，但仍留在國王身邊。大約此時，根據在愛爾咸大廳的會議決定，成立由二十名成員組成的顧問團，「公領托馬斯·摩爾爵士」為其中一員。但是，由於許多顧問常因故缺席，所以指定包括摩爾在內的十名成員組成「常侍顧問」。但是，由於這些常侍顧問中也有些人常因故缺席，所以又指定其中四名（托馬斯·摩爾爵士仍在內），「或者至少兩名，除非獲得國王准許，否則不得缺席」。他們「早晨十點之前，以及下午兩點之前」，必須在國王的餐廳，或其他指定的會議室，以備國王諮詢，並且「聆聽和指示有關窮人請願和司法上的事情」[135]。

---

[133] 蒲勒德，《胡爾西傳》，頁220。

[134] 1525年7月出任公國的掌璽官；1526年1月辭去財政助理官的職位。

[135] 英國波德利安（Bodleian）圖書館，勞德（Laud）手稿597，31b以下；參見蒲勒德，《英國史學評論》，卷三七，頁359。

　　摩爾擔任公領的職務約四年多，然後被擢升為掌璽大臣，在公領財政大臣任內，沒有什麼大事值得記錄下來[136]。

八、摩爾的學者朋友

　　溫斐爾去世前一年，摩爾已被委任為牛津大學的總務長。溫氏死後，摩爾又繼任為劍橋大學的總務長。這些職位包括審理這兩所很難控制的大學中的不法之徒。但他也能不時參與愉快的場合。盧巴提到許多博學之士敘集的場合摩爾都在其中。摩爾早年受的學府辯論訓練，如今都常有機會一顯身手。盧巴也翔實地記述摩爾在辯論時沒有困迫他的對手。他發覺對方沒能力和自己進一步繼續辯論時，便技巧地、有禮地岔開話題。國王訪問牛津及劍橋時，摩爾不時需要即席發表演說，代表校方致詞；而他也絕不錯過任何校內的演講和辯論[137]。他對牛津大學有多方面的貢獻，從倫敦大疫時的衛生檢查官[138]，到為伊拉斯默斯和希臘文辯護以反抗牧師們的抨擊。

　　摩爾和費雪主教一直保持誠懇的關係，費雪在1501年出任劍橋副校長時，年僅三十五，三年後便升任為校長。摩爾奉召為國王服務及受封為騎士勳爵時，費雪一再致函祝賀，說劍橋

---

[136] 見H. Fishwick，《蘭開斯特公國法庭之答辯與供證》（*Pleadings and Depositions in the Duchy Court of Lancaster*, 1896）。

[137] 盧巴，《胡爾西傳》，頁21-2。

[138]《函札與文件》，卷二，4125號。

的朋友中很少人在王室服務，而在這少數人中，摩爾是首要人物。費雪日後的殉道和摩爾有重要關連。然而，摩爾一生中最親密的朋友要算鄧時道。他們交往中有許多愉快的事件，其中最有趣的一件是摩爾寫信給鄧時道，多謝他所送的一隻藏在琥珀中的蒼蠅。鄧時道沒有摩爾那般有決心和富想像力，但作為學者及外交家，比摩爾更勝一籌。亨利也害怕他的反對意見。但（正如摩爾警告他）鄧時道的反對力量可能會被逐漸削弱的[139]。他服從亨利並不是心甘情願的，在亨利的兒女下過著盛衰無常的生活。他對伊利莎白就沒有像對亨利那般俯首屈膝。他任派克總主教（Archbishop Parker）時，在藍白芙去世。鄧時道是個溫文儒雅的人，他願意為教會殉道，卻不願意製造殉道的人。他擔任倫敦主教時，不願把信異端的人燒死，而寧願私下出錢買了丁達爾所譯的新聖經，把它們燒掉。固然，這種做法不是要反對英譯聖經，而是因為丁達爾的版本是不合法而且是教會認為異端的。這是非常可笑的方法，因為購買聖經的金錢到底還是落在丁達爾手上，等於幫助他繼續宣傳。摩爾盤問一名倫敦的異端分子，究竟是誰資助了丁達爾和其他海外的異端分子。他答道：「嘻！就是倫敦主教呀！他買下了我們的《新約》來焚燒，這是我們一向唯一的支援與安慰呀！」摩爾說：「我也認為是這樣，我不知勸過他多少次了。[140]」

有關摩爾和這位人文主義者的友誼，大都記載在他們被國

---

[139] 見下文，頁293。

[140] 荷爾，《編年史》，惠比利編，卷二，頁162。

王的事務羈身之前所寫的書中。鄧時道最初是倫敦主教,後來
又任道咸(Durham)主教,他告別科學界的作品是他剛祝聖為
主教之前所寫的有關數學的書。他把這書獻給副財政大臣摩爾,
上文已有提及,一位批評家說:「在介紹普通常識及一般數學
知識方面,以及在處理題材方面,這本書是罕有其儔的。[41]」

　　摩爾的朋友中,有三位應該特別提及,就是比維斯、格蘭
維特(Cranevelt)、布地,他們都是歐陸著名的人文主義者。

　　摩爾的另一位青年朋友盧普錫(Thomas Lupset)未得摩爾
同意便在巴黎印行了《烏托邦》第二版。(這種行為真是輕率;
盧普錫是衝動的年輕人。摩爾的這位年輕仰慕者未能小心保守
被逐的朱里烏斯的祕密時,摩爾替他向伊拉斯默斯求情。)這
時布地還未認識摩爾,卻撰寫了一篇導言讚美摩爾。後來他們
在金布田大會中會面,以後大家繼續書信往還,摩爾更送他幾
隻英國名犬;他又將它們分送給友人[42]。

　　在這幾個人中,摩爾和比維斯的友誼最密切。比維斯是西
班牙人,比摩爾年輕十四歲,摩爾出版《烏托邦》之後,便加
入了王室的工作,逐漸和學術界疏遠了,如伊拉斯默斯所說的,
「對我們、對學術界都是損失」。這時,歐陸學術界最出名的
人物是荷蘭的伊拉斯默斯和法國的布地。於是比維斯取代了摩
爾的地位,成為學術界三傑之一。這位後生晚輩取代了自己,

---

[41] 莫謹(A. De Morgan),《算術的書》(*Arithmetical Books*;1847),
　　頁13。

[42]《函札與文件》,卷三,413號。

摩爾一點都不覺得妒嫉或失望。

比維斯在許多方面和摩爾很相似，例如，他提倡教育，尤其是女子教育；又來決意有系統、有計畫地解決社會的貧窮問題；以及擁護嘉芙蓮王后。

和伊拉斯默斯一樣，比維斯也有助於提醒我們，要真正了解摩爾的生平，必須同時考慮愛戴他的人文主義者。雖然他們所期望的理性、學術、中庸和寬容的秩序受到挫折而落空，但錯並不在他們。

> 正是這樣，
> 心靈與我們不同的神明
> 注定了這樣的命運

摩爾的祕書若望・哈里斯保存了不少摩爾和人文主義者來往信札的內容；這些信札只存內容，因為原件在若望・哈里斯之妻傳給史提普頓時多半已佚失。其中以和格蘭維特的比較完整。1520年，伊拉斯默斯在布魯日斯介紹二人認識，那時他們正隨同查理皇帝和英王出席會議[143]。摩爾送給格氏的見面禮是提比里烏斯（Tiberius）古金幣和奧古斯都銀幣，送給格氏妻子的是一枚鑲有英國小花的金戒指。格氏小心保了博學的朋友們給他的書信；而他的兒子後來把摩爾給他父親的兩封信交給史提普頓。二十多年前，人們在一個閣樓上發現兩束格蘭維特的書信，其中有些已有蟲蝕和水漬了，但三封摩爾的親筆書寫

---

[143]雅倫，《伊拉斯默斯信札》，卷四，1145號。

的和兩封由哈里斯所寫、摩爾簽名的信，還相當完整。魯汶的
霍克特教授（Professor de Vocht）本來打算把它編印出版，但
1914年8月，歐戰爆發，他將書信包紮起來，攜帶在身，在動盪
的時刻，還是寸步不離，甚至在8月25日、26日的巷戰中，還一
直隨身攜帶。兩天後，德軍占領比利時，他被捕。「它只在特
芙蘭（Tervueren）與我離身幾個小時。當時，我被駐紮在路旁
的一隊士兵拘捕，經過一陣懸念與焦慮後，我被送到團部，然
後送到布魯塞爾。經過查探、交涉之後，終於在原來那輛軍火
車中一個火藥桶裡把它尋回。」他經過十四年辛勞校勘，從幾
乎不可辨別的殘跡中找出端倪。終於印成格蘭維特書信集[44]。
戰神肆虐之餘，文藝之神終獲勝利，摩爾九泉有知，想必為之
欣慰不已。

九、賀爾班訪問徹爾斯

賀爾班十八歲時已開始替巴塞爾的傅洛本（Froben）出版
社設計木刻裝飾玉冊。其中包括設計摩爾的《烏托邦》。他定
居巴塞爾，並加入當地的畫家協會。

七年後，因為贊助的資金不足，迫得離開巴塞爾。於是伊
拉斯默斯（那時也住在巴塞爾）替他寫了不少介紹信，把他介
紹給北地的朋友。伊拉斯默斯在寫給翟爾斯的信上說：「來人

---

[44] 《給法蘭西斯・格蘭里維特的信》（*Literae ad Franciscum Cranevel-dium*; Louvain, 1928）。

是給我繪像的天才畫家。他的造詣有目共睹，不必我多費唇舌吹噓了。但此地藝術是被人冷落的。現在他正要到英國去碰碰運氣，希望有所獲。要是他想探訪密西斯，而你又沒空引介，煩請派人給他指引指引！[145]」賀爾班與傅雷米希（Flemish）的交往頗為有趣，後者曾在此之前九年應摩爾之邀，為翟爾斯和伊拉斯默斯繪雙折畫。

賀爾班在聖誕節前抵達英國，摩爾給伊拉斯默斯寫道：「……你的畫師是個異人，但我恐怕他在英國不能得到他預期的收穫；無論如何，我一定盡力使他在英國不致一無所得。[146]」根據早年的作傳者記載，賀爾班在摩爾的徹爾斯大宅作客。他給摩爾繪的畫像，有一段長時間收在胡斯的收藏品（Huth collection）中。這幅原始之作比任何複製品都精美，英國人卻任由它流落異國，一句反對的話也沒有，實在有失體面。後來它又被紐約收藏家傅力克先生（Mr. H. C. Frick）購去，如今懸在「藝術之宮」牆上，俯視四方來客，是他獻給紐約人劃時代的藝術品。

賀爾班也給了雅麗絲夫人及瑪嘉烈·盧巴畫了像——這些畫像的原本已經失去，留下的只是同時代人的臨本。有人認為雅麗絲夫人的像，是賀氏的名作被人多次臨摹，大師的手筆已不可見。

摩爾又請賀爾班繪了一幅全家的畫像。這畫像以印度墨汁畫成，現在藏在巴塞爾畫廊（Basel Gallery）。這也許就是他送

給伊拉斯默斯的一幅，據說伊拉斯默斯收到後十分喜歡，立刻寫信道謝[147] 信上說：「啊！我有生之日竟能再見我最親愛的友人！」他又寫給瑪嘉烈・盧巴說：「我最感激的，我的財富和名譽都是因著你們而得到的：我認得出各位，沒有誰比你們更容易辨認的了。從你們美麗的輪廓，閃耀出寓於你們內在的美麗靈魂！」畫像上用拉丁文寫了各人的名字與年歲，相信是摩爾的手筆。由左至右是：「伊利莎白・唐西，摩爾的女兒，時年21；瑪嘉烈・棘斯，克來孟之妻，摩爾女兒們的同學和親戚，時年二十二；若望・摩爾，七十六歲的老父；安妮・克里沙卡，十五歲時與若望・摩爾訂親；托馬斯・摩爾，時年五十；若望・摩爾，托馬斯・摩爾之子，時年十九；亨利・柏定遜，摩爾家中丑角，時年四十；西西里・奚農，摩爾之女，二十歲；瑪嘉烈・盧巴，摩爾之女，二十二歲；雅麗絲，摩爾之妻，五十七歲。」1527年2月6日，摩爾剛五十歲[148]，而同年4月22日，安妮便要進入十六歲，由此可知，附註的日期是在1527年2月至4月間。

賀爾班還作了伊利莎白・唐西、馬嘉烈・棘斯、托馬斯・摩爾、安妮・克里沙卡、若望・摩爾以及西西里・奚農等的半身素描，如今都存在溫莎宮皇家圖書館中。

巴塞爾這座小城對市民的戶籍十分注意，賀爾班只准離開

---

[147] 雅倫，《伊拉斯默斯信札》，卷八，2211、2212號（1529年9月3日、9月6日）。此時距離賀爾班返回巴塞爾已超過一年，其經過不明。

[148] 見前文，頁49。相信摩爾生於1477年2月7日的人，將必須把這些註記定在1527年2月7日以前。

巴城兩年。他在英國十分忙碌，為摩爾的朋友畫了不少畫像。
其中有華威主教尼古拉‧克拉哲、亨利‧基爾福勳爵及夫人（Sir
Henry and Lady Guildford）等；此外，又替亨利八世裝飾格林
威治的宴客廳。1528年8月，賀爾班離開英國返回巴塞爾，用他
在英國賺的錢買了一棟房子。他回巴塞爾時，摩爾全家福的畫
作可能尚未完成。可以確定，有幅大畫——班盧巴長期保存於
威爾廳（Well Hall），後來因為聯姻而移至威克菲爾德（Wakefield）
附近的諾斯帖爾小修道院（Nostell Priory）——署名的並非賀
爾班，而是理察道斯‧洛奇（Richardus Locky），日期是1530
年。他臨了一幅如今已不存在的賀爾班的作品呢，還是他把賀
爾班的草稿繼續畫完了呢[44]？目前還沒有可靠的資料可以追尋。

在巴塞爾的草圖中，賀爾班註明雅麗絲是坐著而非跪著。
在諾斯帖爾小修道院的畫作中，她也是坐著。此外，這兩幅畫
的其他一些相異處，在賀爾班的草圖與小修道院的畫作中卻是
一致的。另外，在這幅畫中，摩爾的秘書若望‧哈里斯是位於
門邊。不過，有一個關鍵的疑問，即是：儘管小修道院這幅畫
所註明的日期是1530年，名字與年齡卻和1527年初所作的巴塞
爾草圖一樣。

摩爾的後裔保了兩幅家庭畫像的副本，一副放在約克郡，

---

[44]參考張伯倫（A. B. Chamberlain），《年輕的漢斯‧賀爾班》（*Hans
Holbein the Younger*；1913）；博洛維爾（M. W. Brockwell）；
《諾斯陶修院藏畫目錄》（*Catalogue of the Pictures at Nostell Priory*；
1915）。

班博魯家中。現今則由其繼承者巴克夏郡（Berkshire）東亨德瑞（East Hendred）的伊斯頓保存。有一次，為了配合裝裱，把畫的一部分割去，於是雅麗絲夫人和猴子給割掉。後來為了裝飾在赫福特郡高比安（Gobions）的住宅[50]，又畫了另一幅家庭畫像。在這幅畫中，人物重新排列，不屬於摩爾直系的親屬或是全無親屬關係的，都沒有加上去。瑪嘉烈・辣斯、哈里斯、柏定遜・雅麗絲夫人和猴子都沒有在畫上，騰出的空間畫上了托馬斯・摩爾（摩爾的孫子，是個死硬派天主教徒，絕不屈服在新教之下，在依利莎白時代，屢次被逮捕）。又畫上他的媳婦和他的兩個孫子。畫像畫的是五代同堂的合像。七個人都穿都鐸初期的服飾，四個人穿上都鐸後期的服飾。新畫上的成員日期是1593年，人物的年齡根據該年推算。原來畫的年分是1530，但由於和傳統的日期不大吻合，大部分人物都加了兩歲，但仍然與1530年的推算有出入。1530年摩爾被定為五十歲，其實他在1527年已經五十三歲了。

克里沙卡撰寫他曾祖父的傳記時，家中懸掛的畫像有他自己在內。當時他二十一歲。由於亨利八世已沒收了摩爾家族的一切文件，因此不能校訂摩爾的真實年齡。他接受了既定的年分，定成摩爾出生的年份是1480。

其實，不單在年齡上產生混淆，連人物方面也有不少混淆之處。有許多肖像都被人誤認了畫中人，例如羅孚宮所藏賀爾

---

[50]這畫以往藏於波福特（Burford Priory）修院，現在（1935年4月）藏於國家畫廊。

班繪的亨利・維雅特像，一直都被人當作是摩爾的肖像，就是
一個很好的例子。追溯摩爾臉部肖像逐漸失真的情形，是一個
複雜而令人沮喪的研究。大英博物館的典藏中，有一幅不知名
的英國仕女畫像，這幅優美的畫像一再以「瑪嘉烈・盧巴」之
名被複製。不過畫中仕女臉部過於老化，不可能是賀爾班初訪
英國時的瑪嘉烈・盧巴；至於他後來待在英國時是否與其老主
顧摩爾的家庭有所來往則無從查考。這幅仕女畫表現了特殊的
尊貴與憂鬱，但是在亨利八世的時代，瑪嘉烈・盧巴應該不會
是唯一憂鬱而尊貴的女士。

　　賀爾班第一次訪英時間，可能也畫了費雪主教的畫像，但
現在留下的只有三幀面積很小的。其中之一現存在「大英博物
館」，而藏在溫莎宮王家圖書館的一幅比較著名。畫中姿態雖
然大致相同，但主教的面容流露衰老、脆弱而嚴肅的表情。這
時費雪已患病七八年，又為「國王的大事」傷盡腦筋。難怪日
後有人形容他在受刑以前已現出了「死亡的形象，可說，死神
取了人的形體，借用了人的聲音」。

十、國王的大事

　　這期間，樞機主教胡爾西正在玩著致命的遊戲——先使他
自己，後使摩爾毀滅的死亡遊戲。由於查理士五世不願意和亨
利分享勝利的果實，情況完全改變。反對胡爾西的人認為他對
查理五世也懷有報復的動機，因為查理及有履行支持他登上教
宗寶座的諾言。總之，這時的新政策是英、法聯合阻止查理勢

力膨脹。可是，亨利是和查理的姨母結婚的，為了對抗查理，亨利與皇后離婚似乎勢在必行。1526年9月，已隱約露出了使史學家困惑的所謂「受祝福的離婚」的迹象[151]。1527年3月，塔比（Tarbes）的主教來到倫敦，與亨利展開談判，目的在英國與法國的永久和平，並聯合對查理五世作戰。胡爾西在出發前往法國作進一步談判之前，先進行的一步是計畫「離婚」的事宜。

有關亨利和嘉芙蓮婚姻的複雜問題，所幸這裡不詳細論述。不過有一點值得注意；當人們提議他和亡兄的遺孀結婚時，他心中已存有疑惑，不知是不是合法，雖然教宗頒賜了寬免，他仍覺得不自然。嘉芙蓮一次又一次懷孕，嬰兒不是胎死腹中就是夭折。亨利統治初期，和岳父發生了政治歧見，又加上要與法國恢復友誼，嘉芙蓮的處境日漸艱困[152]。方濟一世即位後，法、英的關係疏遠，改善了英、西的友誼。1516年，瑪麗公主出世，亨利的希望復甦，他說：「我們年紀尚輕，若這次生的是女兒，天降鴻福，隨之而來的應是個男孩吧！[153]」然而嘉芙蓮沒有給他生下男孩。到了1525年，一切希望成了泡影。英、西交惡，英、法恢復友誼的時候，亨利自然再想到離婚的事。

亨利熱烈渴望有兒子繼承他的王位，這是自然而合理的事情。以往女皇當國，麥提爾達（Matilda）入繼斯德望的先例是

---

[151]《函札與文件》，卷四，2482號。布魯亞（與蒲勒德）認為這是指嘉芙蓮（Catherine），傅立門（Friedmann）與其他人則不以為然。

[152]《威尼斯日誌》，卷二，479號（1514年9月1日）。

[153]同上，691號（1516年2月24日）。

不足為法的。我們心中必須先拋開往後英國女王成功的例子，才能了解當時男性的想法。

我們自然無從知道離婚的問題在亨利心中有什麼分量，以及胡爾西怎樣鼓動他。也有人說，法國大使塔比主教曾提出疑問。不過，可以想像，亨利的嬰孩一直反常地夭折，實在使他疑惑不安，他認為，一個像他那樣聖善、正統、可以說是上主特寵的人，竟然屢屢遭此打擊，一定有原因吧。

亨利本來有一個私生子佛士萊（Henry Fitzroy），是他和孟達哉的男爵妹妹伊利莎白・白朗特（Elizabeth Blount）生的。當他知道嘉芙蓮不能再給他生下麟兒以繼承大統時，最初想到的是把年幼的佛士萊定為合法承繼人。他首先封他為諾定咸伯爵（Earl of Nottingham），又封他為列治文及森麻實公爵⑭。摩爾在封爵大典上宣讀條文。國王把寶劍掛在他腰上，佛士萊這時只六歲，亨利又任他為海軍元帥，後來再頒賜他另外兩個他自己幼年時擁有的名銜，即邊境防衛首長與愛爾蘭總督。

亨利和西班牙交惡日增，再加上安・葆林的介入，使他更積極地要貶黜嘉芙蓮而再婚。不少近人認為安・葆林是一切苦惱的根源，並認為摩爾和費雪之死也是由她一人而起的。卡雲迪殊說：「只要國會一通過，無論怎樣的法律都會廢除，無論多古老莊嚴的修院都得關閉而剷為平地……多少顯赫的神職人士都得死亡，多少慈善機構都深陷於停頓，從救濟貧苦的資金

---

⑭《函札與文件》，卷四，1431號。後來亨利還和摩爾商量有關小孩教育的問題；同上，卷四，5806號。

成為褻瀆的世俗用途……人不是失明、失聰、或是良心泯滅，都會慨歎這種有害而放縱的肉慾之愛所造成的後果。雖然這樣的愛來得快，去得也快，但是它帶來的災難至今未休。⑮」

其實安・葆林的妹妹瑪麗・葆林早已是亨利的情婦了。亨利的「放縱之愛」，照常情而論，是不應導致太激烈的革命行動的。可是不正常的環境產生不正常的後果。英國和西班牙的爭執正好鼓勵野心勃勃的安・葆林，使她相信自己不獨可以奪去亨利對嘉芙蓮的愛情，更能奪去她的后座。可是，沒有一個情婦可能滿足亨利求取合法繼承人的心願。此外，亨利日漸相信他和嘉芙蓮結婚是教宗也不能寬免的大罪。同時，他又不相信教宗有權寬免這個世人無法赦免的罪，就如人們所言，嘉芙蓮因與亨利之兄結婚而嫁給亨利，同樣，亨利也因與安・葆林之妹通姦而娶了安・葆林。此時，他一方面拒絕教宗有權撤銷其一罪行，但另一方面又企求教宗能特赦其另一罪行。所以亨利的良心不安實在是微妙的問題；不要因為我們無法理解其中的邏輯，便抹殺了它的可怕力量！亨利不受良心節制，強蠻而狡獪，往往以魯妄、暴力、巧技為自己辯護⑯。正如莎士比亞所說：「一個人可以使自己成為記憶中的罪人，以使他自己的謊言可信。」

所以，當亨利訓令他的大使們，若神聖羅馬皇帝提到離婚

---

⑮艾里斯（Ellis）編，《胡爾西傳》（ *Life of Wolsey* ），頁105-6。

⑯史塔士（Stubbs），《中古及近代史演講集》（ *Lectures on Mediaeval and Modern History* ），頁290。

問題，說這不外是因政治爭執而發，便應回答：

> 國王在以往的歲月中多次閱讀聖經。讀到那些和兄弟遺孀結
> 合的人受到天主重罰時，便覺得良心不安，從而想到他的兒
> 子全都夭折，是天主的責罰⋯⋯他越研究這事，便越覺自己
> 破壞了天主神聖的律法，因此便召集精通聖教法律的人討論
> 這問題。[157]

因此，我們不應認為他是不夠忠於自己的良心。

1527年初夏，亨利召集「精於教會法律的博學之士」商議
他的婚姻問題，其中包括一群英國主教和托馬斯．摩爾。

亨利辦理離婚手續，以祕密訴訟的形式開始，胡爾西作教
宗代表，坎特伯里大主教華咸傳令國王出庭，對與他的哥哥的
寡妻同居十八年的控訟提出答辯。這案件固然是由國王自己提
出來的，他親自出庭，並委任代訟人（王室的訟監）替代辯護；
同時，幾位大主教向其他博學的主教徵詢國王的婚姻是否合法。
費雪主教的意見是：這件事的典據不同，但在他看來，神聖的
律法沒有禁止這項婚姻。像這類混淆不清案件，應由教宗親自
決定，若教宗認為可以寬免的話，他也絕不懷疑教宗的權力[158]。

大抵在這時候，亨利首先徵求摩爾的意見，於是展開了這
場兩人意志上的鬥爭，一直到八年後費雪和摩爾的頭顱掉下才

---

[157]《函札與文件》，卷四，5156號（1529）。

[158]檔案局，《函札與文件》，卷四，3148號。比較《政府文件》，卷
一，頁189。

告罷休。

　　著名史學家阿克頓認為，摩爾在《烏托邦》中心維護離婚，使亨利得到鼓勵，認為摩爾不會反抗亨利[159]。亨利認為摩爾「支持」烏托邦人所做的每件事。這種假設使他在婚姻煩惱中一廂情願地從《烏托邦》中找安慰。其實，他這麼做，是無法從那裡得到多少安慰的。因為根據《烏托邦》，他的婚姻纏繞著「死結」，到頭來只有一個一了百了的解決方法，因為一個犯奸淫罪的人是逃不過死刑的，而亨利最低限度犯了兩次邪淫之罪。

　　再者，烏托邦人的異教徒哲學家主要是藉理性作指引，因此，他們的婚姻觀念也不能同在基督徒身上。這些觀念對我們來說，是相當有趣的，因為它顯示摩爾心目中開明而正直的異教徒對婚姻應有的表現，也就是說，烏托邦人滿足於一夫一妻制度：「婚姻關係除了死亡、奸淫或是使對方無可忍受的越軌行為，才會破裂。」可是亨利從沒有指責嘉芙蓮犯奸淫或越軌行為。此外，在《烏托邦》中，一個同自己犯奸淫而與妻子離婚的人是不能再娶的。這例子對亨利沒有用處。固然有時烏托邦人是可以離婚的，但必須「雙方完全同意……」，然而「絕不許不顧妻子意願，或因妻子身體有缺陷而休棄她」。因為他們認為「人在需要幫助與安慰時卻被捨棄，或同年老體衰而被不仁不義地對待，是殘忍的」[160]。

　　要不是摩爾在亨利離婚案發生後前十年已出版了《烏托邦

[159]阿克頓，《歷史論文與研究》，頁30、31。也參看下文，頁354。
[160]《烏托邦》，立頓編，頁227-9。

》，讀者定會以為上面的一段是他在譴責亨利的離婚。名史學家如阿克頓竟將摩爾的這番話演繹成他早已一心對亨利的離婚表示偏袒，實在令人不解。要不是其他史學家也有這種看法，實在令人難以置信。

就精確的用語來說，如我們所知，從未有所謂離婚的問題。事實上，要了解的，不是離婚與否的問題，而是亨利與嘉芙蓮有沒有亂倫。亨利想知道，究竟事實上他算不算和嘉芙蓮結了婚。〈利未紀〉十八章十六節上禁止的有沒有極度的束縛力，連教宗也不能解除？〈利未紀〉的內容和〈申命紀〉第廿五章第五節又有什麼關係？

字面上，〈申命紀〉似乎明顯地和〈利未紀〉相反。亨利和他的忠實顧問商量時，應該以聖教法典和教父著作為根據，不應該以《烏托邦》為根據。

第一次會談的內容，沒有什麼史料可尋，只有盧巴所記，亨利離婚手續公開之後，摩爾告訴他的一切。國王只把「聖經上適合自己胃口的某些章節」指給他〔摩爾〕看。摩爾藉「不適宜牽涉在這些問題內」為理由而要求引退。但國王一再緊迫時，他只好說需要時間考慮才能回答。國王著他和道咸主教鄧時道及巴輔主教克拉克（Clerk）共同商議，經過一段時間之後，摩爾向亨利表明他們的判斷沒有錯誤：

「……道咸主教及巴輔主教俱為聰明、高潔、博學之士，暨微臣及顧問團中諸人，屢蒙寵遇，並蒙不棄，委以顧問之責……陛下欲明真相，有所垂詢，臣等不為名利、不畏權勢，

謹照實稟呈……」

於是，他向國王舉出聖熱羅尼莫、聖奧古斯丁，其他古代希臘、羅馬的聖人聖師以及由他們收集的典據。雖然國王並不高興摩爾所說的一切，但由於是出自謹慎、明智的大臣之口，只好表示將善為取抉，並一再與摩爾商討。[161]

這期間，神聖羅馬皇帝的無敵大軍在缺糧缺餉，瀕臨叛變的情況下，大舉進侵羅馬，搶掠擄劫，比十一世紀以前亞拉力（Alaric）和哥德人入侵時的恐怖有過之而無不及。教宗的勢力已陷入帝國主義者手中，而這時正是亨利要掙脫查理五世的羈縻，宣告獨立自主最重要的一刻，亨利的離婚問題遂受影響。

於是，1527年7月，胡爾西懷著三大目的，前赴法國：㈠正式簽訂去年四月所議好的和約；㈡組織英法聯軍對抗查理；㈢（存著幻想）想作代理教宗，他認為只要教宗一日仍然陷在查理五世手中，他便可達到這個目的，若他能代表被囚的教宗處理事務，便可解決「國王的大事」。

摩爾陪同胡爾西出使法國，使節團「從西敏寺的主教府開始，經倫敦各地，來到倫敦橋，士紳們三人一排地在前引路，他們身穿黑天鵝絨制服，頸佩金鍊。」第二天，在羅撤斯特稍歇，下榻於費雪的府邸，胡爾西向費雪談到國王的離婚問題，而他呈交國王有關費雪所作的答覆；如今尚完整存在[162]。

---

⑯盧巴，《摩爾傳》，頁32-3。
⑯《政府文件》，卷一，頁198。

　　摩爾在胡爾西詢問費雪有關「國王的大事」時，碰巧和費雪相處，實在是個奇怪的「巧合」。這問題是令他們二人在以後八年裡，寢食不安的大問題；然而他們似乎沒有在這時候詳細商談這件事。胡爾西要費雪發誓保守祕密，才開始和他詳談。摩爾和費雪有一大堆他們最關心的新聞要談，那就是神聖羅馬皇帝入侵羅馬，把教宗圍困在天神堡壘中的大事。

　　第四天，他們抵達坎特伯里，舉行大禮彌撒為教宗祈禱。卡雲迪殊談到當日情況說：「樞機大人泫然淚下，看來是心情太沉重了，因為這時教宗正受長矛武士們（Lance Knights）脅迫[163]。」

　　使節團一直留到夏天，8月17日，在艾美亞主教座堂（Cathedral of Amiens）舉行隆重的儀式後，才告結束。胡爾西上書亨利，極為詳盡地報告一切，我們把它和三十多年後卡雲迪殊寫下的回想錄重組起來，便可以拼砌出當日整個事件的詳細情景。為了慶祝簽訂和約，胡爾西、摩爾和其他外交家都受到隆重款待，連胡爾西的禮賓官都同感榮耀；有一次，作東的竟是一位貴婦以及十二位侍女。這位貴婦說，「由於您是英國人，根據貴國習慣，您應親吻所有的女士和侍女，無一例外；又，雖然本國無此習慣，但我大膽請求親吻閣下，我的侍女也一樣。」「在這種情況下，我親吻了這位女士，以及她的所有淑女。」

　　夏末，摩爾返回英國，在咸頓閣朝見國王，國王立時對他施加壓力，要他對離婚事件表示贊同，下面是摩爾六年後的親

---

[163] 艾里斯，頁61。

筆記載[164]：

> 國王和我在廊上漫步時，突然停下來，和我談及他的大事，
> 向我指出他的婚姻不但違反教會和天主的律法，也違反自然
> 律，以致聖教會也不能赦免。

摩爾便說，教宗的寬免是否有效，一向是個問題。若說婚
姻「違反自然律」，可說是新論點。國王對摩爾「沒有請教過
別人而作的答覆」相當滿意，欣然接納；并命他和愛德華‧霍
克斯討論這事。

十一、摩爾三願

不久之後，國王又派摩爾陪同胡爾西到法國談和。這是籌
組英法聯軍對抗西班牙的第一步。攻打西班牙成了一場沒有人
願意打的仗。雖然英法是世仇，不少好戰的諸侯、貴族、射手
只要有米糧、有肉食、有酒供應，便都願意在法國上上下下擄
掠一番，可是一旦糧餉酒肉都得自己掏腰包，便是另一回事了。
因此，和法國打仗已漸漸使人失去興趣。對西班牙作戰更是難
之又難，因為對西班牙宣戰就等於對英國貨物的大銷市場——
荷蘭宣戰，連法國大使也認為是行不通的事。因為戰爭一起，
誓必削弱英國的商業繁榮。他寫道：「胡爾西正在玩一場歷史
上可怕的把戲，他一人是全英國最愛作戰的人。[165]」

---

[164]《全集》（1557），頁1425。

對摩爾來說，「神聖羅馬皇帝一直是歐洲文明保護者，對抗土耳其人，「除了亨利之外，他〔羅馬皇帝〕可算是摩爾願意效忠的[166]」。他認為，對西班牙戰爭，不只是對每一個英國人在經濟上所做的荒謬行為，也是對抗整個基督教的世俗元首之戰。看到「蠢者，卻像醫生一樣操作」，使莎士比亞請求「平靜的死亡」。從他對盧巴所說的一番話中，可看出他慨嘆世人在處理事務上的愚昧：

> 有一次，我們在徹爾斯沿著泰晤士河散步，談到許多事情，他對我說：「盧巴我兒，要是上主允許我得償三個願望，就算立刻把我放入蔴袋，扔入河裡淹死，我也滿足。」
>
> 我說：「爸爸！到底有什麼大事使你這般激動？」
>
> 他說：「孩子，難道你一點也不知道是什麼嗎？」
>
> 我說：「要是你願意說出來，我自然樂意恭聽。」
>
> 他便說：「孩子，它們就是：第一，願基督教的國家君王能立時停戰；第二，願被謬論邪說所困的基督教會能在宗教上統一；第三，願國王的婚姻，在光榮天主、在黨派無爭之下，達到完滿的解決。」
>
> 因此，照我推想，他認為若這三件事不能解決，便會引起大部分基督教國家發生動亂。[167]

---

[165] 雷格蘭（Legrand），《離婚史》，卷三，頁81。貝萊（du Bellay）告訴大師（Mr. le grant Maistre）：「他有不可告人的可怕秘密，因為我（du Bellay）相信他是全英國唯一想在法蘭德斯（Flanders）作戰的人。」

[166] 荷爾，《編年史》，惠比利編，卷一，頁250。

　　然而，和莎士比亞相較，摩爾「平靜而死」的祈求有所不同：他死之前，事情要先擺正。

十二、康布雷和約

　　摩爾的三個願望中，兩個使他十分苦惱，只有第三個願望可以說在某程度上勉強達到。這一切主要是受胡爾西的外交政策所牽連。胡爾西在這場外交的賭局中下錯了注，四年來，他一直把實力投在支持法國的義大利半島上的行動，以抵抗查理五世的努力，在某階段中，似乎成功在望，然而事到如今，帕維亞之役一敗塗地所造成的局勢一時不能扭轉過來。於是方濟的母親露慧絲（Louise）和查理的姨母瑪嘉烈先在康布雷會面，安排方濟和查理談和。胡爾西像過去慣例一般，對亨利誇大其言，說敢「以頭顱作賭注」，他們雙方所謂簽訂和約不外是「敵人散播出來的謠言」[168]。其實，這正是胡爾西政策徹底崩潰的時刻。他曾一度說過，若英國不介入這兩個愚人之戰，愚人便會聯合起來攻擊她。但胡爾西和亨利想聯合法國的作為只惹起雙方的憎恨，如果兩國不聯合起來對抗英國，實在是太不領胡爾西的盛情了。英國如果還想做歐洲命運的主宰，胡爾西〔英國〕便該立刻派使者到康布雷去運動一番，否則，方濟與查理一旦達成協議，便要把英國置諸腦後了。然而，此時胡爾西正

---

[167] 盧巴，《摩爾傳》，頁24-5。

[168]《函札與文件》，卷四，5231號（1529年1月28日）。

忙於亨利的離婚大事，他與甘碧治奧皆受教宗委任，做為教宗的使節，他們正在倫敦設法解決亨利與嘉芙蓮的事情。唯有派摩爾和鄧時道去盡力把弄僵了的局面挽救回來[169]。

委任書發出前九日，在義大利又出現一個新的打擊。蘭地利安諾（Landriano）決定性的一役，方濟再敗，這次敗績不太顯眼，可是敗象已成。方濟唯有求和，並履行四年前帕維亞的協定。但要等候鄧時道和摩爾到來[170]。「他們年事已高，體質較差，不能迅速到達，自是意料中事。」鄧時道有了上次在西班牙的經驗，大概不想在中午烈日之下趕路去幹這賣力不討好的苦差。但是，盧巴說道，在磋商時，「摩爾又可敬的賣力，為我方爭取到遠大於國王及其顧問們原先所期望的利益，國王為了報答摩爾出使辛勞，封他為掌璽大臣，並命諾福克公爵公開宣布，全英國對他倚重信任[171]。」

摩爾在徹爾斯基地自撰的墓誌銘上提到，在他身後，總括一生事業的全部意義時，公事方面只想提「康布雷和約」一事，並且讚美鄧時道：

> 〔我〕一生獲遣出使多次，最後，在康布雷與使節團團長（倫敦主教及日後的道咸主教鄧時道同行，他是才德兼備，世上罕見的賢士），他以大使身分，參與基督教國家君王間的締結盟約，達成渴望已久的和平，願主保佑這和平持久而穩定。[172]

---

[169]同上，5744號（1529年6月30日）委任令發布給摩爾。

[170]同上，5741號（1529年6月30日）。

[171]盧巴，《摩爾傳》，頁36-7。

這和約雖然不是永遠的，但最低限度，它使英國在十三年內免受外國戰爭的侵擾——是亨利動盪不安的王朝內最長時間的和平。

查理五世在義大利大勝，引起教廷會院政策上的反應，並且影響到在倫敦黑衣修士會院進行審理的「國王的大事」。摩爾和鄧時道留在康布雷，法庭最後一次開審時，甘碧治奧站起來，大家以為他預備判決，但他竟宣布退庭，直至假期結束之後才再審理。可是這次退庭後永遠不再開庭重審；因為在民眾不知就裡時，案件已移到羅馬審理。英王及王后得親自或派代表出席。

甘碧治奧宣布後，「薩福克公爵跟著站起來，奉國王之命說：『自英國從有樞機主教以來，未見有歡樂。』說時面露悻悻然的神色，大家都不知道他這話的用意，嚇得不敢答話[113]。」

薩福克公爵是國王妹夫，和國王感情很好，他這番的意思自然是國王嫌棄樞機主教。胡爾西的惡運在這時已經注定了。

國王立刻採取行動。離婚案退庭後兩星期，他便下令召開國會，這是六年前摩爾出任發言人不得不和專橫的胡爾西合作，向人民榨取財物以來第一次再度開會。

三週後，摩爾從康布雷回來，向國王報告。這時國王覺得離婚一案的發展較有希望，他又再向摩爾提到他的婚姻是違反自然律，不是教會可以寬免的。這些都是盧巴的記錄，日後的

---

⑫《全集》（1557），頁1421。

⑬卡雲迪殊，《胡爾西傳》，艾里斯編，頁122。

作傳人跟著引用，並說國王用不同的手法使摩爾就範。其實，
那時摩爾是不大可能對盧巴說這些祕密的。退一步言，縱然說
了這些祕密，盧巴對這類發生在他寫傳記之前的事，在編年上
至少有問題，甚至有嚴重的錯失。這個錯失可能大於他所犯的
另一個小錯，即在鄧時道未調任道咸教區之前，稱呼他為都蘭
主教。

　　最可靠的記載資料是在事發生後幾年，摩爾寫給克倫威爾
的信；這信在前文已徵引過了。那封信上並沒有提到摩爾從康
布雷回來後就離婚一事向國王說過什麼。他只是說，在任掌璽
大臣後不久和國王會過面，國王命他和坎特伯里大主教及約克
主教克藍馬、霍克斯博士及義大利會士尼古拉博士商量討教。
幾次商談後，摩爾對「國王的大事」的看法並不能和國王的看
法或國王認為他應有的看法一致。但我們這從說話中，可以猜
想當時的氣氛是相當和平友善的，完全保持爭議時所必需的理性。

　　盧巴記下的是相當模糊的回憶。他說摩爾從康布雷回來後
受命和倫敦主教史托奇士利（Stokesley）會談。其實，那時史
氏還未成為倫敦主教。

　　盧巴又提到，摩爾不能找出使自己改變對國王婚姻的看法
的理由，而史托奇士利確實寫了一份十分友善的報告，說他認
為「摩爾十分希望找出可以真正為國王服務的辦法，以達成國
王的心意」。

　　摩爾最令國王滿意的服務，就是繼胡爾西任掌璽大臣。

第四幕
掌璽大臣(1529-1532)

一、接受璽印

　　摩爾明知國王召集國會以通過一些他（摩爾）並不贊同的措施，他為什麼仍然接受這個職位？

　　摩爾對情勢的演變相當清楚。自胡爾西失勢後，許多聰敏的觀察家就已經看出來了。一位法國大使（用暗碼）曾記載道：胡爾西死亡後或垮台後，貴族豪門勢必劫掠教會。他繼續說：「我完全不需要用暗碼來記錄，因為他們公開宣告要這麼做，我期待美好的奇蹟出現①。」之後，他又寫道：「國會中的教士們即將面臨大恐慌。」他認為神職人員再不會出任首相的職位了。摩爾不是教士，但他維護教會的權益比許多教士還熱心，是個熱心於教會的世俗人。若亨利能使摩爾屈服，他就是完全勝利了，摩爾為什麼要接受一個要屈服或者被毀滅的職位呢？史學家往往認為受任是他一生中一個致命的錯誤。

---

①《函札與文件》，卷四，6011號。

其實，摩爾沒有選擇的餘地，他一旦加入了王家服務，便不再是自由人。在此之前，他曾對國王表明他不會在離婚問題上屈服。因此，若國王了解他的為人，答應給他良心自由，並在其他事務上任用他，摩爾便別無選擇，唯有侍奉國王。

有人說「這是亨利性格上少數『可佩』特質之一。[②]」「只要大臣們遵守他相當專橫的法律上的外在形式，他便不再把重擔壓在他們的良心上。」說這些話的人往往以摩爾為例子來證明，說：「只要摩爾一日在掌璽大臣任內，國王便一天不敢拿他與嘉芙蓮離婚的事騷擾他，因為他知道摩爾不會贊同。」

老實說，亨利性格上值得敬佩的特質可說是少之又少，再從中減去一些，未免有欠厚道。不過，亨利讓大臣們有「良心的自由」，實在是他最利害的武器，可使他在需要他們各服務時，儘管他們不贊同他大部分的作為，仍然要効忠他。

摩爾就任掌璽大臣不久，國王再叫他考慮「他的大事」，摩爾跪下，說他只要能夠良心安寧地服侍國王，即使犧牲一手一足，也在所不惜。亨利最善於利用那「只要不違背良心便可同意」的人，於是「在其他方面」亨利善用摩爾，「此後暫時不再以離婚問題騷擾他的良心。[③]」

盧巴提到這些事時，在時日上以及所用的字眼上，顯然記憶有誤。幸而在摩爾致克倫威爾的書信中，證明國王要他「考慮他那件大事」時，一再重申當日摩爾初入王家服務時許下給

②蒲勒德，《克藍馬傳》（ *Cranmer* ；1926），頁132。

③盧巴，《摩爾傳》，頁50。

他良心自由的承諾；「他首先必須服從天主，然後才服從他〔國王〕。④」

亨利答應不再騷擾摩爾，後來又用世俗的榮耀和利益引誘他，但仍不能改變摩爾的心意時，便唯有進一步壓迫他了⑤。一個人是否慷慨，不在於他承諾了什麼，而在於他有沒有履行承諾。

亨利性格上另一個不容置疑的可佩特質是：耐性，他將耐心結合了欺瞞——一個沒有那麼可佩的人格特質，形成強有力的懷柔政策，得到不能用武力得到的順從。摩爾的正直不在於抗拒亨利的威迫，而在於抗拒亨利的利誘。亨利說：「首先服侍天主，然後服侍國王」，跟著就是「你再考慮我那件大事吧！」這是他玩慣了的王牌，一直甚少失手；若這王牌失靈時，他袖裡還有一張；最後，那固執不從的人便要聽到亨利說：「從來沒有臣子對君王這樣放肆；從來沒有子民對君王這樣叛逆。」

有一項一直被忽略的證據證明摩爾並不願意接受這個職位，記載在他的外甥威廉‧賴斯提爾針對摩爾的佚事所作的殘卷中。賴斯提爾說：國王決意不把掌璽大臣的職位交給教士，「而任用了托馬斯‧摩爾公爵，但摩爾拒絕接受，國王因而震怒，並迫使他接受，極盡可能地說服他支持離婚案；然而，摩爾沒有被說服，國王對他滿懷憎恨。⑥」

---

④《全集》（1557），頁1426（1427）。

⑤盧巴，《摩爾傳》，頁66。

⑥賴斯提爾，《摩爾傳》殘篇A，見於哈斯菲爾《摩爾傳》的附錄上，頁222。

嘉芙蓮的朋友還在進行一切可能的抵制準備，摩爾無法拒絕加入這一小隊人馬，還另有原因。即使到了最危急的時刻，他仍然可能協助人，逃過他所預見的災難。他永遠有責任實踐他所力勸於，西婁岱（Raphael Hythlodaye）的作法：「無法改善的事，要做得它不要更糟糕！」

諾福克公爵和薩福克公爵在議會中要求胡爾西交出璽印時，失勢的樞機大人拒絕在口頭通知下交出璽印，因此「雙方的言詞都非常強硬」[7]。最後，兩人只好空手回去。第二天，持著國王的諭令再來，璽印才到了溫莎堡亨利的手中，亨利並在某些文件上蓋上璽印[8]。這時有人提議由薩福克公爵繼承胡爾西的職位，但因財政大臣諾福克妒嫉及從中作梗而不能實現[9]。鄧時道因為是教士，不在考慮之列。提名摩爾時，沒有人反對。胡爾西提到摩爾是唯一可能的繼承人選，這個說法並非空穴來風。伊拉斯默斯寫道：「樞機大人儘管不幸，卻絕不是個傻子，當他眼見大勢已去時，便說，全英國只有摩爾最勝任這職位。他這樣說並不是和摩爾有什麼特別的私人交情，因為胡爾西一生未曾把摩爾當過朋友，他只是畏懼他，並不是關愛他[10]」

許多人都和胡爾西有同樣的看法，神聖羅馬帝國新任駐英大使查培士（Eustace Chapuys）就是其中之一。他就是莎士比

---

⑦卡雲迪殊，《胡爾西傳》，頁133。

⑧《函札與文件》（1529年10月20日），卷四，6025號。

⑨《西班牙日誌》（*Spanish Calendar*），卷四，頁326。

⑩〈致費伯爾〉（To Faber），《書信集》（Basel, 1538），頁1071。

亞名劇《亨利八世》中的卡普舍斯（Capucius）。這是個雍容有度的人物，並在嘉芙蓮臨終時安慰她答應她最後的要求。查培士命中注定要在這動亂的時期留在英國，將有關英國的消息報回本國。他的報導雖然難免偏袒王后，但是誠實的。他給查理皇帝的信上說：「璽印一直留在諾福克公爵手裡，直至今天早上，才轉到摩爾勳爵手中。大家都為他升遷而高興，因為他是個正直有學問的人，又是王后的忠僕。[11]」

在伊拉斯默斯寫給英國友人的信中，存有不少關於摩爾膺任新職的記載。伊拉斯默斯頗具遠見地一再提到，這事對摩爾本人並不見得可賀；對學術界也不是件好事。它使摩爾再不能對學術界有什麼貢獻。不過對英王亨利本身、對英國、乃至對伊拉斯默斯，卻是件可喜的事。因為「沒有比他更聖善、更優秀的法官」[12]。

政府的檔案記載，國王於1529年10月25日將璽印授與摩爾。在場的有總檢察長。第二天，摩爾在西敏寺大堂宣誓就職，觀禮的人包括諾福克公爵、薩福克公爵及其他神職人員和倫敦貴族[13]。諾福克代表國王致詞說：「全國人民都欽仰摩爾」，他「是最當之無愧」的人。摩爾謙稱自己不配，又盛讚他的前任聰明睿智，但局勢仍是一片混亂，自己的受任，實在沒有什麼可喜的[14]。

---

[11]《函札與文件》（1529年10月25日），卷四，6026號，頁2684。

[12]雅倫，《伊拉斯默斯信札》，卷八，2263、2287、2295號。

[13]《函札與文件》，卷四，6025號。

[14]盧巴，《摩爾傳》，頁39、40。

史提普頓收藏了兩篇演詞，內容相當值得懷疑。第一篇是諾福克公爵的演詞，措詞不十分得體，詳述摩爾寒微的家世，然後補充說摩爾的德行和才能可抵消這些不足。第二篇是摩爾的答詞，力讚胡爾西偉大的才幹，但才幹未能使他逃過失勢的厄運，由此可見一個人的命運由上天而來，不是在自己手裡，是不能由人控制的，而他自己也因而得到人要受命運所左右的教訓⑮。這兩篇演詞大抵是作傳人練習修辭之作，我們自然不必相信。摩爾會掌握良機，特別強調「這位不幸的前任——在各項事務上都表現出精明、幹練及純熟」，才是我們樂於相信的。

二、摩爾對胡爾西的抨擊

其實，國會開幕時摩爾說到有關胡爾西的話，和史提普頓所寫的話大有分別。

國會在「黑衣修士院」開幕⑯。議會的紀錄上提到摩爾發表了一個長篇而動人的演說，解釋召開國會的目的在改革弊端。議員之一，英國第一位史學家兼議員愛德華・荷爾（Edward Hall）把全篇講詞記錄下來⑰。國王乘船來到新娘井（Bridewell）的行宮，和王公貴族們都穿上開會時特有的袍服來到黑衣修士院。

---

⑮史提普頓，《摩爾傳》，卷三，頁173-7。

⑯1529年11月3日。

⑰蒲勒德，《首位國會議員兼新聞記者》（ *The First M. P. Journalist* ），見《泰晤士報》，1932年10月1日。

隆重的彌撒之後，下院議員進入議廳。摩爾站在國王御座的右邊，發表動人的演說，講詞前半部和荷爾記錄的以及會議錄上所記的大致吻合；然後又提到他在《烏托邦》說過的話，將國王比作牧人。

> 以國王的財富來說，他不過是個富人；以國王的榮耀來說，他不外是個尊貴的人；以國王和他的廣大人民和信徒的關係來說，他是個牧者，是統治者和國力人力的管理者。因此，他的人民使他成為君王，正如「牧人」的名詞是由羊群得來的。

接著，摩爾的演說引入對胡爾西尖刻的抨擊：

> 就如各位所見，群羊之中有些是有缺失的、甚至敗壞的。好牧人從羊群中揀出好羊來。就像最近剛失勢的大羊，各位都知道，他多麼工於心計地對王上耍把戲，好像王上是愚笨的人，看不出他的狡詐似的……其實，他這樣做只是自欺欺人，王上目光如炬，怎會不看透他的內外？——因此，他的一切都昭然若揭，按照賞罰，他已受了處分。而王上這極寬容的處分是下不為例的……

摩爾接著引導下院議員選出一位「發言人」[18]。崇拜摩爾的人一直懷疑這篇講詞是否真確，不相信他會對失勢的人作這樣刻毒的攻擊[19]。另一方面，崇拜胡爾西的人又責備摩爾用不

---

[18]荷爾，《編年史》，惠比利編，卷二，頁164-5。

[19]碧烈節，《多默摩爾》，第三版，頁231-2，和附錄D。

堪入耳的辱罵，打擊失勢的對手以博取聲譽[20]。但我以為這篇演詞是相當真實的；因為神聖羅馬帝國駐英大使查培士雖然沒有詳細地記錄講詞，也同意荷爾的話，說「掌璽大臣繼續數說樞機大人的過失」[21]。

　　若我們以今天的眼光去看這件事，就會覺得他不夠騎士精神。因為今天政治已成為一種「遊戲」，而遊戲的規則之一是不要尖刻攻擊死人或失敗者的聲譽。摩爾的時代並不是騎士精神的時代。當年亨利即位時，摩爾獻上賀辭，亨利也欣然接受了，賀辭中談到對亨利七世的憶述。摩爾的良好品味並不是永不犯錯的。可是，不論以前或現在，摩爾的目的都不在報復，更不在阿諛奉承。在每件事上，都帶著暗示，新的政權要擺脫以往的錯誤和罪惡，每宗事件都在對亨利八世提出教誨，而不是謾罵失勢者。

　　胡爾西親法國反西班牙的政策，令人懷疑他在教唆或鼓動國王離婚，因為離婚和親法政策有自然的連帶關係。摩爾圈內人相信這回事，他們更相信胡爾西是被個人的動機所推動的[22]。摩爾在這方面並沒有留下文字，但我們可以假定他認為胡爾西是替亨利出詭計的謀臣——他所推動的對法國的幾次戰爭都無

---

[20] 祈禮頓，《胡爾西傳》，頁190；參照布魯亞（Brewer）的《亨利八世》（*Henry Ⅷ*），卷二，頁391。

[21] 《西班牙日誌》，卷一，頁323-4。

[22] 盧巴，《摩爾傳》，頁29-31；哈斯菲爾，《摩爾傳》，頁39-44；《虛假的離婚》，頁175等；史提普頓，《摩爾傳》，卷十八，頁343。也請參考原著頁162-3、223。

用處，反使英國一窮二白。然後，他又聯合法國捲入了與英國友邦勃根地（Burgundy）王室的查理士五世的戰爭。胡爾西的獨斷獨行，摩爾極端痛恨。若他真的影響亨利對嘉芙蓮的感情產生疑惑，在摩爾看來，他已危害了基督教國家的團結，更危害了亨利的靈魂。為了這一切，摩爾對自己的事業和安危已置之不顧了。令人感到不解的是，摩爾在任何時候都表現得對胡爾西極盡寬大。

此外，儘管摩爾在感覺上對胡爾西不滿，比在言談上所表現的不滿更厲害，但他必須以亨利臣僕的身分說話。胡爾西曾承認自己禍國害民，僅在四天前才得國王寬宥。掌璽大臣既然是國王的喉舌，他自然要代表國王向國會解釋，為什麼胡爾西這個多年來在國王批准下治理全國的人如今被撤職。難道國王以往都被矇騙？絕不是。他早已看透了胡爾西的為人。

三、「天曉得這是怎樣的一個議會」

掌璽大臣談到改革錯誤和弊端時，比起他提及胡爾西的時候還不愉快。他說，國會想要改革的，是「滋生在廣大民眾之間的各式各樣新興罪行」。有一點必定令他感到最為不快，亦即他所指的罪行可能不盡與國王心中所想的罪行相合。「改革」是這屆國會的當務之急，因此在歷史上稱為「改革的國會」，有時稱為亨利的「長期國會」，它在英國歷史上留下不可磨滅的痕跡。其他歷史國會，甚至查理一世的長期國會也沒有留下這麼深的痕跡過。

　　上一章，我們談到摩爾和亨利及胡爾西的關係，如今在故事中不會再出現胡爾西，要談的是摩爾和國王以及克倫威爾及國會的關係。差不多六年後，摩爾受審時被指責為「一意孤行」，反對當時盛大舉行開幕典禮的議會所主張的行動。摩爾答辯說：「我反對你們這一屆議會（天曉得是怎樣的一個議會），因為我有一千多年來基督教王國的意見作根據。[23]」現在，從摩爾口中發出「天曉得這是怎樣的一個議會」這句話，一定有極深的意思。有關國王婚姻和國王無上權威的爭論上，摩爾一直盡力約束自己，對意見和自己相反的人不出任何無禮不情之言。他一度是議會的發言人，從三十多年前的黃口小兒，到如今是個資深議員，他熟知國會的情況。他這話是有分量的。

　　摩爾這句話大抵在反映議會中人的柔順而不是它的組織。把亨利和他的國會比作攸力西斯（Ulysses）和那只有他自己才拉得動的弓，是十分貼切的[24]。摩爾加入王家服務之初，已指出亨利才智之所在。他的用人秘訣在於他令每個人都覺得在獨享國王的特殊優渥寵遇。就像倫敦的婦女每人都以為倫敦塔上的聖母像在特別對她微笑[25]。可是，利誘行不通時，亨利所有的臣子都知道都鐸時代政治家掛在口邊的名句：「國王的震怒就是死亡」。在君王就是「地上之神」的世代，他一登基便有龐大的力量，亨利就是因為這特有的權力而深信凡不服從他就

---

[23]哈斯菲爾，《摩爾傳》，頁196。參看下文，頁341。

[24]蒲勒德，《亨利八世》，頁258。

[25]請看下文，頁169。

是不服從天主;更有甚者,他的子民誠惶誠恐地覺得他是對的
㉖。至於他怎樣對付議會中的普通成員,我們可從荷爾的記錄
得知。荷爾在許多方面與摩爾的資歷相當:他們都受過大學及
律師學校(Inn of Court)的教育,都是偉大的歷史學家,都曾
任倫敦代理郡長。荷爾是一個國王崇拜者,他對亨利五體佩服,
因此在《編年史》對摩爾只表現有限的欽讚之情。他寫到國王
在登基後十五年借錢的事,以及在位二十一年(即摩爾就任掌
璽大臣的第一年),議會中有人提出解救國王債務法案:

> 這法案在下院中引起激烈爭辯,但大部分議員都是國王的臣
> 僕,多數壓倒少數,於是法案通過。全國上下知道借款的方
> 法時,都怨憤不已,大說國會的不是⋯⋯卻沒有補救的方法。㉗

荷爾所謂下院中實際的大多數都是國王的臣僕,並不表示
所有人都是擁護國王的,他只是要說,國王的人馬已足夠壓倒
其餘眾人。這股國王賴以壓倒眾人的勢力是重要的。日後殺害
摩爾時依據的一條法律,就是靠了它而得以僵持下去,經過不
少修改後通過,使國王達到為所欲為的目的。

摩爾死後一年,整個共國北部發生革命,反對「改革議會」
的立法和它的繼承者。人們猛烈抨擊「國王的臣僕」和毫無民
選代表性質的議會。由新、舊教的熱心分子的反響,可以看出

㉖壁克方(Pickthorn),《早期都鐸政府》(*Early Tudor Government*),
頁369。

㉗荷爾,《編年史》,惠比利編,卷二,頁169。

亨利統治後期國會議員的獨立精神和品格,天主教方面,以摩爾的外甥賴斯提爾(《費雪傳》作者)為代表;新教方面以改革家布林克魯(Brinklow)為代表[28]。

激烈的新教徒作者寫道:「笨蛋、酒鬼、作惡多端的人也好;貪心鬼、狡猾而詭計多端的人也好,只要他有錢,便可以拿皇家飯碗。在鄉下吹牛、打諢的,必定是來自國會的城市人。」激烈的天主教作家則把他們描寫為「喧鬧粗魯、不學無術的朝臣、寄生蟲、佞倖。」兩派的熱心之徒可說都欠缺一點厚道。至於近代史學家則以專家的口吻寫道:「在亨利統治期間,英國人的獨立精神殊不熱切,對自由的熱愛日益冷淡。」「天主教及新教徒中,一些令人敬仰者,以他們的鮮血救贖世代,以免一敗塗地,然而,大部分人的優美情操已在徵逐財富中喪失淨盡。[29]」

成為國會新血者,是亨利子民中有機會追求財富的人。其他人只能希望掙得溫飽而已,他們「不是聰明的人,不是教養良好者,只是無以計數的小百姓」,他們永遠不會被選入亨利的議會,甚至也很少是選舉人。他們對亨利的改革議會及其後繼者所通過的教會財產充公法,遠不如以些因此法而獲利的「有

---

[28]參閱《賴斯提爾殘卷》,收於哈斯菲爾,《摩爾傳》的附錄,頁222;《包蘭地安選集》(*Analecta Bollandiana*,1891),卷十,第一章,頁335-6;布林克洛(Brinklow),《羅德里戈·摩斯之控訴狀》(*Complaynt of Roderyck Mors*),p.13;布林克洛談的是1542年,但此處所指的是較早的國會。

[29]蒲勒德,《亨利八世》,卷八,頁438、431。

錢公職人士」那般歡迎。約翰・帕爾摩先後擔任舒里（Surrey）郡如薩色克斯（Sussex）郡的郡長，在薩色克斯取得一塊修道院的土地，並且據說強占了農夫的所有地，移作私人之用。他們抗議時，他回答辯稱：「你們不知道嗎？國王的恩典已將所有僧侶、修道士和修道尼的房舍壓跨了？因此現在也正是我們紳士拆掉你們這般窮鬼的房子的時候！⑳」

　　當然，窮人要對付這些獲利者的貪婪（這在改革議會和充公法之前許久就已經是一個嚴重的問題了），可向國王內庭或窮人申訴法庭上訴。因此，只要胡爾西及摩爾一日當權，上訴仍有相當可為。摩爾任法官的二十二年中，在各種情形下表現大公無私的品格，因此有「窮人的摯友」的美譽。摩爾失勢後，情況越來越變成：申訴的對象正是那些因大掠奪法案（the Great Spoliation）而漁利的人，這個法案是改革議會及其後繼者所立的。

　　希望從解散修院得到利益的「謊話專家與吹牛大王」（jolly crackers and braggers），可能是反對摩爾的，但大部分民眾對摩爾及他的死亡深表同情，甚至在英國改信祈教之後，摩爾還是為人愛戴的民族英雄。

　　然而，當摩爾說出了「國會——天曉得這是怎樣的一個國會」這句話時，他已經是階下囚，只有五天的壽命可活。他說的是真心話。他在此之前曾用過同樣的自責之語：「你決定責備我，天曉得如何責備法。」

---

⑳陶尼與鮑爾（Tawney and Power），《都鐸經濟文獻》（*Tudor Economic Documents*；1924），卷一，頁20-1。

　　無論如何，國會中有些議員是和摩爾十分親密的，他自己的家族就在其中，包括他的三個女婿，一個後妻女兒的丈夫；盧巴代表薩色克斯、翟爾斯與唐西代表諾福克，翟爾斯雅靈頓、勳爵代表劍橋郡。

四、對教士的攻擊

　　摩爾繼承胡爾西之後，國會開始工作。托馬斯·歐地利（Thomas Audeley）被選為發言人。他是個典型的亨利跑腿。他繼承摩爾做蘭開斯特公領的大臣（順理成章地，繼摩爾之後為掌璽大臣）。他照例表示由於缺乏智慧、學識和判斷而無能勝任之類的謙辭，像摩爾在上屆議會被選為發言人時所做的一樣。

　　摩爾現在既然取代了胡爾西的工作，自然有責任代表國王致答詞。他說歐地利的演說已足證明他並不是無才無智的人。之後，眾議員在下議院「開始申述對教士的不滿」。這些申訴是臨時提出的還是像賴斯提爾所說，由國王策動和授意，我們沒有史料可考。有一點可以想像的是，主教們大為震怒，羅徹斯特主教費雪更抱怨說，現在下院除了「打倒教會」之外，沒有別的事可做了，這不外是缺乏信德之故。下院議員認為費雪的一番話極為嚴重，必需認真處理，派代言人對國王投訴說：「議員是全國郡縣城鎮所選最能幹的人，如今竟被誣缺乏信德，那豈不等於說他們和土耳其人或撒拉遜人一樣敗壞？」於是國王召費雪解釋，但他提出的理由，「一點都不能令下議院議員滿意」。

　　爭端已開始，不過事情並沒有鬧開來。1530年11月4月，胡
爾西在解往倫敦塔途中在萊斯特（Leicester）去世。但他的惡行
死後對亨利仍有價值。他僭權奪勢，招致「教宗尊信罪」
（Praemunire），教士和教友都一直容忍他，也就等於默認了
他的不合法作為。要不是亨利從中維護，教士和教友可能早已
把胡爾西推翻了。有人認為下議院容忍胡爾西獨裁專斷，應該
付出賠償。更有人說：「國王比他以前的四位祖先需索更多，
徵斂更甚。其實，他應該明白，人民愛戴，他才有力量[31]。」
亨利十分明白這一點，因此豁免了下院議員的賠償。這時間，
如何對付教士是他最關注的問題。他們唯有投票贊成對國王繳
出一筆可觀的數目，以賠補他們的過錯——坎特伯里教區議會
繳出十萬鎊，約克郡（York）議會繳出一萬九千鎊；但是，除
了賠償之外，教士們還要承認亨利是「英國教會至尊和保護者」，
否則賠款不被接納。

五、教會的至尊

　　「教會的至尊」這名銜有什麼意思？也許沒有教士會料到，
不到八年，國王要宣布界定什麼是異端，什麼不是異端。教會
至尊之號，令人震驚。安·葆林的兄弟奉國王之命到議院提出
修正法案；要加上國王是（教會在）「天主以下的至尊」這些
字眼。可是，承認亨利的權力僅在天主之下，在教士看來是太

---

[31]《函札與文件》，卷五，171號。

膨脹的。有人以國王的名義,提出國王是暫世的君王,不會涉入精神事務,於是費雪主教把握這機會,提出應補充「只要天主的律法許可」這句話。於是,在這情形下,總算雙方得到轉圜,國王才接受了坎特伯里的賠款。那時是1531年2月11日。華咸主教動議說:

> 〔國王〕是他們唯一的保護者,至高無上的主……只要基督的法律許可,他甚至是至尊。

就是這名銜,使費雪和摩爾在四年後付出了生命的代價。

六、「國王的重大問題」舊事重提

亨利與羅馬的關係雖然日益緊張,仍未惡化,不過,促使教宗對離婚問題要採取行動。

這期間,劍橋教授克藍馬(Thomas Cranmer)提議歐洲各大學研究國王與嘉芙蓮的婚姻是否合法的問題。於是大學展開辯論比賽,一方代表查理五世,以〈申命紀〉為依據,一方代表亨利八世,以〈利未紀〉作憑藉。有人偽造圖書目錄,以推翻「英國人」〔亨利〕的希臘教父氣息。有人以最少二十四個金幣的費用,把手頭拮据的猶太經師請出來對抗〈申命紀〉。雖然當時的氣氛並不適合作嚴格的學術討論,但這班博學之士也並非完全用欺詐的方法去爭取勝利[32]。這件事發生的前一年

---

[32]費雪(Fisher),《英國史,1485~1547》,頁302-3。

夏天，亨利的貴族和顯要聯名簽署一分文件，呈交教宗裁決，
說明不少著名大學學者認為亨利的婚姻不合法。胡爾西在死前
數月簽了這函件，摩爾的名字卻未出現在函件上。如今，幾個
星期後，摩爾正為教士們承認了國王為教會至尊而煩惱不堪，
卻要在國會中宣布各大學對國王婚姻問題研究的結果。他首先
在上議院中說國王提出離婚是由於良心不安，並不是由於愛上
別的女子。國王顯然早已有這個動機，而掌璽大臣只是國王的
喉舌，責任是將國王對他說的話報告給大家。事實上，國王最
初的動機可能真是受不住良心的責備，後來才對安·葆林發生
情愫。有人指責摩爾說了這樣的一番話，可是，在指摘任何人
之前，應先責備亨利，因為他答應過摩爾，不去騷擾他的良心。
有人問摩爾對國王離婚的意見，他總是回答說，已多次向國王
申訴自己的意見，如今不想再多說。這答案已清楚表現出他不
同意。因為，若他贊同，被人問及時，可以直接回答說贊成就
可交代一切。摩爾對上議院演說完後，又和貴族們到下議院去，
說同樣的一番話。同時請議員回到自己選區時報告選民。第二
天，議會宣布休會，摩爾代表國王致辭，說國王對這次議會表
示滿意[33]。

　　摩爾無論怎樣忠心、謹慎，他反對國王離婚是無法保密的。
查理五世的大使報告，摩爾說了不少關於王后的好話，因而險
些被黜。此外，摩爾因國王自稱為英國教會至尊而心神不安，

---

[33]查培士（Chapuys）的報告，1531年4月2日，見《函札與文件》，
　　卷五，171號。

甚至想不顧一切辭去職務；費雪也憂心得病倒。這些消息自然使查理五世感動。因為摩爾和費雪站在他的一邊。於是他親自寫信給摩爾，由他的大使轉交[34]，但摩爾十分得體地回絕了，他求查培士「看天主分上」，不要探訪他；說雖然自己一向對亨利忠心，應該不致被嫌疑，但與查理的任何交往都是不智的，可能使他從此不能大膽對亨利進言。他又說這一切關係著查理與嘉芙蓮，也關係到英國與亨利，可說是生死攸關的，因此他不能接受任何私人信札，若這信到達，他也必須讓亨利知道。他顯然預見信中的內容不適宜讀給亨利聽。

議會再度召開時，議員對教會大肆抨擊：用的是下議院議員對抗主教的方式。申訴書由克倫威爾親筆修改，由此可知是誰發動了這場攻擊。這只是長期鬥爭的第一步，又可看到下院議員對正在發動的革命的性質認識是多麼少。將申訴書呈遞國王的同時，他們又請國王考慮議員長期出席國會的不便，請求解散國會。國王「非常明理地」指出，他們必須等候主教的答覆——如此一來，他們又得再服務四年。下院議員等候答覆的時候，他們通過了暫時停止給羅馬每年納款的法案。主教的答覆來到時，國王批上自己給下院的意見：「朕認為這種答覆不

---

[34] 《函札與文件》，卷五，112號。1531年2月21日，查培士寫信給查理（Charles），向他報告摩爾的不安。從倫敦到查理在布魯塞爾附近的王庭，書信傳送大約需時一周。查理給摩爾的私函，大約在3月12日寄出，查培士收到時是3月22日，見《西班牙日誌》，卷四，頁98。4月2日，查培士報告說摩爾拒絕接受查理的信，見《函札與文件》，卷五，171號。

會令閣下滿意……」於是，下院議員必須小心研究這件事，而
國王亦向他們保證不會「偏袒」！於是教士們再作第二次答覆，
國王仍不滿意。之後，國王悟出了他一生中的重大發現，於是
召集發言人和議院中十二議員宣布：「朕以為教士是最忠心的
子民，現在才知道他們只是半忠心罷了，甚至可以說不是我們
的國民，因為他們在被祝聖時已對教宗宣誓效忠。因此，他們
只是教宗的子民，何嘗是我們的子民？」

國王的要求再度提交議會。1532年5月15日——英國史上難
忘的一日——教士向亨利投降。他們強調這麼做完全是因為國
王的「明智與熱忱」。作此強調，目的在設法使這法令成為國
王私人投降成為一種個人的舉動，希望日後的朝代能修改、恢
復他們的地位。

第二天，摩爾辭職，他的政治生涯從此終結。在置身政治
圈時，他未能保護教士或公教信仰。他在無官無職，身為自由
人時，終其一生用文字、著作護衛教會。

七、引起爭端的書籍

為什麼宗教改革使摩爾忿怒和憂懼？他曾寫了一篇美麗的
禱文，大概是烏托邦中不同宗教的人在公共崇拜時用的。禱詞
中暗示不同宗教的敬禮也許有某些令天主高興的東西[35]。他像
米爾頓一般，也相信「真理可能是多方面的」。在倫敦塔時，

---

[35]《烏托邦》，勒普頓編，頁298。

他喜歡懷想古時兩位教父各有不同看法，如今「他兩人在天堂上都成了至善的聖人」，他不下十數次重覆說他絕不非難他人的良知。

正因為摩爾容忍，使他基於真正的「烏托邦」原則，不能忍受當時的宗教改革。他是高列特的門生，又是伊拉斯默斯的朋友，他深信教友應該明敏地研究《新約》。很少人能閱讀伊拉斯默斯的希臘文版聖經和他自己的拉丁文纂釋。因此，他渴望有人把聖經譯成英文。他明白有人可能會誤用這些翻譯——但某些人的誤用不應，也不能抹殺它的用途。「一件用品不能因它可能有害便完全拋棄。[36]」一直以來，摩爾都和改革者合作，可是他反對過分沉迷於研究聖經而放棄敬禮。誦讀聖經不是信仰的全部。他更說有百分之四十以上人口根本不識字[37]。所有宗教經驗對摩爾都是神聖的。

他尊敬伊拉斯默斯埋首窮究希臘文《新約》，找出每一字的意義，使基督傳教、治病、起死回生的景象如在眼前。可是，他也同樣尊敬俯伏在苦像前朝拜敬禮的目不識丁老婦人。宗教改革的人斥責老婦人迷信，在她面前打碎聖像，使摩爾生氣。正如但丁，他精通他時代的所有學問，當他最後抵達超越凡宇的光明天堂，享見天主容顏時，將自己比作克羅埃西亞（Croatia）來的朝聖者，在維羅尼卡（Veronica）面前靜默不語；摩爾亦然，雖滿腹經綸，對貧寒與無知識者的崇拜祈禱尊敬一致。

---

[36]《全集》（1557），頁244。

[37]同上，頁850。

摩爾在宗教問題上的作品可分為兩類，其中包括給好友愛
德華‧李（Edward Lee）及馬爾定‧多普（Martin Dorp）的拉
丁文信札。在信中，他為伊拉斯默斯所譯的《新約》聖經辯護，
以對抗守舊派及極端正統派的攻擊。這些爭論完全是友誼上的
切磋；摩爾的對手也不是等閒之輩。從他的辯論中，我們不時
讀到一些有趣的、自傳性質的細節。在致多普的信中，摩爾談
到他如何在餐室中靜聽一個唱反調的修士和義大利商人龐維西
的爭論。龐氏和摩爾同是堅定的正統派，卻以捉弄不識新約的
神學家為樂，故意找到一些偽造的版本，並徵引其中的章節。
例如若其中只有十六章的，他便從二十章引起，可憐的神學家
從未發現破綻。

在和多普的辯論中，摩爾獲得誠懇爭論者所能獲得的最大、
最稀罕的報酬：他使對手改變了信念。對熱誠擁護「理性」的
摩爾，可說是一大樂事。對抗主張改革的人，摩爾堅持「理性
是信仰的僕人而不是敵人」[38]。尊崇理性，是摩爾和史韋夫特
相似的地方之一。在他們看來，理性不能立刻領人達到同一的
結論，是件憾事。當《格烈弗遊記》的主角造訪那些純潔的小
傢伙，他發現事物都不一樣了：「理性在他們不是可懷疑的，
不像我們這裡，人站在問題正反兩方據理力爭，而是使人立即
信服，就像不受情緒和利益所混雜、障礙和汙染的情況下，理
性必然有的表現。」因此，多普和他最後達到相同結論時，摩
爾高興不已[39]。

---

[38]《全集》（1557），頁152。

　　一封給一位匿名僧侶為伊拉斯默斯辯護的信函，就比較不友善[39]。這裡面也有一些有趣的個人生活提示——特別是在他拜訪卡范區（Coventry）城的姊姊伊利莎白・賴斯提爾，遇到一位無知修士的故事。

　　固執舊禮者，像在卡范區的修士或是與龐維西吃飯時的僧侶，並不真正地礙事。他們可能喜歡爭辯，但無法真正檢視伊拉斯默斯式改革者。摩爾認為真正的危險不來自保守派，而是路德派，他們會使他期待的改革走入歧途，朝向他最痛恨的方向去。

　　摩爾主張把聖經譯成英文，他希望主教們出錢印刷並分派給信眾。但應該請有學問的人翻譯，而不應該在酒家飯肆中隨意辯論[41]。也不應由不負責的人如丁達爾按自己的偏頗意思翻譯。

　　1528年3月，摩爾任掌璽大臣前一年，本堂區主教鄧時道批准他閱讀路德派書籍，好能和他們駁辯。摩爾痛下一番工夫後，在同一年寫出了厚達四冊的巨著《論異端》（*Dialogue concerning heresies*）以反駁路德和丁達爾。這是一場真正的辯論，對手是個情趣橫溢、口才便捷的人。摩爾故意讓他在某些論斷上占優

───────────────

[39]致多普的信（Letter to Dorp），見史提普頓，《摩爾傳》，卷五，頁206。

[40]給李（Lee）的信，及寫給修士的信，都收於《博學之士書信集》（*Epistolae aliquot Eruditorum*；Antwerp，1520）。摩爾到考文垂（Coventry），大約在1506年。

[41]《全集》（1557），頁246；此處原文「lewd」指的就是粗野、無知、不學無術的人。

勢，最後他像約翰生博士一樣，約翰生小心翼翼地不讓輝格黨
（the Whig）的走狗贏得最後的勝利。摩爾又有《心靈之懇禱
》（Supplication of Souls）出版（1529）。這是為回答西蒙·
費殊（Simon Fish）的《為乞丐祈求》（Supplication for the
Beggars）而作的。費殊在此書中鼓吹沒收教會財產。摩爾那時
正任掌璽大臣，在百忙中抽出時間撰寫《駁論》（Confutation）
（1532）的第蘋部分，以迎抗丁達爾的《答論》（Answer）。
在退休期間，摩爾又繼續撰寫了〈丁達爾《答論》之駁論〉
（Confutation of Tyndale's Answer）以回答若望·斐里夫（John
Frith）有關聖事的論文。另外，他又為了替教士辯護而寫了《
自白書》（Apology）；《西林與拜山士之征服》（The Debellation
of Salem and Bizance），以及〈對一位無名異教徒所寫《主之
晚餐》之答論〉（The Answer to the book which a nameless heretic
hath named the supper of the Lord）〔最後三冊成於1533年〕。

　神職界人士募集了一大筆金錢送給摩爾以酬答他護衛教會
的辛勞。盧巴說這筆錢多達四、五千鎊。鄧時道那時已成為道
咸主教，巴斯的格勒克（Clerk of Bath）以及艾錫特的維西（Veysey
of Exeter）一致鼓勵摩爾，不為自己，至少也應為妻兒接納這
筆贈禮。可是摩爾知道若他接受了，他辯護的全部道德力量便
都完全消失。於是他拒絕道：

> 諸君！不！不！我不接受，我寧願把這筆錢投到泰晤士河也
> 不要我或家中任何人收下一分一毫。諸位用心良善光明，但
> 我重樂趣而輕圖利，不願因為收了這筆錢以致寢食不安。只

要異端能消除,我的書籍全被燒光,我的辛勞盡付東流,也沒有什麼關係。[42]

摩爾自己的話證實了盧巴的敘述。他說「寧願那筆錢投入泰晤士河」去[43],說希望「人們不要讀介紹異端的書籍」,也不要讀他自己的著作,要花時間精神在「那最能滋養心神、增加虔敬的聖書」[44]。於是他又介紹了幾本聖書如——希爾頓(Hilton)的《完美之階》(*Scale of Perfection*);另一本據說是由聖波納文杜拉(St. Bonaventura)翻譯的《基督傳》(*The Life of Christ*)以及現在歸在甘比斯(Thomas à Kempis)名下的《師主篇》等(*Imitation of Christ*)等。

八、烏托邦的宗教與亨利的「改革」

由於摩爾的英文作品幾乎沒有流傳,有人認為他早期的看法和他著作中的看法不盡相同;而他的著作主要在保衛教會、教士、教士獨身、修院制度、聖跡,對聖人敬禮、朝聖等等。但我們愈把摩爾的《烏托邦》和他反對異端的論文互相比較,便愈能見到他們流露同一心神。將摩爾的看法視為自相矛盾,未免膠柱。以下是最明顯的例子:新教牧師可以結婚,羅馬教

---

[42]盧巴,《摩爾傳》,頁48。

[43]《全集》(1557),頁867。

[44]同上,頁356-7。

士則獨身守貞，而《烏托邦》中，教士也是結了婚的。因此，批評摩爾的人說他撰寫《烏托邦》時，已是新教尚未出現前的新教徒。其實，摩爾早已想到這問題，而他的批評者沒有。因為當摩爾在《對話錄》（ *Dialogue* ）中維護教士獨身時，一是要以聖保祿〈致茅茂德書〉三章二節為依據：「主教應是一妻之夫。」⑮。摩爾說了在教會早期皈依者中確有的事。那時宗徒們除了從結了婚或結過婚的人之中冊立教士之外，不能冊立任何人作教士。摩爾認為獨身是聖教會「後來」切實執行的一條規矩。如今，在烏托邦中，自然的基本法則和人類理性並行。若教士獨身被視為自然與理性的法則，那麼聖保祿書信的文句便只好視為廢除自然法，因而歸結成教士必須結婚這一條誡命。——這正是丁達爾（ Tyndale ）所鼓吹，而摩爾所否定的。

「理性是信仰的僕人」，在信仰未建立於理性之上時，《烏托邦》已給了我們理性的基礎，我們已見到在「烏托邦」中，教士是不可侵犯的，而他們卻有權把人驅逐出教，而這種權力是人所畏懼的，因為出教的人，若不趕快悔改，政府便會干涉及處罰他，烏托邦有兩個獻身善行的修會團體，成員通常不是教士（這又是和摩爾稍後護衛教會所推行的作法相合）⑯。其中一個修會是獨身的，但另一會（像方濟各第三會）准許結婚。烏托邦有偉大而莊嚴的教堂，是經過教士商量後特別建成的，

---

⑮聖經〈第茂經，或提摩太前書〉3章2節；也參看《全集》（ 1557 ），頁228-9。

⑯〈對話錄〉，《全集》，頁227。

內部光線暗淡而帶迷疑氣氛。「因為他們認為太多光線要擾亂人的沉思」。雖然他們的聖堂內沒有神像,那並不是因為他們對神像反感,而是因為他們對神的形象沒有一致的意見。然而,他們有隆重的禮儀,包括祭衣、蠟燭、乳香、音樂⋯⋯摩爾撰寫《烏托邦》時,雖然未能了解宗教改革者的地位;因而在「烏托邦」的公開崇拜中,准許各種祭品、祭器——因為那是不會冒犯任何人的東西。

《烏托邦》的作者認為熱愛美和禮儀是自然而合理的。

偉大的德國學者杜洛奇(E. Tröltsch)將中世紀末期兩種尖銳的對立分辨為:具有可見組織的教會理想,以及強調個人心靈的宗派理想[47]。現在,除開摩爾的生平和他一生服膺正統的觀念不談,單就《烏托邦》一書已可見出他在當日的爭論中所採的立場。新教的改革者希望每人可自行研究天主的聖言:但烏托匹斯王卻藉強迫人民順從烏托邦的法律與組織,進行改革。

再者,從經濟角度來看,一個贊成烏托邦中的共產主義的人,一定不會信任十六世紀初的變化。十九世紀偉大的空想社會主義者威廉・摩里斯(William Morris)認為摩爾是舊時代最

---

[47]杜洛奇,《全集》(Gesammelte Schriften),卷一,頁371,基督教教會及團體的社會教誨與信條(Die Soziallehren der christlichen Kirchen und Gruppen)。參見雅各(E.F. Jacob),《文藝復興時的幾位偉大思想家》(Some Great Thinkers of the Renaissance; 1925),〈庫薩的尼古拉斯〉(Nicolas of Cusa),頁33;布里奇(Bryce),《神聖羅馬帝國》(Holy Roman Empire; 1912),頁373。

後一人，而不是新時代最先的人，他心中仍然充滿中世紀盛行
的結社精神，因此十分排斥早期的重商主義，認為它是刻薄醜
惡的，而商業革命卻正在改變英國的農民生活[48]，摩里斯尤其
想到摩爾反對大地主的貪婪豪奪和圈地政策；同樣，烏托邦人
也不喜歡把教堂、修院、醫院交與豪奪的國王和地主。

在十六世紀中，中古時代群體生活的制度大部分亟需修正，
而摩爾在《烏托邦》指出，治好病人某一症候，卻因而引出另
一病症的醫生，一定是個愚醫；同樣，一位藉沒收或充公以改
善人民生活的國王，顯然不知道怎樣統治自由人。摩爾深信，
了解個別修士或神父犯過失時，團體的會院所採的路線是正確
的，正如博克（Burke）日後說：「在烏托邦這類組織中，有著
追求適當而寬仁政治的力量，亦即工人所謂利益；那裡有公眾
指導下的稅收，有不能把物業轉為私有財產的人。

如果有人想尋找這麼做的可能性，他會白費功夫的。風任
性地吹著，這些制度是狂熱的產物，是富有智慧的制度。」在
這情形下，撰寫《烏托邦》的人，害怕因公而徵收的稅項會轉
為個人所有，變作他所認為最無用的東西，如維持軍備、建築
家族、及雇用閒散僕役等，他又怎能改變呢？

中世紀的集體主義也被中世紀宗教所籠罩，但正在醞釀的
風暴威脅看它們。工會為工人祈禱被宗教改革者取締；醫院因
為和教會有關連也受到威脅。西蒙‧費殊說：「醫院越多，情

---

[48]見凱姆斯考出版社（Kelmscott Press），羅賓遜（Robinson）譯，
《烏托邦》。

況越弊」。自然，這些話令「烏托邦」人震怒，也使摩爾吃驚，在所有異端分子的宣傳小冊中，摩爾最怕的是西蒙・費殊寫的，在摩爾未任掌璽大臣之前，這些小冊已落在國王手上，而亨利正考慮應否照著實行[49]。

摩爾的一派人認為，倫敦的醫院管理得完善與否不是問題，問題在「熱忱的果實」應作「智慧的工具」，當國王宣佈沒收醫院時，「反動反子」如摩爾及韋抉士等人自然不能明白留給幫助病人的經費運用不當，因此應由病人身上取回，給與富人的邏輯。費殊及克倫威爾的意見才是合乎亨利口味的建議。摩爾死後不過數月，倫敦四間為病人而設的院舍之一，便由國會判定交給亨利，這醫院的房舍日後便成了管理王家珠寶的大臣若望・威廉士勳爵（Sir John Williâms）的官邸；為窮人而設的房舍，則成了馬廄。二十年前摩爾在《烏托邦》中冷酷無情地批評過——對病人和老人、窮人的照顧，遠不如對馱貨的動物，而富人一天到晚從法律罅隙中找尋方法把貧病人身上僅有的榨取出來。不久之後，其他三間醫院也淪於廢置，病人只得到小量的施捨，以維持數週或數日，間或得到憐憫，獲准留居在房舍一角躲風避雨，「藉慈善家隨緣樂捐以支持」[50]。然而，醫院職工都被遣散，每間「舊時的醫院」都「空置頹敗」。這情

---

[49]《霍克斯》（Foxe），湯森（Townsend）編，卷四，頁658；參見《函札與文件》，卷四，5416號。

[50]諾曼・摩爾（Norman Moore），《聖巴爾多祿茂醫院史》，（ *History of St. Bartholomew's Hospital* ），卷二，頁126。

況存在經年，直到亨利「在超性的仁慈默啟下」，「恢復」了
其中一所，這就是雷夏（Rahere）的聖巴爾多祿茂醫院的基礎。
然而，亨利扣留了基金，又因設備只夠三、四名病人之用[51]，
故僅有院址並無多大用途，因此亨利再度取回，但倫敦市民強
烈抗議，不容亨利忽視，亨利死前再次頒贈醫院房舍和大部分
基金，於是成了「創辦人」。亨利自稱為「沒有被他破壞的慈
善機關」的恩人，出言之不遜，連欽仰他的人也為之搖頭嘆息。
許多年前，摩爾已在「烏托邦」中提到阿諛奉承的人對國王大
事吹捧，稱他為被他沒收的機構的「捐助人」。長年累月的阿
諛諂媚令亨利信以為真；可是摩爾在1529年反對了他在1916年
同樣認為應該反對的事，又怎能說他是「改變了」呢？

　　倫敦市後來從英王愛德華六世爭回「聖多默醫院」，其他
兩所醫院則已告永久毀壞。其一是在「主教門」（Bishopsgate）
的聖瑪利亞醫院，是一間比聖巴爾多祿茂和聖多默兩醫院收益
更多的醫院，「解散」令下時，尚有一百八十張病床，設備完
善，以收容窮人，是所「解脫困厄」的大醫院[52]。

　　今日，我們讀《烏托邦》時看到阿馬洛（Amaurot）城外四
大醫院的圖片，定感驚愕。摩爾用這圖片及其他寫於《烏托邦
》書頁的空白處的札記給「眾城之花」——他所心愛的最美麗
的倫敦城——繪出一幅輝煌的圖像。西蒙・費殊提議破壞寬敞
的聖堂、學院、醫院——摩爾所愛的城市榮譽標幟，使摩爾大

[51] 同上，頁153。

[52] 史都（Stow），《調查書》（Survey, 1603），頁168。

為憤怒,不禁對費殊挑釁式的花言巧語提出抗議:

> 好了,現在說到可憐的乞丐,究竟皇家的法律顧問們〔西蒙・
> 費殊〕給他們想出什麼解救方法呢?蓋些醫院。不,想也不
> 要這樣想,他說過醫院越多,情況越壞,這樣做只有叫教士
> 獲益罷了。那麼,又有什麼解救之道?給他們一點錢嗎?不!
> 不!一粒麥子也別給!那麼,到底有什麼辦法呢?什麼也沒
> 有,若皇上高興,自然會蓋間醫院,這一來,就什麼貧病的
> 人都可一了百了給救濟了啦!不過,還是最好不要自己掏腰
> 包,只要看看教士們有什麼就拿了去好了,這不是個更有趣
> 的玩笑嗎?叫乞丐餓肚皮,又給他們送飯菜?現在不是國宴
> 啊![53]

這不是諷刺漫畫,而是真有其事。費殊沒有想到再捐贈的
問題,而是真真正正提議沒收教會財產,而且確確鑿鑿把將廢
除教士當作補救社會弊端的方法之一。但「烏托邦」市民如果
私下向國王作這類提議,就會被判死刑。那麼,摩爾的憤怒又
何足驚異?

摩爾的義憤得到英國各派系作家的迴響,最響亮的是極端
改革者本身。拉蒂默在〈抗議新教的專橫〉上有不少同志[54]。
他們的證據不容忽視。摩爾和改革者的分別在於:摩爾在「讓
乞丐餓肚子……」的政策施行之前,已提出反對,而改革者卻

---

[53]《全集》(1557),頁301、302。

[54]Clark,《英國散文》(*English Prose*),卷一,頁226。

只為該政策的後果而哀歎。他們之中有人「因信仰關係」，對
國王將修院從「假基督的小鬼」手中取過來而深感慶幸，但是
承認「若修院仍舊留在他們〔教士們〕手中，對聯邦更為有利」
[55]。另一改革者怨對連天說修道院最低限度能夠收留行旅、照
顧病人，將農地以合理租金給農民護養；以良好的人文學科教
育青年。而取得修院土地的世俗人連這些事中任何一件也不肯
做[56]。英國的情況，從沒有像此時這般悲慘，一個傳道人在愛
德華六世（Edward Ⅵ）和他的議會面前，直截地提到同樣的怨
言，說學校被毀滅，窮人的慈善救濟取消[57]。摩爾可說是個先
知先覺，遠遠地走在時代的前頭，說基督徒在這些新思想的傳
播威脅下所受到的壓迫，簡直比土耳其人的專制獨裁要糟得多
[58]。一位極端的改革分子就曾經談到旅居外國多年的商人，回
到英國時見到古舊的救濟院重建得宏偉十分，大感驚愕。後來
見到一位乞丐給他解釋說住在院內的人已被逐出來，死在路旁
屋角，大院內如今住著富貴人家，他才驚醒過來。

　　上主，天主，商人說：
　　我曾到過土耳其，
　　可是在異教徒中，
　　我也未見過這般的殘忍！[59]

――――――――――
[55] Brinklow,《羅德里戈・摩斯之控訴狀》，Cowper編, E.E.T.S.（1874），
　　頁9、32等。
[56] 培根，《喜樂的瑰寶》（ Jewel of Joy；1553），H. ii，左頁。
[57] 利華（Lever），《講道集》（ Sermons），亞伯（Arber）編，頁81。
[58]《全集》（1557），頁275。

唐尼（R. H. Towney）在《宗教與資本主義之興起》（*Religion and the Rise of Capitalism*）中說：「一組人在有條件的情況下，支持宗教改革，使它成為政治上的成功，卻換來了無可避免的社會災禍[60]。」摩爾見到這宗交易的經過，未能親身見到它的後果。但以不可思議的遠見，默察亨利八世的朝廷，預測了盧巴日後所記錄的事情。他知道教會正要受到的威脅。而這時費殊的《乞丐的哀訴》（*Supplication of Beggars*）正從一位貪婪的朝臣手中傳到另一位貪婪的朝臣手中，再從洛克福（Rockford）傳與安·葆林，從安·葆林傳至亨利手中。在摩爾發表對費殊的答覆時，外國觀察家見到漢廷大臣們公開計畫奪取教會財產的手段，為之吃驚不已[61]。近代經濟史家稱之為「社會災禍」，摩爾以他更富圖畫色彩的都鐸時代英文稱這災禍為「邪惡慾望對窮人、富人、教士、修道人、世俗人、君王、貴族、平民的大干擾[62]。」

不管我們想到宗教會院與它美麗的禮儀或社會的問題，以至資本主義的興起與否，只因為《烏托邦》的作者不想追隨亨利及克倫威爾的所謂「進步路線」，而把「進步」的摩爾形容

---

[59] 考柏（Cowper）編，高魯利（Crowley），《選集》（*Selected Works*），E.E.T.S.（1872），頁11、12。

[60]《宗教與資本主義之興起》（*Religion and the Rise of Capitalism*；1926），頁142。

[61]《函札與文件》，卷四，6011號；Le Grand，《離婚史》，卷三，頁374（1688）。

[62]《全集》（1557），頁290。

成「反動分子」是不合理的。從政治觀點而言，也沒有更大的理由。亨利革命的本質是要將教會的與民政的其中一方的統治者加以清除，而它們在理論上是統治基督教國度的。在《煉獄篇》中馬爾谷・林百度（Marco Lombardo）對但丁解釋中世紀的理想就是現世的力量與精神的力量應互相制衡指引[63]。摩爾在撰寫《烏托邦》時，認為這兩重控制是理所當然的；雖然烏托邦人是異教徒，他們有兩種均等的權力——法官與司祭的權力，他們反映出中世紀的理論。然而亨利的改革使國王達到至高無上的地位。因此改革者如丁達爾便很自然地寫道：「在世上，國王的權力是沒有法律可限的，他可以隨意為善或為惡，除了天主，不必對任何人交代。」同樣，亨利自然會說：「這本書是為我和所有君王而寫的。[64]」而《烏托邦》的作者對丁達爾和他的書不表贊同，也是同樣自然的事。因為在《烏托邦》中，君王被法律所限，破壞法律就要被廢除君位，而且他可以被他不能動分毫的教士驅逐出教。

上面提到的一切並不是烏托邦人信仰中可以自由取捨的，在所有可能冒犯任何一教派的東西都除去後，陰暗而莊嚴的教堂，煩瑣的禮儀、祭服、蠟燭、奉香等就是英國國教留下的一部分，同樣，雙重權力——教會的及民政的權力；君王的有限權力和教士的不可侵犯的性質，都不屬於任何教派的信條，而是「烏托邦」基本憲法的一部分。

---

[63]《神曲》〈煉獄〉第十六章（Purgatorio, xvi），頁106-8。

[64]斯特拉普，《神職人士紀念集》，I, i, 頁172。

批評摩爾的人沒有理解到，他生命終結之前挺身捍衛的許
多事情在他撰寫《烏托邦》時，在他看來已經是十分重要了。
因此他要把它們定為所有宗教最普遍法則的一部分—這是「烏
托邦」法定的信條。

有關《烏托邦》宗教最顯著的一點，並不是它和中世紀教
會習尚不同的程度，而是它和它們吻合的程度。當然，分別是
有的。「烏托邦」是只以理性為根基的「哲學城市」：烏托邦
人對天啟一無所知，卻自然地對崇拜、審美觀念、自殺、離婚
等有他們的看法，而這些看法是和中世紀正統看法是不同的。
顯然是彼得・吉爾斯所添加的「烏托邦調調詩歌」，附帶拉丁
文翻譯，便強調了此點。烏托帕斯王「提供了人們一種哲學城
市的典型，該到他時他希望回收更好一些的」。摩爾在構想一
個像方濟・培根（Francis Bacon）在《學術之進步》（Advancement
of Learning）一書中所稱的「自然神學」（Natural Theology）
（藉默想受造物而獲得有關天主的基本知識）以對抗「建於天
主聖言神諭」的「神聖之學」。培根對「自然神學」興趣不大，
只足以證明不贊成無神論罷了，並沒有再進一步探討下去。在
《烏托邦》中，摩爾的探索就更深遠得多：禮儀、象徵主義、
祭司制度在烏托邦的自然宗教中都有它們的地位。

如果一位新教改革者企圖向「烏托邦」傳教，會有什麼狀
況發生？這位改革者會對莊嚴的教堂提出抗議。他會說，那麼
絕對神聖典籍的晦澀不明，阻礙我們解讀上帝之言[65]。他會把

---

[65]比較《丁達爾、弗里思、巴恩斯全集》（Works of Tyndale, Frith,
and Barnes; 1572），頁279。

「他們古怪的歌聲」稱作是「和上帝一起的苦修生活」[66]。黑漆漆教堂中儀式所用的小蠟燭，會被改革者拿來當激怒摩爾的笑柄——「上帝需要燭光嗎？[67]」對烏托邦神職人員的神聖不可侵犯性，改革者將只看作是過時的陋習，其他更包括他們的祭服、他們斷言象徵各種神聖奧秘的顏色，這些奧秘只有神職人員才能開啟。一位徹頭徹尾的改革者會收手不攻擊這些「帶有魔咒的裝扮」嗎[68]？他會把烏托邦人斷言經常發生並且「高度尊崇」的奇蹟，認作是魔王（Devil）所為[69]。但是如果他「如此猛烈和熱切地抗爭」的話，我們這位新教改革者將會被驅逐出烏托邦，或是被宣告處罰為奴隸，並且如果他仍然頑抗，則有死的威脅。

「烏托邦」容忍崇拜日月，但不容許人說任何被承認了的宗教是褻瀆神明的、汙穢不潔的。這和摩爾日後在反對宗教改革者的文字上的看法差不多：若「雙方同意而不用暴力」，土耳其人接受基督教傳教士進入土耳其，那麼，讓土耳其人在基督教國家內傳教，也是可以的；但沒有理由容忍使用暴力的異論分子[70]。

---

[66]比爾尼（Bilney），霍克斯引他的話，見湯森（Townsend）編的《霍克斯》，卷四，頁621。

[67]《對話錄》，《全集》（1557），頁118。

[68]高魯利，引用自斯特拉普的《巴克傳》（*Life of Parker*；1821），卷一，頁301。

[69]參照摩爾，《對話錄》，《全集》（1557），頁286。

[70]《全集》（1557），頁275-6。

總之，若「改革者」對「非改革者」不斷的管制，「烏托
邦」人便不會容忍。我們不要忘記摩爾要面對的是怎樣的辯論。
一個反對教會的人千方百計用盡他能想到的話侮辱神職人士；
又說要把他們縛在馬車上，脫去衣服，到每個城鎮去鞭打，然
後迫他們結婚。摩爾於是說：「你們立刻可以明白，他認為結
婚對教士是好不好的了，若他以為好的，便不會迫他們做了。
⑦」丁達爾及其他殉道者所用的話也差不多同樣強烈，和他們
所持的傳道問題相差很遠，使烏托邦人超過了容忍的範圍。當
摩爾譴責異教人為引起分裂的人，或是覺得必需用嚴厲的字眼
去辯論時，不外是反映《烏托邦》的看法。他說：

> 若他們〔異端者〕不……自己獨自做異端者，緊守舌頭，保
> 持緘默，而要喋喋不休，極盡敗壞之能事，那麼，最少要做
> 個合理的、誠實的異端，以理性來撰寫文章，而不隨便責罵
> 挑剔。若我以後說話不夠公正柔和，讓我的弟兄來責備我好
> 了⑫。

摩爾補充說這方式是異端分子永不會採用的，「他們在挑
剔指責時洋洋得意」。

此外，《烏托邦》書中充滿的歐洲團結情感，也充滿在摩
爾反對改革者的論述中。路德派說，把德國土耳其化都要比天
主教化更好。土耳其是上天指派的天譴，違抗它要受罰。一位

⑦同上，頁307。
⑫同上，頁866。

英國歷史家公然抨擊這是背叛德國，他說這危及和平和統一，亦即危及德國民族的生存本身[73]。他攻擊這種教義威脅德國的民族性，是近代歷史家的特有論點。而摩爾攻擊它危及基督教王國的和平、統一和生存，則是他特有的論點[74]。

像費雪一樣，摩爾沒有忘記伊斯蘭教已從基督教國家去了亞洲、非洲、以至部分歐洲，而且繼續進侵。從貝德時代到十五世紀，歐洲一直保存著它的地位，如今已在衰落。正當土耳其人攻抵維也納城外時，異端分子卻使基督教國家四分五裂。在摩爾眼中這是對共同理想的叛逆。在烏托邦中，基督教君王差不多受到同樣的責難，因為他們除了自相殘殺外從不想到其他。

從撰寫《烏托邦》到步上斷頭台之日，摩爾一直代表不少人為共同理想，以反對一己私利或甚至一國私利。他不能同意新的政治觀點那樣把每一個國家看作完全獨立的個體，是「歐洲競技場上的武士」，使他們對別的國家被土耳其消滅冷眼旁觀，袖手不顧。

只想到摩爾是個努力奮鬥掃除日漸加高的基督教國家分隔的藩籬，是替窮人對抗發展中的重商主義的代言人，以至是深具仁道的人類及動物的愛護者，是不夠的。要描畫一張這樣的摩爾畫像並不難，但畫出的只是真像的一半，正如畫出半個聖方濟一樣。在奪取教會財產的喧鬧聲中，摩爾覺得最可怕的莫

---

[73] 阿姆斯壯（Armstrong），《查理五世》（*Charles V*），卷一，頁260。

[74] 《對話錄》，《全集》（1557），頁278。

過於它不單涉及社會的不公平，而是終止了為亡者祈禱。他說：
「基督徒想盡各種方法來說為亡者祈禱浪費精力，實在是非常
可惜的事。⑮ 」今日，一般人覺得，即使解散修院，也應保留
修院內圖書館，及想辦法繼續保留慈善和教育事業，應把地方
留為公用，作宣道和聚集之所；所有倫敦教堂在極為需要之時，
卻被貴族們改作魚酒之庫⋯⋯可是，即使這些都能保留了，摩
爾仍然不會同意這種整批的解體。他相信，修院是祈禱之所，
也是為亡者祈禱的地方，沒有人比摩爾更熱誠覺得，生得尊榮
與死得高貴，同是社會中重要的一環。摩爾這種特質最使伊拉
斯默斯感動。他說：「他這樣地和朋友們談到未來的世界，言
詞出自肺腑，充滿美好的希望。⑯ 」這也是摩爾趨赴斷頭台途
中所說的一番話的意義。

這種對「諸聖相通功」的信念〔譯者案：天主教徒相信，
地上的生者、煉獄中的靈魂與天堂上的靈魂可互相祈禱〕是烏
托邦信道的基本條文，烏托邦人不單必須相信靈魂不滅，而且
更進一步相信：

> 儘管世人遲鈍而軟弱的肉眼看不見，當我們談到已死的人時，
> 他們便在我們之中。因為如果被祝福者竟然不能夠自由隨意
> 行動，是一件不方便的事。並且，完全將拜訪、探望朋友的
> 欲望丟開，在他們是很不厚道的。⋯⋯因此，烏托邦的人更
> 勤奮工作，彷彿有著這些監看人的信任與約定般。

⑮《全集》（1557），頁290。
⑯雅倫，《伊拉斯默斯之時代》，卷四，999號，頁21。

九、可敬而廉明的法官

摩爾最為世人紀念的，不是因為他是政治家、作家或教會的護持者，而是因為他是廉明的法官。這是若望・哈靈頓（Sir John Harington）在他死後六十年對他一生所下的結論。伊拉斯默斯聽到摩爾被委任為掌璽大臣時，也說過同樣的話：「他是一位聖善而正直的法官。」

部分摩爾的家人認為他太正直。盧巴記述他身為大臣時極少閒暇。一次，他的一位女婿（大抵是威廉・唐西）提到連樞機主教的看門人也有點「小費」，而他從不曾藉介紹友朋親戚往見摩爾而獲得一分半錢。因為摩爾易於接近，毋需他人引介才得見到。「這情況在托馬斯・摩爾大人來說，是值得欽佩的，但是對身為女婿的他無利可圖。」摩爾雖盛讚唐西如此地小心嚴謹，卻也表示，他事實上可以藉著某些方法幫助唐西的朋友，用言語或信函：「或者，如果他有訴訟懸待我的判決，在你的要求下我可以在他人之前先聽他說；或者，如果他的訴訟理由不是最好的，我卻可以藉由判決，使訴訟當事人達成合理的目標。⑦」

這顯示出司法道義已經改變了多少，摩爾的十九世紀的法律家傳記作家，其中度的循私主義令人可恥。摩爾心想利用這點可以安撫他的女婿，有人說：「這樣的行徑在現在將是受嚴

⑦盧巴，《摩爾傳》，頁42。

重譴責與批評之事」[78]。另有人說，如果摩爾曾被要求如此做的話，他將對這些侵害公平之事退怯不前[79]。

但是摩爾的結論相當不妥協：

> 可是，我的孩子，關於這事，我敢向你保證，若有人要我主持公道，即使一邊站的是我父親，一邊站的是魔鬼，若魔鬼有理，牠也會得直的。[80]

言行一致的摩爾：

> 在他的判例中，從來未曾背離正義的原則，很明顯的例子就是他審判他女婿奚農的時候。雖然奚農與他有極密切的親情關係，但他在法院面臨控訴時，摩爾對他沒有任何偏袒，而致使他受到法律的裁決[81]。

這個案子的審判過程至今仍存於紀錄局，任何對此案有興趣，或欲進一步查證者，可至大法庭街，查考「早期法庭過程紀錄」，第六百四十三卷，三十二號：奚農對尼古拉篇。

幸虧摩爾保持自身的清白。要不然，當摩爾退休的時候，

---

[78] 甘寶爵士（Lord Campbell），《人物傳記》（Lives；1856），頁33。

[79] 麥堅陀殊，《傳記》（Life；1844），頁139。

[80] 盧巴，《摩爾傳》，頁42-3。

[81] 安皇后（Queen Anne）的父親，溫特夏爾郡伯爵（Earl of Wiltshire）托馬斯・葆林（Thomas Boleyn）。盧巴所說的「因對他的信仰憎惡之故」，所指的是葆林與摩爾在英王亨利的政治及宗教主權問題上之不合，盧巴並未說托馬斯・葆林是新教路德派的人。

就如羅波所說,「毋需置疑,國王對他不滿的時候,國王將樂於接受任何對他的控訴,而他則將身敗名裂。」

派奈爾對摩爾的控訴案,為一最明顯的例子。

在摩爾還是大法官的時候,渥根與派奈爾彼此告上法庭,結果摩爾判派奈爾敗訴。事後,派奈爾仍對此事心感不服,指控摩爾由於接受渥根託其太太以金杯賄賂摩爾(當時由於渥根身處外國,無法親臨奉送),才使他慘遭敗訴。因此,在國王的命令下,摩爾被召至全議會前。而這件指控案及「送杯」事件,離渥、奈的事件,已有一段很長的時間。當時渥太太為了送摩爾一份新年禮物,一直勸他將禮物收下;摩爾無法拒絕她的好意,才接受這份禮物。

威爾伯之議員欣然的站起[81](他對摩爾的判決極為不滿),向席上的議員說:「諸位,我不是曾經告訴過你們嗎?這項指控是不會錯的」。這時,摩爾向貴族們要求說,既然他們已聽過他前一段的解釋,可否讓他繼續說完;此項要求獲得貴族們的允准。於是他續而說道,當他將金杯接過手後,當場吩咐其僕人將葡萄酒盛滿金杯,然後舉杯把酒喝光;他對渥太太說,他心領了這份禮物,請她拿回去,當做摩爾送渥根的新年禮物。當摩爾受到指控時,他請她及其他人出來做證,雖然有違背她的心意,但她還是欣然的答應了。而這件事情就這樣水落石出了。[82]

---

[82]盧巴,《摩爾傳》,頁61-3。

但這個指控案的詳情至今尚存[83]。四年半後，身為陪審團之一員的約翰，發現摩爾有罪。

另一件羅波所描述的軼事，顯示摩爾時代的評價標準，與今日不同。在當時，唐突的拒絕訴訟當事人的賄賂，會被認為傷害當事人。

> 在另一個新年期間，一位富有的寡婦，柯洛克女士，前往摩爾府上，送他一雙襪子，裡面放了四十英磅的小天使。當時，這位女士正與阿倫道議員打官司。摩爾很感激的將襪子收下，但拒絕接受裡面的銀錢；他對各位女士說：「由於拒絕一位淑女的新年禮物是不禮貌的，我很樂意收下這雙襪，但裡面的錢，我全然的謝絕」。雖然她不願拿回，但摩爾堅持如此做。有位葛斯翰君，同樣在摩爾主審他的案件時，送摩爾一個優美的金杯子為新年禮物，摩爾很欣賞這杯子的條紋，故他將自己房子內的另一個杯子拿出來（雖然他不很喜歡這杯子的條紋，但卻是較昂貴的），託葛氏的僕人，拿回去做為那杯子的報酬；除此之外，他是不會無條件接受禮物的。[84]

又一個類似的例子為現今的一位律師，覺得摩爾的做法有些問題，因此大法官羅素在六年前曾寫道：「那些控訴都顯出

---

[83]案一，（685／39）。這案件是在1531年1月20日開審。（理查・沃恩、傑弗瑞・沃恩對巴涅爾）（Richard and Geoffrey Vaughan *v.* John Parnell）。

[84]盧巴，《摩爾傳》，頁63-4。

摩爾先生的正直；但我認為他對葛斯翰送他金杯子之事的處理，為不智之舉。我認為柯洛克女士應被判為藐視法庭之罪。[85]

　　摩爾每天下午都會坐在開放的大廳，接見起訴者及聽取訴情[86]，其中發生過一項判決，雖然不是最好的，卻與那使所羅門王得美譽的判例極為相似：

　　　　摩爾先生最後一位妻子喜歡小狗，也愛與牠玩。有一次有人送她一隻小狗，而牠卻是從一位窮乞婦那裡偷過來的。那窮婦人四處找尋她失落的小狗，結果那婦人發現，他太太的僕人，手中抱著那隻小狗。可是那隻狗卻不認那婦人，故僕人繼續留養那狗。當摩爾知道這件事情後，他要其太太與那窮婦人一同到法庭來；他說：「我的太太，妳是高雅的女士，請妳站到此廳的上端，因為妳將不會受任何的指責」。摩爾自己站在中央，對她們說：「妳們是否滿意由我來裁決，有關這隻小狗的爭議？」經她們同意後，他說：「妳們同時叫這隻小狗的名字，小狗到什麼人那裡，她就可擁有這隻小狗」。結果，小狗走到窮婦人的那一端，因此他宣佈這隻小狗屬於她所有。而摩爾拿出一個法國銀幣，問她是否願意將小狗送給他的太太。那窮婦人對他的用語及賙濟皆感到滿意，故將小狗送給他太太。[87]

───────────────

[85]《托馬斯・摩爾爵士的盛名》，頁74。

[86]盧巴，《摩爾傳》，頁43。

[87]這故事來自魯、巴的摩爾傳中，寫於伊莉沙白女王統治的末期，及《教會傳記》，卷二，頁102-3。

　　胡爾西不偏不倚執行公義的態度，是他管理事務的一個很好的代表，這使他的膽敢對事情詳述的原因。胡爾西為大法官時，他有效地阻止對普通法的濫用：「在瑣碎的事情上，他都處理的很好，他常以平等的原則下命令，去阻止那些只依據法律條文的判決」[88]。據胡爾西的傳記，胡爾西當大法官時，最高法院成了——

> 國王首要的代理人，並減緩那嚴酷、僵硬的普通法，縮短了那法律上日趨擴大的時代差距，以符合當代的需要，並將不同種類的法律——上帝法與自然法、普通法與成文規章、宗教法與民法、商人法與軍事法、陸上的習俗與海上規矩，結合成一有系統的法律。在中古世紀末期，由於法律上的衝突，威脅到政府的穩定，並造成國家的混亂，需要一個強有力的手臂，以平息貴族諸侯之間的武裝戰爭。為了符合這些需要，便產生了「新」君主體制，以扮演現代國家的角色；那時，處理法律上的爭執者，理當是大法官，而胡爾西是其中最優秀的大法官。[89]

　　摩爾繼胡爾西出任掌璽大臣時，也承受了胡氏留下的兩大問題。首先是普通律師因胡爾西立法執法所引起的摩擦；其次是案件的積壓。盧巴清楚地記載摩爾小心地盡可能不頒布新的法例。但法官們已不勝其煩，盧巴提醒他的岳丈，法官們不喜

---

[88] 蒲勒德，《胡爾西傳》，頁95。
[89] 同上，頁60-1。

歡這種措施。於是摩爾用了近代人常用的手法處理這事——請他們吃飯，飯後無拘無束地討論。但在發出邀請之前，小心準備好討論的材料，預留轉圜的餘地。掌璽大臣辦事處內最重要的官員是六名書記，他們的職務是將覆文、複件及其他記錄歸入檔案。摩爾囑咐這六名書記：

> 做一簿冊，登錄一切法例的號碼、原由。不論是當日的或是過去的，或是在西敏寺任何王家法庭上審理的案件，一經審理後，他便請所有法官在西敏寺客廳一同進餐，餐後，將有關法律的申訴對他們述說一遍，又把每一案件的號碼、原由，簡明地交代，好使在辯論這類問題時，大家有所根據……之後，大家小心考慮並調和、改革法律的權力，使不必再頒布其他法例。以後，若他們不同意時，他便對他們說：「既然你們迫我頒布條例，以解救人民的痛苦，以後再不能怪責我了。」……[90]

第二個困難是公事積壓。這是胡爾西身兼數職以致分心的結果。胡爾西自己最引以為榮的職位不是掌璽大臣，而是教廷使節。他的職位包括教廷使節、約克郡大主教、溫徹斯特主教、聖亞爾班（St. Albans）修院院長。他又不時出任駐外大使，使他用以處理大臣任內的法律事務的時間十分有限。因此，可以敢說，摩爾繼任時，等待他處理的案件有些已積壓了二十年[91]。

---

[90] 盧巴，《摩爾傳》，頁44-5。
[91] 史提普頓，《摩爾傳》，卷三，頁179。

　　摩爾比胡爾西有較大的優勢,在那些「干擾他良心」的事情上,國王盡可能不驚動他,而國王的事務愈來愈近乎這類。我們可以想像,當每件他愛的事都受到威脅時,能夠埋首在複雜的法律責任上,對他一定是個解脫。而且他有胡爾西所沒有的法律訓練。他把昔日所特有的急才,迅速掌握希臘文句的意義,令同輩人文主義者也為了驚異的急才,應用在掌璽大臣任內的法律事務上。

　　判案迅速是摩爾得意之事。上任不久,他已把積壓的案件清理一空,以致無人出庭,無案可審,於是「他下令把這情況記錄在法庭的公眾法案上」。兩個世代之後,人們仍為這事驚奇不已。「他們得知竟有訴訟懸宕數十年,覺得十分不可思議。[92]」

　　摩爾明斷和幽默使他一直得到最好的名聲:

　　　摩爾出任大法官
　　　如山案件日日清
　　　此情此景難復見
　　　除非摩爾再出現。

　　盧巴本來還可以再給我們許多他岳父「不為腐敗環境所染」的種種清白廉正的事例[93]。不過,讀者「以自己的聰明來判斷好了」。

---

[92] 魯・巴,《摩爾傳》,見《教會傳記》,卷二,頁80。

[93] 例如若望・歐文(John Owen)的諷刺詩(*Epigrams*;Leyden, 1628,頁172;(London, 1633),頁137。許多其他例子也可以引用。

十、掌璽大臣與異端

　　人們一連串指控摩爾，說他對異端分子殘暴。若是批評的人能夠像盧巴所說的「聰明地衡量與判斷」，那麼這些指控會不攻自破。

　　摩爾一方面憤慨地否認這些指控，另一方面「希望普世的人知道」，他相信禁止異端散播是必要的；在極其嚴重的事例上，以死刑懲罰那反對禁制的人是必需的[94]。這是一切黨派共有的看法；對精神界的權力公開反抗以致引起叛亂或內戰的人，可遭受死刑的處罰，這和烏托邦的法律極為一致。

　　摩爾繼任胡爾西之職後，宗教迫害突然再度出現，人們照例歸咎摩爾。這種指責顯然忽視了一項事實，胡爾西和摩爾既身為大臣，胸襟定不能狹得要燒死異端分子，再者，審訊異端分子完全是主教及教會法庭的事，不是由民事權力實際判決的，警長及其他官員無權過問。摩爾是教友，不可能審判過異端分子，而摩爾一向支持上述的處理方式[95]。然而在短期內，異端分子是在摩爾的臨時拘押中。

　　摩爾在《自白書》中承認兩次對異端分子施以笞刑。據此，他對其他「罪行」的否定即被當作健忘而取消了；「他低估了自己的行動」。這書在1557至1930年都不曾發表，因此他的解

---

[94]特別參考《全集》（1557），頁274-88、926。

[95]《函札與文件》，卷五，1013號（1532年5月13日）。

釋沒有人知道。他承認曾經責打一個他收養的小孩,他是個異端分子的兒子,原因不是因他信異端,而是他把異端教給家中其他小孩。如本書開始時所說,都鐸時代的大人物家中,就像一所學校,許多孩子在門下受教。即使摩爾曾是哲學的不可知論者,正如某些人想像中理當如此的烏托邦作者,但為了對托他教育孩子的父母表示公道,他不能允許這些孩子學習非法的學說,那可能使他們長大後遭遇死刑。

第二件事較為嚴重;在一篇於十九世紀重印了兩次的文章中,摩爾說出——讀起來像是冷酷的野蠻行為——他如何造成一名公認為愚笨的異教徒遭受鞭笞。但這種野蠻行為的顯露,是由於文章曾為了禮儀的關係被刪改了兩次。摩爾鞭打該人,不是為了異教徒的觀點,而是在舉揚聖體時,他在教堂中對婦人無禮。我姑且嘗試恢復被刪改的部分:

> 他若瞥見任何婦人在儀式前跪下,若她在禱告時把頭低下,他就從後偷竊,若不得逞,就強脫她的衣裳。[96]

摩爾,「獲知這些演出時」,在「非常虔敬的宗教人士」干預下,有力執行笞刑,要確保該人能充分了解自己因何遭受鞭打。今天,罪犯可能被送到監獄或終身拘留在收容所。摩爾粗糙而迅速的方法是有效的,也更慈悲。「感謝上帝,」他後來寫道:「我現在已聽不到對他的任何傷害了。」

但三位著名作家卻引用此案證明異教徒被摩爾「迫害」、

---

[96]《自白》,第36章;《全集》(1557),頁901。

「打成正教」及「因宗教意見」而受懲罰。

這說明我們在刪改時必須加以註明。

雖然那罪犯並非因信奉異教而受鞭笞，但他無疑是個異教徒，也無疑是被捆在摩爾花園外的一棵樹上受鞭打。但花園裡也還有其他的樹（其中一棵據信至今仍矗立在徹爾斯）。何以用來捆住異端的不是那些樹呢？摩爾是這麼說的：

> 有一名叫西卡的劍橋書商，在我家中四五天，並未受到肉體或言語上的傷害，卻對許多人報說，他被綁在我花園中的一棵樹上慘遭鞭打，又遭繩子綁住頭部扭絞，終致昏死倒下。
>
> 他被打的這個故事，丁達爾告訴他的一位老朋友和我的一個愛人，並加了一點材料，說這人被打時，我瞥見他上衣懸著一個小皮夾，這倒楣的傢伙說過他有五馬克，我迅速地從他上衣中抽出來，放進我胸前衣內，西卡之後就沒再見過它了。我相信它說實話，因我之前之後都未見過它。我也相信西卡若是忠於自己的人，他也不敢確定此事。[97]
>
> 那些來到我手中的異端分子，上帝幫助我，如我所說，必定好好看顧他們（但不能確定喬治·康斯坦丁是否也能如此），並不曾鞭笞或打過他們，至多是在額頭上的一下輕拍。[98]

現在我們不能以誤解來為摩爾的否認自圓其說：說甚麼「他很明顯地低估了他的行為。」問題是，身為司法官，摩爾對那

---

[97]《自白》，第36章；《全集》（1557），頁902。
[98]同上，頁901。

些尚未移交給主教監禁，由他看管數日的倒楣的異教徒，進行非法的虐待。在辭職幾個月後，摩爾寫道他施於他們「不多過額頭上的輕拍」。他或是說了實話，或是說了一個特意及特別懦弱的謊言。史威夫特（Dean Swift）稱摩爾為「這王國所產生的最偉大德行」的人[99]，而他並沒有任意地給予證明，我們的國家傳記辭典宣稱歷史上這個最有德行的英國人是個說謊者時，英國人有權要求證據，證據是甚麼？

檔案局存有兩宗投訴，摩爾非法囚禁犯人的紀錄，傅律德認為這是真實的[100]。傅氏並不知道其實摩爾在《自白書》中已剖辯了這問題。提到其中一名叫菲力普（Philip）的上訴，以及國王如何下令調查，控訟如何無稽而撤銷。

摩爾退休後經濟相當拮据之時，仍舊向詆謗他的人還擊。要他交出證據，若他不是自知清白，怎會在無財無勢之時做這種事？他的敵人盡力搜集，卻找不出證據。誣告之所以出現，主要是因為摩爾被殺後，歐洲湧起了抗議的浪潮，政府設法反擊，便製造了這些假輿論在日耳曼散播[101]。一個世代之後，人們搜集了新教致命者的事蹟，又指控摩爾濫用掌璽大臣的權力去對付四名新教徒。若這真有其事。我們一定知道發生的時日，但三宗案子都不是發生在摩爾任掌璽大臣期間，第四宗雖然在

---

[99]《全集》（Temple Scott編），卷三，頁301。

[100]《英國史》（1856），卷二，頁76-83。

[101]《安・堡林傳》（*Anne Boleyn*；1884），福利德曼（Friedmann）著，卷二，頁87。

記年上有可能，卻和其他案件一般，完全建立於不負責的譭謗上，和其他三宗案件同樣站不住腳。

現在，我們暫且放下這些控訟不提，留待以後詳細查考。

也許可以說，即使這些非法「罪行」的故事不是真的，摩爾也可能在既有法治範圍內鼓動迫害。但《托馬斯·摩爾爵士》的話劇卻給予他倫敦的傳統觀點。倫敦不能原諒或忘記一個迫害者：倫敦主教費茲詹姆士形容他的管區為刻意為異端而設[102]。然而老話劇並未提示摩爾一生中有任何需要道歉之處，除了他這樣「一個非常博學高尚的紳士，以自己的鮮血處置錯誤」。伊拉斯默斯指出，摩爾任掌璽大臣時，英國沒有人因異端行為而死[103]。這是不對的；伊拉斯默斯並未確實知道發生了甚麼事，尤其在英格蘭的地方管區；但如果摩爾確是一名迫害者，伊拉斯默斯也可能因為和他太熟而說出這樣的話。摩爾既住在倫敦管區，由他所鼓起的迫害當使倫敦市感受更深。傅律德告訴我們「官印〔從胡爾西到摩爾〕易手不久，『史美菲廣場』之火就重新燃起了……由掌璽大臣鼓動」[104]。然而，大部分要感謝霍克斯的細心照顧，我們擁有倫敦焚燒異端分子的詳細資料。傅律德的說法是錯的：事實上，那只是柏奈特相當不同的回憶罷了，胡爾西並非異教徒的主要迫害者，摩爾當令後，就力促

---

[102] 〈理查休納之死的調查與判決〉（*The enquirie and verdite of the quest paneld of the death of Richard Hune*）。

[103] 《書信集》（London, 1642），col. 1505。

[104] 《英國史》（1856），卷二，頁83。

國王以法律處死異教徒[105]。事實是，摩爾掌權後，就成了反對異教徒的領袖。1519年，國王正「研究如何破除路德的異端邪說」；摩爾不久就幫他修訂反路德的書；之後，摩爾進而替國王背起整個爭端（1523）。然後我們發現摩爾與胡爾西聯手企圖阻止路德教派書籍的進口（1526）[106]。之後，摩爾的好友，倫敦主教鄧時道（Tunstall），將所有駁斥異端書籍的任務交付給他（1528）。再之後，摩爾當了掌璽大臣（1529），並可能一直「受寵信」到1531年2月，因國王受封為「教會最高領袖」一事而惹上麻煩。

這些時日裡，摩爾反對異教徒的努力，必使他有挑起「史美菲之火」的特殊時機。但在這擾攘的十二個年頭裡（根據我們相當充足的資料顯示），倫敦管區並沒有對異教徒宣判過一件死刑。

「史美菲之火」的重新燃起，就在一名不情願的教士授與國王「最高領袖」頭銜（1531年2月）的下一天。從那天起，摩爾雖仍在職，卻已失勢。查伯（Chapuys）寫到摩爾極度沮喪，對諸事憂心而急於想辭職[107]。摩爾的朋友頓斯多成了杜漢（Durham）的主教，並受史都斯利（Stokesley）任命繼承倫敦主教。史都斯利個人並沒有對摩爾不友善，但他是對付異教徒

---

[105] 波卡克（Pocock）編，卷一，頁262。

[106] 〈致柯林頓市市長及其官員〉（*Den wirdigen…heren Burgemeysteren und Rait Mannen der Sta Coelln*），Brit. Mus. C. 18. e. I.（94）。

[107] 《函札與文件》，卷五，頁112（1531年2月21日）。

的主要決策人，這使摩爾無法忍受他[108]。而摩爾的辭職無可避免地被看成是對國王的責難；再十五個月後，惡化的健康正可以使他告老退休。

摩爾任內的最後半年裡，三名異端分子在史美菲廣場（Smithfield）被焚[109]。我們從摩爾的說話，知道在審理此些案件時，他和不少官員及神職界、世俗人在場[110]。然而史托奇士里是負其全責的。摩爾在《自白書》裡提到這三宗案件，以教友的身分替神職界辯護。他們被控執行法律時過分嚴厲，摩爾辯稱，受害人已按國內的法律獲得公平的審判[111]。摩爾的辯白寫於這些案件審訊後約一年，似乎和假定他（或任何一世俗人）應負責任的說法不大吻合。霍克斯在事後三十年（1563年）強說在這事上摩爾是負全責的，而霍氏大量徵引的政府文件又不能證實這一點。霍氏又引用了其中一名「殉教者」（貝因咸〔Bainham〕）死前的話，說摩爾促成他的死亡。若這些話真有其事，確足以成為證據之一，但霍氏在以後的版本中再沒有提到這類話，近代編書的人卻再加進去。

摩爾退休後兩年間，寫了不少駁斥各類異端的文章，其中

---

⑩⑧《函札與文件》，卷五，62號（1531年1月23日）。

⑩⑨《灰衣修士區編年錄》（*Monum, Franc.* II，194）。若所記有兩個人和貝恩漢（Bainham）一同被焚屬實，則應有五人被焚。但霍克斯與摩爾都不知當時有多過三人被焚。

⑩⑩《全集》（1557），頁348。

⑩⑪同上，頁889。

包括駁斥丁達爾、費里斯（Frith）和班尼斯（Barnes）的文字。
這期間史托奇士里將兩名異端分子交與世俗政府施行體罰，其
中一名就是費里斯，由史托奇士里審訊費里斯這事看來，可見
得在摩爾退休之前費氏並未踏上英國國土。

之後，1535年5月，史托奇士里判處了十三四名浸禮教徒。
和他一同辦理這件嚴重案件的是摩爾的對頭班尼斯。摩爾這時
已入獄一年多，幾星期後，他便隨著這群英勇的無名英雄走上
同一條路了。

現在，讓我們重述一遍：摩爾在職十二年內權力日增、寵
信日隆之時，在他所屬教區內沒有人因信異端而被判死刑；他
在任最後數月失寵失勢時，有三名異端者被判。他退休後三年
內，有十五六名被囚。這三年中，接掌他職位的是柯地利勳爵
（Lord Audeley），他是眾所公認偏袒改革分子的。以上的受
害人數並不意味倫敦迫害異端分子和摩爾有關連，而是指出因
為史托奇士里已接替了鄧時道為主教。他們不管是自願或被迫，
都直接地影響英國教會和羅馬教會分離；藉著迫害異端分子使
自己和別人相信，只有他們才是正統的一派。國王的想法和做
法也是這樣，傅律德在一段和他一向的論調相反的文字中，也
承認這一點[112]。

那些看重並散布摩爾「罪行」神話的人正顯示他們不具備
法官史德來先生（Stareleigh）的聰慧（他裁定道聽塗說不足為
證）」，也缺乏老維勒先生（Weller）對司法的靈敏（他了解辯

---

[112]《英國史》（1870），卷二，頁256。

詞的價值）。

　　雖然以世俗人的身分來說，摩爾不負任何判處異端分子死刑的直接責任，但他堅持責任不在教會而在國家，教會審訊及處分異端者應限於開除教籍。他覺得，為了保障人民的和平，世俗君王而非教會要通過法令，處死被逐出教的異端。摩爾使他的對手在《對話錄》中回答道：「瑪麗，但我認為，主教所為正如殺他一般，當他把他交到俗人的手裡時[113]。」而這也是令當代讀者感覺到摩爾把他無法回答的問題拋給對手的例子之一。不過值得注意的是，在摩爾看來，異教徒並非受教會懲罰（除了他被逐出教會），而是由國家以各種理由所通過的法律處罰之，因為煽動性的異端邪說將導致暴動和內戰「一個庸人出現而不顯得高傲或邪惡時，我會表現得較溫和與更慈悲」，摩爾說[114]。他憎恨的是煽動性的異端；對有疑惑或精神上有麻煩的人，他是個溫文而忍耐的好導師。他對德國路德派學者紀里尼烏斯（Simon Grinaeus）的態度就是一個例子。紀氏到英國來查閱牛津大學圖書館所藏柏拉圖手稿和評論，摩爾當時是掌璽大臣，與路德派的爭論正達高潮，而他對紀氏極盡地主之誼，並盡力協助，只是一再提醒紀氏答允不在英國散播異論。為了保證紀氏不這樣做，他盡可能陪伴他，自己不能分身時，便派秘書哈里斯陪同。這段事實雙方都用不同的方式道出：紀氏把1534年巴塞爾出版的《柏拉圖全集》獻給摩爾的兒子若望·

---

[113]《全集》（1557），頁277。

[114]同上，頁279。

摩爾，以酬謝他父親的好意。摩爾在公務羈身之中，仍花不少時間使紀氏回歸正道，除了在徹爾斯和他詳談外，又和他通訊，可惜都沒有成功。

總之，摩爾憎惡異端分子，其來有自，不是出於宗教偏執，而是出於害怕煽動暴亂與內戰。這是十六世紀政治家的特徵。

十一、摩爾退隱

摩爾的薪金相當微薄，但他秉性耿介，不想收取額外津貼和贈禮。他告訴盧巴他從沒有為自己的利益向國王要求過一分一毫。他常常警惕自己，位高勢危，不宜聚積，否則後果堪虞。哈姆雷特對羅山格蘭茲（Rosencrantz）所說的話——把國王的賞賜都吸乾了的官見是一塊海棉——摩爾早已體會到「國王需要你時，便要把你點滴榨出，而你，要像海棉一樣，再被榨乾。」

退任後，第一個面對的問題是調整家計。他「將全部男士和佃農交與主教和貴族差遣，八名船夫則交由柯地利勳爵雇用，並且給他一艘大駁船」[115]。盧巴又說：「我知道，他把債務清還後，除了金鍊和價值一百鎊的金銀首飾，再沒有什麼了」。御賜的年薪一百鎊仍舊可以領取，不過發給的日期並不固定，這情形一直維持到他被捕之日[116]。除開「御賜」外，他的年俸估計不及五十鎊[117]，要維持「大宅」的伙食、飲料、燃料、衣服

[115] 盧巴，《摩爾傳》，頁52。
[116] 羅斯，《摩爾傳》，頁93。

是不夠的。這時摩爾離開倫敦市已十四年，要重操律師故業也太遲了，加上健康日差。不能辯論的工作尤其傷身。數年之後，摩爾寫信給克倫威爾：「我的病的主要起因，可能是因過去寫作時彎曲並壓迫胸部所致。[118]」

就是由於健康情況，他可以名正言順辭去王家職位。這時諾福克公爵仍然同情他，站在朋友立場幫助他，直至後來認為他反對國王的態度達到愚笨的地步，友誼才告終結。摩爾已和國王疏遠，但國王仍向他保證，在關係到他榮譽和利益的事上，都會對他慈惠有加[119]。可是在英國本土及歐陸各地，都盛傳摩爾被撤職。摩爾寫信給伊拉斯默斯說，他是遵醫生囑咐而辭職；又說國王透過諾福克公爵及柯地利勳爵之口，說他幾經考慮才無可奈何地批准辭呈。他表示，把這消息告訴伊氏，是希望他公開出來[120]。

照盧巴的說法，摩爾「和我們做兒女的」商量，今後大家如何維持在大宅生活，他說生活水準可以降到林肯法律協會那段歲月，一年一年地遞減，若情況再壞，就降至與「新協會」和「牛津協會」一樣。若淪為討飯的，也要大家「有福同享，有禍同當」[121]。去職後第一天，摩爾和夫人到聖堂去。徹爾斯

---

[117]《全集》（1557），頁867。盧巴在53頁提到，摩爾的年薪約一百多鎊。

[118] 大英博物館，亞倫道手稿152，299以下。

[119] 盧巴，頁52；《全集》，頁1423。

[120]《書信集》（1538），頁1073（1532年6月14日），頁1076。

[121] 盧巴，《摩爾傳》，頁53-4。

教區的教堂聚會（像烏托邦裡一樣）男女分坐，男在右，女在左。摩爾去職，摩爾夫人失去過去慣有的儀式，摩爾俏皮地向可憐的雅麗絲夫人開玩笑：

> 他在掌璽大臣任內，每逢聖日上，儀式完畢時，總由一名下屬，走到女教友席上行禮告訴她說：「夫人，主人已離去了。」卸任後的第二天，屬員盡去，他便自己走到妻子的一邊，鞠躬為禮，對她說：「夫人，主人已離去了。」[122]

　　燦爛的歲月歸於平淡儀式過後，摩爾自然應該走到妻子旁邊，陪她回家去。有趣的是言語上的幽默和態度的輕鬆。可惜日後的作傳者把故事的歡樂氣氛破壞了[123]，說摩爾是特意用這方法告訴妻子辭職的消息，目的在使氣氛輕鬆一點，免得她吃驚。家族流傳下來的故事[124]。更進一步地說，摩爾看到夫人嚇了一跳，想沖淡不愉快的氣氛，便開玩笑對女兒說：「你們難道沒有看到你們母親的鼻子有點歪向一邊嗎？」這是把摩爾好說笑的性格幼稚地誇大。摩爾所有的屬下都離去了，雅麗絲夫人是個賢妻良母，怎會不發覺，這是令人難以置信的。

　　摩爾那年代喜歡開玩笑，我們可以追踪他的軼事，他親密的朋友知之甚詳。伊拉・斯默斯說，摩爾的個性就像他的臉，討喜且有笑容，他喜歡愉快而不好嚴肅，「不過一點也不是可

---

[122]同上，頁55。

[123]史提普頓，《摩爾傳》，卷十三，頁285-286之間。

[124]克里沙卡・摩爾（Cresacre More），《摩爾傳》（1726），頁187。

笑滑稽」[125]。他的朋友佩斯也告訴我們同樣的話：「摩爾的玩笑有優雅的風格。[126]」。對無法追查到當時資料的大部分傳聞，最好是不必多言，擱置一旁，我一向都如此做[127]。但是不幸，「歪鼻子」的傳聞被寫進盧巴《生平》的十八世紀版本中，雖然十三種原稿或該傳記的前二種版本中，均無記載。因此，在盧巴的流通著作，以及許多傳記，包括布利傑特神父（Father Bridgett）的定本《生平》，都記載了這個故事。布利傑特不喜歡這故事，並且明說了，但是因為他相信盧巴對此的權威性，因此他誠實地不敢刪除。

這種粗俗的笑話使人對摩爾和雅麗絲夫人的關係產生一種錯誤的印象，以為摩爾對她不像對瑪嘉烈或盧巴信任。其實在摩爾退休期間，麻煩日漸增加時，常常設法安慰她，就如安慰其他人一樣。盧巴又寫道：

> 在困難出現之前，他對妻兒談到天堂的福樂、地獄的苦楚，和許多聖善致命者的生平事蹟，以及他們慷慨就義的殉道精神；他們的忍耐，寧願受苦與受死，也不願得罪天主；以及為了愛天主而忍受財物損失、囚禁，以至喪失生命。他更對他們說，若他得到妻兒鼓勵他為正義而死，將是他的安慰和喜悅，使他有勇氣從容就義。他預言日後要遇到困難，因此

---

[125]雅倫，《伊拉斯默斯之信札》，1519年7月，卷四，999號，頁14。
[126]出於《教理的果實》，頁82。
[127]參見前文，頁45。

要在發生困難之前好好鼓勵他們，使日後真的陷入困境時他
們不致過分痛苦。⒀

退休後，摩爾像一般近代退休首相一樣，著手撰寫自傳、
回憶錄等。然而他寫的不是近代卷帙浩繁的長篇巨著，而是短
短一頁的墓誌銘，預備刻於徹爾斯私人小堂墓碑上。那墓地是
為他和夫人以及前妻珍妮而買下的。他在銘文上又加上一首數
年前作的小詩，詩上說，他不知給他生兒女的妻子可愛，還是
替他養育兒女的妻子更可愛。「但願運氣和宗教許可，三人同
過婚姻生活。」如今墓穴使他們三人同在一起⒁。他希望在天
堂三人重聚。「生時得不著的，死後能得到所要的一切。」

摩爾給伊拉斯默斯寄了一份副本，可見他希望這篇墓誌銘
能廣泛流傳在他的人文主義者朋友中，更希望他把它印製出來，
銘文中，他又歷述在亨利王朝出任的公職，稱讚亨利是以文字
和行動護衛信仰的唯一君王，（此文發表於1532年夏間）。他
並稱許鄧時道⒂，最後，他談到自己的一生事業：

⒀盧巴，《摩爾傳》，頁55-6。
⒁實際上，摩爾葬於倫敦塔的聖伯鐸堂（St. Peter's.），他的頭藏於
　坎特伯里聖登士頓堂（St. Dunstan's）盧巴墓地的地下室中。這兩
　處是相當適當的地方。
⒂見前文，頁233。我引用的是賴斯提爾對"Epitaphy"的英文翻譯，
　見《全集》（1557），頁1421。

公職和榮譽都過去之後，寵愛他的國王不能禁止他的作為，他不討厭貴族，也不對平民感到不快，只是對盜賊、殺人犯及異端分子仍是極端憎厭。

摩爾知道有人會批評，他寫下了這些自炫的話[131]。國王、貴族與平民都讚許他，敵對的批評者可自行選擇，把自己寫成盜賊、殺人犯或異端分子。最後，他用了較嚴肅的筆觸稱讚自己的父親是「開通、樂觀、和平、溫文、富於同情、正直而廉潔的人」，在世見到兒子貴為英國掌璽大臣，可以「含笑九泉」了。

如今，摩爾已不再是「青年摩爾」了。他有子女四人，孫子十一人，開始以「年紀老邁」自豪。衰老的感覺慢慢襲來，「胸部有時隱隱作痛：

> 他因此從煩厭惱人的俗務中引退，放棄升遷機會。從最溫文的君主的隆恩中，獲得孩提時代渴望已久的事：過些自由的日子，逐漸從此生事務中退隱，繼續存想來生的不朽。

這個碑銘使他每天都默想死亡：

> 願這座他生前已建立的墳墓沒有虛設，沒有使他害怕死亡，而是使他甘願為基督聖意而死。死亡並非真正的死，乃是開啟更富足的生命的大門，願諸君在他生時及死後，祈禱幫助他。

---

[131]《書信集》（1538），頁1076。

這墓誌銘用意在強調亨利和他老臣僕的友善交誼，並聲明自己決心不在世務中胡混，不再騷擾他的君王，雖然他還有其他更多意義。

十二、神聖羅馬皇帝的讚譽

英國駐神聖羅馬帝國大使艾里奧勳爵（Sir Thomas Elyot）是摩爾的朋友，他在1532年4月離開羅馬皇帝，五月間返回倫敦。這時摩爾的辭職成了眾人談論的資料。他對摩爾的一群青年朋友覆述皇帝稱讚摩爾的話。盧巴默記於心，二十多年後覆述出來：

> 根據這幾年的經驗，他所做的一切真不容易，老實說，若我有這樣一個賢臣，我寧願失去最好的一座城池，也不願失去他。這句話是由艾里奧勳爵親口對我本人、內人、克來孟先生與夫人、希梧（John Heywood）先生與夫人以及其他不少朋友說的。[132]

艾里奧勳爵離開神聖羅馬皇帝時，摩爾尚未實際辭職，但皇帝已經知道摩爾忠心支持嘉芙蓮，因此處境艱困。上文提過較早之前皇帝曾給他一封信，而摩爾覺得不宜私自收受[133]。查理五世接見艾里奧勳爵時，一定曾問及摩爾，並且可能自然地說過：「寧失最好的一個城池，也不願失此良相」的話。甚至

---

[132] 盧巴，《摩爾傳》，頁104。

[133] 見前文，頁250。

審慎的外交家艾里奧也禁不住在1532年，在摩爾的朋友中覆述皇帝的讚語。

克來孟當時是宮廷醫師，希梧因是演唱家與小型鍵樂器演奏家，領有宮廷津貼，盧巴則擁有重要法律職位，他們的太太分別是托馬斯·摩爾的養女、姪女和女兒。摩爾本人在退休生涯中，安享國王的仁慈禮遇。

盧巴、希梧、克來孟常常在克來孟家親密小集會，這裡本來是摩爾遷居徹爾斯之前的住所。

但是，二十多年後，盧巴把艾里奧在1532年夏天歡樂中聚會的日期，寫成在1535年摩爾死後的聚會上所說的話，並加上前言，作為摩爾死亡的參考資料：

> 他死後不久，情報員把死訊傳給查理皇帝，於是他便傳見我們的大使艾里奧勳爵，對他說：「大使閣下，我知道你們的王上已把忠心耿耿、深具才智的大臣摩爾勳爵處死。」於是艾里奧勳爵說他毫不知情，皇帝說：「那是真實而且確定的，但……⑬⓸

任何中年之人，曾經回首其超過四分之一世紀以上時間的記憶者，都不會對此感到意外。盧巴曾說，艾里奧可能回去再見過皇上，為了第二任大使職務之事，用以支持上述之故事。其實，摩爾去世時，英國駐神聖羅馬帝國大使並非艾里奧，因此，按編年學的方式來更正這故事，才合乎情理而可信。

---

⑬⓸盧巴，《摩爾傳》，頁103-4。

英國史上及摩爾的傳記一再嚴肅地重複了盧巴所寫的這段事實。然而，要表達查理聽到摩爾被殺時的感覺，這樣的寫法仍未足夠。不錯，亨利的確把他臣僕的生命和他自己的物質價值相衡量，他曾向卡雲迪殊查問胡爾西留下的一千五百鎊的下落。他一開口就說：「寧願要二萬鎊，比要一個活的胡爾西好。」但查理五世會不會將把大臣的生命和城池做比較，說願失去國內最好的城池，也不願失去一位最聰明、忠心的大臣呢？他會不會把自己降低到這個層次呢？從查理的觀點而言，不會因為他曾給予查理忠告，挽救他免於立即的放逐與永遠的詛咒的危險，而以為所處死的是他所有過最聰明、忠心的輔佐之臣。的確，說亨利1535年7月「失去」摩爾像失去一座城池，是有點不通的。令人想起美國的女學生描述亨利為：「一位失去好幾位太太的偉大鰥夫」。

今日，對我們這些知道當日許多盧巴所不知道的秘史的人，這故事是沒有可能發生的。艾里奧固然同情摩爾，但他被英王的殘忍毒辣手段嚇著了。摩爾死後大約一年，他寫給克倫威爾，要求他「不要提及他和摩爾勳爵的友誼」。摩爾逝世後，艾里奧敢和盧巴夫人或克來孟夫人來往，似乎相當不可能[135]。無論如何，一位去任大使將一位外國君主非難自己君主的作為報導出來，是超出常理的。

總之，從神聖羅馬皇帝的讚美，可以看出摩爾是英國史上、也是歐洲史上的偉人。

---

[135]參見對蒲爾爵士（Sir Geoffrey Pole）的調查詢問。見於《函札與文件》，ⅩⅢ, 2，695號，頁266-7。

第五幕
先為天主之臣僕，後為國王之臣僕
（1532-1535）

一、摩爾面對克倫威爾

摩爾退休不久，克倫威爾來探訪，帶來國王的訊息。二人詳談一番之後，摩爾說：

> 克倫威爾君，你現在服役於最高貴的君主之下，請接納我卑微的意見，在對國王陛下進言時，請時常提醒他應做的事，但千萬不可告訴他他能夠做的事……因為若一隻獅子知道牠自己的力量，任何人也難駕馭牠。①

托馬斯‧克倫威爾看來並沒有接受摩爾的意見。他是馬基雅維利《君王術》的信徒。他知道「一個人放下所做的事，去做應做的事，便會趨於滅亡」②。於是克倫威爾繼續大舉掃蕩隱修院，使國王成為貼貼服服的貴族與呼救無門的教士的至高

---

①盧巴，《摩爾傳》，頁56-7。
②第十五章。

統治者，又使國王從沒收隱修院得到無數財富，成為「基督教國度中最富有的君王」。甚至教國王幻想：「國王的旨意與喜好就是人民的法律」③。我們可以把摩爾與克倫威爾的會面比作烏托邦人與馬基雅維利主義者的會面，但未必是理想主義對抗邪惡行為。克倫威爾可能真正相信王權專制；他可能認為「不讓獅子認識牠的力量，好能駕馭牠」是不對的、邪惡的。然而，不管褒或貶，都可見兩者之判然有別。

那麼，摩爾為對抗亨利和克倫威爾而死，又為什麼是「史上令人不解的諷刺」？

摩爾的老友龐維西不認為那是個諷刺。龐氏四十年來一直是摩爾的朋友，他以外國學者與富商身分處於英國政治圈之外，冷眼旁觀，他時常談及摩爾以及相識多年的克倫威爾爵士。龐氏道出不少普通人不知道而值得注意的事，以及他們的天性、態度、言談、作為等等④，都顯示出二人性格上極不同之處。

這一年內，英國全境風平浪靜。摩爾集中精力對抗異端分子。1533年5月23日，國王的「離婚」事件終於告一段落。國王與嘉芙蓮的婚姻在登士他堡（Dunstable）宮內宣布無效。五天後，便宣告國王與安・葆林的婚配有效。6月1日，在西敏寺冊封安・葆林為后。摩爾的好友道咸主教鄧時道、巴輔主教克拉克及徹斯特主教嘉丁納（Gardiner）請他陪同他們參與加后冕

---

③霍克斯（Foxe），《古書與公文》（Acts and Monuments；1838），
　湯森編，卷六，頁45。

④《摩爾傳》，頁138。

儀式，並送他二十鎊以購置參禮袍服。摩爾接受了贈金，卻拒絕參禮。他說既然接受了他們的一個要求，可以較有膽量拒絕另一個請求了。於是更給他們講述了一個故事，說一個國王下令凡觸犯了某一法令的人必須處死，除非觸犯的人是個處女。而犯了罪的人剛好是個處女，國王因此不能下令處死她。這時有一個老實人站起來說：「這是小事，何必大費周章，只要先汙辱了她，然後才毀滅她就可以了。」他又說：「如今，我的大人們，他們是否毀滅我，不在我的權限內，但我首先要做到的是不讓人汙辱我。[5]」摩爾這故事是諷喻那「良善的老實人」能教獨裁者怎樣破壞他自己的法律，打擊無辜，卻仍然保持良心的平安[6]。亨利被這些「良善的老實人」包圍著，而鄧時道、嘉丁納等學者也得跟著他們走。摩爾在這時作了要以他生命作代價的決定，與他的學者同僚、朋友分道揚鑣。他警告他們，參加了皇后加冕禮，就意味著以後要聽從他們，以宣講和著述來支持及保衛新法令，正如摩爾所說：「先被汙辱，再被毀滅。[7]」

　　摩爾的反抗是消極的。1533年聖誕節左右，國王的諮議會發表了一本包含九篇論文的巨冊，證明國王與安・葆林的婚姻有效，摩爾被控曾撰文駁斥那宗婚姻，並交由外甥賴斯提爾印

---

⑤盧巴，《摩爾傳》，頁58-9。

⑥也許摩爾讀過泰西塔斯（Tacitus）寫，貝洛亞多斯（Beroaldus）編的這故事。Rome, 1515, 63b以下。

⑦盧巴，《摩爾傳》，頁57。

行。為此他憤怒地致書克倫威爾，否認該罪名。該信清楚表明摩爾對國王諮議員職守的意見，受諮詢時，就真誠地按良心表白自己的意見，但不採取任何公開反對。

> 若天主願意賜我繼續生於此世，我一定要藉著祂的恩佑，在不同的地位上効忠祂、効忠國王，誠懇地說出真心的話，表白我的良心。盡我所能按王上的意旨，做個忠心、誠實的人。若有一本以國王或議會的名義在國外出版，而這書我沒有參加意見，沒有認為應該出版的，我覺得我有責任親自維護國王及議會的名譽，而不是授意別人去做。⑧

於是國王在這件事情上不再干預他，可是又牽涉在根德郡女僕叛逆案上。正是一波方平，一波又起。據說一個名叫依利莎白‧巴頓（Elizabeth Barton）的女僕獲得神示，此女僕以後成了修女。華咸主教把她在神示中聽到的說話報告國王。國王將這事交由摩爾處理，摩爾認為修女的話並沒有特異之處，只是一個正直、純樸的婦人按她理智說出的話。

國王的離婚問題出現後，修女的神示成了政治問題，教會人士（包括兩名方濟會士）在國外傳述這故事。

加杜仙會和方濟會是摩爾少年時代想加入的修會，如今卻是反對國王改革的主流。其中一個名叫彼圖（Peto）的會士在因御前講道時提出反對。修女卻繼續說出不少預言。1533年秋天，他和一些附從她的人一同被捕，其中有李士庇神父（Fr. Risby）

---

⑧《全集》（1557），頁1422。

與李治神父（Fr. Rich），罪名是叛國，最後，1534年4月21日
在泰般（Tyburn）受刑。其中一些更重要的人，如羅徹斯特主
教費雪和托馬斯・摩爾都因知情不報和不及時制止而受罰。因
爲罪名還不算嚴重，不致死罪，卻要受監禁和財物充公。

費雪主教讓修女在他面前講述她的神示，實在是不智之舉，
因爲要是他把一切轉述給國王，便犯了與修女同謀的罪；若不
報告國王，又犯了知情不報的罪。

摩爾在處理這件事上，比費雪聰明得多。李士庇神父向他
轉述修女在「國王的大事」上得到了神示時，他馬上制止，說
他不要聽。李治神父來訪時，他又告訴李治，即使李士庇神父
說了，他也不會聽。稍後，他更寫了一封信提醒修女，白金漢
公爵之所以被殺，完全是由於和一位聖善的隱修士談過話，因此：

> 不要和任何人，尤其不要和高層人士談到任何有關國王的大
> 事，或是國家的情況，只和一般人談論對靈魂有益的事好了。

摩爾的這封信滿含著謙遜的語氣，字裡行間好像修女真的
得到超性的啟示般，在神修境界上高於他自己似的，但從他保
存了副本這件事來看，可以顯出他明白事態是怎樣的嚴重。

事情的詳情始末，在摩爾寫給克倫威爾的長信中可以清楚
見到⑨。克倫威爾告訴盧巴，摩爾一直和那修女保持聯絡，並
忠告她，給她指導是十分可靠的，儘管並不是克倫威爾所指的

---

⑨亞倫道手稿152, 296以下；MS. Royal 17D. XIV, 376-83以下。在
《全集》中，賴斯提爾並未印出此信。

意思，因為克倫威爾並不相信摩爾的解釋，他親自把摩爾的名字放入那提及國王種種指示的人的黑名單上[10]。不過，摩爾這封援引白金漢公爵之事為例的信警告了宗教與政治混雜之不當，囚犯之一的證據已詳為證明[11]。

　　1534年2月21日，「褫奪私權法案」在上議院提出時，摩爾的名字也包括在黑名單內，他致書克倫威爾和亨利，提出抗議，表明清白。

　　涉嫌教唆無知婦女散播假預言以打擊國王，實在是令摩爾忿激的事。他希望在貴族前公開自己的立場，可是國王並不高興，設立了由克藍馬、柯地利、諾福克、克倫威爾組成的委員會，得令摩爾到會。盧巴懇求摩爾爭取他們的協助，將他從「褫奪私權法案」的名單上剔除。可是他們並沒有給他答辯的機會，反之，卻向他保證，只要他同意議會、主教及大學早已贊同的一切，國王決不會拒絕他任何世上的榮譽和利益，摩爾答道：

> 想到我從一開始就不時向最寵幸我的君王坦誠地表白我的心意，而陛下也慨允今後不再干預我，我懇切地希望不再聽到這件事。[12]

　　他們見不能用溫和的手法打動他，便開始以「更嚴厲地對

---

⑩《函札與文件》，卷六，1468號。

⑪同上，1467號。卡頓手稿Cleopatra E. Ⅵ, 159以下，作者可能是Rich或Risby。

⑫盧巴，《摩爾傳》，頁66。

付他」，

　　告訴他……將會以國王之名指控她犯上、不知恩，因為從沒
　　有臣民膽敢這樣冒犯，這樣叛逆。

　　在各項叛逆罪名之中，又加上教唆國王撰寫《七件聖事之
確定》的罪名，摩爾毫不費力反擊了這項控罪[13]，說這只是「嚇
唬孩子」的玩意。

　　於是，摩爾像盧巴所形容的，從此以後，和各人不歡而散。
這次會面，完全推翻了他入王家服務之初，以及他在研究及報
告有關國王婚姻問題時，國王對他的承諾，許下的給他良心自
由的保證。歷史家嚴肅地徵引摩爾對亨利的承諾表示感激，以
證明亨利對臣屬仁慈。

　　據盧巴的記載，摩爾知道自己將要遇害，但從這次會面後
回來，神情卻相當愉快：

　　於是摩爾爵士乘船回到徹爾斯家中，一路上，神情十分
　　高興，使我也不由得高興起來，以為他可以從此洗脫議會上
　　的黑名單。上岸後，回到家裡，我們二人靜靜地走進花園。
　　我心急要知道究竟他在會談中怎樣應付一切，便對他說：
　　「父親，你這麼高興，看來一切都沒事了吧？」
　　「是啊！正是這樣，盧巴！我的孩子。」他說。
　　「那麼，議院的法案上剔除了你的名字了吧？」我說。
　　「盧巴我兒啊！我一點都記不起那回事了。」

─────────

⑬見前文，頁193-4。

「父親，你不記得？」我說：「這事和你關係那麼大，我們都為你擔心死了，我想起來都覺得難過。你竟這樣高興，難道一切都沒事了嗎？」

「孩子，你想知道我為什麼這樣高興嗎？」

「當然。」我說。

「孩子！事實上，我是應該高興的，因為我把魔鬼弄得手足無措，並且和那些大人先生們的交情從此可以一了百了。可以完全無愧於心地，永遠不再見到他們了。」聽到這些話，我為之黯然，因為儘管他自己喜歡這樣做，但我一點也不願意他這樣做。[14]

3月5日在會談後，摩爾立刻寫信給亨利[15] 和克倫威爾[16] ，堅持自己忠心耿耿，並且闡釋他的看法。國王被摩爾這般冒犯大為生氣，立意要將他的名字留在知情不報的名單上。像摩爾這樣品格的人也免不了入罪，又不能替自己申辯，那就是說，即使最順服的大臣也不能確保財產的安全和人身的自由。很少人會像摩爾那般審慎，拒絕聆聽那修女的預言。上議院的大臣貴族將「褫奪私權法案」第三次呈交國王、禮貌地請問被告人

---

[14]盧巴，《摩爾傳》，頁68-70。

[15]《全集》（1557），頁1423：手稿Cleopatra E. VI, 176以下；檔案局，《政府文件》，亨利八世，§82，頁254（兩者皆為手寫原稿）；Royal 17.D. XIV, 383以下。

[16]《全集》（1557），頁1424；Cleopatra手稿，E. VI, 149以下；Harleian 283, 120b以下。

到星法院內在貴族前受審是否合符國王的意旨[17]。國王的顧問們以為這樣做會誤了大事。因為他們認為有關修女的案件摩爾是清白的。因此，在這件事情上，他應該受稱許而不是受責備[18]。亨利答說他要親自出席審訊以警嚇貴族們，但柯地利及其餘眾人按照中世紀風俗，跪在亨利跟前表示抗議，認為「若他親自出席，而控案被推翻，不單足以助長臣民對他輕視，而他在整個天主教世界內也將名譽掃地」。於是法案在上議院四讀之前，摩爾的名字給除了下來[19]。克倫威爾在議院內碰見盧巴，告訴他這個好消息，盧巴立刻派人通知妻子。摩爾卻認為他的麻煩絕非就此了結，只是緩延片時。諾福克及眾人的確是有心營救摩爾的。他在事後警告說：「惹起君王的憤怒就是死亡。」而這個警告一直留在都鐸時代的政治家心頭上。

> 「摩爾君，總之，與君王爭鬥是危險的，因此，希望你稍稍遷就一下國王的意旨。因為，摩爾君啊！惹起君王的憤怒就是死。」「就是那麼回事嗎？」摩爾說：「那麼，閣下和我的處境沒有什麼不同，只是我今天死，你明天死罷了。」[20]

1534年3月，議會通過了一條法案[21]，制定了亨利與安•葆

---

[17] 1534年3月6日，貴族之《日記》（*Journal*），卷一，頁72。

[18] 盧巴，《摩爾傳》，頁70-1。

[19] 1534年3月12日。

[20] 盧巴，《摩爾傳》，頁71-2。

[21] 亨利八世（25 Henry VIII, cap. 22）；《成文法》（*Statutes*, III，頁474）；《貴族日記》（*Journals of the Lords*），卷一，頁82。

林的兒女繼承王位。一切子民都得服從,否則犯上叛逆之罪,就要監禁和沒收財物。

摩爾承認國王和議會有權制定繼承法,若他們取締了正統的瑪麗公主的繼承權,而把它交給安・葆林的兒女,摩爾雖然覺得惋惜,但既是個忠心的子民,便得遵守。即使亨利把王位交給了私生子佛士萊,摩爾也會不遲疑地順從的[22]。

二、在藍白斯面對貴族

1534年4月12日,復活節後首主日[23],摩爾和盧巴到倫敦聖保祿堂聽道之後,到巴克斯伯里舊居去探望若望・克來孟。在那裡,他沉湎於早年婚後生活的回憶,以及和三位最親愛的人盧巴・克來孟,和克來孟的妻子瑪嘉烈相聚的歡樂之中。就在這時,打擊來了。官員們得知他在倫敦,便傳令他回藍白斯出庭。於是摩爾立刻回到徹爾斯。

當晚,他向家人告別。第二天早上,他照以往應付任何重大事情——例如出使、擔任發言人、出任要職——時的習慣。他先到徹爾斯的聖堂去,辦告解,參與彌撒和領聖體,可是這一次,他不要妻子及兒女送他到花園外的渡口上和他吻別及道

---

[22] 盧巴,《摩爾傳》,頁78。
[23] 史提普頓,《摩爾傳》,卷十五,頁305。因為筆誤的關係,在這裡應是復活節後的那個主日(albis),而非復活節前的那個主日(palmis)。

再見。

> 他把欄柵關上，和他們隔開；心情沉重，憂形於色，帶著我
> 和四名家僕乘船開往藍白斯。他悲傷地坐了一會，最後突然
> 在我耳邊悄悄地說：「盧巴我兒，我感謝上主，這場仗我贏
> 了。」我不知道，也不想知道他的用意，但又不想表示無知，
> 便答道：「父親，若是這樣，那就再好不過了。」[24]

抵達藍白斯後，盧巴和摩爾分手。他們自此有沒有再見面，
我們找不出證據來。令人焦慮的五天過去了，在徹爾斯的家人
才接到他發自倫敦塔的長信，知道審訊的詳細情形：幾位專員
把一張印好的卷軸給他看，那是蓋好了印章的誓詞和繼承法案。
摩爾願意宣誓服從繼承法案，但不願意照誓詞宣誓。他們於是
把上下議院已經宣了誓的人的名單給他看，摩爾仍然不肯宣誓，
於是他們命他下到花園去。

> 因為太熱，我沒有下去，只留在可以望見花園的一間被火燒
> 過的舊廳子裡，看見拉蒂默天馬博士和別的幾位博學之士，
> 還有坎特伯里大臣和幾個神師一同走進花園，他們一面走一
> 面談笑，神情十分愉快……[25]

摩爾以娛樂的心情默察倫敦神職界這時的舉止行藏。葛來
頓的堂主任（Vicar of Croydon）不知是口渴還是高興，又或是

---

[24] 盧巴，《摩爾傳》，頁73。
[25] 《全集》（1557），頁1429。

要表示與總主教親熱，討了一杯酒來喝。他們表演完了這歷史
上的一幕（宣誓）後，專員再傳摩爾，但他仍拒絕發誓，卻沒
有斥責任何宣了誓的人。克藍馬趁這機會營救摩爾，說他既然
沒有譴責那發了誓的人，就表示他還不大清楚，是否應該發誓，
要多考慮，不過有一點他是十分清楚的。那就是他應該服從國
王。摩爾說這「突然變得那麼巧妙」的講法使他吃驚。於是近
代史學家又以此來證明克藍馬能言善辯[26]。其實這可能是摩爾
故意諷刺的話，意思是說這番話出自一個高貴的主教之口真是
不可思議。因為它的意思是我們不應該譴責他人的良心，可是
為了本身的利益，我們必須服從政府。也就表示，人再沒有宗
教自由、學術自由以至一切自由了。令摩爾吃驚的是這樣的論
調竟出自英國的首牧——華咸（Warham）、貝克特（Becket）、
安瑟林（Anselm）等的繼承者之口。這些人雖然都不算是英雄
豪傑，但他們在有需要時，都能本著良心挺身而出維護真理，
以對抗任何世俗權力。而摩爾輕易地把克藍馬的論點駁倒，使
它顯得極其荒謬。他說若我們接受了他的觀點，我們就有解除
煩惱的現成辦法了。

　　因為，不論博學之士有什麼爭論，只要國王發出命令宣明他
　　的立場，一切疑惑都解決了。

　　事實上，摩爾死後四年，議會接受了上述的「解決煩惱的
現成辦法」，任由國王頒佈他喜歡的法令。

---

[26]蒲勒德，《克藍馬傳》，頁238、364。

摩爾針對議會指控他反對國家的議會一事，提出答辯，向所有基督教國家的會議上訴。這一舉動直探事實的根源，於是國王與基督教國家雙方正面衝突。摩爾說：

> 於是，克倫威爾發下重誓，就算他的唯一的兒子丟了頭顱，也不願見我這樣拒絕發誓，因為國王如今真的懷疑修女的事件由我一手策劃。其實人人都知道，事情剛好相反。

摩爾一再告訴家人他願意宣誓服從繼承法案，只要誓詞不違背他的良心。最後，這樣結束全信：

> 總之，願天主佑我，關於誓願，我從沒有叫人不發誓，也沒有勸人拒絕發誓，或灌輸這種思想給人，而是任由各人以自己的良心行事。我十分相信自己也有理由要求別人讓我能按我的良心行事。

摩爾從在藍白斯拒絕發誓到被囚在倫敦塔之間的四天，在西敏寺院長的看管下度過。摩爾不肯說出他為什麼不發誓，而繼承法案的前言聲明亨利和嘉芙蓮的婚姻無效（這是他不相信的）。教給他的誓言則牽涉到否認教宗至高無上的權柄。盧巴說國王和議會本來願意放棄教宗無上權柄的問題，以迎合摩爾，只要他發誓不讓人知道：「然而安‧葆林糾纏不休，唆使國王討厭摩爾，他於是一變初衷，下令一定要執行『無上權威』的法案。[27]」盧巴的推斷使人覺得他好像參與了亨利和安‧葆林

---

[27]同上，頁74。

的談話似的。其實，克藍馬可能提出過妥協的辦法，要費雪和摩爾不必否認嘉芙蓮的婚姻和教宗的權柄[28]，因為克藍馬提議讓費雪和摩爾祕密發誓。

現在，不管是否安・葆林使亨利硬下心腸對付摩爾，總之國王最後決定完全反對一切妥協。在克倫威爾致克藍馬的信中，他命令克藍馬不要建議祕密發誓的事，因為這樣會引起人非議國王再婚。從克倫威爾的觀點來說，國王是對的，可是國王要的不單是承認他有權「制定」安・葆林所出為繼承人，而是要人發誓「承認」安所出是合法繼承人。

三、在倫敦塔內

他們把摩爾送到倫敦塔上[29]。同行的有他的近身僮僕若望雅梧（John a Wood）[30]，因此他寫的長信，描述蓋白斯審訊的情形可以帶回家中。後來，人拿走了他的筆墨，他唯有用炭條寫信。他給瑪嘉烈寫道：「除了身邊已有的一切，我不再需要別的世物了。」「體貼而愛你的父親用煤炭給你寫這信，在我卑微的祈禱中，決不會忘記你們，你們的孩子，你們孩子的保母，你們的好丈夫，或是他們的拙妻，還有你們父親的拙妻，

---

[28] 1534年4月17日，《函札與文件》，卷七，499號。

[29] 盧巴，《摩爾傳》，頁74-5。

[30] 荷里士（Christopher Hollis），《托馬斯・摩爾爵士》（*Sir Thomas More*；1934），頁249。

以及我們一切朋友。現在，紙已盡，我誠心祝福你們。㉛」信末，他加上：「願上主佑我，繼續保存誠實、忠信與純樸的心」

不久之後，瑪嘉烈給她父親寫了回信，信中似乎在極力說服他發那誓願。但威廉・賴斯提爾一心要為他表姊辯護，說：「她連想也沒有想過勸她父親，這樣寫不外是要讓克倫威爾信任她，讓她自由地去見父親。」那是一封令摩爾十分痛苦的信，使他在一切痛苦中發出了最尖銳的呼聲：

> 我摯愛的女兒，要不是我長久以來一直相信天主的仁慈，要不是我一直有堅定的信心，你那封令人遺憾的信就要比什麼都令我難過了。最近經歷了不少可怕的事情，都比不上你這封信更傷我心。看到你，我心愛的孩子，竟這樣可憐地、努力地說服我做那件事，實在叫我悲傷。我這樣做，為的是要尊重我的良心。以前我已多次給你明白解釋過。㉜

瑪嘉烈寫了一封熱情洋溢的回信，說「你的女兒，你的代禱人，不希望別的東西，只希望能代替若望・雅梧來服侍你」。

她的信達到了目的，摩爾入獄後一個月，她獲得國王批准，到倫敦塔上見父親。父女二人在每次會面時總先作祈禱。摩爾說：

> 梅兒，我相信，他們把我關在這裡，以為會使我不快樂，其實，我親愛的孩子，我老老實實告訴你，若不是為了妻兒——

㉛《全集》（1557），頁1430。

㉜同上，頁1431。

我最重要的責任——我早已選擇了這樣簡單的生活，或者更
簡單的生活了……我覺得天主在把我看作任性的孩子，將我
放在他膝上逗弄。[33]

將他囚禁，於法不合。摩爾與女兒談及此事，不無義憤：

梅兒，我可以告訴你，為了我不按照那條政令立誓而將我打
在這裡的那裡人，他們沒有辦法根據他們自己的法律來判我
監禁。我兒，一個基督徒為人之君，受一個善變而甘心任他
喜惡左右的國會與一群軟弱而靈明與學問不相當的教士諂媚
以自汙，也確實可悲[34]。

於是，夏天過去了[35]。八月，雅麗絲夫人的女人雅靈頓夫
人向摩爾的繼任人柯地利求情，不得要領。兒柯地利是「新王
權」制度下的典型臣僕，對摩爾並不太同情，雖然他曾跪在亨
利面前為摩爾求情，但他當然認為摩爾應該自己設法解救自己……
雅靈頓夫人寫信給瑪嘉烈報告一切，最後，她寫道：

我除了向全能天主懇求，再沒有更好的辦法了；因為祂是一
切憂苦的人的安慰，決不會在祂的婢僕最需要時棄而不顧。[36]

---

[33] 盧巴，《摩爾傳》，頁76。

[34] 同上，頁78。

[35] 《亨利八世》（26 Henry VIII）第2章。見下文，頁319。

[36] 《全集》（1557），頁1434。

四、瑪嘉烈懇求父親發誓

瑪嘉烈第二次探望父親時，把雅靈頓夫人的信也帶了去，二人談了許久。瑪嘉烈把交談的一切寫成了信，寄給雅靈頓夫人，但在信中瑪嘉烈的語氣純粹是瑪嘉烈的，而摩爾的也純粹是摩爾的。二人死後多年，賴斯提爾發表這信時，連最接近、最親密的人也不知道誰寫了這信，賴氏用一份似乎不是出自他所熟悉的摩爾的手跡。他們念過七首聖詠與應答禱文後，談到家中的朋友，瑪嘉烈便提到雅靈頓夫人的消息：

> 父親對我微笑，說：「什麼？夏娃夫人（你第一次來我便這樣稱呼你了），我女兒雅靈頓是否扮了蛇的角色，叫你用這封信，再來引誘你父親，叫他發誓，去反對他的良心，然後把他交給魔鬼？」之後，他面露憂鬱的神色，誠懇地對我說：「孩子，這事我們已談過兩三次了，你說的仍是同樣的故事，談的仍是同樣的恐懼。你兩次告訴過我，我也兩次答覆了你，在這件事情上，若我能令國王滿意，而又不致冒犯天主，沒有人比我更樂意發這誓了。」

為了打動父親的心，瑪嘉烈把雅靈頓夫人的信遞給他。他讀了兩遍，感激他的繼女的孝心。他花了許多時間討論信中雅靈頓夫人說到柯地利講的伊索寓言。他顯然因為有人說他固執是由於看到費雪的榜樣而覺得生氣：

因為，我雖然尊重他，我承認，在本國沒有誰比他更博學、更智慧、更有德行。然而，在這件事情上，我沒有讓他牽著走，因為名單傳到他手上之前我已拒絕發誓了。……天主是我的好主人，我從沒有想過把我的靈魂放在別人的背上，讓他背著走，那怕是世上最好的人，因為我不知道他是否樂於背著它。

有些人可能在心理上懷著保留的態度去發那誓，他們相信！

若他們所說的和心中所想的相反，天主會看他們的心多於看他們的舌頭。他們的誓願在於他們所想的，而不是所說的。以前不就有一個女人這麼想嗎？她以為天主看的是她想的，而不是她說的。你就是這個女人，可不是嗎？我的孩子！

摩爾繼續說：「我不要干涉任何人發了誓的人的良心，也不要做他們的判官。」於是他們又再回到「無上權威」的老問題上。瑪嘉烈重複了朝廷上朋友們的見解：

既然那是議會定下的法例，所以他們就認為即使一個人在靈魂有危險，也得改變自己的良心，就像我說過的，去順應別人的良心。」「啊！瑪姬！」（父親再說）「你扮演的角色也扮得不錯，可是，瑪嘉烈，說到法律方面，首先要記得，雖然每人都要遵守他生於其中、長於其中的地方的法律，許多情形下，在守法時免不了要受些俗世的痛苦，許多時也包含著同為要令天主不快而產生的痛苦。但並不是說每個人一

定要宣誓每一條法律都訂得完善，也不是說人人有責任去守
這些法律中不合法之處，以致必須忍受令天主不快的痛苦。

但是，爲什麼拒絕發誓呢？摩爾固執地不肯說出來，甚至
不肯對瑪嘉烈說。不過他認爲改變主意發了誓的人不是由於害
怕，他說：

> 若說到他們害怕而改變主意，我也會因爲害怕而這樣做的，
> 因爲我相信沒有多少人像我這樣膽小。

瑪嘉烈於是又說，大部分人都發了誓，不發誓的人只是少
數而已。摩爾答道：

> 這個我一點也不懷疑，不過我敢相信，在整個基督教國度內，
> 不少博學有德之士和我的想法一樣。

於是，瑪嘉烈憂愁地坐在那裡。摩爾對她微笑著說：

> 現在怎麼樣了？我的好女兒，夏娃媽媽，怎麼辦？你的頭腦
> 那裡去了？不要老坐著，懷著蛇蠍心腸，想盡新的方法引誘
> 亞當爸爸啊！

瑪嘉烈坦承她智窮才盡，只剩下唯一的理由，就是家中的
食客柏定遜先生（Master Harry Patenson）的理由。她說：

> 「有一天柏定遜遇到家裡的人，問起你來，知道你仍在塔上，
> 大爲生氣，說：『爲什麼？他到底有什麼毛病還不發那誓？

他要怎樣才肯宣誓？我都宣誓了。』這麼多聰明人的好榜樣你不學，我也不想再說什麼了。不過，我也要像柏定遜先生那麼說：『為什麼你不宣誓？爸爸？我自己也宣誓了！』」聽到這裡，他大聲笑著說：「這句話像夏娃說的，因為她給了亞當一個她自己吃過的蘋果。」

摩爾知道瑪嘉烈說了這樣的話對她自己不公道，不錯，她是發過了誓，但誓詞中有一句附加的話「只要那是符合天主的法律的」。這句話使誓詞變得一點意義也沒有。相信若容許加上這麼一句話，費雪和摩爾便都會願意發誓，可是國王絕沒有這樣通融他們。這是摩爾一向都知道的：

瑪姬，在不少個不眠的夜裡，當我的妻子已經睡著了，又以為我也睡著了的時候，有什麼危險要降在我身上呢？我不知道，目前為止，一些也沒有，不過一想到將來，我的心便沉下來。然而，我感謝上主，雖然我想到可怕的事情時驚惶不已，但我從沒有想到要改變主意。

瑪嘉烈只好回答，若摩爾後悔，恐怕也來不及了：

太遲嗎？瑪嘉烈，我祈求上主，若我要改變，真正是太遲才好。因為我知道改變對我靈魂沒有好處，那一定是由於害怕才改變的。因此，我祈求上主，在此生此世，永不要讓我改變。

摩爾深信天主會給他足夠力量忍受一切痛苦，喜樂地忍受它：

梅兒，雖然我覺得自己有點軟弱，但我信賴祂。有時候我害

怕得好像要塌下來似的，但我記得聖伯鐸怎樣因缺乏信德而
開始陷身於風浪之中，我要像他一樣，呼求基督的助佑。我
又確信祂要向我伸出手來，使我在洶湧的波濤中不沉溺。是
的，縱然祂讓我像伯鐸一般跌倒，一次又一次的誓願不認識
祂（但上主仁慈，免我這些痛苦，使我不致失足永遠站不起
來），但我深信祂必仁慈地對待我，好像對聖伯鐸一般，向
我投以溫柔的目光，使我再站起來，懺悔我罪，潔淨我心，
抵受我自己過犯的恥辱與痛苦。最後，我親愛的孩子，我清
楚知道，若我沒有犯錯，祂是不會讓我失落的……因此，我
的好女兒，不要再為此世發生在我身上的事心煩意亂。除非
天主願意，沒有什麼事情會發生的……萬一有什麼事情發生
在我身上使你憂傷，為我祈禱吧！但千萬不要自己苦惱。我
要全心全靈為大家祈禱，好使我們將來能在天堂上相會，在
那裡我們要求永遠歡樂，不再有任何煩惱。

　　這裡，就如柏拉圖的對話，談話突然中止。[37] 實際上，再
沒有什麼可說的了。

五、摩爾在倫敦塔內的著作

　　人們常因摩爾對異端分子的說話過分嚴苛而責備他也好，
寬恕他也好，但沒有人完全了解，自從他被囚倫敦塔後，這些

---

[37] 同上，頁1434-43。比較柏拉圖對話錄《高爾加斯》（*Gorgias*）的
　　結尾部分。

嚴苛的說法怎樣靜下來。他說過他憎恨異端分子的惡行而不是他們本身[38]。可是，現在他以「囚徒托馬斯・摩爾」的身分說話，不必再負責阻壓世上任何錯誤。如今可以說是超然於事物之外了[39]。「石牆做不成禁獄」，摩爾在獄中所寫的比他在自由時寫的隨意得多。不少愉快的故事都在《寬慰的對話》中出現。他在《對話》中流露的快樂與在服務王室，權位日降時所寫的《萬民四末》所流露的暗淡低調，成了強烈的對比。

在《寬慰的對話》中，摩爾從前線退到雕堡的最內層，他無需護衛任何信道，只是護衛個人精神的權利，以對抗支配任何信道的政府權力。

事實上，他這樣做比撰文反對異端分子更涉及「國王的大事」。在有關教理事情上面，摩爾和亨利有不少共通的看法，他大可致力撰寫國王不反對的著作，雖然亨利未必希望這個被剝奪了權利的囚徒的著作發表出來。相反地，摩爾選擇了十分危險的題材。《寬慰的對話》的內容是虔誠幽默的匈牙利貴族安東尼和懦弱的年輕外甥文生（Vincent）辯論，面臨土耳其人入侵之際應該怎樣表現。即使最愚笨的人也可以見到，他所寫的大部分和他本身的情況有極密切的關連。他將亨利比作土耳其人。這本《對話》要秘密收藏，因為它否定國家元首可控制人民宗教信仰的理論。

---

[38]《自白》，第四十九章；《全集》（1557），頁925。

[39] 艾伯克龍比（Lascelles Abercrombie），《聖托馬斯之出賣》（*Sale of St. Thomas*）。

因此，除非是至愚，否則絕不會對或早或遲總要來的殘忍而可怖的劊子手——死亡，全無恐懼。他在他未來到之日，早已一直站在遠遠的高處等候他，冷冷地瞅著他，不是向他屈膝表示崇敬，也不是用友善的態度，要他前來，而是揪著他的胸脯，搖撼他，使他的骨頭嗦嗦作響。於是，在長久的折磨下，把他打擊至死，然後把他的屍體投在外面的深坑，任由蟲蛆蛀食與腐爛。然後，將他的靈魂送到更可怖的法庭前，在那裡，他現世的功過未能論定[40]。

你一定知道聖若望說者的故事吧！他坐牢的時候黑落德王和黑落狄亞卻在歡樂地飲宴，黑落狄亞的女兒在王前跳舞，他大爲高興，便把說者的頭顱也給了她。如今說者已在天堂上與天主同席。[41]

有人不能沒有頭顱而得到這偉大的光榮。基督是我們的頭，因此，若我們要到祂那裡，必需和祂結合，作爲祂妙身的一部分。必須跟隨祂。祂是我們的嚮導，祂帶領我們……難道你不知道基督必須受苦難，並藉苦難的途徑進入祂的神國？祂自己不能毫無痛苦地進入自己的國度，誰又能希望輕易地進去？[42]

這是中世紀英國宗教文學中最高貴、最嚴苛的信條。因此，很自然地，摩爾在完成了他的《安慰的對話》之後，繼續寫出

---

[40]〈安慰的對話〉，《全集》，頁1244。
[41]同上，頁1248。
[42]同上，頁1260。

《論基督的受難》，為他自己已預見的、那無可避免的終局作準備[43]。他從基督苦難的事蹟尋求鼓勵，給那些像他自己一樣滿懷恐懼的人，說出了像基督在說的話：

> 軟弱的心靈，提起勇氣吧！儘管你恐懼，你難過與疲倦，儘管你飽受痛苦與折磨，寬心吧！因為雖然我自己已克勝了整個世界，然而當我想到要接受的苦難緊壓著我時，我便覺得驚恐憂苦與內在的焦灼。心靈堅強的人可以找到千萬個光榮勇猛的殉道芳表，可是，如今，我可憐的怯懦、軟弱而愚笨的小羔羊，跟在我後面吧！因為我是你的牧者與元首。不要信任你自己，要信賴我，緊牽著我的衣角吧！你要得到前進的力量與寬慰。[44]

摩爾最初用英文撰寫，然後用拉丁文繼續。但他寫到基督在山園被捕時，獄警沒收了他的書籍和寫作材料。瑪嘉烈盧巴的女兒馬利巴薩（Mary Basset）把她祖父的拉丁文譯成英文。並收在摩爾的《全集》中。出版商獲為巴薩的譯文可以媲美摩爾的英文，連語氣也極為接近。

摩爾的散文繼承了十四、十五世紀偉大的英國神修作者的體裁，他曾大大擴展了英國散文的領域，如今，在他晚年的歲月，又回復到傳統的文體與傳統的題材上。四百年來，摩爾的神修作品像他前輩的一樣，已差不多被遺忘了。最近十多年來，

---

[43]《聖徒之書》（*Peristephanon*），第三章，頁121。
[44]《論基督的受難》，《全集》（1557），頁1357-8。

人們一直重新肯定它的力量。

他的最後遺作是在倫敦塔上對《時辰書》的默想。一直以來，都極少為人所知。最近三年內，流通地銷上了千萬本，那是他向世界告別之作：

> 仁慈的主，請賜我聖寵，使我輕看世俗，
> 像我心神緊靠著你，而
> 不繫於眾口轟傳……

這些禱文用羽毛沾墨水寫成。身處牢籠，這是奢侈品，不是常常都可以得到的。入獄之初，他只能用炭條作筆，後來他比較有點自由，可與瑪嘉烈和雅麗絲夫人見面，甚至可以和她們在花園中散步。但1534年將盡時，情況又變得日益艱困。瑪嘉烈給她父親寫道說：「他們到底為什麼要再把你關起來，我們真是摸不著頭腦！」不過，他們中還可以交換書信。瑪嘉烈說，得到整個世界也比不上收到她父親的信快樂。「那些雖然用炭條寫成，在我心中，就像是由黃金寫成的」。摩爾回信說：

> 我摯愛的好女兒，若我要用文字表達我收到你的信的快樂，恐怕一堆煤炭也不夠用。而在這裡，我沒有別的筆墨可用，因此我不能給你寫長信或驚人的奇遇。不過，好女兒！無論如何，請多來信。[45]

他們警告摩爾，國王要更進一步立法對付他。但他深信天

---

[45]《全集》（1557），頁1446。

主仁慈，不會讓國王「高貴的心靈」不合理地對他⑯。他在結束那信時安慰她說：「不管你聽到有關我的什麼，都不要掛心，要在天主內喜樂。」

六、摩爾與威爾遜

摩爾在藍白夫受審時看到威爾遜（Dr. Nicholas Wilson）給解送到倫敦塔。如今他寫信給同一命運的摩爾，徵求他的意見，但，摩爾不能給在愁苦中的威爾遜什麼幫助。自從對國王聲明自己的意見之後，便決定不再把國王的事放在心上，連提也不想提了。他回信說：「至於我為什麼不肯宣誓，我沒有告訴任何人……最後，我老實告訴你正像要我們宣誓之前，我們在倫敦塔上巧遇那時一樣，我沒有發過誓……我至今沒有發誓。」要不是為了健康的緣故，摩爾不會感覺到自己面對死亡。他寫道：「自從來到塔中，我有一兩次以為自己差不多死了，但藉著信德，我現在深得滿懷希望，我求上主賜我並保存我的心神，使我渴求脫離人世而與祂結合。因為我深信，只有渴望天主，才得到祂的歡迎⑰。」

很久以前，關於烏邦人，摩爾說過與此同樣的話：看到有人心不甘情不願地死去，他們充滿了驚恐，不過，有人高高興興或滿懷希望而逝，他們會為他歡喜⑱。寫信給威爾遜的時候，

---

⑯同上，頁1448。
⑰同上，頁1445。

摩爾在《安慰的對話》裡亦持此說[49]。信末，他用最溫馨友愛的話語寫道：「良善的威爾遜君，看天主分上，請為我祈禱吧！我每日都為你祈禱……」

儘管摩爾想避免討論宣誓的事，威爾遜卻再度寫信給他，用意很清楚，他想改變主意，發那誓願。摩爾這次卻給他十分簡短的回信，再度提醒他，自己從沒對任何人說過前後不一致的意見，而當他們未下獄之前，曾告訴威爾遜，他絕不想知道任何人的心意；別人也不會知道他自己的心意。這是摩爾最後寫給威爾遜的信，但寫來仍十分友善：「我可憐的短速的生命一息尚存時，我所有的一切，也有你的一份。」可憐的威爾遜沒有輕易逃過厄運，他比摩爾多坐了兩年牢房，在1540至1541年的亂事中又被關進塔內。

新年之初，摩爾寫給一名叫李德（Leder）的人，據賴斯提爾說，他是「有德行的神父」。據說他聽了摩爾已發了誓的謠言，寫信祝賀他從此結束麻煩。摩爾回信道謝，但說那件事「只是謠傳」。信中流露出來對未來十分驚懼，（寫來比給瑪嘉烈的更明顯）說他怕可能遭受酷刑，說「若我不幸要發那誓（我深信天主永不要我受此苦）你應該知道那是由於威脅和酷刑。我希望他們不致施用暴力或強硬的手段，若他們這樣做了，我希望天主寵賜（由於善心人的祈禱）我力量去抵受一切」[50]。

---

[48]《烏托邦》，頁277。

[49]《全集》（1557），頁1168。

[50]同上，頁1450。

摩爾在信中一再覆述他絕不干擾別人的良心。然而摩爾及費雪願被囚也不肯宣誓,卻在在影響別人的良心,使亨利及他的顧問大為尷尬。1534年年底,政府為了加強實力,又立了許多新例,載入《成文法典》。

七、「無上權威法令」與「大逆法」

議會通過了「無上權威法」(The Act of Supremacy),定國王為國家至高元首及英國教會最高元首。1535年又通過另一條法案,以使名正言順囚禁摩爾和費雪。那便是「大逆法」(The Act of Treasons),規定從2月1日起,凡是在口頭上或文字上輕侮國王的尊嚴、名銜、或王家名銜的,都算是大逆之罪。為了針對摩爾和費雪拒絕發誓,最後又通過「褫奪私權法」(Acts of Attainder)[51]。

議會幾經艱難才通過大逆法,可見議員並不是一群只顧依從國王意願的代表,又可見他們對當時的情形是多麼驚懼。1535年2月2日「燭光節」那天,羅拔・費雪(若望・費雪的兄弟)到塔上探費雪主教,報告議會的情形。費雪一聽到「無上權威法」通過,大驚舉手喊道:「真的?」羅拔又告訴他「大逆法」通過的情形,說下議院中從來沒有比這條法案更難通過;議員們終於堅持要加上「惡意地」一詞,可是實際上,這詞形同虛設,因為國王等人可以任意詮釋它,所謂欲加之罪,何患無詞

---

[51]《亨利八世》(26 Henry VIII),第1、2、13、22、23章。

⑫。賴斯提爾法官在他舅父的傳記上強調下面的法律觀點：

> 注意，議員們認真地反對這法案，認為除非嚴格地加上「惡
> 意地」一詞，不能隨便通過。也就是說，不是每一句反對「無
> 上權威法令」的話都是大逆，只有惡意地說出的才是。為了
> 更清楚這個意思，「惡意地」一詞兩次出現在法案內。然而，
> 後來在執行法令的對付摩爾、費雪及加杜仙會士及其他人時，
> 這法案清楚地寫著的一詞被國王的專員們認為是無效的空文。⑬

八、加杜仙會修士寧死不屈

1534年春間，費雪和摩爾被關到倫敦塔時，專員們要求加
杜仙會倫敦徹斯特會院院長何敦修士（John Houghton）宣發誓
願，何敦拒絕了，於是被扣押到塔上來，和他一起的還有同會
米道摩修士（Humphrey Middlemore）。但一個月後，官員又
把他們釋放出來，他們之所以能獲釋放，是因為整個修會發了
某種誓願，誓詞的確實內容是什麼沒有人知道，大抵是帶有「只
要不違反（天主的）律法」一類的字眼。

何敦對其他修士說：「我們的時辰還沒有到來，但我知道，
一年內我便會走完人生的路程了。」摩爾的痛苦是大的，何敦

---

⑫《函札與文件》，卷八，856號2，頁326。這陳述（Statement）是
費雪的僕人威爾森（Richard Wilson）在法庭的詢問下所說，並經
由費雪證實。見卡頓Cleop. Ⅵ,165（169）以下。
⑬《賴斯提爾殘卷》，哈斯菲爾《摩爾傳》附錄一，頁229。

的痛苦更大。摩爾給瑪嘉烈寫道:「殉道的哀傷將要來臨,但一切的痛苦比不上見到妻兒及無辜的朋友受我連累[54]」。何敦要對一個有三十名修士和在俗兄弟的團體負責。1535年2月1日以後,大逆法正式施行,他不算自己要羞辱地死去,更要使修會陷於無人保護的田地,修會要解散,修士要還俗。他說:「弟兄們,在最後審判時,我若不能把天主教交給我保管的加倍獲利交還,我有什麼可說?我將怎麼辦呢?」修士們道:「讓我們各人在神貧簡樸地死去吧!」何敦院長本來可以率領眾人一同殉道的。「但是,」他說:「我看他們不會就這樣成全我們,也不會做些對自己這樣有害的事。」他知道政府的策略是殺一儆百,把老修士殺了青年修士則通過其家屬使之屈服。院長於是訓令各弟兄以三天時間,嚴肅地準備應付未來的考驗。第一天是一起悔罪,第三天何敦跪在眾修士面前,一一請求寬恕以往開罪之處,修士們也互相這樣做。第三天,何敦舉行聖祭時,一陣柔風吹過,有人感覺祂(聖神),體驗到祂的臨在,心中感到甘飴與撫慰。」以上的一切是寫會史的莊西(Maurice Chauncy)所記,他當時一定在場。何敦陶醉在這種氣氛中,一時不能立刻繼續舉祭。

何敦是教廷駐英視察專員,英國加杜仙會的總會長。林肯郡(Lincolnshire)額斯荷姆(Axholme)的羅蘭士(Robert Laurence),諾定咸郡(Nottinghamshire)的韋士特(Augustine Webster)院長都未到倫敦向他請示。三人拜訪克倫威爾。何敦

---

[54]《全集》(1557),頁1431。

道出了修院的困難：「世俗人怎能做英國的教會元首？」克倫威爾老大不高興地反駁說：「怎麼樣，難道你要國王做修士不成？」於是，不久之後，三人便給關進倫敦塔。這時錫安隱修院（The Monastery of Sion）院長雷諾士（Richard Reynolds）也因否認無上權威法而被捕。雷諾士曾在劍橋基督學院念書。他是英格蘭最有學問的人之一，精通拉丁、希臘、希伯來文[55]。4月20日，專員們再度提訊羅蘭士、韋士特、雷諾士，三人都不承認國王為教會至高元首。4月26日，三人再度拒絕宣誓承認，這時官方已作好準備，由柯地利、諾福克、克倫威爾及差不多二十名顯要和法官組成了特別委員會，再度提訊三人。在審訊中，雷諾士說，他本來要效法基督在黑落德面前保持緘默。但「為了表明良心的清白」，他發表了一篇演說，那可說是兩個月後摩爾所作表白的前奏。他根據基督教國家的歷史和英國以外的教會歷史，聲稱大部分英國人心中也同意他的看法。有人問他，那大部分英國人是誰，他答說是全國的好人。委員會於是禁止他再發表任何言論。

何敦和這三人拒絕承認國王為教會最高元首，並且辯說他們「無罪」[56]，理由是他們並不是「惡意地」拒絕。「惡意地」一詞是當時柯地利等人故意加入《成文法典》中以拯救這類人

---

[55] 蒲爾，《為教會統一之辯護》（*Pro unitatis defensione; 1538*），103、104以下。

[56] 《函札與文件》，卷八，609號。這裡有一個錯誤：在29日，修士們承認「有罪」，其實應是，在29日，他們被判為「有罪」。

的，而摩爾和費雪的生命也繫於這詞之上。賴斯提爾法官詳細地紀錄審判這些修士的情形，並把他安插在《摩爾傳》中是對的，因為他們四人之死，是構成摩爾遇害的先例：

> 加杜仙四名修士受盤問時，總會長何敦代表發言，表明他們並非出於「惡意」而否定國王的無上權威。陪審團的良心也告訴他們，四人都不是惡意地拒絕宣誓，都不同意懲罰他們。法官於是決定，任何人否認無上權威法都是出於惡意；在法案上加入「惡意地」一詞並不能有效地限制和阻止犯人的用字和意圖。但陪審團並不同意這一點，因此不能贊成懲罰他們，於是克倫威爾在盛怒之下，走到陪審團面前恐嚇他們，若不懲罰修士，後果自行負責。於是各人在威脅之下，裁定修士有罪。但其中有人從此痛心疾首，沒臉見人。[57]

負責記載同會修士受苦殉道的莊西（Maurice Chauncy）寫得比較詳細。他說克倫威爾派人恐嚇陪審團，若不定罪，便要把他們殺死，陪審團仍不從命，後來克倫威爾出現，他們才就範。

雷諾士要求法官寬限數天，好讓他妥當準備良心，好能像個有志氣的修士一般，死得體體面面。

九、倫敦塔中再審

修士被判刑後的第二天，克倫威爾和幾名參議來到獄中見

---

[57]《賴斯提爾殘卷》，哈斯菲爾附錄一，頁229-30。

摩爾，要他切實答覆。摩爾將會面的詳細情形告訴瑪嘉烈[58]，好使她不致太痛苦，因為他覺得瑪嘉烈這時懷有身孕[59]。克倫威爾說摩爾的朋友想來已告訴他新法已成立，他此行的目的是代表國王，想知道他對國會已立國王為英國教會至高元首有何意見。

> 於是，我答道說我深信國王陛下絕不會要我答覆這個問題……現在我絕不想理會這些事，也不想為任何國王或教宗的名銜爭論。但我有生之日將是國王的忠臣，我每日為王上祈禱，也為你們議員大人，為我們英國祈禱，至於其他一切，我永不再想牽涉在內。

但是，克倫威爾說國王是仁慈的，他希望摩爾接受這些令他舒服的方法，再回到社會中，過正常生活。

> 於是……我答說……我永遠不會和世事相涉……不想從世界中得到什麼……我只想以整個心神默想基督的苦難，以及我自己脫離此世的途徑。

於是他們命摩爾退出，不久又再傳問他。這次，內政大臣克倫威爾尋出事情惡化的根由，是摩爾的態度影響其他人，「使他們抵死不從」。摩爾答說加杜仙會修士的反抗固然影響他的命運，無論在任何情形下，他沒有給任何人意見和指導。

---

[58] 《全集》（1557），頁1451-2。

[59] 《函札與文件》，卷八，867號，iii,2;《政府文件》，卷一，435。

我說，我是國王陛下真正忠信的子民，我誠心為他及他的王國祈禱。我生平對人無害，我只想對人有益，而絕不想以思、言、行為加害於人。若我懷著這樣赤誠的心仍不能保存生命，我誠心不再希望生存下去。如今我正步向死亡，自從來了這裡。不知多少次我有知命在旦夕，而我感謝上主，我從不以此為苦，反之卻因是劇痛消失而難過。我這微賤之軀任由國王快樂地處置好了，願上天鑑我犧牲之精誠，降陛下鴻福。

這番話使克倫威爾也為之感動不已。他在結束這次會面時，「非常溫文地」說，他絕不會把這番話向國王邀功。於是摩爾在結束這上面那封信時，請瑪嘉烈及一切朋友為他祈禱，對將來要發生在他身上的一切不要掛慮。

瑪嘉烈收到這信後，想辦法探望他，一兩天後（5月4日），她在塔上和他會面。這大抵是克倫威爾故意選擇的日子，因為父女同時見到雷諾士及加杜仙會修士踏上泰般的令人不忍卒睹的情形，摩爾對瑪嘉烈說：

看！梅兒，難道你看不見這些蒙福的神父喜樂地踏上死亡之途，有如新郎走上婚禮之途？我最親愛的女兒，你因此可見，一生在正直、刻苦、懺悔、嚴肅中虔誠度日的人，和你可憐的父親消磨在歡娛逸樂歲月中所作的一切，有多大分別，因為天主看到他們長久不斷的補贖，不讓他們在這涕泣之谷中繼續逗留，要趕快把他們領引至祂永恆的神國去。而你愚笨的父親，一生所作所為都在罪惡之中，因此天主認為他不配

這麼快進入永恆的幸福中，讓他仍留在世，多受點痛苦、摧殘與困擾。⑩

父女二人都不敢肯定摩爾會不會被判大逆罪。他這番話不外是鼓舞瑪嘉烈，說來似乎過分誇張，但事實上，和何敦一生苦修和精神上的痛苦相較，摩爾所受的一切已經是相當輕鬆的了，最少，他無需受何敦現在受著的肉體上的痛苦。

和這四位修士一同受刑的還有一位教區神父若望・希路（John Hale），他因同情費雪和摩爾，又稱國王為異端分子，咒詛他不得好死，於是犯上了叛國及誹謗之罪。他們穿著道袍，被繫在木條上拖著走到泰般去。這時諾福克公爵和一班顯貴早已齊集，有人向何敦提議，若他現在反悔，還可避免一死。何敦拒絕了，說他忠於國王，但不接受他為英國教會的元首，否則他就冒犯天主。

人們吊起他，把他從架上割下，活生生地剖下他的內臟和肢體。他不斷地喊：「至慈的耶穌，此時此刻可憐我！」其他修士看看他受苦折磨，然後自己受刑。在等候中，他們鼓勵群眾，在不損天主的尊榮、不違教會原則下服從國王⑪。雷諾士

---

⑩盧巴，《摩爾傳》，頁80-1。

⑪有關加杜仙會修士遇害的資料出於檔案局「祕袋」（Secret Bag）中的政府文件。莊西（Maurice Chauncy）著的《殉道者之歷史》（*Historia aliquot martyrum*; Mainz, 1550），其中一些細節由莊西修正，載於*Passio minor*中；《賴斯提爾殘卷》以及其他不同報告這時都已送往國外。見《函札與文件》，卷八，609、661、666、675、683、726號。

是最後受刑的一位，特別對在場數千人說話，毫無憂愁恐懼的容色，蒲爾記錄了他視死如歸的詳情[62]。

據說這次行刑後，克倫威爾帶了國王的訊息來見摩爾，說國王絕不再來困擾他的良心。這是亨利軟硬兼施的伎倆，可是摩爾並不為克倫威爾或國王的懷柔所動。三十多年前他在清閒時寫過〈命運之神〉的詩句[63]，如今他又拿起炭條來，再加上一節：

> 媚人眼目的命運之神，
> 你從不曾有過這麼美麗的容顏，
> 你從未有過這樣歡欣的微笑，
> 好像你要彌補我的一切殘缺。
> 終我一生你無法欺騙我，
> 我要信賴上主，頃刻間我要進入
> 祂安穩而固定的
> 天堂中的避難所。
> 在你平靜的容顏後面，我看到的是風暴[64]。

風暴來得很快，摩爾再度在克倫威爾面前受審的日期是5月7日，即在第一次受審後的一星期。他再度說出了他說過給瑪嘉

---

[62]關於雷諾士（Reynolds），參看《錫安之天使》（ *The Angel of Syon* ），Adam Hamilton, O.S.B.

[63]見前文，頁92、157。

[64]盧巴，《摩爾傳》，頁82；《全集》（1557），頁1432。

烈的同一答案：「我決不想牽涉入這些事情上，我已立志今後
侍奉天主，默想基督的苦難以及我離開此世之途。」至於費雪，
顯然也是在5月7日受審。摩爾似乎送了訊給他——由獄官的僕
人高爾特（George Golde）——說「自己也處於極大麻煩中」，
很希望知道費雪究竟給了什麼答案。費雪回答說他是按法律而
作答的，這法令說除了罰「惡意地」地談及國王名銜的人之外，
並不責罰任何人，而法律又沒有強迫人回答向他提出的問題，
他請求專員們不要強迫他答覆法令以外的問題，使他不能享受
該法所賦的利益。問題是，「大逆法」若斷定國王「不是」教
會至高元首是大罪，拒絕承認他是教會最高元首則是另外一回
事，費雪和摩爾早已因拒絕承認國王為宗教上的至高元首而受
罰，罰得雖然嚴厲，但並不是死罪。然而犯人們在受盤問時是
很容易跌入陷阱的，他可能單從堅持拒絕發誓而一變而為否認
國王為至高元首，這便成了死罪。費雪相當肯定自己沒有這樣做。

　　在同日，即5月7日，總檢察官李治（Richard Rich）顯然
私下來見費雪，說國王為了自己良心的平安，希望知道費雪的
意見，國王絕不會騙他，他的答案除了國王自己以外，絕不會
向任何人透露。在這祕密承諾之下，費雪回答說「他憑自己的
良心，憑他自己的知識，認定國王不是、不能藉天主的律法，
成為英國教會在世上的最高元首」。

　　從這時刻起，費雪的生命便操縱在李治手上。這樣的陰謀，
即使國王不指使，李治自己也會主動去做的。

　　這期間，倫敦隱修院總會院（London Charterhouse）並沒
有因會長的逝世而屈服。會長去世後，會務由僥倖生存的米道

摩（Middlemore）和艾士苗（Exmewe）主理，和他們合作的還有曾經是亨利寵臣的牛迪基（Sebastian Newdigate），他因為看破了世情的變幻而加入倫敦會院。5月25日，這三位修士在克倫威爾前受審，他們仍然拒絕承認國王為英國教會最高元首，於是又都被關到塔中，一連十七日受盡折磨，被人用鐵鍊鎖在柱上，站著不能動。摩爾對這些人在他附近受著酷刑是否知道呢，我們沒有得到任何紀錄，不過6月3日他再受審時，柯地利、克倫威爾、克藍馬和其他人迫他要就是承認國王無上權威為合法，要就簡單地說自己是惡意的。摩爾改女兒的信，談及會審情形時寫道：「於是我答道，我沒有懷什麼惡意，因此我不能說。」「我感謝上主，在這事情上，我良心清白，我可能要受苦，但我不致受害。因為一個人可以在這情形下失去頭顱但保住靈魂不致受害。」克倫威爾說，他迫摩爾作簡明的答覆是相當公道的，因為摩爾一定明白，即使最不智的主教，在審問異端分子時都是用這種方式：問他們是否相信教宗是教會最高元首。摩爾認為基督國度內不論在那裡，教宗的權力都是人人承認的，這是毫無疑問的事。而他對紀律的看法，大凡讀過《烏托邦》的人都會知道，是嚴厲的。他認定，只要西方基督教領域內人人承認教宗為教會至高元首，抗拒的人都可說是犯了大罪。他又認為，不論這權力是神聖的或得自人的組織的，人都應該服從[65]。他相信（雖然他沒有這樣說），英國的議會已僭奪了本來屬於基督教共同體的權力。克倫威爾知道他相信這一

---

[65] 見前文，頁194-6。

點。最後，大臣說「他現在更不喜歡我，他說，以前他相當可
憐我，但現在他認為我存心不良」。於是，在給瑪嘉烈信末說：
「不要掛心我，但要為我祈禱。」

　　費雪和摩爾在塔內一直互通消息，由獄官的僕人高爾特帶
信。摩爾警告費雪不要信賴「惡意的」一詞，因為法律的演繹
不是按他或費雪的心意。他又警告費雪，在被審問時，二人應
避免用對方所用的詞彙，否則議會會以為其中一人「從對方得
到啟發」。摩爾認為留下這些信件沒有什麼不好，請高爾特替
他們好好地保留著。高氏說火是最好的保存方法，於是燒掉了
一切函札，費雪和摩爾又互贈小禮物，費雪送給摩爾水果和半
塊蛋糕，摩爾送費雪一幅聖若望畫像，以及入冬降雪後所採的
橘子和蘋果。元旦日上，摩爾送給費雪一張上面寫有二千鎊贈
金的紙條和三王朝拜聖嬰圖。在摩爾入獄的第一年，龐維西每
星期兩三次給摩爾送來肉食和一瓶酒，每天送費雪一夸脫法國
酒和三四盤果凍。僕人們自然熱心地協助他們刻苦修身的主人
分享這些美食。高爾特也不是個絕對不苟言笑的人，不時和他
們開開玩笑。

　　他們從僕人們的口中得到倫敦市的消息，又得知教宗保祿
三世在5月20日冊立費雪為樞機。教宗這樣做，無疑是希望以樞
機的紅帽子，提醒國王費雪在歐洲大陸上有一定的聲譽，好能
把他從一切麻煩中解救出來，但教宗此舉只引來了亨利的忿怒。
他說：「我會給他機會戴這頂紅帽子，他要戴，就戴在肩膊上
好了，他可沒有頭顱戴帽子！」據說安・葆林也參與其事，慫
恿國王把費雪和摩爾處死。其實，他們二人的命運大抵在加杜

仙會修士們反抗時已注定了。6月1日，議會委成立特別調查團負責審查及判斷大逆的罪。6月19日，裁定米道摩及艾士苗、牛迪基有罪，處以死刑。

有一篇西班牙文的記載，大概與所記事件同時，但所記甚多不確實。文中說亨利曾到塔裡看他這位臣子，希望動搖他的決心[66]。

十、費雪之死

6月12日，專員再度在倫敦塔內審訊費雪。兩日後，即6月14日，他們千方百計要從費雪及摩爾口中得到確實的答案。問到費雪為什麼不給一個肯定的「是」或「否」的答案時，他說：「答了就要跌入法律條文的陷阱裡了。」摩爾則說他「不能答」。

政府終於從費雪口中得到了答案，據說那是5月7日由國王頒下密詔要他答覆的那個答案。他們用同樣的方法對摩爾，得不到答案。只好靠簡單的偽證。

6月17日，費雪在6日前裁決加杜仙會修士的同一調查團面前，以及聚集觀看這悲劇的人群之前受審。費雪沒有否認他用過那些足以要他生命的字眼，但極力申訴是國王答應過保守祕密才說的。據賴斯提爾法官所載，使者承認確有國王密詔這回事，但並不足以撤銷控罪。賴氏可能在費雪受審時和受刑時也

---

[66]《英王亨利八世之史》(*Cronica del Rey Enrico Otavo de Ingalaterra*; Madrid: Spanish Academy of History, 1874)。

在場，而他撰寫傳記時李治仍然在世。所以他沒有指名道姓，提到李治就是那使者。

費雪質問：他在回答這問題時，是按國王的要求。在國王保證絕對祕密的情況下說的，如今，在平等、公正，世人所謂真誠、人性之下，他被判有罪是否合理？賴斯提爾法官黯然地說：「這裡沒有仁慈憐憫、這裡沒有平等公義。」

6月22日清晨，監獄官來到費雪的囚室，告訴他年紀老邁，遲早要死一趟，國王願意他午前死去。

主教說：「好吧！若這樣你此行的任務，對我也不算新聞，我每天都求它早日來臨。請問什麼時候行刑？」

「大約早上五時。」獄官說。

「那麼，」主教說：「我什麼時候開始從這裡出發？」

「大約十時吧。」獄官說。

「那麼，好吧！」主教說：「請你讓我多睡一兩個小時。因為我剛才睡得不大好。我可不是因為怕死睡不著，而是因為我這副老骨頭不大舒服。」

獄官九時左右再來，見費雪已經起來，正在穿衣服。費雪請求獄官遞給他一條毛披肩。獄官說：「主教大人啊！你為什麼現在竟這麼注意起你的健康來了？你沒有多少時間啦，你只有半小時了。」主教說：「我現在什麼也不想，只求你把那毛披肩給我，我在行刑前暖和一點。老實告訴你，雖然我感謝上主讓我樂意就此死去，可是此刻我可一分鐘也不想忽略我的健康！」他不靠扶持，自己攀上刑台。賴斯提爾形容道：「修長清癯的

軀體上除了皮和骨，便沒有什麼，在場的人都驚見這有生命的人竟形銷骨立至於此！真是如同死人一樣。又如有人所謂：死神取用了人的形體，借用了人的聲音。」費雪以響亮而清楚的聲音，請求眾人為他祈禱。他說：「此時此地，我並不怕死，可是我深知自己是血肉之軀，而聖伯鐸由於怕死，三次否認吾主。因此，請求你們的祈禱幫助我，使我在死亡打擊我時，不致因恐懼而忘記我的信仰。」費雪死後，他的屍體埋葬在諸聖堂的牆腳下，首級掛在倫敦橋上，「面目栩栩如生，俯視著進入倫敦的人。」兩週後，創子手把摩爾的首級代替了，把他的投入河裡⑰。

---

⑰費雪與摩爾受審和死亡的文件載在《函札與文件》（八）中。希治閣博士和我把其中比較重要的收在哈斯菲爾《摩爾傳》的附錄及注解內。以上所記，取材於當代資料，大部分是目擊證人的敘述。有些動人的故事描寫費雪在等候法官時，打開《新約》；看看有什麼靈感，以及他讀到那一章那一節，以及當他攀上刑台時，太陽怎樣照在他臉上。這些都是目擊者的資料。那位見證人當時是個年輕的劍橋學者。所述大概是相當真實的，但並不如我在此所提的詳細確實。

摩爾受審及受刑的重要權威資料，是寄往巴黎的新聞通訊。盧巴對審判的記載——以安多尼聖李格勛爵（Sir Antony St. Leger）、理察・希梧（Richard Heywood）和若望・韋伯（John Webbe）的報告為根據——是極有價值的史料。兩段記載由哈斯菲爾合併。我使用了他在都鐸時代就巴黎新聞信札所作的譯文，而不取近代的版本。有關費雪與摩爾的官方文件，多見於檔案局的「秘袋」中。檔案局收藏的資料證明賴斯提爾、新聞通訊、盧巴和哈斯菲爾的記載是真確的。史提普頓有關摩爾被害的記述來自目擊證人瑪嘉烈克來孟，極為重要。

十一、摩爾受審

審訊前不久，摩爾自知不久便要失去寫作的自由，於是寫了一封告別信給好友龐維西。摩爾四十多年來常在他家中走動，已不單是家庭的客人，而是受寵的孩子老師。這信用拉丁文寫成，可說是他與國際人文主義朋友的訣別信。這裡徵引的是由賴斯提爾的英文譯本翻譯出來的一段。它以禱文結束，求天主領他們離開這風暴的世界，進入安息之所：

> 那裡不需書信來往，沒有牆壁阻隔，沒有差役禁止我們交談；而是我們獲享和天主聖父、聖子及共發的聖神永遠相偕的喜樂的地方。親愛的龐維西君，此刻我要求全能天主賞賜你和我，以及世人，為了喜愛和渴望天上的福樂，放棄此世的財富、光榮與享樂。現在，我最信任、最親愛的朋友！你是我最珍愛的人，我誠心地和你道別了，願耶穌基督保佑你和你家中各人安全穩定與健康。
>
> 托馬斯・摩爾謹上。我不必加上「你的」二字，因為你知道我是你的，是你以許多恩惠買來的。你從來沒有計較我是個怎樣的人[68]。

7月1日，摩爾在西敏寺受審。主控官讀過起訴書後，掌璽

---

[68]《全集》（1557），頁1457；原文"forceth"等於"matters"，關係、緊要之意。

大臣柯地利和諾福克公爵告訴他，雖然他冒犯了國王，罪惡滔天，他們希望（那是國王的寬仁）他再三細想，並痛改他的固執，國王仍會寬恕他。

摩爾答道：「我謙卑地感謝各位大人的好意。可是，我哀求全能的上主，若祂願意，請保存我像現在這般誠實的心，至死不渝。至於我的控詞是那樣冗長無雜，恐怕我這長期受監禁、病弱的身軀，在才智、記憶、聲音方面，都無力答辯了。」

摩爾手拄棍子，斜身站立，有人給他一把椅子，於是他便坐下來，針對控詞，逐一答辯。

首先，他否認曾經惡意地反對國王的第二次婚姻，說他只是憑良心、毫不隱瞞地對國王說出自己的意見，否則他便是個不忠不義的子民。為了這錯誤（如果那是個錯誤的話），他的財產已被沒收，又被判終身監禁，如今已過十五個月。之後，摩爾面臨主要控罪：惡意地、奸詐地不承認國會加給國王為英國教會至高元首的封號，因而導致國會在他被囚後通過懲罰的法案。控詞又提及他在5月7日惡意地拒絕回答內政大臣克倫威爾、費度（Bedell）和其他人，說：「我不想牽涉在這些事情上，因為我全心決意服侍天主，只想到祂的苦難和我離世之途。」

關於這一點，摩爾答道，一個人叛逆是從他的言語、行為表現出來的，而不是從他沉默不說話表現出來的。「你們的法律或世界上任何法律，都不能因為我這樣沉默而罰我，罰得公平而合理的。」

主控的答詞是：「沉默就是心存惡意的證明，一個真正忠心的子民在被人徵求對這法令的意見時，一定會老實地承認這

律令是好的、公平的、合法的。」

摩爾答說，按照習慣法，「沉默表示同意」，所以他的沉默，也可解作認可而不是否認，於是他說出了沉默自由的偉大呼籲：

> 你們得明白，在涉及良心的事情上，每一個真正的好子民一定把自己的良心和靈魂看得比世上其他物質更重要。比方，當一個人的良心和我的一模一樣時，就是說那人好像我一樣，在如今這案件中，沒有在言談、行為上詆譭、叛逆他的君王。我可以保證，直至今時今日，我從沒有對任何人公開剖白我的良心。[69]

摩爾的第二項罪名是他和費雪通消息，鼓勵他反對法律。費雪已把信件燒去，但摩爾說他記得信的內容：

> 其中一封是些平常熟悉的談話，和互相的期許，這是我們長年交往應有的談話。另一封是主教問我有關我第一次受審時針對律法所說過的話。在這方面，我沒有說什麼，只是說我省察自己的良心，我要自己的良心平安，而他也應該按自己的良心行事。

第三項罪名是摩爾曾寫信鼓勵費雪說：「國會的法令像把兩刃的劍，若人正面去答覆它，會毀滅他的靈魂；如果反面回答，會毀滅他的肉身。」這是他們勾結的證據。因為他們在6月

---

[69]哈斯菲爾，《摩爾傳》，頁186。

3日受審時用過同樣的詞彙。摩爾答辯說，他們的答案相似，是由於他們的才智、學識和志趣相近。

　　對摩爾的控告進行得並不順利，因為他們要求的不是他證明沉默是合理，而是他打破沉默的證據。

　　於是，李治出庭作證，說6月13日，摩爾在塔內和他有過下面的對話：

> 「如果議會通過一項法案，立我，李察、李治為王；摩爾君，你是否也奉我為王？」
>
> 「我會的，」摩爾答：「不過，現在，讓我進一步說，如果議會通過一項法案，說天主不是天主呢？你又怎麼樣？」
>
> 「那是不可能的。」李治答道：
>
> 「不過讓我舉一個中庸的例子：既然你已知道議會已封我們的國王為英國教會至高元首；既然你會奉我為王，為什麼你不能奉他為教會的至高元首呢？」

　　之後，李治作證，摩爾曾說，雖然國王可以由國會冊立，也可以由國會推翻，但教會的元首不是這樣的。

　　摩爾否認說過這些話：

> 庭上諸君都明白，如果我不是個重視誓願的人，我不會以犯人身分，在此時此地此情此景中出現。並且，李治君，若你的誓願是真的，讓我永遠不要見到天主；若那是假的，就是可以贏得全世界，我也不會說這句話。⑦

摩爾於是將事情本末逐一說明，可惜這些說話都沒有留存下來。最後他說道：「李治君，老實說，我對你的作為，比對我自己的安危更難過。」他這樣嚴厲地批評李治的品德，是否會向這樣的一個人道出良心的秘密？他「長久以來一直把持著而一向拒絕向國王或任何樞密大臣透露的秘密」。即使他真正的否認。國王為英國教會至高元首的封號，也絕對不是惡意的，而他沒有惡意就沒有冒犯可言。

李治又傳修和爾（Southwell）和巴爾瑪（Palmer）出庭作證。若說李治真的故意陷害摩爾，他定會預先讓修、巴二人在場證明。李治在兩年前曾因共同謀殺而判罪，旋被赦免⑦。但二人並沒有支持李治的證供，只是說忙於搬運書籍，沒有聽到。於是，又不能證明摩爾是否真的說過這樣的話⑫。

陪審團退出一刻鐘，商議後判定摩爾「有罪」，柯地利立刻開始下判詞，不經通常程序問犯人可有話說。關於這一點，他被人嚴厲彈劾。數月以來，摩爾一直保持緘默，柯地利等人想盡方法要他打破沉默，都沒有成功。大抵沒有人會想到摩爾此刻要表白良心吧！亨利時代的政客，不時會判他最好的朋友以重刑，現在柯地利所希望的是盡早把這件不愉快的事了結。

摩爾已經把事情想通想透了，他知道自己捨身殉道的時刻已在目前。

---

⑩盧巴，《摩爾傳》，頁87。

⑪《王國的成交法》，亨利八世，（25 Henry Ⅷ），第32章。

⑫盧巴，《摩爾傳》，頁91。

　　一個多月前，人們譏笑他是個懦夫，因為他不肯「平白說清楚」。他說自己不是個生活聖善的人，沒有足夠膽量將自己獻予死神，因此他不敢向前，只能後退，「否則天主會因我傲慢而使我跌倒」。「可是，」他繼續說：「若天主引我接近祂，那麼，我便信賴祂無限仁慈，祂定會給我聖寵與力量。」他大概想到那些過著聖善生活的加杜仙會修士受苦的情形，直言他不敢招致這些酷刑，否則苦難來臨時，他可能不會像他們那樣剛毅不屈。

　　七年前，討論到基督命門徒在一地受迫害時應逃到另一地方去，摩爾也說過類似的話：基督徒不要自尋殉道的機會，以免在難以抵受折磨時背棄基督。他們應逃到可以靜靜地服侍天主的地方，「直至退無可退時，便要像強有力的選手一般面對一切，這時自會得到天主的幫助」[73]。

　　如今，被判有罪之後，他知道無路可逃了，這是他期待已久的徵兆，是他得到幫助的徵兆。如今，他得靠自己應付一切了，是他鼓起勇氣的時候了，因為他知道快要宣判的死刑是那可怕的剖腹穿腸之刑。至於能不能得到較有尊嚴的斬首之刑，得看國王施恩。除了費雪，其他九人都獲得「仁慈」的看待，而人們以為這是由於費雪身體已十分衰弱，受刑未畢，早已不支去世，甚至亨利自己的朋友薩巴士丁也不能倖免。然而，無論如何，冒著得罪亨利之險，必須現在申說，否則永無機會。

---

[73]《對話錄》，《全集》（1557），頁278；同一事也見於《論苦難》，《全集》，頁1355。

他打斷了柯地利的話：「大人，我從前判案時，遇到這種情形，會在宣判之前向犯人說明判決為什麼對他不利。」

於是，柯地利延遲了判刑，問摩爾有什麼話要說。

摩爾答道：

> 我看出你們一心要判我死罪（天曉得你們怎樣判的）。如今，我要吐露我良心的一切，自由坦白地，就你們的控告和法律，說出我的看法。這些控告根據的是直接牴觸天主和祂的教會的議會法案。沒有任何一位俗世的君王能以合法的手段將屬於教廷的最高權力據為己有。因為它是救世主自己親臨人世、親口授典聖伯鐸和他的繼承者——這是特殊的恩賜，因此，在法律上，任何基督徒都無權約束其他基督徒。[74]

摩爾對倫敦市極其忠心，是忠誠的倫敦客，但他認為倫敦只是英國的一部分，不能由倫敦市制定一條特別法令來管制整個英國。同樣，英國也不能立法對抗基督的普世教會。他根據大憲章（Magna Carta）交給教會的特權，根據國王加冕時的誓言，以及一脈相承的英國基督教傳統，提出申訴：

> 因為，正如聖保祿對格林多人說：「我基督內的兒女，我已更新了你們。」同樣，派奧古斯丁作使者，使我們有機會接受基督教信仰的羅馬教宗額我略（Gregory），也可以對英國人說：「你們是我的子女，因為我給了你們永遠的救贖。」

---

[74]哈斯菲爾，《摩爾傳》，頁193。

柯地利像摩爾的敵人一樣，向「主教、大學當局以及領內
最博學之士」申訴幫助；而摩爾的答案總是他一往的答案——
就事情的真相來說，他並不屬於少數分子，不少人的看法和他
一樣。

> 因為我一點都不懷疑，國外基督教領域尚存的博學的主教和
> 有德之士，和我同一看法的一定為數不少。至於說到已經死
> 去的人，他們如今大多成了天堂上的聖人，我深信他們絕大
> 多數在世的時候，在我這種情形下看法和我一樣。因此，各
> 位大人，我不必抹煞我的良心迎合一國的議會來反對普世基
> 督教神國的公議會。至於上面提過的博學的主教，你們舉出
> 每一位你們的主教，我都可舉出一百多位；你們有一個議會
> 或國會（天曉得是怎樣的一個國會），我卻有千多年來的全
> 部公議會，至於你們有英國這個王國，我卻有所有基督教國家。

這是國家民族和超國家民族在看法上無可避免的衝突，諾福克
公爵便說：「我們如今清楚地看到你是惡意的屈服了。」摩爾
答說：「並不。」

> 為了表白我良心，我絕對有需要說這麼多話。我向天主呼求，
> 祂看透人心的深處，可做我的見證。其實你們不是為了這「無
> 上權威」而要喝我的血，你們是為了我不肯同意〔國王的〕
> 婚姻而要殺我。

柯地利聽了極為震驚，他向司法院院長詹姆士（FitzJames）
徵詢控訴是否充分。詹姆士技巧地答道：「在座各位大人，以

聖朱里安（Julian）之名，我必須說，若國會的法案是合法的話，那麼，按我良心來說，控訴可算充分了。」柯地利大叫道：「看！各位！看！你們聽到司法院院長怎樣說了吧？」於是，他便判了案。

評議會「在基督的律法准許之下」立定亨利為英國教會最高元首，國會通過法案時卻故意漏去了這補救的一句話，但將「惡意的」一詞加入大逆法中，以防止專制獨裁。律師們在演繹「惡意的」一詞時，又認為是個虛詞，將責任「拋」回國會。

專員們在禮貌上問摩爾再有沒有要辯護的話，他答道：

> 各位大人，我沒有什麼話要說了。不過，在《宗徒大事錄》中讀到，聖斯德望被人用石頭擲死時，聖保祿宗徒也在場，他同意人們向聖斯德望擲石，並且替人看管衣服；如今二人同時是天堂上的聖人，並且永遠是好朋友。我也這樣深信，並且熱心祈求，雖然你們如今在世上是判決我的法官，我們可能日後在天堂上歡樂地再敘首一堂，獲享永遠的救恩。[75]

倫敦塔的警衛官威廉・京士頓勳爵（Sir William Kingston）把摩爾從西敏寺解回倫敦塔。

> 他心情沉重，淚流滿頰，與摩爾訣別。摩爾見他這樣悲哀，極力好言安慰說：「京士頓君！不要難為你自己啊！要樂觀鼓舞，因為我要為你及尊夫人祈禱，好使我們日

---

[75] 盧巴，《摩爾傳》，頁96。

後能在天堂相見。那時，我們大家都可永遠、永遠快樂
了！」

後來，京士頓勳爵和我談及摩爾爵士時說：「老實說，
盧巴君，我真慚愧，和你岳父分別時，我的心是多麼脆
弱，而他的是那麼堅強，我本應安慰他的，他卻反過來
安慰我。」[76]

摩爾在利斧押解下回到倫敦塔時，兒子若望等在那兒，一
見他便跪在他的腳下，求他祝福。瑪嘉烈・盧巴和瑪嘉烈・克
來孟也在監獄的入口等著，跪下求他祝福。

她一見到他，便跪下恭領了他的祝福，之後立刻奮不顧身地
衝入人群，擠開手執刀劍兵器的衛兵，在眾目睽睽下擁抱他，
摟著他的脖子親吻他。[77]

人群中一名旁觀者說瑪嘉烈一時說不出話來，「緊緊擁抱
著」她父親，而摩爾只是說：「瑪嘉烈，忍耐啊！不要自己愁
苦，這是天主的聖意，你早已明白我心中的祕密。[78]」瑪嘉烈
退開她父親十多步左右之後，不以單單見他一面為滿足，又像
忘記了自己似的，全心充滿對父親的憐愛，不理會自己和在場

_____

[76] 同上，《摩爾傳》，頁97。

[77] 同上，頁98。

[78] 《巴黎新聞信》（*Paris News Letter*），哈斯菲爾，《摩爾傳》，
附錄二，頁265。

的人，突然再轉身過來，衝上前去，摟著他的頸項，一次又一次的吻他。[79] 摩爾並沒有表現出難過，也沒有說出傷心的話，只叫她為自己的靈魂祈禱。

有關摩爾在獄中最後幾天的情況，似乎顯出他的嚴峻和幽默已變得近乎傳奇。傳說他鞭笞自己，默想死亡，又用一幅麻布像殮布般裹著身子。當人們告訴他，國王傳令他受斬首之刑時，據說他祈禱說：「願天主禁止國王使我任何一個朋友再受這種刑罰。[80]」又據說，克倫威爾最後一次設法迫他改變主意，而摩爾說他「已」改變了，因為他本來預備死前刮去鬍子的，如今決定讓鬍子與頭顱同一命運[81]。

賴斯提爾在摩爾《全集》中收錄了不少據說是摩爾死前的禱文。摩爾在這些禱詞中加入了一些瑪嘉烈所寫的句子。幾個月前，父女二人已交換過意見。摩爾寫道：「好女兒！你念這些禱詞時，為我們二人。我自己也這樣做。」於是，他們不能再聚首相見時，便都用瑪嘉烈的禱文。「不斷關注我的終局，不要對死亡懷怨恨。[82]」雖然有這詞句出自瑪嘉烈的手筆，其他大抵是摩爾被判刑後所作：

---

[79] 盧巴，《摩爾傳》，頁98-9。

[80] 史提普頓，《摩爾傳》，卷二十，頁352；卷十八，頁340。

[81] 貝蒙特（Bémont）編，拉丁文本《離婚紀事》（*Chronicle of the Divorce*），頁72。（這是一個非常早但最不可信的記錄。）

[82] 比較《全集》（1557），頁1417與頁1449。

　　仁慈之主，請賜我聖寵，使我在一切恐懼和痛苦中想到祢，
我甘飴的救主，受難前在山園中的恐懼和痛苦，又求祢賜我
在默想時得獲於我靈有益的安慰。全能天主，求祢寬恕某、
某，以及一切對我心懷惡意及加害我的人，求祢以祢無限智
慧設計的和易、溫馨、寬仁方法，使我們能補救和改善。好
能成為得救的靈魂，與祢及祢天上諸聖共享主愛於天堂。吁！
光榮的天主聖三，因我們而受苦受難的救主基督。阿門。
主！賜我於憂苦中忍耐，並賜我聖寵，使凡事翕合祢聖意，
使我能誠心誦念「爾國臨格，爾旨承行於地，如於天焉」。
仁慈之上主，請允我所求，請賜我聖寵。阿門。

　　瑪嘉烈・盧巴仍可透過女僕桃樂賽送信給她父親。7月5日，
星期一，摩爾把她經常為他洗濯的粗毛內衣送回，並用炭條寫
了一信，那是他最後的一封信：

　　　　我的好女兒，願上主降福你和妳的好丈夫、你的小兒子
和你的一切；降福我所有的子女、我所有的朋友。

　　　　若有機會，妳要向我的好女兒塞西莉提起我，我懇求天
主慰藉她。我也要祝福她，以及她的孩子，並希望她為我禱
告。我寄給她一條手帕：上帝也慰藉我的好兒子她的丈夫。
妳曾從柯尼爾夫人那兒拿張畫像給我，她的名字在背面，畫
像現在我的好女兒丹茜的羊皮紙裡收著。讓夫人知道我衷心
希望妳能以我的名義再寄回給她，作為一種紀念。為我祈禱。
我尤其喜歡桃樂賽，求你善待她……

　　　　我在想妳是不是曾寫信告訴我關於她的事。若不是她，

我仍希望妳盡可能善待妳所提的那個人，以及我的好女兒瓊
安。我希望妳能使她如願，因為她今天向我提出希望妳能善
待她……

　　……瑪嘉烈，我負累你了，要是明天不能行刑，我便覺
得遺憾。因為明天是聖多默節前夕，甚至是聖伯鐸節日後的
第八天。因此，明天對我最適合、最方便不過了。我最喜歡
你上次吻我時的態度，你不顧世俗禮貌，出自真情地對我表
示女兒的愛，實在叫我高興。我親愛的孩子！永別了，為我
祈禱吧，我也為你及所有人祈禱，好使將來我們能在天堂歡
樂地相見。……[83]

　　我感謝妳所付出的。現在我要寄給我的好女兒克來孟她
的計數石子，我還要將上帝和我的祝福給她和我的教子，以
及她的一切。我希望妳能在方便時向我的好兒子若望‧摩爾
提起我。我希望他自然的樣子。天主保佑他及他的好妻子，
我但願他過得好，因為他有很好的理由：如果我的土地到了
他手裡，希望他不會違背我關於他妹妹丹茜的願望。天主也
保佑托馬斯和奧斯丁以及他們所應有的一切。

十二、摩爾之死

　　第二天，7月6日大清早，摩爾的特別友人托馬斯‧蒲柏
（Thomas Pope）到來傳達國王的及議會的訊息，要他在九時

---

[83] 同上，頁1457。

前受刑。蒲柏是內政大臣的年輕官員，和摩爾早已熟悉，二人除了愛好研究學問之外，還有不少互相傾慕之處。蒲柏日後是牛津三一學院的創辦人，他的石像至今仍在學院的小堂中。當局選蒲柏傳遞訊息，算是一項對摩爾仁愛的表現。摩爾聽後答道：

「蒲柏君，我衷心感謝你帶來喜訊，我一直感激王上不時厚賜我恩惠與榮耀，我尤其感謝陛下讓我在這裡，使我可以隨時隨意想及我的終向。蒲柏君，天主佑我，使我賴國王陛下恩賜，不久便可脫離這塵世的不幸與痛苦，因此，我今生及來世絕不會忘記為陛下祈禱。」

蒲柏又說：「國王希望行刑前閣下不要說太多話。」

「蒲柏君，」他說：「謝謝你帶來使國王高興的警告，否則我定會在那一刻，多少說些冒犯國王話或其他人的話。可是，現在無論我想怎樣，我總會順從國王的意旨。良善的蒲柏君，我懇求你向國王陛下請求，讓我的女兒瑪嘉烈參加我的葬禮。」

蒲柏答道：「國王早已慨允你的夫人、公子小姐以及一切朋友可以自由參加。」

摩爾爵士說道：「啊！那麼多蒙國王關照了，國王竟這樣照顧到我可憐的葬禮！」[84]

這時蒲柏已經淚流滿頰。摩爾安慰道：

---

[84]盧巴，《摩爾傳》，頁100-1。

蒲柏君，我的好朋友，冷靜些啊！不要難過，我深信終有一天我們會在天堂上快樂相見，在永恆的福樂中相親相愛的。[85]

以上的資料盧巴一定是從蒲柏口中獲得，正如他從獄官口中得到其他詳細的資料。據說龐維西曾送摩爾一件絲質長袍，摩爾打算穿上它，一則使老友高興，二則使劊子手得點「外快」。獄官反對——說劊子手不外是「賴痞」。

「什麼？獄官先生，」他說：「把一個在此時此刻給我這麼額外恩惠的人形容成『賴痞』？不，我老實告訴你，那怕是用金布做成的衣服，我也要賞給他！聖西比里安（St. Cyprian）不是也把最後三十塊金元賞給了劊子手嗎？」雖然他後來在獄官喋喋不休的勸說下改換了服裝，他到底效法了聖徒，將僅有的一枚天使金幣送給了劊子手[86]

摩爾被殺的消息在英國國內沒有人敢公開報導。直至愛德華六世在位第一年，才由編年史家愛德華·荷爾以極偏袒王室的筆觸描述出來。荷爾舉出他所謂摩爾生命終結時的幾個「嘲弄」的例子[87]。摩爾殉道時特有的幽默的一面，其中兩段話盧巴也有記錄：其一是摩爾在步上刑台，走在搖擺不定的梯子時說：「警長先生，請你照顧我好好地上去，至於怎樣下來，我

[85] 同上，頁101-2。

[86] 同上，頁102。

[87] 見前文，頁19，及下文，頁353。

自有辦法。」其二是他替劊子手打氣說：「提起精神吧！不要怕盡你的責任，我的脖子太短，小心不要閃失，免損你的名譽。」盧巴因為當時不在場，記載自然不多。摩爾家人中一直在場的只有一人，那是勇敢堅定而剛烈的瑪嘉烈・克來孟。其後瑪嘉烈・盧巴和桃樂賽前來會合，三人合力把遺體埋葬在塔上的聖伯鐸雲古拉（St. Peter ad Vincula）小堂裡。

瑪嘉烈・克來孟見摩爾從塔上走來，裹著粗糙的絨毛大衣，手中拿著紅木十字架。後來她經由回憶，自己作了，或找人作了一副摩爾赴刑時的畫像，她曾讓史達伯頓看過。

他走過時有人遞給他一杯酒，這人可能就是瑪嘉烈・克來孟。上週的星期四，她像瑪嘉烈・盧巴和若望・摩爾一般，衝破重重守衛，上前擁抱養父。守衛們這次也可能故意再給她讓了一條路來。她是個重要人物，都鐸時代的官員可能大都認識她，但那婦人不願人家記得她，只把當時摩爾的答話記錄下來。他把杯子推開說：「吾主耶穌背負十字架時，喝的是酸醋和苦膽，不是美酒。」

另一婦人取笑他：

> 「托馬斯・摩爾，可記得你任掌璽大臣時，給我為難，誤判了我，使我大吃苦頭？」「女人！」（他說）「我現在雖然正要赴死，但我清楚記得那件事，現在若要我重新再判案，我敢保證，我仍不會改它分毫，你沒有受害，因此，你應安心滿意，不要麻煩我。」

這時，一位溫徹斯特人撥開人群走到摩爾面前說：「摩爾

大爺，你可記得我嗎？求你看天主分上，最後一次幫我，因為我現在仍和以前一樣心煩意亂！」「放心回去吧！為我祈禱，我一定記得你。」

於是，瑪嘉烈・克來孟看著摩爾慢慢地痛苦地攀上刑台，跪下，一再念著《聖詠》第五十一篇：「上主，求你按照你的仁慈憐憫我，依你豐厚的慈愛，消滅我的罪惡。」之後，他迅速地站起來，而劊子手按照慣例，跪下求他寬恕，摩爾擁抱了他（他早已告訴朋友要善待劊子手）。那劊子手想替他蒙上眼睛，但他說：「讓我自己來。」說著把帶來的方巾，綁著眼睛。摩爾說慣的那句話：「斷頭無傷」，顯然是人所共知的，因為編年史家荷爾曾極盡嘲諷之能事說：「他的頭顱從肩上滾下來，從此不再為害。」

摩爾在刑台上祇說了簡短幾句話，使旁觀的人及深諳英國習俗的外國人大為驚異。要他勿多說話的警告似乎又由警長復述一次，或者這樣更好，因為如果演說長篇大論，這一來，我們便得依靠親耳聽到的人經過選擇後留下的回憶了。正因為他不能多說，如今他只用三言兩語就把自己的生和死的正面真義概括起來。連布里奇特神父也未能給這些片言隻語相當完整的敘述。我們更應該仔細地研究它。概括起來亨利跟普通百姓無異，以為講得多，聽得多，人就自然相信。以摩爾的急智，把長篇大論縮為幾十個字，自然游刃有餘。

然而，摩爾這些話卻不是他最親近的人記錄下的。只有瑪嘉烈・克來孟在場，而她，我們相信，卻是望向遠方，就像那群忠誠的婦人在另一場死亡中的情形一樣。羅伯所知道的只是

摩爾要求在場的人「為他禱告,以及和他一同見證,他現在將為神聖天主教會的忠誠而死」。這些話極為重要。但還有其他的話,由一位將之以時事通訊方式傳到巴黎的人記錄下來,我們有充分證據相信那人的筆記與語文的準確性。

> 他受刑前說話不多。只求旁觀的人為他祈禱,他在另一處也為他們祈禱。之後,他懇切地求他們為國王祈禱,好使天主指引他。最後,他力言自己生而為國王忠臣,死而為國王忠僕,但以作天主的忠僕為先。

摩爾受刑五十年後,史達伯頓從瑪嘉烈・克來孟和她的親友那兒蒐集了資料,開始記下摩爾的慰藉的語言。他向一直受他禱告的溫徹斯特人保證,不必擔心他的禱告即將消失。也許是摩爾看到溫徹斯特人仍在徘徊,就像另一個被極度誘惑的人,在另一個時間裡,要「觀看結果」,就選擇了這些話作為再次保證,他將在「另一處」繼續他的祝福。我們無法知道。但我們必須注意,根據巴黎時事通訊和史達伯頓二者分別的敘述,顯示他臨死仍念念不忘為那些被他遺留在身後的友人禱告。二十年前,他說過他的烏托邦人如何相信與他們死去的朋友進行聖靈的交流,「雖然俗人遲鈍而衰弱的目光看不見」。

了解摩爾的人,明白他這時的思想和他二十年前寫《烏托邦》的思想是一致的:㈠烏托邦人相信他們和已去世的人相通功,可以互相為對方祈禱;㈡烏托邦政府的權力是至高的,然而,在政府制定的法律之上,還有一種力量,因為他說,在烏托邦中,「法律之外什麼也不害怕的人,不能做烏托邦人」。

　　摩爾的話和都鐸時代斷頭台上一般的說法形成了強烈的對比。克倫威爾的話是很普通的：「我在法律上被判死刑，我觸犯了王子，為此我衷心懇求他的原諒」；受難者承認國家的至高性，國家要取他的頭。摩爾的話是有史以來在斷頭台上所說過最有分量和最崇高的，連但丁也不能說得再好了：「國王的好臣僕，但先是天主的。」

跋

摩爾在歷史上的地位

一、四百年來摩爾在英國的聲譽

史家將摩爾與蘇格拉底相提並論時，往往指出他們在各方面極為相似之處：二人同為世界史上的顯赫人物；雅典與英倫同具偉大而光榮的歷史。蘇格拉底早享定論，然而摩爾的偉大因時空距離太近而未能盡窺全貌。

摩爾是全英國人引以為榮的英雄人物，然而奇怪的是他的英雄色彩並未使他的聲譽增加。世人很容易以心目中的形象去塑造英雄；屬於自由派新教徒的英國人對托馬斯・摩爾勳爵的景仰使他們閱讀《烏托邦》時往往以自己的見解去詮釋它，而事實上這一切「見解」都不能在書裡找得。摩爾的畫像就是在這情況下繪成，與他的殉道相諧協，因而在非天主教人士中產生了一種主導性觀念，在英國的正史或稗說中至今仍可得見。不論此等史實是由自認的新教徒寫成的，或由數目不少、有影響力而對新教有偏見的階級寫成的，反正出現了施邦先生（Mr. Seebohm）想像出來的摩爾——自由派的文藝復興時代學者。

可是我們且慢相信這樣的形象；因為摩爾年紀越大，他的看法越難圓融。這是個尋常的現象：凡是記得大學時代辯論社或學生聯會的人，都能指名道姓地說出當年二十啷噹、充滿叛逆性的領導人，如今都已步入中年，成了社會的衛護者，就拿皮波先生來說吧，在查理二世復辟後，他遇到了學生時代的老友克瑞斯姆斯先生。皮波自忖道：「他還記得我當年是個出色的圓臚黨人呢，但願他忘了我在國王（查理一世）被斬頭時說的話（我說：對這惡人的記憶將會腐爛的）。」因此，人們就認為摩爾不過是年輕時一時失言罷了，沒甚麼好責怪的。

認為摩爾一生都在「唱反調」的看法依然占上風。從英國歷史中定位摩爾將是有趣而有益的研究；這裡提出幾點作參考。

最先認定摩爾一生常唱反調及經常改變的是丁達爾。他自覺與摩爾是「英雄所見略同」，卻詫異摩爾為什麼耐性奇佳。他聽到英人籌款以獎賞摩爾撰文護衛正統的辛勞，便以為他不外是貪財之徒，卻不知道摩爾要拒絕這些贈金。他解釋摩爾之所以改變是因為：「貪念使這隻垂涎三尺的狐狸瞎了雙眼，而且他對自己炫爛多彩的詩信心十足，那怕這些詩不過與他筆下的烏托邦一樣『真實可考』。」他又認為，摩爾的《烏托邦》和他如畫般的詩篇，都是空想的作品。於是，霍克斯（John Foxe）因襲了丁氏的想法，也認為《烏托邦》是虛想的故事，而摩爾是聖善的人不可當真的空想小說家。若說《烏托邦》是部「自由的」、「進步的」作品，它的作者便應該歸入「自由」、「進步」的一列，是屬於「新教」的一派了，這定會叫丁達爾或霍克斯大為吃驚。但摩爾是伊拉斯默斯的朋友，又怎可以是新教

的人物？於是丁達爾便以為摩爾是個不斷改變的人。

大部分有政治野心而在政治上支持英王亨利政治立場的人對摩爾的感覺，自然未必和一心一意想改革的丁達爾的感覺相同；但對他們而言，祇要英國的利益不受影響，則英王集君主、皇帝、教宗之權於一身又有何不可？這些新興分子之中，有不少是倫敦的商人或律師，他們一直渴望取得土地以建立家族地位，而沒收修院正好給他們囊括土地的機會。他們喜愛宮廷奢侈的生活、豪華的儀節，而要贏得財富有賴於亨利擁有在教會至高無上的權威，以及他有效的統治。他們的代言人就是編年史家荷爾（Edward Hall）。這個政治集團的人數並不多，但在提出意見及把意見付諸實行方面卻極有分量；而荷爾的信念對日後寫亨利王朝史的史學家影響十分大。他們都認為他寫的是一部「了不起的編年史」①。荷爾對摩爾的評語是：「不知道該稱他為愚笨的聰明人還是聰明的笨伯。」

十八、十九世紀英國史家對摩爾的看法，由極受柏奈特（Burnet）的《宗教改革史》（*History of the Reformation*）所界定。柏奈特欣賞《烏托邦》，認為摩爾在寫《烏托邦》時，已經是個「解放」，並「充滿自由思想的人」；可是後來「完全改變了」，成了「盲目而忿怒的教士們」的工具。大抵就是在柏奈特影響之下，華爾浦（Horace Walpole）把摩爾寫成為「迫害他人以維護自己所表現的迷信」的人。

---

① 《英國史，1485～1547》，頁210。關於荷爾（Hall），見前文，頁66、244。

歷來傳統把摩爾記述為「可敬而正直清廉的法官」、「窮人前所未有的最好朋友」。十九世紀初，黨派之見和宗教間的嫌怨大部分停息，「打倒教宗」的口號已失去號召力。福音派和新教派贏得有利形勢；於是又都表現出雍容有度。英國的法律公會對摩爾一直念念不忘，因此十九世紀下半期出現了三位律師：麥堅陀殊、甘寶（Lord Campbell）及霍斯（Foss）所寫的優美而中肯的摩爾小傳，都為摩爾受審時的不公平待遇打抱不平，說亨利是個壞蛋。甘寶說：「我們讀到為理察三世的辯護，文可能覺得可笑，但讀到為亨利八世的辯解文，只有覺得憤怒與厭惡。」

這一類論調很早出現，「牛津運動」（Oxford Movement）和「天主教復興運動」將陳年爭論再度引發出來，傅律德替亨利辯護，同時攻擊摩爾，說他由一位「溫和的哲學家」一變而為「殘忍的老頑固」[2]，並且「打擊不幸的新教徒，把異端分子送到木樁上」。儘管傅氏為不少尖刻的黨派之見所誤導，他的書中可隨處見到他對英雄的同情與尊重。我們讀到傅律德寫的有關加杜仙會修士及摩爾的殉道結局時，欽仰驚愕之情油然而生；比起細讀碧烈節神父（Fr. Bridgett）所寫〈摩爾傳〉時的感受更深更強；神父筆下的摩爾和費雪，是高貴無瑕的天主教殉道者，但並沒有傅氏所寫的那樣感人肺腑。

---

[2]《英國史：從胡爾西的覆亡到西班牙無敵艦隊的落敗》（*History of England from the Fall of Wolsey to the Defeat of the Spanish Armada*；1856）。特別注意卷一，頁344-5；卷二，頁73-4、227。

　　另一方面，新教徒傅律德描繪的摩爾，比起天主教徒阿克頓描繪的予人更高貴的感覺。阿克頓筆下的摩爾是寬容的宗教徒，把自己的情操任由王室的法定神學家模鑄，並且在那「邪惡的影響下」為迫害辯白。阿克頓又說「摩爾在《烏托邦》中為離婚辯護」[③]；而亨利以為像「摩爾這樣能修正正統意見的人，定然不會反對他離婚的」。可是事實上，摩爾對國王婚事的態度十分堅決。「但是他不向任何人表明態度，他故意拖延受審時刻的到來，祇為證明他的英雄本色。」（其實據摩爾所言，他是國王的私人顧問兼大臣，曾向國王大膽直言，而且視國王大事如自己的生命。）

　　正如摩爾向查理五世的大使指出的：這私下進言的自由，先決條件是避免和外界評論接觸。而阿克頓只看到摩爾的政治地位，便因此認為他是主要大臣，又是反對黨領袖。

　　祈禮頓的判斷比阿克頓的更為苛刻[④]。傅律德筆下的摩爾是因錯誤的熱忱而迫害異端分子；阿克頓筆下的摩爾則在亨利的不良影響下，拋棄了以往的自由見解；而祈禮頓筆下的摩爾則是由於一時權宜而這樣做，其實他真正的信仰是反對迫害的。可嘆的是，他嚴重地誤引了《烏托邦》中有關宗教容忍的那一段，指摘摩爾「施行一時權宜之計」、「暫時放棄原則」、「結果亨利以其治人之道，還治其人之身」。因此，祈禮頓的結論就是：「摩爾迫害他人，不緣於錯誤的熱忱，也非智識上出了

---

③見前文，頁226。

④《迫害與容忍》（*Persecution and Tolerance*），頁107-8。

錯，只緣於本身的權力慾望，而出此權宜之計。」在此之前，阿克頓公開和私下斥責祈禮頓的史評過於寬容，如今，祈主教似乎把摩爾當成代罪羔羊，狠狠地抨擊一番，證明自己嚴厲起來比阿克頓毫不遜色。

人們一年又一年地覆述著傳統的判詞。宗教改革史家林西（Lindsay）批評摩爾是個「背棄少年時代崇高熱忱」的人；而孜孜不倦從事英國傳記編纂的薛尼李爵士則說「估計錯誤與前後不一致，是摩爾一生事業盛衰的主因。」人們就算不加入傅律德、阿克頓、祈禮頓、林西、薛尼李譴責摩爾的行列，也承認對摩爾的一生行徑困惑不已。

摩爾死後十六年，《烏托邦》的第一位翻譯者已慨歎，像摩爾這樣一位學養湛深的人，竟然也受到蒙蔽，以致看不到天主神聖真理顯赫的光輝。一代接一代，英國也隨著時代不同而有不同的風貌：新教的一代過去了，輝格黨崛起；輝格黨時代過去了，自由黨崛起。人們重複著相同的慨嘆：「這麼聰明的人，唉！竟然不能、或不願，與我有同樣的看法。」這既愚蠢又聰明的人！這進步的反動者！

去年（1934），據說第二十五部摩爾傳出版，作者伊利莎白・華茨華斯女士（Dame Elizabeth Wordsworth）以新的詞彙說出古老的論調：「摩爾的一生就是一連串的反論」，卻道出了四百年前（1534）雅麗絲夫人的困惑。她以都鐸時代的英語說：「老爺子，我奇怪，你一向聰明絕頂，如今卻甘願在這裡扮演笨蛋的角色！」其實，除了嘉特那（James Gairdner）以及為數不多的天主教徒外，大部分英國人都同意雅麗絲夫人的說法。

人們不應該否認世界虧欠了雅麗絲夫人。無論如何,她可是個道道地地的英國人,一位母親最近告訴她的兒子:「你沒那份榮耀作為摩爾伯爵的後人;他的第二任妻子,阿靈頓家族的雅麗絲的傳人,才有。」「那很好,」男孩說:「她是那群人中唯一的明白人。」

我們當代偉大的英國歷史家們並不如此認為,但他們的判斷是毫無疑問的。

世人難以了解摩爾的原因,在於證據不足,史料沒有繼續出現。可是如今摩爾的英文作品已告出版(大多是1557年來首次面世)。有關摩爾早年生活的文字也已經印行或翻譯出來,要深入研究摩爾,現在是時候了——是否如大多數英國人所想,他是進步的反動者,一個唱反調的人?

二、進步與反動

摩爾逝世後的四百年中,「進步」似乎是長驅直入的;然而,在進步的過程中,實在有不少令人覺得遺憾的事:例如克倫威爾的一生和他的政策,就有著無數令人憾恨之處⑤。此外,修道院在進步的過程中,又有什麼作用呢?在十六世紀,它們除了給亨利·都鐸的臣僕供應基金外,又給他們金錢以建造鄉居大宅。到了十八世紀,這些都成了鄉村士紳貴族議席所在。有些修院的殘垣敗瓦成了他們美化林園的點綴物。於是,隨著

---

⑤費雪,《英國史,1485～1547》,頁446。

時間的轉移，年輕的百福公爵（Duke of Bedford），可以享用
祖傳下來的年俸⑥，可以在沃本修院（Woburn Abbey）的榆樹
下飲宴、慶祝。十九世紀的「革命詩人」拜倫爵士（Lord Byron）
承繼了紐斯達修院（Newstead Abbey）的財產，開創了自由文
人的輝煌傳統，是十九世紀英國文壇佳話。所謂進步的朋友若
望・摩利（John Morley）指出一些遺憾的事，認為這倒也不乏
正面意義：若拜倫減少他放蕩的生活，多留在家裡，他便更似
喬治三世⑦。我們繼續追尋進步的軌跡，又見到摩利寫了《論
拜倫》（*Essays on Byron*）及其他有關的文章之後，摩利自己
也被封為伯勒克般子爵（Viscount Morley of Blackburn），成
了上議院的一分子。稍後，亞斯奎（Asquith）剝奪了貴族的否
決權，但不旋踵，他自己受封為牛津與亞斯奎伯爵（Earl　of
Oxford）。

　　在政治家、貴族、學者所擁有的鄉間大宅、愉悅的文化素
養背景下，我們怎樣去評價摩爾這位大人物？他是掌璽大臣，
又是學者，卻穿起粗毛的內衣克己苦身，長夜不眠，撰寫阻壓
進步途徑的論文。他論到修院應保留原有面貌。他希望在死前
幾個月可以安靜地思考死亡，卻不在乎供他思考之地是修院還
是監牢。這樣的一個人，他究竟是可敬呢，還是過時而可笑呢？

---

⑥柏克（Burke），《給一位高貴爵士的信》（*Letter to a Noble Lord*），
　《全集》（1801），卷七，頁406。
⑦摩利（Morley），《拜倫傳》（1887）；重印於《評論雜集》（*Critical
　Miscellanies*；1923），頁164。

甚至他快樂的小媳婦安・克里沙卡（Ann Cresacre）也竊笑他穿著粗毛內衣：雅麗絲夫人向他的神師投訴，請他不准摩爾做這蠢事。他卻把那粗毛的內衣帶到監房裡，並且「甘心與鼠輩為伍」。摩爾的批評者，從雅麗絲夫人直到今天的，該如何批評一個寧可「呆坐在火爐邊，像孩子般地削著木片」的男人？他寧可放棄在成功道路上一馬當先的機會，他也有機會在教會財富的百寶箱中分一杯羹；他並且離開一個家族，而家族中年輕的一支可能成為自由思想的領導者，年長的一支則是半個南肯新頓及梅菲或甚至包括徹爾斯公國的大地主。固然，歷史學者在每一階段上回顧過去時，可見到「進步」實在是顯著而無可避免的事，而現在我們可將當前的一刻作定點，從而分辨何者為前進之路，何者不是。1532年5月15日，英國教士對亨利表示順從；第二天，摩爾辭職。八年後，整個英國的修院蕩然無存「直到十九世紀前半葉，徹爾斯的其他聖哲興起但對僧侶的想法卻大為改變」，認為是「人類中消失的族群」。「理查・阿克萊特的福音，一度廣為流傳，」卡萊說：「舊式的僧侶也不可能再存在了。⑧」

　　如今，英國修士的數目不像亨利解散修院時那麼多，卻有較多的女性度修道團體生活，她們在珍藏著摩爾粗毛內衣的紐頓院長（Newton Abbot）領導下過祈禱、守齋和虔敬的生活。而在伯化斯特修院（on the other side of the Dart the Monastery Church of Buckfast）片瓦不留的遺址上，又建立了一所新修院。

---

　　⑧《過去與現在》（*Past and Present*），Book II, Chap. I.

這修院在摩爾辭職四年後，於1932年夏天落成。一位修士對我說：「亨利八世摧殘了五百二十七座男女修院，它們的殘垣敗瓦散布各地，現在這一所復興了。」如今它已是英國莊嚴的建築物，優美地聳立了四百年，正被今日的克倫威爾所威脅。在這一方面，進步的途徑似乎是經久不變的，它可以把美好的（而且多半是有用的）事物毀滅，這樣，也許令一些英國人快意（因為有些人非破壞不能快樂）。可是，也像拉斯金（John Ruskin）〔批評家〕說的，「沒有變得美麗些」。

然而，對不少人來說，進步像條兩頭蛇，向著相反的方向蠕動，就像詩人侯斯曼（Alfred Housman）的無題詩所說的：

除非牠蠕動，你絕不知曉牠向那方走。

或者，進步又像俄國哲學家及社會改革者貝迪耶夫（N. Berdyaev）所說的：

我們一直喋喋不休地討論進步與反動的問題，好像世上每一件事都不是翻天覆地似的；又好像古老的價值還沒有蕩然無存似的。試去按反動或革命的範疇去判斷世界史吧！試試偏左或偏右吧！你會發覺不少令你驚震的荒謬的事情。你會發覺你的觀念有狹隘的純地方主義色彩。⑨

---

⑨貝迪耶夫（N. Berdyaev），《我們這一代的終結》（*The End of Our Time: The New Middle Ages,* 1933），P.77。

「地方主義」是個嚴厲的字眼。我們以地域、以時代的背景去批評摩爾是否太狹窄了呢？摩爾是傾向羅馬的天主教徒，又是文藝復興時代學者伊拉斯默斯的朋友，他有的是忠於歐洲又忠於英國的熱忱。批評他的人很少衡量到他受審時申訴的宗旨。他從眼界狹窄的當日，看到英國史是世界文明的一部分：而教宗大格利戈里（Gregory the Great）遣派聖奧古斯丁（St. Augustine）到英國坎特伯里去，是世界文明的大團結。

三、摩爾與部分英國作家之比較

摩爾是把中世紀的英國和近代的英國連接起來，也將英國和歐洲結合的人物。在英國語文、英國散文及英國文學傳承關係上，他又是中世紀英語和近代英語的重要環節。在散文方面也是如此。至於對英國思想的關連，也有同樣重要的地位：摩爾及他的作品有助於我們看透通貫英國文學與歷史一脈相承之處。他繼承中古詩人朗格蘭（William Langland）而指向近代。

已故華德拉雷爵士說：「沒有甚麼比英國人的固執更令人吃驚。」無論如何，朗格蘭和摩爾以無甚變化的方式處理著類似的問題。

現代政治家會驚訝於朗格蘭的現代性。「農夫皮爾斯身上可以看到今日的英國人，有著相同不變的力量和弱點，相同的幽默。[10]」朗氏是中世紀偉大的天主教詩人，而摩爾是近世前

---

[10]包德溫先生（Mr. Stanley Baldwin），1929年7月19日。

期的偉大人物。他是英國語體文大家、是後世許多寫烏托邦的
人所模仿的對象中最重要的一位；他善於用優美的拉丁文作諷
喻。列特博士說，從摩爾及他圈內朋友身上可找出近代英國戲
劇的發端。摩爾又是整個一生在英國從中古過渡至近代時期中，
渡過的最後一位大人物。他所處的英國仍未受到破壞，到處是
宏偉的圖書館，古舊的藏書可上溯至安格魯撒克遜時代；古老
的修院壁間掛滿了名畫，窗上閃耀著十四、十五世紀璀璨的玻
璃鑲嵌；英國全境遍布無數學校、醫院，中世紀後期但丁的地
位至高無上。摩爾正是這時期的產物。在思想方面，摩爾自始
至終反對《君王論》表達而在克倫威爾身上展現的新觀念。

　　摩爾的《烏托邦》有關政府、共產主義、祭司制度、對美
及象徵性宗教禮儀的愛好……的描述，在在留有中古時代的氣
息。人們指摘摩爾未能前後一致，就是忘卻了他的一生恰巧處
於英國中古天主教的最後期。柏奈特或傅律德覺得⑪，摩爾在
撰寫《烏托邦》時，他的一些想法已遠遠地超越了他的時代。
沒有人能比他更看得清真相。只因為摩爾是中世紀的，他能「看
到頭巾下的惡面孔」，卻不因此攻擊修道院制度。弗魯特看不
見這點，因此他說摩爾頑固。我們也可以想像安傑高畫家（Fra
Angelico）是反聖職的，因為在他所描繪的最後審判中，被送到
地獄的那群人裡，我們可以看到剃光圈的頭，樞機的紅帽以及
主教的法冠。

　　英國改革者同樣誤解了朗格蘭・現代天主教歷史學者把朗

----

⑪《英國史》（1856），卷二，頁344。

氏看成「最優秀的天主教英國人，既是最英國式的天主教詩人，又是最天主教式的英國詩人」⑫，今天沒有人會反對這個說法。但對若望‧貝爾（John Bale）而言，很清楚地朗氏是若望‧維克里夫（John Wiclif）的首批弟子之一。朗氏寫了《耕者皮爾斯》來斥責那些褻瀆天主和基督的天主教徒。《耕者皮爾斯》是由一名改革者印出，作為新教的宣傳。

《烏托邦》出現後大約一百年，方濟‧培根（Francis Bacon）模仿它而寫出了《新亞特蘭提斯》（ New Atlantis ），把這兩本書比較，可從正確的景觀得出摩爾作品的真相。

這是項有益的巧合，兩位偉大的大臣各自描繪了一幅想像中的理想國家。

《烏托邦》一書寫出當日的簡樸，例如公民穿的是方濟會會士的會服，是屬於一自甘神貧的理想的社會，這其實是摩爾一生服膺的理想，聖方濟的精神在他身上完全表現出來。他繫獄時不名一文而泰然自若，他的食物全賴偉大的雅麗絲夫人的慈悲，定時送來，雅麗絲夫人說：「我想上帝是讓我做個淘氣的孩子，把我放在他腿上逗弄。」因此，「烏托邦」的君王和主教自然也和他們的子民一樣的衣著簡單樸素，分別只是在前面持著少許麥桿束或燭心。

在另一方面，培根正好相反。他結合了孩子般對盛典的喜好和對友人幸福的熱心，這也是他一生的動力。「他結婚時全

---

⑫華德（M. Ward）編，道森（Christopher Dawson）著，《英國之道》（ The English Way, 1933 ），頁160。

身上下穿紫衣，家中又貯藏大批金銀布帛，用去了他妻子大部
分的妝奩」[13]。培根的另一特徵就是當他討論到「慈善」事業
時，反對不合理的克己修身。因此，在《新亞特蘭提斯》中，
描寫大學教授戴鑲滿寶石的手套，穿的是桃色天鵝絨鞋，教授
有五名青年僮僕，穿白綢襯衣、足上是白絲長襪、藍絨鞋，戴
藍絲帽，同邊綳著彩色繽紛的羽毛……烏托邦人衣著的樸素有
別於敬禮時聖職員衣飾的華麗。我們在《新亞特蘭提斯》中看
不到任何此類的教會儀式。

摩爾並沒有把「烏托邦」人寫成基督徒，也沒有給他們任
何神聖的書籍。培根卻發明了一種強烈的「福音主義」，使「亞
特蘭提斯」人有新舊約的正經典籍。這並不是摩爾忽略了聖經，
他的神修作品包含不少福音譯文，使他在英譯聖經方面佔很高
的地位。

他對伊拉斯默斯新約的興趣，表現在他的諷刺詩中。雖然
如此，烏托邦中，海夫洛代的圖書館包含了希臘文學與科學的
作品。海夫洛代和他的夥伴們指導了希臘的烏托邦人；以及基
督宗教奇蹟中的烏托邦人；但我們在烏托邦中卻看不到任何福
音文字。摩爾在撰寫《烏托邦》時，伊拉斯默斯的希臘文新約
已經出現了；這是一個機會，讓摩爾將「他的愛人」和其他朋
友帶入書中。然而摩爾並沒有這麼做。在摩爾看來，烏托邦人
的直接問題，不是如何在他們之間傳達福音的內容，而是如何

---

⑬卡爾頓致張伯倫（Carleton to Chamberlain）。參照Church著《培
　　根》（*Bacon*），頁78。

任命一名聖職員為主持聖事⑭。至於培根，他祇要讓人們得到上主的聖言，並不費神去考慮「亞特蘭提斯」人中的宗徒承傳問題。

很肯定的，單是這點分別，就足以說明摩爾在撰寫《烏托邦》時與新教有多大的距離，雖然新教常樂於把《烏托邦》說成自己的書。

在世俗事務方面：培根和摩爾的對比同樣分明：培根相信人類的解脫來自科學的發展，而摩爾則著意於財富更平均分配。

幾世紀來，進步的情況在英國繼續出現，走的不是按摩爾所希望的（天主教的、中古的，集體生活的形式），而是按培根科學的新教徒所指出的途徑。在物質方面，科學似乎「有助於人類境況的改善」；然而，以往所希求的並沒有完全實現。因此，十九世紀遂不斷發生革新，「牛津運動」和《來自無何有之鄉的訊息》一書，都是明顯的例子。

「能認識忍受一件惡事該忍受到怎樣的程度，是極大的智慧。⑮」柏克（Edmund Burke）說這話時，不是在他保守的晚年，而是在他開始作維新派政治家的青年時代。這句話可移用在摩爾身上；摩爾一再聲言，沒有好好地用一件美好的東西，並不能證明這件美好的東西可以廢除⑯。朗格蘭、摩爾和柏克

---

⑭《烏托邦》，勒普頓編，頁269。

⑮柏克《談當前的不滿》（Thoughts on the Present Discontents），《全集》（1801），卷二，頁322。

⑯《全集》（1557），頁198。書中到處可見。

都認為人有責任去保護前代傳遺給他們的事物，最主要的是，保護當代基督教國家的統一團結。

《烏托邦》的第一冊談到中世紀式的統一的基督教國家的理想。就是這個理想令摩爾厭惡基督教君王間的戰爭；正如朗格蘭說愛德華三世的對法戰爭是違背良心的。基督教國家間的團結統一的理想也使曾經參與對法戰爭的喬叟（Chaucer）認為，十字軍戰役中的騎士的成就也不值得寫下來，因他認為十字軍只是一群烏合之眾。正是這種企望統一神聖的教會以及對抗破壞它的分裂思想的熱情，啟發了《耕者皮爾斯》偉大的結尾篇章：

> 意識告訴所有基督徒，我的忠告是，
> 我們趕快統一
> 祈求和平將……

在十九世紀，《烏托邦》強烈訴求的不過是中世精神的回歸，這個訴求至今不變。烏托邦的莊嚴教堂令人動容，而《新亞特蘭提斯》中福音主義的奇蹟卻只能振奮我們的懷疑精神。烏托邦中那種自願的貧窮生活讓人覺得這正是我們所需的。但是在《新亞特蘭提斯》中，天真的居民在教授身上慷慨花用的財富，卻叫任何穩重謙遜的教授不得不反躬自省；而在我三十年的經驗中，每當在課堂上讀到這部分時，必引起滿堂笑聲。我們回顧亞特蘭提斯，視之為我們留在背後的一段重要路標，而其實「烏托邦」仍在我們前頭。

「為此，我們說《烏托邦》是「進步的」。然而我們卻又認為摩爾在抗拒「他的時代的前進運動」，我們忘了《烏托邦

》的魅力正在於它處於「時代的前進運動」中,在急速的變化與財富,諸般事物都被一掃而空之際,它卻致力於傳統的維護,「超邁於當時各種自利的運動之上」。我們指責摩爾,難道不正是因為我們太過反覆無定,無法領會他的持久一貫性?就像胡克所說,那些戴著綠色眼鏡的人,以為所見的是綠,事實上我們卻是透過綠色才把東西看成綠色。

摩爾和早於他的朗格蘭以及晚於他的柏克,同是改革派的偉大保守分子,他們同樣憎恨迫害與腐敗;當他們發覺憎惡導致革命時,便又十分不同情革命分子。柏克說摩爾就是為了「基督教共同體」而不斷呼籲;並且為它而死。隨著摩爾及其他殉道者相繼成仁後,共同體也就跟著破裂而致無可恢復,直至十八世紀,宗教戰爭的仇怨逐漸沈寂,人們又希望再有和平與理性的時代。「烏特勒支和約」「Peace of Utrecht)簽訂之後,人們又像伊拉斯默斯的時代的人一樣,高唱基督教君王的和平同盟。十八世紀的環境比十六世紀後期及十七世紀更適合我們去了解:艾迪生(Addison)讚揚摩爾的英雄氣概和德行;而這一時期內出現的史韋夫特,就某些方面看來,仍是摩爾的再興,在《格利佛遊記》裡,他給《烏托邦》以極高的評價,稱摩爾為唯一足堪與亙古以來五位最崇高的人物並列的近代人物。有人稱史氏為拉伯雷(Rabelais)乾涸的靈魂;他有摩爾的心智而沒有摩爾的耐心與信心,至於二人相似之處,沒有什麼比史氏反對基督教國家無謂戰爭的強烈反感更來得貼切了。說起那些戰爭,同樣會引起有大德的胡寧斯(Houyhnhnms)和寬宏大量的普洛丁納(Brobdingnag)的厭惡。

　　有些事比史韋夫特和摩爾對這兩百年間許多無謂的宗教戰爭的態度更值得注意；在宗教戰爭中止後，一個共同的歐洲文明的立場再度變得可以理解。十八世紀末，在法國大革命的巨變之前，柏克可以構想一個統一的西歐。我們不得不想起摩爾，在讀到柏克寫的《關於弒君以得和平的第一封信》（*First Letter on a Regicide Peace*）中，他頌揚歐洲「事實上乃是一個大國家」[17]。不論是朗格蘭對教會分裂的哀嘆，摩爾和亨利八世的歧見，史威夫特對惠格戰爭黨的憎恨，還是柏克和雅各賓人的爭執，追根究柢的原因就是：一個渴望歐洲統一與和平的人的控訴，反對那些，不管正當與否——用柏克的話在歐洲體系中「造成分裂」的人。

　　柏克的另一句話，可能有助於了解摩爾。柏克六十多歲時回憶到[18]，在他早年的服務歲月中，他告訴下議院中人，他一向把自由思想的標準立得不高，以便它們能留在心上，自己能堅守著這些思想，直到他生命終結」。摩爾把自由思想立得很低、很低，以致有人可能以為他毋需太固執，不必費勁便能守住它們；然而他竟用生命的代價守下去。

　　摩爾，如果我們可以信任他的傳記作家，在亨利七世時代於國會中暢所欲言；亨利八世時，他在國會中關於自由的主張的演講是優秀典雅的；但作為都鐸時代的政治家，他事實上必

---

[17]柏克，《全集》（1801），卷八，頁108-9。

[18]柏克，《新輝格黨人向舊輝格黨人的呼籲》（*Appeal from the New to the Old Whigs*），《全集》（1801），卷六，頁118。

然把官方權力放得很高；如果他是為自由而死，那只是為了自由的最後根據地——自由人不被強迫說他所不相信的話的權力。

固然，最重要的一點就是：摩爾捨棄他的生命，不全是為了自由，而是為了團結統一——「在聖而公教會內，為了聖而公教會」。他在刑台上說了這兩句話，提出良心自由的呼籲，他正是在那時藉機申訴的。

現在，我們看到，摩爾在《烏托邦》中描述了國家規定何種學說可以公開傳授以及如何傳授。不服從即犯了暴動和騷亂罪，將招來最嚴厲的處罰。摩爾認為異教徒有罪，應受嚴厲處罰。當摩爾發現他自己和異教徒一樣面對著同樣的問題時，他的堅持一貫便遭到嚴峻的考驗了；當國家反對他所持以為真的觀點時，摩爾允許他自己保持沉默。不只是對一同受難者[19]，也對他的敵人保持沉默[20]。他的敵人困惑了。他們不明白為甚麼一向服從的人不能再服從一些。摩爾嚴格的烏托邦態度在他的審判中表現出來。他有權利問諸良心，他宣稱，只因為他並沒有暴動與騷亂的機會[21]。

---

[19] 克里沙卡・摩爾，《摩爾傳》（1726），頁241。

[20] 《全集》（1557），頁1454. C. E.。

[21] 見前文，頁337。哈斯菲爾對當時摩爾的受審與死亡，以新聞時事通訊的方式記載，寄到巴黎。法國對摩爾事件的最原始記載卻比哈斯菲爾的更清楚（將摩爾的一段話引述如下）：「若是按著我的良心，它並未造成任何丟臉之事、醜聞或煽動人去違背君王：我可以確定的是，我的良心尚未向任何人說過話。」毫無疑問，依照這些證據，這相同的話在摩爾的信中已出現至少十二次以上。

就在摩爾身繫囹圄前不久，他列舉了純粹的異教徒案件（總共七件），這些人就他所知是最近（實即最近十八年內）在英國被判了死刑。他堅持說，在法律之下，他們並沒有遭到錯誤的處分[22]。現在要感謝霍斯，在所有七件案子中，不難掌握摩爾的判決。這些殉教者看似獻身和英雄式的人，有些則肯定是聖潔之士。但他們全用了「爭論式的非難和謾罵」，這在摩爾的《烏托邦》裡是足以致死的刑事罪。他們之中，有些答應收回自己的主張，之後卻故意打破自己的誓言，另一些則是「製造暴動與騷亂的機會」；大多數則二者都做了。「摩爾的敵人嘗試逼他『製造暴動和騷亂的機會』；說他怕死，辱罵他，要逼他說出叛逆的話。抨擊那條宣佈國王為教會最高領袖的法令，是被視為大逆不道的事，如果摩爾公開而粗暴地這樣做的話；如果他當時向國王表示臣服，宣誓不再反對他，並得到他的原諒；如果他後來又故意破壞誓言；就可以說他，就像他說那些異教徒，是咎由自取。」

我並不是說那些新教的殉教者因為一時的脆弱而沒有那麼英雄。它增加我們的同情，但不應減少我們的尊敬。但摩爾有著嚴格的法律思想，不能容忍這種脆弱性，無論是對自己或對別人。在柏克的說法中，他所持的自由理念的標準很低，但堅守著它。因為摩爾對自己良心自由的訴求只在一個狹小的範圍中，就是二十年前在《烏托邦》中他所界定的，所以我們可以把他看作一名為自己的理想而一貫堅定的殉教者。你可以說這

----

[22]《全集》，頁890。至少有五個其他例子可說明摩爾並不知情。

是個低理想。然而，在亨利八世的時代裡，它卻高得使摩爾無法持之以活命。

四、過渡的時代

摩爾和中世紀及近代英國作家有緊密的連繫，主要是和努力保存中世遺產的人物相連結。他們最先要保存的是「文明」的統一。

著名史學家浦洛克（Pollock）、美特蘭（Maitland）、蒲勒德（Pollard）說了解摩爾最基本的話：

> 那就是歷史的統一。任何想祇談一小段歷史的人，都一定覺得他所寫的第一句話就是在撕開無縫之網〔完整的歷史〕[23]。「扯開『了解歷史大衣』的縫隙中，最壞的莫過於將中古史與近代史劃出一道深深的鴻溝」[24]。

人們不獨在不應有鴻溝之處劃出鴻溝，而且在劃分時，把摩爾放在錯誤的一邊；主要是1485年的史實把人誤導了。按蒲勒德教授的說法，理察三世的皇冠從他的頭顱讓下來，落在波士和夫（Bosworth）的田野上時，中古時代也隨之過去。然而實際上，亨利七世一代和亨利八世的統治初期，比較屬於中世

---

[23] 蒲洛克與美特蘭（Pollock and Maitland）：《英國法律史》（*History of English Law*, I, 頁1。

[24] 蒲勒德，《胡爾西傳》（1929），頁8。

而非近代。

若我們將斷代史的分期略為改動，將近代史由改革議會
（Reformation Parliament of 1529-1536）開始，而不由1485年
開始，那麼，我們對摩爾的判斷或許會不同，因為新的世界在
這幾年內出現，而較早的一段時間，即從印刷術傳入英國起，
比較上屬於近代史的前奏而不是近代史的一部分。

因為很明顯的摩爾的時代源自中世時代，經過一個自然的
進展系列，而不曾有任何暴烈的停頓。它和接下來的伊利莎白
時代是分割開的，這是由一連串暴力而根本的革命所形成的。

摩爾的時代並不是像一般人所以為的，是英國近代史的起
點。若英國的宗教改革是伊拉斯默斯式的改革而不是路德式的
改革，即是基於理性而不是基於暴力和革命，它可以說是英國
史近代階段的起點。然而亨利七世開拓了新的時代，自此之後，
一切不復舊觀，把路德前期和路德後期一同放入名稱較方便的
「都鐸時期」之下，很容易領人誤入歧途。

於此，若傅律德、祖維特、林西、祈禮頓、阿克頓、薛尼
李，以至不同觀點的史學家——羅馬公教的、長老會的、英國
國教的、不可知論的——都未能看到摩爾一生的始終一貫的宗
旨，相信主要在於他們認為摩爾和他們同屬於宗教改革後期的
時代，並自以為在許多事情上和摩爾一致，於是便假定一切都
應該是一致的了。可是當摩爾的作法和他們心目中所想作的不
能配合時，便責備摩爾不能始終如一。所以祈禮頓主教在致李
尼（W. S. Lilly）的信中[25]，為自己的說法辯護，說摩爾是個「假
自由主義者」，他批評摩爾的根據就在於他確信摩爾是屬於都

鐸時期的人物，因此屬於近代的前期，應按這時期的標準的審察。

現在，我們處於今之視昔的時代，傅律德、阿克頓、祈禮頓等的時代在我們看來是十分湮遠的。未來的歷史學家將需要為這整個時期作一總結，即從路德一代開始，直到正在邁入（消逝）的這一時代為止。它不再是近世時期，而是快要成為歷史上的另一時期了。這時期出現了民族主義的發展，意氣風發的學術與政治成長，工業與科學的進步，……是無可駕馭的資本主義時代。政府——至少英國政府——掌握在鄉村士紳、律師和商人手中。

學術界是一片古希臘學風。如約翰生博士（Dr. Johnson）所說，這是每個人都盡其所能掌握希臘事物的時代。是每個政治家都盡其所能取得家園週遭土地的時代。對這基於古典的貴族學問的新時代，摩爾這位希臘學者、律師政治家，在徹爾斯的牧地上買了土地，也蓋了房子。但他並不完全屬於它。摩爾以後的學者、律師或政治家，有多少人能像他一樣表態說若不是為了妻子兒女，早已離開府邸進入隱修院，又有多少人明白這位顯赫的律師，譽滿全歐的學者，竟會有這種的表態？

摩爾與伊利莎白統治下的都鐸時代的那些人比較，在許多方面更近似聖方濟或布魯諾（St. Bruno）。

要之，摩爾不屬於近世時期而屬於中古時代的最後過渡期。自然每一個時代都是另一時代的過渡時期，但也不能抹殺某些

㉕祈禮頓，《生平與函札》（1904），卷二，頁184。〈致李尼先生〉（Letters to Mr. W. S. Lilly）。

時代的變化是揉合的事實。摩爾出生於第一本書在英國印刷出版之後幾個月,他在有生之日能夠用印刷術出版拉丁文及英文駁議,是其他偉大的英國作家所沒有的機會,一直要到百多年後,彌爾頓出現為止,摩爾年幼時已聽聞中古時代快要結束(即理察三世之死),然而他有生之年看到它結束。摩爾十五歲左右,見到新大陸發現,而他稍後在《烏托邦》中討論殖民倫理時所展現的遠見,使德國史學家認為他的言論是替馬基雅維利式策略鋪路並作未來的「日不落國」預言㉖。摩爾四十歲時,馬丁路德崛起,而摩爾去世之前,英國和羅馬教會分裂的步驟已告出現。

如今,摩爾死後四百年,近代世界大事的發生日期有極奇妙的巧合,十五世紀的最後十年,哥倫布發現美洲,而十九世紀末則同樣有革命性質的飛機發明。此外,1517年11月1日,路德在威騰堡的教堂門上釘上九十五條論綱,可視為世界近代史分期上的起點,而1517年11月3日,蘇聯布爾什維克革命爆發,產生比路德所引起的更大的改變,更大的反響。

然而,比較起來,最相似之處在於精神方面:十六世紀初年也像二十世紀初年一樣,人類為知識蓬勃發展而慶幸,覺得和平與學術的時代終於來臨,而沒有理會到紛擾的時代即將來臨。1509至1519的十年間,英國學者之中充滿樂觀的氣氛。摩爾的朋友,鄧時道與伊拉斯默斯談到黃金時代快要來臨,他們的子孫在每一門學術都足以和前輩學者媲美。但那九十五條論

㉖見前文,頁140。

綱已經釘上威騰堡的教堂大門，註定要帶來爭鬥而非和平。1518
年，亨利八世、方濟一世與查理五世舉行會議，為普世和平而
努力。儘管一時晴空萬里，天候卻像牛津郡人士所說的，瞬息
萬變。民族衝突，信理衝突，一時間不能阻壓下來，有如細碎
的雲朵迅速地凝聚起來，籠罩在烏黑的夜空。而在曙光帶來新
希望之前，偉大的人文主義者伊拉斯默斯拋下如椽大筆，撒手
西去，他為和平君王的服務就此寢息。

　　以上是偉大的學者雅倫博士（P. S. Allen）在他所著，1914
年出版的《伊拉斯默斯的時代》所說的話。當日的情況和1518
年的情況同樣變化不定。如今該書出版已二十一年，我們讀到
他睿智文字時，領略它所藏的樂觀的信心，它領我們回到好像
比我們這一代更為快樂的戰前歲月。然而如今，雲霞再度湧現，
不少人卻缺少了破曉時分會出現新希望的信心。但我們之中很
少人有理由比摩爾和伊拉斯默斯更覺得失望。摩爾無畏地眼看
著他，像伊拉斯默斯一樣，人類珍惜的希望盡遭摧毀。雖是不
同的方式，但像伊拉斯默斯一樣，他努力不懈地奮鬥到底；和
依氏不同的是，他毫無怨言。

　　如今，摩爾斷頭四百周年紀念來臨之際，環顧過渡時期中，
變幻無常，惶惑而恐懼的世界，我們可回顧1535年7月6日九時
左右屹立於倫敦塔山上刑臺前沈默而無畏的人物，從他口中得
到些許鼓舞。

五、社會主義者與天主教徒對摩爾的評價

今日發生的變化應該使我們較易於欣賞摩爾，並且掃除四百年來世人對他的偏見。新教人士在意識方面也較容忍。摩爾傳記的作者不再需要避免提及摩爾一度想隱遁入修院的事[27]。另一方面，他不需為自己不再對修院存有偏見而特別表揚自己，也會覺得在修院中退隱「實在不是羞恥的事」。

此外，也毋須再為《烏托邦》中的「政治幻想」辯白[28]。而隨著時間的轉移，《烏托邦》一書已脫離了幻想作品的範疇，成為實際政治的教科書。

歐洲社會主義精英形容摩爾是「在解決的條件尚未出現時，就能了解他當代問題的天才人物」，又是一位「巍然獨立，領導受壓迫階級的戰士」。

> 經過三百多年之後，才有人指出摩爾的目標並不是空閒的幻想，而是他對當日實際經濟趨勢深思熟慮的結果。這可說是最能指出摩爾偉大之處，以及他比同時代的人更高瞻遠矚。摩爾誕生四百週年紀念已經過去，而《烏托邦》出版四百週年紀念已到來，它的理想並未消逝，仍然高懸在奮鬥的人類之前[29]。

㉗甘寶勛爵（Lord Campbell），《掌璽大臣列傳》（ *Lives of the Lord Chancellors* ），第三十章，〈托馬斯・摩爾傳〉。

㉘麥堅陀殊，《摩爾傳》，頁55。

這是四十五年前考茨基所說的話；而切斯特頓（Gilbert Chesterton）以英國公教徒的身分，六年前說過：

> 真福摩爾在這一刻比他死後的任何時期都更重要；甚至比他死時一刻更偉大；但是仍不能和今後大約一百多年的重要相比。人們要稱他為最偉大的英國人，最少，是英國史上最偉大的歷史人物[30]。

徹氏這一席話本身就是預言。亨利·布朗神父（Fr. Henry Browne）說：「切斯特頓閃爍一時的靈明之語我們早已聽得多，可是像這一句富啟發的話，恐怕不易多見。[31]」

把德國社會主義者和英國公教徒有關摩爾的兩則論說並排而觀，可以見到他們怎樣從不同的立場，發出同樣讚許的話。他們都認為要等四百年，人們才真正清楚的看到摩爾的重要，他的理想仍然高懸在奮鬥的人類面前，而隨著年月過去，他一天比一天更形重要。

事實上，世人對摩爾的敬愛把無數不同的心靈結合起來，就如對山林之愛和對聖方濟之愛把人們結合一般。這些人包括墨索里尼和霍斯曼（L. Housman）、勒南（Renan）和卡普辛（Capuchin），後者還評過勒南：「他沒有著文讚美耶穌，但他讚美聖方濟，聖方濟將解救他。」同樣地，不同信仰、不同

---

[29] 考茨基，《托馬斯·摩爾》，頁340。
[30] 《真福托馬斯·摩爾的名譽》，頁63。
[31] 同上，頁92。

國籍的攀山者晚上集敘在山間旅舍中，對高山的共同愛好使他們共融在一起，而他們當中，有人會在第二天攀峰越嶺，踏過冰河和幽深的河谷，或是呼吸著峰頂上清新而稀薄的空氣。而我們中有人卻不能攀上太高的山嶺，但是我們可瞻望高處，獲得力量和更新，就像《聖詠》所說的：「我要向山巒高舉我的眼目，那是我的救援所自來。」

摩爾為教宗而死，「在聖而公教會內，又為信仰而受苦受難。」他的福份將歸於那和他有著同一信仰的人；而我們其餘的人，只能像失去了長子權的厄撒烏（Esau）一般，喊道：「啊！我的父親，你只有一個祝福嗎？我父，你也得祝福我。」（〈創世紀〉27章38節）。

事實上，不少「厄撒烏們」在大聲疾呼，要得到聖摩爾的福份，對摩爾的敬愛把有如被鴻溝分隔了的人結合起來。例如：蘇聯的馬克思-恩格斯學院（Karl Marx-Engels Institute of the Central Executive Committee）的當事人，致函倫敦波福特街修女院（Beaufort Street Convent），向那些虔誠並不斷禱告以期殺害摩爾的人能得寬恕的修女索取有關偉大的共產主義者摩爾的資料。這封信最後輾轉來到我的手裡。信上說：「我們已確定無法取得那些修女的姓名與住址，如果你能將這方面所發現的告訴我們，感激不盡。」

六、英國人對摩爾的評價

目下〔1935年〕，不論時代怎樣演變，英國的普羅大眾大

抵不會變成布爾什維克（Bolshevik）分子，也不會是羅馬公教
信徒。他們大抵還像以往一樣判斷，那就是：為什麼一個像摩
爾這般聰明的人，竟這樣的缺乏普通常識？世代以來，人們一
直詬病摩爾的不切實際，拉斯金（John Ruskin）曾說《烏托邦
》是「無限睿智，又是無限愚笨」的一本書[32]。這句話可說是
當日雅麗絲夫人及荷爾等人對摩爾「智」「愚」所發喟歎的迴
響。若讀到這裡仍不覺得摩爾思想的前後一致，再勉強讀下去
也不會有什麼得益了。可是我們仍要留意一個問題：摩爾是否
極力去設法遏止一個較聰明的人都可能見到而不能遏止的事？
史學家蒲勒德寫道：

> 政治運動像浪潮一般無可抗拒，它們可以由公義的人引領，
> 達到富強之域，或是由不公義的人領至毀滅之境……費雪與
> 摩爾設法堵塞教會流於世俗化的浪潮，等於對於雪山宣講第
> 六誡以拯救面臨雪崩的人……這是亨利成功的祕密。[33]

是否因為世人對「成就」的看法不同而讚譽亨利？以「毀滅」
一詞去形容摩爾的結局又是否最確當呢？

四百年後的今日，亨利的霸道性格在某一方面仍然使他佔
優越的地位，這是任何撰寫摩爾傳的人不得不面對的事實。

歷史學者極力找出亨利身上值得讚美的地方。這情形使人

---

[32]《給艾里斯的信》（ *Letter to F. S. Ellis, 1870* ），《全集》，卷三
　　七，頁12。

[33]蒲勒德，《亨利八世》（1913），頁437-40。

不由得想到皮爾斯的故事，說在最後審判之日，仁慈的天使設法拯救吝嗇鬼皮爾斯（Piers the Usurer）的靈魂。魔王〔地獄之神〕在天秤的一邊放下皮爾斯數之不盡的罪過，天使們卻除了找出皮爾斯在一次盛怒之下把一條麵包扔到乞丐的頭上之外，再也找不到什麼。於是他們都認為皮爾斯最少行過一次善事，便把這善行放在天秤的另一邊，以抵銷他的罪過[34]。

　　歷史學家也迫得盡力找出一點一滴亨利值得稱頌的事跡，而這樣做的本身就是對亨利的譴責，又往往是為摩爾辯護。史學家費雪曾提到亨利的子民千方百計地去證明亨利是天賦無限才智的領袖[35]。這種讚美給人印象深刻。費雪列舉了亨利統治下人民所具的才智、力量。包括賀爾賓的畫、懷雅特（Wyatt）與舒里（Surrey）的詩賦（亨利殺了舒里，又囚禁了懷氏，使他精神錯亂）。據說一位倫敦商人極力曾游說亨利開闢「西北航道」以通印度（亨利統治期間，「幾乎全無商業擴張、航道發現或海外拓殖」）[36]。摩爾對橫渡大西洋探險的理論和興趣，以及他的妹婿的實際航海興趣，也得不著亨利很大幫助和鼓勵[37]。主要原因是西班牙王並不同意亨利遵從他父親〔亨利七世〕

---

[34]美寧（Robert Manning of Brunne），《罪的判決》（*Handlying Synne,* ）5668。

[35]費雪，《英國史，1485～1547》，頁483。

[36]嘉蘭德（Callender），《英國史上的海軍》（*The Naval Side of British History*），p.47。

[37]見前文，頁139-42。

的美洲探險政策[38]。最有趣的是，崇拜摩爾的雅倫在談及亨利八世時說：摩爾在生命終結時，希望能與索取他生命的亨利「在天堂上快樂敘舊」，而從這一點看來，可以證明亨利是偉大的[39]。這說話固然有它的分量，可惜它所涉及的時間不盡相同。因為摩爾這句話並不是在他「生命終結之日」說的，而是在他仍然自由而亨利未要他的生命之時，〔1534年3月5日，摩爾死前十六個月〕[40]。審判之後，摩爾談到與判他受死的法官們在天堂上歡樂相見（他們是諾福克、柯地利等人）。按資料記載，摩爾只是說要為亨利祈禱。

七、亨利的功過

在世俗事情方面，亨利的作為是不是成功的呢？我們在衡量一個人的功過時；必須要注意的是他的目標何在，自然而合情入理的，亨利最主要的目的在求得男性繼承人以確保他的王朝不替。這方面，他是失敗了。此外，他又希望宗教統一；可是這種統一所建立的基礎，卻是虔誠的新教徒及公教徒同感厭惡的：他「摧毀了教宗，但毀不了教宗制」[41]。或是像哈斯菲

---

[38] 徐維仁（Trevelyan），《英國史》（*History of England*），p.295。

[39] 托馬斯・摩爾，《選集》（*Selections*），p. ix。

[40] 1534年3月5日：於摩爾死前十六個月。

[41] 胡柏（Hooper）致布凌迦（Bullinger）書，見羅賓遜編的《書信》（*Letters*, Parker Society），I. p.36。

爾所描劃的：「他割了聖伯鐸的頭，把它放在自己的肩膊上，令人不忍卒睹。」這種作法實在是稱不上是成功的。他承繼了無人可爭的王位以及龐大庫藏。被他的臣民當作偶像去崇拜。經過了三十二年統治之後，他說自己統治了的是敗壞的國民，他要使他們淪於窮困的境地，好使他們沒有叛亂的力量[42]。所謂「民窮財盡」，他確是做到了。他即位之初，英國是個藝術寶庫，他去位時英國淪為滿目瘡痍的國土，處處殘破不全。他巧取豪奪之餘，自己也不見得富裕，而使人民痛苦萬分，使他的繼承者尷尬非常。他唯有濫鑄錢幣。幣制原是英國偉大傳統之一，是英王若望至玫瑰戰爭之間一直完整無缺的制度[43]。亨利所繼承的英國，與四鄰十分友善；並與一向最強盛的國家有盟邦關係；然而亨利在位時，英國與鄰國不時處於戰爭狀態之中，為他國敵視及覬覦。

　　亨利沒有破壞的遺產是他父親所建立的艦隊：他大大的增強了它的實力。有人認為美奇連（Mechlin）公司的巧匠所出產的大礮「對亨利與生俱來的毀滅本能有不可思議的吸引力」[44]。他下令造船專家設計將大砲安裝在船上，而英國便從此建成了克勝全歐的大艦隊。他把這堅盾似的防衛留給了繼承人。若我

[42]蒲勒德，《亨利八世》，頁402。

[43]蒲勒德，《護國者森麻實治下之英國》（ *England under Protector Somerset*; 1900），頁46。至於英國更早時期造幣方面之著名良好聲譽，可參閱《大英博物館英國藝術展覽指南》（ *British Museum Guide to the Exhibition of English Art*; 1934），頁19。

[44]嘉蘭德，《英國史上的海軍》（ 1924 ），p.38。

們相信英國的海上勢力有益於世界的話，那麼這可算是亨利最
大的成就了。「高利貸者皮爾斯擲向乞丐的硬皮麵包被允許（上
帝的大慈悲）等同於他的許多重罪。」我們希望亨利的英國戰
船上的炮彈也能同等分量。而對亨利來說，他的海軍不外是用
以支持他贏取「法國的城池」，但並沒有像他聰明的父親或是
女兒那樣鼓勵遠洋探險[45]；儘管他有和查理五世保持友善可使
他獲得他祖先或後代都沒有的均衡力，亨利可能有「航海家」
的美名而不讓葡萄牙的亨利（Henry）所專美於前；但他寧願
效法祖先亨利五世的作法在法國戰役中失敗了。不論我們責怪
那是胡爾西不是也好，亨利的不是也罷，亨利在法國無用的戰
爭「使亨利七世的一切作為徒勞無功，並將英國從海上趕回陸
上，轉入歐洲煙塵滾滾的政治漩渦中。[46]」

　　這祇是摩爾生平背景中，被捕與受挫折之苦的另一例子。
詩人們集聚在亨利王庭，但亨利中止了他們的吟詠與音樂，於
是在舒里被殺的一代之後；除了薩克維爾（Sackville）的柔美詩
篇之外，並沒有可觀之作。而舒氏在放棄作詩之前，一度慨歎
優越的地位祇是以導至毀滅……。在一般情況下，舒里很可能
多活三、四十年，成為宮廷詩人圈的中心人物。因此，英國十
四行詩的歷史，在1547至1580年之間一片空白，而英國詩整體
上亦為人忽略，直至史賓塞（Spencer）和薛尼（Sidney）出現
才再度復甦。散文方面也同樣的缺憾。丁達爾・科弗達爾

---

[45] 見前文，頁142。

[46] 嘉蘭德，《英國史上的海軍》，頁47。

（Coverdale）、費雪和摩爾一系之後，並沒有赫赫之士。直到
胡克（Hooker）和培根興起——中間亦相隔一代有餘。摩爾同
時代的人也曾留意到這一點，都奇怪為什麼摩爾的影響沒有使
英國散文有更大的收穫。

　　至於學術方面，亨利的成就十分顯著；有四位國際知名學
者和兩位偉大學術贊助人被毀[47]。六名學者之中，亨利沒有賞
識伊拉斯默斯，因此離開英國；他把比維斯囚禁起來，把費雪
和摩爾處死，把胡爾西嚇死。「若非伊拉斯默斯成了羅馬、巴
黎、羅馬帝國等地的貴賓，而被查理五世或是方齊一世砍了頭，
一切學術都要受打擊[48]。」一直到本特利（Bentley）出現，英
國古典之學才恢復了昔日伊拉斯默斯時代的地位。然而亨利大
事砍伐英國的大學，雖然經他大事宣揚捐獻，那是不能補償的。
1550年時，拉蒂默寫道：「劍橋的情況，簡直是聞名心酸……
時至今日，學生比二十多年來少了一萬人，而講師人數更少」
至於文法學校，摩爾所辦的聖安多尼學校衹是無數倒閉學校中
之一罷了。[49]

　　歷史學者有時談到亨利為人民謀取「物資方面之舒適」。
對貴族階級而言，這是不錯的，但證據顯示經濟的危機和幣制

---

[47]見前文，頁107、217。

[48]斐里摩（J. S. Phillimore），《英國人文主義之受阻》（*The Arrest
of Humanism in England*），刊於《都柏林評論》（*Dublin Review,*
1913）；這是一篇研究摩爾非常重要的論文，對每一位研究摩爾的
人有相當大的助益。

[49]參閱陶尼（H. W. Tawney），《宗教與資本主義之興起》，頁143。

的腐敗使大部分人民陷於極度的痛苦之中。而精神方面的缺失，如美感、自由、正義等……最為嚴重：亨利即位時，甚至最窮的英國人，也可以有不少欣賞藝術傑作的機會，亨利去位時，這些藝術品大部分已告破壞，而美術欣賞祇成為貴族的特權。「境域之美」不再對「所有人和陌生者」開放，雖然「恩寵的天路之旅」（Pilgrimage of Grace）領導者要求應該繼續。自亨利改革之後，「英國之美」不是修院建築，而是鄉村士紳私人擁有的圍以精美紅磚牆的郡府建築。

　　至於自由與正義，無人可以否認，在亨利統治期間，「英國獨立精神暗淡，對自由的熱愛日益冷卻」、「優美的情操在追求財富之中喪失殆盡」[50]，祇留在絕不酸心財富的——摩爾、費雪及加杜仙修士等人身邊。在偏遠之地如英國北部、威爾斯和愛爾蘭等地，完全不接納亨利的改革。摩爾被殺後一年左右，英格蘭北部便有暴亂發生，在羅拔‧阿斯克（Robert Aske）領導之下揭竿而起，要求立刻停止橫徵暴斂。指揮王家三軍的諾福克公爵呈報亨利說他不能鎮壓叛軍……，他說他雖可依賴貴族和紳士組成的軍官，但軍中的普通士兵卻極少不認為北部叛軍是「神聖的」。諾福克的說法是確實的[51]，並且得到與亨利同時，寫讚辭的多瑪斯（William Thomas）支持。多瑪斯說，亨利的人來得太慢，而敵軍太多，亨利因而迫得善待叛眾，並

---

[50]見上引蒲勒德教授書，頁243。

[51]關於此信的全文內容，參見《恩寵之旅》（The Pilgrimage of Grace），M. H. and R. Dodds, I. 268。

答應他們所提出的要求。

　　若亨利遵守諾言，英國史便會改觀。他在叛軍放下武器、四散回家時，立刻拘捕並處決了阿斯克及一些叛眾，這正如俗語所謂：「國王的勢力從沒有比在粉碎叛亂後更強大」。叛軍所要求的在約克郡舉行的自由國會從未召開，但英國國會於1539年再度集會，並且通過「宣言法案」（Act of Proclamations）這一法案，按不同的條件將法律的力量授與國王和他的國會，他有權發表宣言，但不能有任何歧視生命、自由或財產的政策。然而這個保障並不是說國王不能作信理上的宣言，因此「任何人反對國王和他的後代或繼承人所提出的任何宣言，以及基督教的異端都得受罰處死」[52]。這一法案經艱辛和長時間的辯論，才在極不愉快的情況下通過[53]。

　　「改革議會」首次集會以「改革弊政」後十年。事情的演變是異端分子可能被處死刑。而何謂異端，則任由國王及其繼承人隨時以宣言依己意闡釋，這就是摩爾及同伴不惜以生命抗拒王家專利的癥結所在。摩爾的無頭屍身在墳中腐蝕了四年，「恩寵的天國之旅」那些領導者的屍體也被上了鐐鏈，在約克郡各城鎮的大街上懸掛了兩年，加杜仙修士、費雪及摩爾的悲劇如果不把「恩寵的天國之旅」考慮進去，將是不完整的。

　　隨著摩爾去世，英國所有最聰明睿智和聖善的人相繼殞滅，

---

⑤《亨利八世》，第八章，《成文法》（1817），卷三，頁726。
⑤馬利勒（Marillac），見《函札與文件》，1539年7月5日，卷十四，1207號。

英國中古騎士精神亦為之淪亡。

亨利所破壞的事物難以完全估計，最近出版最優秀的摩爾傳[54]，使我們想到「亨利虐殺了笑聲」這句話。沒錯。當然還留下安妮博林臨死前歇斯底里的笑聲。亨利式的暴虐專政是英國史上最「黯淡」的時期。能不黯淡嗎？「如你所知，」拉蒂默主教在向愛德華六世講道時說：「那是個危險的世界，人們可能因所言而丟命。」笑聲與自由分不開。

亨利成功地建立了獨裁專制並一直維持到死亡之日，代價是什麼？英國的詩歌、散文、學術、教育、物質繁榮、經濟、技藝、建築、……自由、正義……等都因亨利的專制而露出倒退。凡事都要經過一個人的思想瓶頸。而亨利儘管能幹但不稱職。他的獨裁注定失敗，因它違背民心，由摩爾開始的反抗定必由天主教徒和新教徒繼續下去。

亨利是失敗的，因為他要建立的王朝有賴於嗣子繼承者有可觀的性格與能力。他年輕時接收了民法及宗教方面的龐大積聚。這是胡爾西一生竭力經營謀劃的，亨利一一承接過來並予以發展。沒有成年的兒子便沒有人能繼續推行他的專政。瑪麗和伊利莎白治下都出現宗教迫害，而最後天主教徒和清教徒同樣獲得存在的權利。亨利一向護持做他獨裁工具的國會，國會成了祇有「尤里西斯才拉得動的大弓」[55]，但也成為自由的工

---

[54] 荷里士（Christopher Hollis），《托馬斯・摩爾勛爵》（*Sir Thomas More*, 1934）。

[55] 蒲勒德，《亨利八世》，頁258。

具,美斯菲爾（Masefield）說：

> 神在人的腦海中暗暗移動,利用他們的慾望作祂的工具,藉
> 暴君的鐵鍊帶來自由,並藉愚者帶來智慧。[56]

在英國自由史最黯淡的一刻,敢於對暴君說個「不」字的
而又能忠心耿耿的人就是摩爾、羅拔・阿斯克等人,他們抗議
這「新極權主義」,而他們的影響垂諸久遠。直至最近,一位
法律界人士寫道:「摩爾的生命與死亡在限制王權及國會權力
方面是個見證。今日,一大群天主教及非天主教史家和律師對
他不惜以生死力爭的自然與神聖法律的原則,一致予以重新肯
定」[57]。

亨利死前一年在國會發表演說「說出心底話」,當日在場
的愛德華・荷爾留下了紀錄。那些對亨利忠心耿耿的貴族和下
院議員把僅存的醫院和慈善機構都交給了他,救濟了他財政的
破產;亨利掠奪教會、病人與窮人的最後步驟於焉完成。其實,
早於十六年前,摩爾對這種掠奪已大聲疾呼地抗議了[58]。

在演說中,亨利謝謝他的子民,然後就宗教精神方面教訓
他們說:「我相信你們的愛德從不薄弱,也從不忽略有道德而
聖善的生活,或是輕忽了要欽崇、恭敬和侍奉天主[59]。」亨利

---

[56]美斯菲爾（Masefield）,《龐貝大帝》（*Pompey the Great*）。

[57]理查・奧舒利文（Richard O'Sullivan）,《真福托馬斯・摩爾不死
》（*The Survival of Blessed Thomas More, Blackfriars*）, Oct. 1934,
p.698。

這番話簡直是對他自己政策的最後譴責，所有當代的史料都一致指出，亨利留給國家的是殘破的境況。新教徒和公教徒都一致同意當日所見的是精神與物質的殘破衰敗[60]。

憤世嫉俗的人可能會歪曲地說，除了追逐他自己的快樂之外，亨利從沒有照顧到他子民的精神或物質的福利。其實，甚至在追逐自己的快樂這一方面，他也是失敗的，自從與嘉芙蓮離異之後，亨利的狡黠的外交手段並不曾給他平安與保障。就在他知道他的第五任王后背叛他之前，亨利埋怨「婚姻給他不少各種各樣的麻煩」。胃潰瘍折磨他；最後，死神來臨使他脫免痛苦時，亨利卻害怕死去[61]。

研究中世紀歷史的學者堅持的一點是，在每一方面，摩爾都是亨利的反面；不僅在反對亨利的意願——有關離婚、基督宗教國家的統一、對教會的掠奪……，甚至，差不多所有亨利的作法與為人，都在《烏托邦》預見中受到譴責。像亨利使他

---

[58]摩爾，《靈魂的哀禱》（ *The Supplication of Souls* ），全書各處。

[59]荷爾，《亨利八世》，惠比利編，卷二，頁355-7。

[60]新教方面的證據可參考前文，頁261；羅馬公教證據則隨處都是，例如，哈斯菲爾筆下有《虛假的離婚》。

[61]我們或許可以不輕信因黨派之見而說的冷酷故事；但可以確信的是亨利的醫生不敢告訴亨利他快要死了，因為他不願意聽到任何人提到死亡。見《霍克斯》，湯森（Townsend）編，頁689。此外，較早之前，法國大使馬利勒已注意到亨利害怕瘟疫，說：「在這情況下他是最怯懦的人」，見《函札與文件》，卷十五，848號，1540年7月6日。

的子民陷於一窮二白的境地而致連造反也不能，已透過西婁佾口詳述了⑥，亨利掠奪了教堂的寶物，佩戴在自己身上。可是在「烏托邦」中，統治者和邦人一樣，都是衣著絕對簡單⑥，而所有教堂及公眾場所卻是裝飾輝煌的⑥；亨利拆卸教堂，大興土木⑥；烏托邦人卻極力避免這兩件事；亨利濫鑄錢幣，海濤已在四分一世紀前譴責了⑥；亨利把金錢花在歐洲戰爭上，從沒有想到無家可歸的子民在荒原上建立家庭，烏托邦人憎恨一切戰爭⑥；西婁佾斥責歐洲戰事為無意義的戰事⑥；認為戰爭違反自然法，應停止安置一群饑餓的人口在荒地上，這些和平愛好者，甚至願意為此一戰⑥。

　　然而亨利和摩爾之間最大的分別莫過於他們對死亡的感受。按照「烏托邦」的標準———一個人如何就死———來判斷⑦，亨利的一生是失敗的，而摩爾的一生是成功的，對那些不情不願地死去的人，烏托邦人以悲哀與沉默埋葬他們；那些「快樂而滿懷希望」死去的，「烏托邦」人為他們建碑立石，予以表揚，但沒有比快樂死更值得表揚的事了。

⑥《烏托邦》，勒普頓編，頁93-4。

⑥同上，頁140。

⑥同上，頁289。

⑥同上，頁149。

⑥同上，頁88。

⑥同上，頁243。

⑥《烏托邦》，勒普頓編，頁81等。

⑥同上，頁155。

⑦同上，頁276-7。

八、摩爾的失敗

表面看來，摩爾是失敗了，他被囚禁，死在斷頭台上，但絕不是有些人所謂「毀滅」；若說摩爾之死是毀滅，比起說聖方濟赤身去世是貧乏，更為荒謬。摩爾知道，由於死亡，最後的烙印已刻在他的生命上；這比聖方濟各在泰伯河畔（Tiber）晏諾（Arno）間的山巖上所接受的烙印〔五傷〕更為顯明[71]。

說到這裡，摩爾和蘇格拉底的同異對比令人驚異，摩爾正如蘇格拉底一般，一生不是在研求什麼，而是在研習如何死法[72]。蘇格拉底對審判他的法官們證明，他的死並不是邪惡的，因為那經常在危險或邪惡來臨時，給他示意的訊號並未出現[73]；摩爾的見證更為肯定：他渴望「方便的時間和空間默想死亡」。他的得償所願利用空間〔監獄〕來撰寫他有關基督苦難的默想。當他讀到〔福音〕「他們上前，向耶穌下手」這句時，他的紙張以及獄中所有的一切都給拿去。摩爾像聖方濟一般，以謙遜和感恩的心情多謝〔上主〕賜與他的榮耀：他勇敢地對法官諫詞，將自己比擬為第一位殉道者。至於時間方面，摩爾的死期實在是相當微妙的巧合——剛好是他翻譯的聖托瑪斯・貝克特傳（St. Thomas à Becket）出版的前夕和聖伯鐸瞻禮八日慶期

---

[71] 但丁，《神曲》，〈天國〉（Paradiso），XI, p.106-8。

[72] 《費多》（Phaedo），9.（64）比較摩爾的《全集》，特別是頁77。

[73] 《自白》，31.（40），頁40。

極為接近。他希望在這一日上受刑。蒲伯（來到牢房之時，摩爾知道死期已至。赴刑途中，他對那給他飲品解渴的婦女所說的話顯露了他心中的想法：「我現在不要喝什麼，吾主喝的是酸醋苦膽，不是美酒」。

摩爾希望在特定時刻中死去的目的是達到了，可是他的政治才能並不能使他達到他所追求的理想和目的。他未能阻壓暴力。他反對一場由亨利八世在後支撐的改革，即蒲勒德教授認為由托馬斯・克倫威爾孕育的新重商主義，馬基雅維利式的君主——亨利——採取行動的革命。摩爾又是像蒲勒德教授所謂「對著雪山朗讀第六誡以拯救陷於雪崩的人」。

亨利統治下雪崩式的作為不單毀滅了人的生命，而且毀滅了八百多年來英國人積聚的藝術寶藏、建築、手抄本、彩色玻璃、繪畫、雕刻、銅器……留下的祇是殘垣斷瓦，大理石的官槨都挖掘出來，刻著拉丁文的墓銘，都因世人貪求銅板或是因死者是反基督教而被剷出來[74]。

破壞的反面就是建設，摩爾當日所熱愛的牛津可以說是摩爾心目中英國城市的典型。那時的牛津仍然保有中世紀歐洲的色彩，不曾被民族主義的意識完全毀壞。摩爾時代的牛津有的是今日牛津最令人羨慕的一切：主要的學院正告興起（大部分則有賴於摩爾的代禱而繼續發展下去。）[75]。宏偉的教堂、高

---

[74] 韋化（Weever），《墓碑》（*Funeral Monuments*；1631）

[75] 麥斯維爾・賴特（Maxwell Lyte），《牛津大學史》（*History of the University of Oxford*；1886），頁482。

聳龐大有如主教座堂，矗立於其他正統的建築物之中。然而在亨利的破壞之下，除了一枝獨秀的柯士尼修院鐘樓（Oseney Abbey）之外，其他一切都不能倖免。

摩爾又希望英國能成中世紀傳統與新知識的繼承者；保持固有的地位並繼續發展，但他明瞭這祇有在像似「烏托邦」國王——烏托匹斯——所鼓勵的「有理性而謙遜」的情況下才可獲致。摩爾同時代的人形容「烏托邦」為「對困擾國家的邪惡」的警告。這些邪惡都是自發的個人主義或暴力；罔顧其他基督教國度權利的民族主義式野心。——這在《烏托邦》第一冊談到了；而商業的貪婪，是貫通全部《烏托邦》的主要思想。除此之外，宗教方面的暴力又是烏托匹斯王立法反對的；他認為「由於最壞的人是最頑固的人，他們要將神聖的宗教踩在腳下。」

摩爾擔心的事情——應驗、暴力到處得勢，不少田地淪於無比的荒涼。

摩爾不明白為什麼新知識一定要毀滅舊理想；不論這些舊理想是基督教國家的團結統一，共同生活，還是建築與儀節之美；可是摩爾的國人並不是這樣看，摩爾死後不到三十年，他們總覺得中世紀的遺產被荒廢了，可是我們仍靠遺產而生活，沒有理會到當一切都揮霍淨盡之後，世界要變成怎樣[76]。

當我們佇立在我們城鎮的醜陋街道中時，我們會想到烏托邦的城市，那兒沒有一座建築是醜陋的，大多很古典，修護完

---

[76]李法比（W. R. Lethaby）語；見格林甫（Crump）與雅各（Jacob），《中世紀的遺產》（*The Legacy of the Middle Ages*；1926）。

善,並且都是為了服務大眾。而我們也會經常記得,我們可能真的站立在一幢最美麗的建築物的位置。在摩爾的時代,許多大教堂仍然聳立在英格蘭的老城鎮中,就像今天依然屹立在佛羅倫斯古城的聖克羅齊、聖瑪利亞、聖馬可教堂一樣。那些英格蘭的教堂在摩爾的時代為公眾提供了最後的服務。我們可能記得在烏托邦裡是沒有任何建築會被肆意摧毀的。

雪崩已然過去,可是在《烏托邦》一書中,在摩爾的英文作品內,以及在那些為人忽略了的〈生平〉中。我們若願意,仍可聽到摩爾勳爵「對雪山宣講」的話。

若摩爾不能把他所恐懼的暴行制止;同樣,他也不能維護他所喜愛的團結統一。他的三個願望都落空了。

基督宗教諸侯間的普遍和平、宗教的統一、國王婚事的完滿結果,「否則將造成基督宗教國度的困擾」──這些事沒有一件達成。

從《烏托邦》所表達的思想到他受審時所說的話,可見摩爾的理想始終如一:基督教國家君王間的和平團結可產生、共同防衛線以抗拒來自亞洲的回教大軍,他們正席捲日耳曼並控制地中海一帶。查培士曾經談到摩爾如何以十分慨歎的語調對他的祕書訴說公教君王的愚昧,不肯協助神聖羅馬皇帝對抗殘忍又難於駕馭的敵人[77]。衹要不違背對英的利益,摩爾總是支持神聖羅馬皇帝,奉他為基督教大聯盟的領袖以及基督教大一統的保護者。因此查培士說摩爾「皇帝屬下臣民之父與保護者」。[78]

───────────────

[77]《西班牙日誌》,1531年4月11日,卷四,第二章,頁114。

　　毫無疑問，摩爾在牢房中以寫長篇的《安慰的對話》打發時間，這應是一本翻譯作品，是一位匈牙利人的拉丁文著作，關於基督徒在突厥人的暴虐之下的自處之道。當然摩爾想的是英國的問題，但他也很實際地考慮到遭受蹂躪的歐洲東線。

九、摩爾與歐洲歷史

　　從上面所述，我們可見百多年來，英國史家誤解了摩爾。摩爾對英國史的影響和其他歷史人物的影響是不同的，在給他下判斷之前，我們必須設法像他那樣去看過去的歷史；若我們祇把興趣集中在「文藝復興時期」，或「宗教改革時期」，以它們為近代史分期的起點，而忽視了中世紀，我們便永不能了解摩爾了。也許有人說今天沒有人會說中世紀是「漫漫的哥特式長夜」（Long Gothic Night），但當偏見流行這麼久遠之後，後遺影響是巨大的。此外，十九世紀科學知識更增強了這些偏見，再加上大條頓族（Great Teutonic Myth）的神話，更助長了這些偏見。英吉利人屬於條頓族人的一支派，是「嚴肅又誠懇的民族」，賦有「較深的道德意識」，因此，致力於宗教改革是必然的[79]，是注定成為新教徒。我本人是在十九世紀文人學者的薰陶下長成的，承教於京士梨（Charles Kingsley）、傅律德、裴里曼（Freeman）與格連（John Richard Green）等人

---

[78] 同上，1531年3月1日，頁80。

[79] 比爾德（Beard），《宗教改革》（The Reformation），頁42、43。

門下。我也自豪祖先們表現的自由與清教徒的簡樸特色。因此，聽到了路德喚起改革的號角，英吉利人自然響應，摩爾要抗拒這些，簡直好像是視而不見！

但如果我們需要放棄條頓民族的神話，我們也必須放棄建於其上的一些理論。

我以為了解摩爾和了解過去千多年來英國的歷史是相輔相成的。近代史學家往往論定（1066年）諾曼入主英國，使它成為歐洲大陸文明的一部分[80]。但我並不以為這樣，摩爾對該段時期的歷史不大了解，甚至可能全然不知詳細情形，但他在受審時的答辯是確當的：他認為皈依基督的結果，使英國在歐洲統一方面負起了領導作用，威雅莫斯（Wearmouth）、也魯（Jarrow）和約克（York）成為西歐文明與學術中心，不列顛一度是在羅馬世界的一部分。

儘管經過近一世紀半條頓式的異族統治，英國早期基督教一直傳衍至像格拉斯頓・伯里（Glastonbury）或艾歐娜（Iona）的避難所。而聖奧古斯丁到英國開教，代表「不列顛回歸歐洲」[81]。於是在「英格蘭」這樣的政治國家未出現之前，英格蘭人〔或稱安格魯人〕已意識到他們的國族儘管在政治上未團結，卻在波尼法爵（Boniface）領導之下，將基督宗教和天主教團結，帶至中歐的龐大地域；因而「波尼法爵比以往任一英格蘭人對

---

[80] 例如，卓唯仁的《英國史》，頁324。

[81] 道遜（Christopher Dawson），《歐洲之肇造》（*The Making of Europe*；1932），頁209。

歐洲的歷史產生更深遠的影響」⑫。於是英國從事感化鄰近的
條頓族異教人以凝聚及堅固歐洲的統一團結包括萊斯蘭和德國，
以及後來的挪威以及瑞典。自聖奧古斯丁登陸英國的五百年來，
英國在歐洲統一方面具雙重地位：作北人海盜首次南侵下之屏
障；一方面又將歐洲文明傳與薩克遜人（Saxons）、菲里斯人
（Frisians）與北歐人（Northmen），甚至把更荒遠的壁特人
（Picts）和史各特人（Scots）領他們進入天主教會統一之內。
英國基督教比英國政府更為人尊重，總之，英國是屬於歐洲的
而不是海洋地帶的國家，諾曼人入侵英國祇不外強調英國基督
宗教早已存在的特徵。諾曼人抵英後兩個世代，英格蘭人、法
蘭明人與葡萄牙人聯合把里斯本（Lisbon）從回教人手上奪回；
使葡萄牙取得了歐洲政治擴張的地位；這種情況稍後藉海濤這
人物在文學上刻劃出來；而領導東安格魯軍隊跟葡人聯合作戰
的夏維・格蘭威爾（Hervey Glanvill）歎道：「我們都是同屬
一母的兒女」⑬。後來，葡萄牙人海濤、法蘭明人翟爾斯與英
國人摩爾加安特衛普共聚一堂：因屬於同一文明而完全互相了解。

　　摩爾明言基督徒的英國人一直是基督宗教大一統的一部分，
這就是他對英國史的真正看法。反之，將英國教會從歐洲的團
結統一分開，把它置於英國政府之下，是新近的事，是把它從

---

⑫同上，頁211。

⑬《里斯本之陷落》（*De expugnatione Lyxbonensi*）；見《理查王
　的行程》（*Itinerarium regis Ricardi*；1864），Stubbs編，Rolls
　Series，頁clviii。

近一千年的傳統分割開來。

我們感激福克蘭為英國而一再重申「和平，和平」；但為歐洲或世界而重申「和平，和平」的人卻不那麼受同情。

此外，有人接受了「國家是歐洲角力場上的武士」這一論調：當亨利八世手按短劍、又開雙腿站在我們面前時；他是個不少人崇拜的俊美武士。切斯特頓先生說過：

> 「對近代史學家而言，一位政治家就是個經常主張對自己的國家比對其他國家，存著更狹隘的民族利益的人；就像李希留（Richelieu）關心法國的利益；漆咸（Chatham）關顧英國的利益，俾斯麥（Bismarck）關心普魯士的一樣。然而，若一個人想實際保衛所有的國家時，……那麼，他便不能真正的給人稱作政治家，他祇是十字軍軍士而已。[84]

雅近葛（Agincourt）〔英國對法戰爭中英國大敗法國之一役〕的傳統令亨利八世一而再的、愚頑地對法國發動戰爭，直至英國的財富與文明在焚掠法國農民田舍的行動中浪費淨盡。五個世紀以來，英國人一直以雅近葛一役之屠殺為無上光榮，其實除了悲慘之外一無所得，然而甚至今日有多少英國人知道聖波尼法爵及其同志開化歐陸的壯舉？英國最高貴的人有組織而又有紀律的投到海外去。這種努力給基督神國贏得了中歐的領地；以補償西班牙暫時淪於外族文化的損失。「這是英國人

---

[84]徹司特頓，〈聖多默・亞奎那斯〉（*St. Thomas Aquinas*, 1933），頁59。

真正的佔領德國」。這是一位研究中古史的學者在英國佔領軍
進入科隆時告訴我的一段話，可是又有多少英國人了解到英國
傳教士的努力，使德國在查理士大帝（原為查理一世）的領導
下開展文藝復興從而在這一基礎上建設西歐的未來文明？不少
讀者或許讀到這一段時，多少覺得有點誇張，然而它們表達了
最有判斷資格的人，有感而發的意見[85]。若這些意見帶有革命
色彩，那不過是由於英國人一直沒有留意自己歷史上最崇高之
處；以致連卓維仁先生（G. M. Trevelyan）的鉅著《英國史》
（History of England）也沒有提到波尼法爵的名字。

　　西方基督宗教的分崩離析；一世紀多的宗教戰爭，完全自
發的民族主義興起，輕視對歐洲整體負有任何義務的見解——
這一切在摩爾時代真的是那樣一目了然，那樣不可避免，以致
使人以為另尋其他「改革」之道是愚笨的事嗎？這些真的是「進
步」，而追尋另一途徑的人文主義者是「反動」嗎？不少美好
而偉大的東西已經從所發生的「改革」得到了。若歐洲跟隨摩
爾及伊拉斯默斯所尋求的改革之道，這些東西能不能在較少破
壞的代價藉團結而非分裂，藉人文主義者「歐洲一家」的理想，
而非民族主義的，暴烈的地方主義——而獲致？

　　波尼法爵時代，基督教宗王國的情況似比摩爾時代的情況

---

[85]試比較道遜在《歐洲之肇造》中所作獨立並同時而出的證詞，與另
　　一位偉大學者哥羅福（S. J. Crawford）的《安格魯・撒克遜對西方
　　基督教的影響》（Anglo-Saxon Influence on Western Christendom,
　　1933），II（演說發表於1931年）。

更為惡劣；然而宗教改革終告出現，這不單沒有削弱歐洲的團結，而且使它更為穩固。

從某一方面來說，政治家的工作在摩爾的時代則似乎比目下更為容易，人文主義者祇要能教導Henry Ⅷ, Francis Ⅰ, Charles Ⅴ三名青年有理性的表現就算是成功了。

1519年，神聖羅馬皇帝麥克西米連去世，查理獲選繼任，西歐與中歐的王權遂落在三名青年身上——亨利、方濟、查理。一年之前，他們剛設法締結普世和平條約，若能實際採取一致行動，歐洲的黃金時代將要再臨，而基督教國家可以團結一致的對抗虎視眈眈的土耳其人[86]。

部份英國歷史學家對亨利表示仰慕，因為他雖然破壞英國最美麗的東西；卻有助於打破歐洲統一，人們又稱亨利為「英國宗教自主之建立者」[87]；因他使每個人的宗教信仰全賴於國王從王座上宣布的、生死攸關的，每人都必須相信的道理[88]。

公元前四世紀的希臘人以早於他們一世紀的祖先為恥，因為當他們受外來文明威脅時並沒有團結一致；並且由於狹隘的地方主義，而袖手旁觀任由雅典和斯巴達首當其衝。柏拉圖認為這是希臘人極不名譽的事。是古今政治家應該緊記在心的殷鑑[89]。事實上，那應該是每人都牢記在心的事實，而我們今日

---

[86] 雅倫，《伊拉斯默斯之時代》，頁166。

[87] 卓唯仁，《英國史》，頁326。

[88] 亨利八世（31 Henry VⅢ）第八章。見上文，頁381。

[89] 柏拉圖，《法律》（*Laws*），692、693。

仍可從中取得教訓，然而，英國人誰不痛恨「聖若望騎士團」
四十三團隊被解散？英國曾經參與羅得島（Rhodes）英勇的保
衛戰；但到馬爾他（Malta）被圍以及利班圖（Lepanto）之役
時——此即歐洲文明史上的馬拉松（Marathon）與薩林美斯
（Salamis）之役——英國卻從共同的行動中退出。「聖若望騎
士團」的英國統帥韋斯頓勳爵（Sir William Weston）在羅德斯
被圍時，贏得了極大的聲譽，亨利賜給他優厚年俸，他卻在軍
團解散之日死去，正是俗語所謂：「黃金厚禮，不能治癒破碎
的心」。

今天，毫不團結的歐洲備受威脅——不是被外來侵略者，
而是受更大的危機——它本身的科學知識的成長以及自身力量
的毀滅——所威脅。

我們再一次想及泰晤士河畔的景象以及摩爾的三願：基督
宗教君王間的團結、教會分裂得以彌縫、以及國王婚事圓滿解
決。這些都是他預見了困擾大部分基督教王國的因由，又是鷹
信國家最高職掌的政治家要解決的大事，若是他能夠解決這一
切，就是給「放在麻袋之內投入泰晤士河中」也甘心情願，我
們不必重複人們傳誦一時的辛辣老調：

> 此情此景不復見，
> 除非摩爾再出現。

摩爾特有的品格，他對自己國家和歐洲的忠誠，正是我們
今日最需要的，愛因斯坦教授說：「今日的歐洲，並不是個地
理名詞（觀念），而是對人生、社會的某種態度。」若「某種

態度」這詞語要有實際的定義的話,除了在摩爾的生平和著作中找得之外,我不知道從那裡可以找到更好的例子了。

十、世人對摩爾的評價

十九世紀一些最明敏的批評家和歷史學家對摩爾作了如下的論述:說他是個「祇顧識時而作的官員」、「欺騙他自己」、「覆述陳腔濫調」、「拋棄原則」[90]、「任由自己的情操被朝廷法定神學家模造」[91];「背棄青年時代的崇高熱忱」[92],成為「毫無憐憫心的頑固者」[93]。於是,我們至少可從這些斷語學到不去下判斷:

> 我們從而上了人生的一課,那就是:人類言詞是空泛的人類的供詞是虛偽的,而我們的名譽與世人的評語,不外是空言與虛語。

這是麥堅沱殊勳爵在他所著優美的摩爾傳記結束時申述的教訓:

> 新教徒應從這一位最明智、最良善,以及陷於所謂最致命的錯誤的人物身上學得謙遜與愛德。所有處身於激烈派系鬥爭中的人應從這一例子學得畏懼的智慧,不然,他們在最憎恨的對手身上打倒的是一位摩爾勳爵。

---

[90]祈禮頓語,見前注。
[91]阿克頓語,見前注。
[92]林西語,見前注。
[93]蒲勒德語,見前注。

然而，從摩爾的生平除了學到不要胡亂下判斷之外，我們更可以學到其他東西。

共產主義者和公教徒同樣視摩爾為英雄這一事實，使我們學到一點點：共產主義國家出現之前402年，摩爾已描繪出共產主義的模式。摩爾政治方面的門徒遠超過共產主義者、社會主義者之外。摩爾把他當日的聯邦描述為「富人的陰謀，在聯邦的名義下取得他們的用品」；這驚醒了他當日以至今日的社會改革者的良心。

摩爾是天主教徒的英雄，因為他在聖而公教會內，以及為聖而公教會的信仰而捐棄了他的生命。他應是一切懷有善意的人的英雄，因為他為了團體而犧牲，為了吾主耶穌而在最後晚餐，建立聖體時，「好讓他們合而為一」的禱告得以實現而受死。

十一、屈服於權力下的人

共產主義與天主教精神有一共通之處：同樣使人想到自己是全體的一分子，順從於最嚴格的紀律之下。摩爾一生服膺的就是紀律，他憎恨戰爭；但他具有福音中那位百夫長的心神。福音記載那位百夫長「信賴耶穌能癒復活他女兒」的精神感動了基督，祂發出熱切的讚語。摩爾像百夫長一般，知道他自己是「隸屬於權力下的人」，因此，以他這般斯文有禮，對那些故意輕慢紀律的人表現出較為嚴峻一點罷了。哈斯菲爾說摩爾是個軍人，是十分適合的；但是不少英國軍官以英勇著名，卻落在這可佩的軍人之後。拉斯金獨具隻眼㉔，把摩爾置於聖路

易士・赫特（Richard Lion Heart）、德雷克（Drake）和格倫維爾爵士（Sir Richard Grenville）等特出將才之列。摩爾堅忍樂觀，又不像中世紀殉道人名錄中所載的聖人那樣爭取殉道的機會，他並非勇氣十足，自己獻身就死，然而，若上主命他，他深信祂絕不會不給他聖寵與力量。

我想起了一位朋友，李斯特上尉的遺言，他的優雅與堅定、勇氣與謙遜，深具摩爾的精神：

> 我只希望能在從事我的職務時，即使懼怕，也絕不退縮。

就是這種順從紀律的特性使得摩爾的殉道更具特色，殉道者往往是個人主義者，輕視一切僅屬於人世的權威，他們往往忘記了把「應該交給凱撒的交給凱撒」，不少殉道者是不太受人尊重的人物，拉斯金說大部分殉道者不是因他們的信仰，而是因他們不近人情的行為而不被人尊重[95]。

摩爾是殉道者中最文明的，紀律、服從、秩序都是他的理想。他不喜歡胡亂談論神學。人們先把他當作十九世紀的自由主義者，然後又說他不是，這是一點意思也沒有的。摩爾是近代刻畫集體政府的無情、殘忍的紀律的第一人。在《烏托邦》中，他對個人的東西，除了靈魂尊嚴外，幾乎沒有再給什麼。沒有一個忠心服從紀律的人應該被〔政府〕迫著說出一些他根

---

[94] 《力量之鑰》（*Fors Clavigera*），22；《全集》（*Works*），卷二七，頁385。

[95] 《力量之鑰》26；《全集》，卷二七，頁480。

本不相信的事。他憎恨一切邪妄行為、觀念，但他保持緘默。可是當他退到無可再退、迴避到無可迴避時，他便一點也不屈服了。像他這樣一個將政府的權力看得那麼高的人，卻將生命交出來，為政府不能命令的某些東西作見證。

有人以具有相當真理的口吻，說大學不是為訓練殉道人而設的。聖保祿宗徒雖然自己出身他撒斯（Tarsas）大學城，以及在耶路撒冷的大學歲月而高興，但在同學中只有少數幾個殉道的人。他不禁痛苦地問道：「智者在那裡？經師在那裡？」亨利八世1534年得到最有學問的主教輔助[96]。但除了一人之外，其他各人都懾於他的權勢之下。甚至在倫敦加爾特修院內，學識不多的在俗修士也比知書識墨的誦經修士更剛毅不拔。在瑪麗王朝，大部分的新教殉道者也是比較低層的人。一個有學問的人可能看到新舊教兩方面的好壞，卻沒有勇氣去殉道。

摩爾可以看到兩方面，使他喜歡用一種別人不容易明白他究竟同情那一方面的方式來說話。他為了尊重別人的意見，常常不輕易責備他人的良心。克藍馬則利用摩爾這一點想去說服摩爾，說若摩爾不責備別人的良心，就等於表示自己的看法是不肯定的。但有一件事摩爾是十分肯定的，那就是服從國王的命令就能保障自己的生命。然而克藍馬自己的一生證明了他的理論是荒謬的。

政府改變政策、皇后與議會命令他承認教宗的無上權威時，可憐的克藍馬又得改變自己的主張，公開認錯。這樣的改變又

---

[96]傅勒（Fuller），《教會史》（*Church History*；1655），頁254。

改變、認錯又認錯，使他在生命的最後一天，才終於清楚摩爾
的立場，才知道在不責備他人的良心的情形下，他自己必須堅
持某些信念，不必理會王后或議會要他相信什麼。

　　從入獄的一刻起，摩爾便不去判斷任何人。他的工作已經
完了，他惹起爭端的工作已成了過去的事。如今，他要關心的
是自己的品格，他成了那為了堅持自己的信念寧死不屈的人的
偉大模範，大有別於那些作違心之論的人。想到摩爾時，我們
會想到哈佛戰爭紀念小堂，為紀念第一次世界大戰（1914-1918）
中捐軀的哈佛德國學生鎸刻的讚語：

　　哈佛大學並沒有忘記她的兒子們！
　　他們在不同的旗幟下，為自己的國家，捐棄了生命。

　　此外，林肯的偉大名言也可用在摩爾身上：

　　堅守正道就如上主要我們看到正道。

　　真正的分別不在於天主教與新教，而在於新教、天主教與
亨利的工具如克藍馬派、李治派……等的分別，天主教與浸禮
教徒比起這些人在信道方面有較多共通之處，而克藍馬、李治
等人的信道只有一個共通的地方，那就是：「國王的忿怒，就
是臣民的死亡」。或許又可以用《烏托邦》的術語來說，分別
在於那只服從政府的人，和那有「烏托邦」公民所必需具備的
信念的人：一種遠超乎政府所頒布的是與非的絕對標準。

十二、請舉心向上

最後，這裡要說的是摩爾和蘇格拉底最大的共通之處。柏拉圖筆下的蘇格拉底對他所屬城市的法律尊重得連越獄逃刑也不肯，甚至不肯避免他認為不公的刑罰。這是《祈列度》（*Crito*）中的論點。然而，有些事情是蘇格拉底寧死不能服從的，這是《辯解》中的論點：

> 雅典的市民啊！若我和別人一般服從你們選派來普提地亞（Potidaea）、安斐波里斯（Amphipolis）和地利庵（Delium）指揮我的將軍，而放棄神給我的責任於不顧，我就是做了一件非常可怕的事了。

和蘇格拉底一樣，摩爾相信「神賜給了他職責」。他也像蘇格拉底一樣，以堅強的信念鞏固了自己，那就是，好人死後再沒有人可以加害他，諸神也不會忘記他和他所做的一切。在《烏托邦》中和在斷頭台上，我們讀到摩爾表達信道的兩大條文。

我們習慣了用聖善、平凡、無意義的字眼去形容這些主要的事情，因此很難明白它的現實性質對摩爾的關係，而這種現實是摩爾的著作及生命的主題，是別人不能像他那樣感覺到的，對摩爾來說，往往是使他忿怒、抗議的因由；又往往是他幽默消遣的題材，因此，在倫敦塔上，他對雅麗絲夫人說：

> 「好太太，請告訴我⋯⋯這裡不是和我們老家的房子離

天堂一樣近嗎？」

　　她答道：「唉！唉！我的老天爺啊！我的老天啊！」

　　「怎麼樣？太太！難道不是嗎？」

　　「啊！我的天啊！我的老天爺啊！難道你一輩子也不打算離開這兒嗎？」

　「首先想到天主，然後才想到國王」，是摩爾心中的一切。薛尼李認為這些話不外是「傳統勸告」的浮腔濫調。薛尼李不是壞人，但他不能明白這話對摩爾的意義，而他看不出這話就是他自己所謂「良心絕對自由的保證」。

　　但是，若人心中果真有一股力量使他敢對抗他應該服從的政府；若除了白紙黑字的法律之外，還有像安提格妮（Antigone）所謂不成文而又從不失誤的諸神之法；倘若人不單是應該把凱撒的歸於凱撒，也應該把天主的歸於天主，可憐的人又怎樣知所適從呢？摩爾把政府禁制人申言的權力放在很高的地位，把個人申言良心自由的權利放在比今日的英國人放得低很多，然而他為個人良心自由的權利而死，以對抗政府。他不時受到雙方的攻擊，因為他聲明對抗無所不能的、至高無上的政府權力；而十八、十九世紀自由的維新的英國歷史學家又攻擊他對政府讓步太多。到底什麼是個人良心應得的權利，什麼是政府的權利，實在是個永遠決定不來的問題。今日不少人為了它在歐洲湧現而惶恐驚愕不安。

　　為此，拉斯金引柏拉圖的話：「我們的戰鬥是不朽的，諸神與天使都站在我們一邊並肩作戰，而我們是他們的產業。……

拯救我們的是正義、自主、真確的思想，這一切都存於諸神活生的力量之中[97]。柏氏舉出了三樞德，那是「烏托邦」所賴以建立的；摩爾加上了第四的勇德。柏拉圖優美的話並沒有替我們解決問題。每個人在有需要時都必須自己解決，因為有能力衡量兩種本分並且把它們互相權衡，就是人類價值與尊嚴的準則。這在古希臘戲劇家索福克里斯（Sophocles）的《安提格妮》（*Antigone*）以及蘇格拉底的「自白」中迴響著。沒有什麼比摩爾在獄中撰寫的文字更清楚的了。摩爾和索氏、蘇氏同屬於強有力的一群人物，先後輝映。1535年7月6日，摩爾在刑臺上說出了最後的話：

> 他們要在世上為他祈禱，而他在他處為他們祈禱。抗言死時是國王的臣僕，但以作天主的忠僕為先。

---

[97] 《法律》，拉斯金（Ruskin）引用於《力量之鑰》中的第76封信。

現代名著叢書 ㊴

托馬斯·摩爾

A11008-39
82.01.1454

中華民國八十二年元月初版　　　　　　　　　定價：新台幣280元
有著作權·翻印必究
Printed in R.O.C.

著　　者　R.W. Chambers
譯　　者　梁　懷　德
東西文化交流基金會審稿小組
發 行 人　劉　國　瑞

出 版 者　聯經出版事業公司
台北市忠孝東路四段555號
電　　話：3620137·7627429
郵 撥 電 話：6 4 1 8 6 6 2
郵政劃撥帳戶第0100559-3號
印 刷 者　雷射彩色印刷公司

行政院新聞局出版事業登記證局版臺業字第0130號　　ISBN 957-08-0873-X (平裝)

文化 交流
ENCOUNTERS

This translation of *Thomas More* by Raymond Wilson
CHAMBERS, from English into Chinese, is sponsored by the
Foundation ENCOUNTERS EAST WEST CULTURAL
EXCHANGES of Montreal, Canada.
The present Work is No. 1 of Series IV of the Collection of
ENCOUNTERS.
The Series of the Collection are : I. Education, II. Ethics,
III. Religious Thought, IV. Lives, V. Philosophical and
Sociological Treatises, VI. Literature.

本譯作由 Raymond Wilson CHAMBERS 所著 *Thomas
More* 迻譯而成，原書以英文寫成。
本書屬加拿大「東西文化交流基金會」所推展的譯書計畫
「系列四」的第一本譯作。今列於聯經出版公司的「現代名
著譯叢系列」。
該基金會的譯書計畫涵括以下六種系列：一、教育，二、
倫理，三、宗教思想，四、傳記，五、哲學及社會學論述
，六、文學。
「東西文化交流基金會」的地址是：
加拿大：2715, Côte Ste-Catherine, Montreal, Que.
　　　　H3T 1B6 Canada.
台　灣：台北縣泰山鄉貴子村貴子路21號
　　　　電話：(02)9017912

國立中央圖書館出版品預行編目資料

托馬斯・摩爾 / R. W. Chambers 著；梁懷德
  譯 . --初版 . --臺北市：聯經，民82
    面；   公分 . --(現代名著譯叢；39)
  譯自：Thomas More
  ISBN   957-08-0873-X (平裝)

  I . 摩爾(More, Thomas, Sir, Saint, 1478-1535)
    -傳記

784.18   82000259

現代名著譯叢系列

張新穎

1994.5.27.